AF190337

Alles, was Sie beißen, kann gegen Sie verwendet werden

Allyson Snow

© Copyright: 2019 - Allyson Snow
Herstellung und Verlag: BoD – Books on Demand, Norderstedt.
ISBN: 9783750404885
Cover created by © T.K.A-CoverDesign / t.k.alice@web.de
// http://tka-coverdesign.weebly.com/font-copyrights.html
Lektorat, Korrektorat: Juno Dean, Mathew Snow

Bibliografische Information der Deutschen Nationalbibliothek: Die Deutsche Nationalbibliothek verzeichnet diese Publikation in der Deutschen Nationalbibliografie; detaillierte bibliografische Daten sind im Internet über dnb.dnb.de abrufbar.

CRIME SCENE DO NOT CROSS

Kapitel 1

Journalisten, die jucken, beißen nicht

Robert stand in der Eingangshalle der *Operá national de Paris* und wünschte sich, dass ihn jemand abknallte. Zu viele Menschen stressten ihn. Stimmengewirr, Klirren von Prosecco-Gläsern und schrilles Piepen der Handscanner des Sicherheitspersonals am Hauptportal erfüllten das Entree. Es ging zu wie in einem Bienenstock. Hier nach einer Blondine zu suchen, war, als suche man in seiner Sockenschublade nach einem zusammenpassenden Paar. Ohne Löcher! Es gab einfach zu viele Blondinen und zu wenig löcherlose Socken auf dieser Welt.

Zu allem Überfluss wusste er nicht mal, ob Helen überhaupt kam. Mist, verfluchter. Genau deswegen hasste Robert Erstkontakte. Normalerweise passte er seine Zielobjekte auf der Straße ab, bei der Arbeit oder vor ihrem Haus. Aber Helen Shepherd war anders als alle anderen – besonders schlüpfrig.

Aber das war nicht das größte Problem. Das war sein geliehener Smoking! Den erklärte anscheinend ein Rudel Flöhe zur Partymeile. Robert schob eine Hand in den Ärmel und kratzte sich am Handgelenk. Gott, wie gern wäre er jetzt ein Affe, der sich ungeniert lausen konnte, oder ein Keiler, der seine Schwarte am Baum rieb, bis der entwurzelt niederging.

Das war heute nicht sein Abend, nicht mal seine *Woche*. Genau genommen war es noch nicht einmal sein *Leben*.

Merde! Jetzt juckte nicht mehr Roberts Handgelenk, sondern sein Rücken. Er könnte schwören, Tausende Feuerameisen eröffneten gerade ihren Kindergarten auf seiner Haut. Das Kribbeln machte ihn schier verrückt. Wie sollte er so Ausschau nach einer Frau halten? Er brauchte unbedingt etwas, woran er sich scheuern konnte. Aber alle Säulen waren besetzt! Wer keinen freien

Barhocker mehr erwischt hatte, lehnte sich an jede senkrechte Fläche. Halt! Dort stützte sich ein weißhaariger Mann auf seinen Gehstock und humpelte zur Männertoilette. Robert quetschte sich in die entstehende Lücke, zwischen zwei Frauen.

»Bonsoir«, grüßte Robert höflich. Doch die Frau zu seiner Rechten runzelte nur die buschigen Augenbrauen. Gut, vielleicht nahm sie ihm übel, dass er ihr den Ellenbogen gegen die Tasche gedrückt hatte, um sich Platz zu verschaffen. Aber in der Verzweiflung wie im Krieg war alles erlaubt.

Die Mademoiselle zu Roberts linker Seite musterte ihn unter den Strähnen ihres Ponys von den halbwegs anständigen Schuhen bis zu seinen Haaren, die zum Glück zu kurz waren, um unordentlich auszusehen. Er würde später dem Herrn auf Knien danken – sie fand ihn nicht begehrenswert. Besser noch, sie fand sein gezwungenes Grinsen offenbar verstörend. Sie rückte ab und flüchtete mit langen Schritten zu ihrem Mann in die Schlange an der Bar. Sofort schob sich Robert an die freie Stelle, raus aus dem Sichtfeld der älteren Madame.

Das war seine Chance. Mit dem Rücken rieb sich Robert nach links und nach rechts. Kurze Momente, in denen der Juckreiz aufhörte und himmlischer Erleichterung Platz machte, allerdings nur, um dann noch stärker wieder einzusetzen, auf dem Rücken *und* an den Armen. Und auch auf seinem Bauch. Gute Güte. Wenn das so weiterging, war er erledigt, bevor sich der erste Vorhang hob.

Nie wieder würde er sich einen Anzug leihen. Das alles nur wegen des konsequenten Sparkurses der Polizeiverwaltung. Den Antrag, einen Smoking zu kaufen, hatte die Buchhalterin mit einem schmalen, sadistischen Lächeln abgelehnt.

Er schob die Hände unter sein Sakko und kratzte mit sämtlichen Fingernägeln über die malträtierten Stellen. War das herrlich. Jetzt verstand er auch, warum Hunde dabei mit den Hinterläufen zuckten. Nur mit Mühe konnte er sich verkneifen, es genauso zu tun.

An Tagen wie diesen wusste er wirklich nicht, warum man von ihm behauptete, ein guter Polizist zu sein. Er musste sich konzentrieren und das konnte er nicht mit der Versuchung, äh, der Säule im Rücken. Also trat Robert einen großen Schritt von der Säule weg.

Das war eine seiner besseren Ideen. Für einen Moment hörte sogar das Jucken auf.

Er erklomm ein paar Stufen der breiten Marmortreppe und ließ seinen Blick über das Getümmel schweifen. Es mussten um die siebenhundert oder achthundert Gäste sein. Sie unterhielten sich, tranken Prosecco und genossen die Atmosphäre. Manche standen einfach nur da, den Kopf in den Nacken gelegt und starrten zur Decke hinauf. Die Operá war auch ein Anblick, den man in seinem Leben nie wieder vergaß.

Die breite Treppe führte die Besucher hinauf und teilte sich zu den Zugängen der einzelnen Ränge. Hier war unermüdlich massiver Stein aufgetürmt worden, zu einer Komposition eindrucksvoller Schönheit, mit filigranen Zeichnungen verziert. Überall waren Leuchter angebracht, an den Treppen und an den Wänden. Sie gaben so warmes Licht ab, als steckten wirklich Kerzen und keine Glühlampen darin. Ihr Schein spiegelte sich in dem Deckengemälde, wohingegen das Licht an der Bar kalt und künstlich wirkte. Nicht einmal das störte die Erhabenheit des Gebäudes.

Robert hatte dafür nur einen flüchtigen Blick. Er musterte jede blonde Haarmähne, und endlich erspähte er eine Frau, die Helen ähnelte. Zwar sah er nur ihre Rückseite (die wirklich entzückend war), aber sie besaß die gleiche schlanke und große Gestalt wie sein Suchobjekt und die selbe Art, die Hand leicht zu schwingen, wenn sie ging. Ihr Kleid war schlicht gehalten, aus schwarzem, schimmerndem Stoff, und die einzige Zierde stellte der breite Ausschnitt dar, der ihre Schultern freilegte. Die kleine Schleppe huschte bei jedem Schritt hinter ihr her. Über ihre Schultern wallten die blonden Haare, und in der Hand hielt sie eine Handtasche in der Größe eines Taschenbuchs. Als sie sich herumdrehte, konnte er endlich ihr Gesicht sehen, und ihre aristokratische Nase ließ keinen Zweifel zu. Das war sie. Helen Shepherd. Die Assistentin des Teufels, pardon, von Jason Harris. Dieser Mann war der gefürchtetste Mafioso in der Stadt, und doch schaffte es die Polizei nicht, ihm etwas anzuhängen.

Es gab Beamte, die ihre Seele an den Teufel verkaufen würden, wenn sie ihn endlich zu fassen bekämen. Robert gehörte dazu, aber immer, wenn sie kurz davor waren, kaufte oder bestach dieser verfluchte Bastard Kollegen und Staatsanwälte. Beweise verschwanden, sofern sie überhaupt stichhaltig waren. Wer der Verlockung einer Sonderzahlung widerstand, den fanden Robert oder seine Kollegen nach ein paar Tagen leblos im Wald oder in der Seine. Manche Beamte wiederum waren korrupt und sabotierten alles, was Jason Harris und seiner Organisation auf die Füße fallen könnte. Aber selbst einem Al Capone war man irgendwann auf selbige getreten, mithilfe aufsässiger Steuerprüfer. Nur war Jason Harris bedauerlicherweise nicht so dumm, sich im Rummel der öffentlichen Aufmerksamkeit zu präsentieren. Es gab kein brauchbares Foto von ihm, sie waren allesamt verschwommen. Wer ihn kannte, leugnete es. Harris war eine unbefleckte Lichtung im Dschungel des Journalismus, in dem sich nun auch Robert austobte – getarnt als Reporter des *Les Actualités*. Als Polizist musste man manchmal jede Tarnung nehmen, die man bekommen konnte. Er würde sich sogar als Müllmann ausgeben oder als Reinigungskraft anheuern, wenn er dann Harris' Büro putzen dürfte. Aber sein Boss hatte beschlossen, er solle sich als Schmierfink einer mäßig bekannten Zeitung ausgeben. Viele Verbrecher suchten eine Bühne und rühmten sich ihres Rufes. Warum sollte Harris eine Ausnahme bilden? Darauf hatte auch Roberts Vorgesetzter Louis gehofft, und Robert hatte eingewilligt. Allerdings war das Blendwerk bisher ein Griff ins Klo. Harris war wie ein Phantom, wimmelte jede noch so beharrliche Presseanfrage ab, und Robert hatte bisher kein einziges Wort geschrieben. Weder für einen Artikel, den die IT-Abteilung des Polizeireviers für ihn gefaket hatte, noch für einen verdammten Polizeibericht. Damit verkomplizierte sich Roberts Plan. Aber er war durchführbar. Einen Punkt konnte er ja schon mal abhaken. Helen war hier, er war hier, endlich konnte er ihr den Kopf verdrehen. Dazu müsste er sie allerdings erst einmal ansprechen. Aber wie? ›Bonsoir, ich würde gern ein paar schmutzige Geheimnisse über Ihren Boss hören. Und wenn es geht, geben Sie mir noch Beweise, dafür dürften Sie gleich den Haftbefehl für ihn mitnehmen.‹

Das Schlimme daran: Es wäre nicht der dümmste Anmachspruch, den er jemals von sich gegeben hatte. ›Wie geht's denn so?‹ schlug ihn ganz knapp. Diesen Blick der Verachtung von der angesprochenen Frau würde er nie vergessen.

Aber zurück zu Helen. Sie trat an die Bar und kniff die Augen zusammen, als sie auf das Schild mit den Getränken starrte. Dann schüttelte sie den Kopf, drehte sich um und stieß prompt mit einem knutschenden Paar zusammen. Helen verzog das Gesicht und fuhr mit der Hand über ihre Brust. Der Galan hielt hinter dem Rücken seiner Liebsten einen Drink in der Hand und Helens Dekolleté glänzte feucht. Nicht, dass es kein faszinierender Anblick war, aber es gab kaum Ärgerlicheres, als noch vor der

Aufführung mit einem klebrigen Cocktail geduscht zu werden. Keiner der Verliebten besaß den Anstand, sich bei Helen zu entschuldigen. Sie blockierten lieber weiterhin ihren Weg.

Helen runzelte die Stirn und – Robert mochte seinen Augen kaum trauen – packte das Handgelenk des Mannes. Sie kippte den Rest des Drinks samt Eiswürfeln in den Rückenausschnitt der Frau. Das kalt überraschte Turteltäubchen schrie auf und schlug ihrem Freund mit der flachen Hand ins Gesicht. Zu allem Überfluss zwickte Helen die Frau auch noch in die Kehrseite, und prompt bekam ihr Freund die zweite Schelle.

Wow. Deswegen hieß es also, Rache gehöre kalt serviert. Aber eines musste Robert zugeben: Das verschmitzte Grinsen auf Helens Lippen wirkte nicht bösartig, es machte sie sympathischer.

Und Halleluja, Helens Hinterpartie lud auch zum Kneifen ein. Es war mit Sicherheit nur ein Zufall, dass ihm gleichzeitig der eigene Hintern und die zugehörige vordere Seite juckte.

Aber er hatte sie immer noch nicht angesprochen. Je eher er das hinter sich brachte, umso besser für sie beide. Robert schob sich zwischen die Besucher, stieß versehentlich einen Teenager beiseite, der wohl von seiner Mutter hierhergeschleift worden war, und … ging geradewegs an Helen vorbei.

Er würde gern behaupten, dass er einen kurzen Blick mit ihr getauscht hatte. Einen, der sie neugierig machte und sie dazu verführte, *ihn* anzusprechen. Die Wahrheit war weitaus erbärmlicher. Sie hatte ihn keines Blickes gewürdigt, und er wusste nicht, was er zu ihr sagen sollte.

Er hätte sich Helen auf die altmodische Tour nähern sollen. Ein kurzes Anrempeln auf der Straße, eine Entschuldigung mit einem zerknirschten Blick und dann ein Lächeln. Ein Lächeln, das nicht mehr und nicht weniger ein Kompliment an die Frau war, die man über den Haufen gerannt hatte. Und dann ein paar Tage später die nächste zufällige Begegnung ähnlicher Art. Aber nein, er hielt sich für ganz clever, als er in ihrer Post die Karte für die heutige Aufführung *Les Huguenots* gefunden hatte. Robert wusste, wie dämlich er sich anstellte, wenn er eine Frau auf der Straße ansprechen sollte. Es war schon immer sein größter Fehler gewesen, dass er zwar Stalken, aber nicht Flirten konnte, und dieser verfluchte Anzug machte das Denken auch nicht leichter!

Robert stellte sich neben den Sockel einer zwei Meter großen Bronzefigur eines Mannes, der sich in einer absonderlichen Pose verrenkte. Er sah aus wie ein Diskuswerfer, der beim Wurf stolperte und kurz davor stand, auf die Nase zu fallen. Aber vor allem war sein Sockel auf der idealen Höhe, um daran das juckende Hinterteil zu reiben. Merde, wie sollte er die gesamte Oper aushalten? Und wo zum Teufel war Helen schon wieder? Sie stand nicht mehr an der Bar, nicht auf der Treppe, auch nicht an den anderen Säulen. War sie auf die Toilette gegangen? Er musste sie unbedingt erwischen, bevor die Vorstellung begann.

Aber erst würde er diese penetrante Feuerameise auf seinem Bein zerquetschen. Wenn es nur so einfach wäre … Ach, verflucht. Robert drückte seinen Oberschenkel gegen die Kante des Sockels und nahm sich die nächste juckende Stelle vor.

»Ich habe schon einige seltsame Formen der Kunstbegeisterung gesehen, aber noch niemals habe ich jemanden erlebt, der sich wie eine läufige Hündin an einer Statue reibt.«

Robert schnellte herum. Vor ihm stand niemand Geringeres als Helen. Ihr Kleid sah wesentlich edler als sein Smoking aus. Bei ihr hingen keine Fäden aus den langen Ärmeln. Sie trug sogar eine Rose über der rechten Brust. Er hatte ja noch nicht einmal an das Einstecktuch gedacht.

Helen legte den Kopf schief und gab sich nicht die geringste

Mühe, ihr Grinsen zu unterdrücken. »Ist er geliehen?«

»Was ... Wer?«, stotterte Robert überfahren. Warum zum Henker schlich sie sich von hinten an?

»Der Smoking«, erklärte Helen nachdrücklich und deutete erst auf seine Hose und dann auf sein Jackett. »Lassen Sie mich sehen.« Bevor Robert es verhindern konnte, griff sie nach seinem Ärmel und befühlte das Hemd. »Billiger Stoff, der bricht ja fast. Ja, definitiv geliehen.«

Robert lächelte schief. »Müsste ich ihn dann nicht bezahlen, würde ich ihn verbrennen.«

»Wollen Sie den Rest des Abends die Skulptur vergewaltigen?« Helen ließ seinen Ärmel los. Für einen kurzen Moment strichen ihre Finger über seine Hand. Eine beiläufige Berührung, wahrscheinlich noch nicht einmal gewollt, und er hoffte inständig, dass sie sich für Helen ebenso gut anfühlte wie für ihn.

Robert zuckte die Schultern. »Frauen quälen sich in unbequemen Schuhen und reiben sich die Fersen auf. Ich mich in einem juckenden Abendanzug.«

Helen stützte den Arm auf dem Oberschenkel der Skulptur ab. »Frauen können aber barfuß gehen, wenn es unerträglich wird. Sie sehen gequält aus. Ich finde, Sie sollten das schreckliche Ding ausziehen.«

Er sollte bitte *was*? »Sie wollen nur sehen, wie man mich nackt auf die Straße wirft. Genauso, wie Sie es genossen haben, als der Mann seine Ohrfeigen bekam.«

»Oh, Sie besitzen eine gute Beobachtungsgabe«, lobte Helen, und ihr Lächeln verbreiterte sich. »Wenn Sie behaupten, dass Ihre Nacktheit zur Präsentation dieser kunstvollen Abscheulichkeit hier gehört, dann wirft Sie niemand hinaus. Man wird Ihnen applaudieren. Gleichgültig, wie spärlich Sie ausgestattet sind.«

Robert schnaubte. »Wie unglaublich motivierend.« Und beleidigend!«»Ich hoffe, Sie versuchen nicht immer so, einen Mann auszuziehen.«

»Für die Prüden habe ich noch ein paar andere Strategien.« Helen lächelte ihn lieblich an. Bravo. Sie hielt ihn für prüde. Vielleicht sollte er sich wirklich zu einem dieser Flirtkurse anmelden. Er könnte den anderen Teilnehmern als schlechtes Beispiel dienen. ›Wie schafft man es in zwei Minuten, als prüde zu gelten?‹ Teufel noch eins, sein juckender Anzug machte es nicht besser. Dass er die Hand in die Hosentasche steckte und sich wahnsinnig unauffällig an der Hüfte kratzte, kommentierte Helen mit einem spöttischen Lächeln.

»Würde es Ihnen helfen, wenn ich meine Schuhe ausziehe? Dann können Sie auch Ihren Anzug von sich werfen«, schlug Helen vor.

»Nein!«

»Wirklich nicht? Es macht mir nichts aus, barfuß zu laufen.«

»Sie tragen Ballerinas«, rief Robert aus. »Das ist kein Opfer. Sie werden damit ja noch nicht einmal kleiner.«

»Es sind Pumps, um genau zu sein. Sie haben sehr wohl einen Abs-«

»Ist mir scheißegal, wie Sie es nennen. Selbst wenn es die höchsten High Heels aller Zeiten wären, es ist kaum vergleichbar.«

Helen strich über die bronzenen Muskeln der Statue. »Ich hasse hohe Schuhe. Auch wenn sie sehr praktisch sind, wenn man jemandem auf die Zehen treten will.«

»Dazu brauchen Sie keine Schuhe.«

»Oh, gehe ich Ihnen auf die Nerven?« Helen stützte sich mit der Hand nun an dem bronzenen Hinterteil ab und stemmte die andere Hand in ihre Hüfte. »Dabei hatte ich den Eindruck, dass einen Mann, der sein Hinterteil an Statuen reibt und sich in der

Hosentasche am Schritt fummelt, nichts erschüttern kann.«

Ihre blonden Haare und die schlanke Gestalt mochten ihr das Aussehen eines Engels verleihen, aber ihr hämisches Grinsen machte diesen Eindruck gleichzeitig wieder zunichte. Aber was wollte er von der Assistentin eines Mafioso erwarten? Die musste ja sadistisch sein.

»Gehen Sie deswegen allein in die Oper? Damit Sie sich jemanden heraussuchen können, um auf ihm herumzuhacken?«, blaffte Robert.

»Nein.« Helen zuckte die Schultern. »Aber ich gehe auch nicht an Opfern vorbei, die sich regelrecht anbieten.«

»Ich bin weder ein Opfer, noch habe ich mich angeboten«, presste Robert hervor.

Helens Lächeln wurde breiter. »Sie haben sich ziemlich den Hals nach mir verrenkt.«

»Ich habe Sie mit meiner Großmutter verwechselt.« Oh, großartig. Was war er doch für ein Held. Er übersprang die Smalltalk- und Kennenlernphase, auch die mit der rosaroten Brille, und ging gleich zu der Phase über, in der man sich ankeifte. Er konnte nicht anders. Etwas an Helen provozierte ihn. Nur hatte diese Phase ein Problem: Keine Frau rückte in einer solchen Situation mit Informationen heraus. Das taten sie nur mit leichten, hübschen Gefühlen. Aber eines hatte er wohl geschafft: Helen verschlug es die Sprache. Aber wirklich nur für einen Augenblick, denn dann trat ein Funkeln in ihre Augen. Angriffslustig fixierte sie ihn, und nicht nur der Himmel wusste: Es gab einen Grund, warum diese Frau niemals vom Büro ihres Bosses abgeholt wurde. Sie starrte jeden Mann in die Flucht und fletschte sogar ein wenig die Zähne.

Robert trat einen Schritt zurück. »Sie beißen mich doch jetzt nicht, oder?«

»Nein, keine Sorge«, winkte Helen ab. »Ich hatte erst gestern eine Zahnreinigung und möchte das Ergebnis noch ein paar Tage lang im Spiegel bewundern dürfen. Außerdem sind Männer, die sich ihrer Haut zu erwehren wissen, zu selten, um sie zu kastrieren.«

Mit diesen Worten wandte sie ihm den Rücken zu und schritt in Richtung Bar. Halt, Moment, sie konnte doch jetzt nicht abhauen!

»Warten Sie«, rief Robert aus.

Helen blieb stehen, und als sie sich herumdrehte, sah er etwas in ihrem Gesicht, das vermutlich Erstaunen darstellen sollte. Allerdings zog sie nicht wie andere *beide* Augenbrauen nach oben, sondern nur die linke. Eine Gewohnheit, die ihre Nase ein wenig in die Länge zog. Er konnte sich nicht helfen, es sah süß aus.

Mit wenigen Schritten überbrückte er die Distanz zwischen ihnen und blieb vor ihr stehen. »Was bekommt man, wenn man den Test besteht? Ist der einzige Lohn, nicht kastriert zu werden?«

»Reicht das nicht?«

Robert beugte sich nach vorn, nahe an ihr Ohr, um die Geräuschkulisse der unzähligen Stimmen übertönen zu können. »Ich war schon immer gierig.«

Er hörte Helen die Luft einsaugen, und ihre Stimme klang etwas weniger herrisch als sie sagte: »Wollen Sie etwas trinken?«

Robert winkte ab. »Die Preise hier sind kaum vertretbar. Ich hasse es, den Reichtum anderer auch noch zu fördern.«

»Ich denke, ich weiß dafür eine Lösung.« Helen winkte ihm, ihr zu folgen, und das tat er auch. Neugierig hielt er mit ihr Schritt, und sie steuerten eine Wand an, vor der dicke Vorhänge hingen. Sie bückte sich, schob einen zur Seite, und als sie sich wieder aufrichtete, hielt sie eine 0,375-Liter-Flasche Weißwein in der Hand. Sie klemmte sich die Handtasche unter den Arm und schraubte den Verschluss des Weins auf.

»Woher wissen Sie …?«, fragte Robert verblüfft, und er konnte kaum verhindern, dass ihm die Kinnlade runterklappte, als sie auch noch ein Glas hervorholte.

»Ich mische mich immer am Vormittag der Aufführung unter das Catering und deponiere Wein hinter einem Vorhang. Wucher ist ein Verbrechen, das ich ebenfalls nicht unterstütze.«

Im Gegensatz zu vielen anderen, doch diesen Gedanken konnte er kaum laut aussprechen. Was wusste er, wie schnell sie eine Gefahr erkannte und wie schnell sie und ihr Chef eine potenzielle Gefahr beseitigten. Er war nicht mehr der Jüngste. Mit Mitte vierzig prügelte er sich nur noch höchst ungern, und von Verletzungen erholte er sich nicht mehr so schnell wie früher. Dafür kam mit dem Alter die Weisheit und manchmal schaffte sie es sogar, sich bei ihm durchzusetzen. Im besten Fall führte ihn Besonnenheit ans Ziel, in diesem Fall zu Helen.

Er starrte noch immer auf Helen, die gerade an der Bar ein zweites Glas organisierte. Noch im Gehen schenkte sie ein, die beiden Gläser zwischen die Finger ihrer linken Hand geklemmt. Sie hielt ihm beide unter die Nase und schnell nahm er ihr eines ab. »Danke.«

»Danken Sie dem nachlässigen Putzservice. Hinter dem Vorhang stapeln sich die Wollmäuse.« Helen zuckte die Schultern, setzte ihr Glas an und leerte es mit einem Zug. Himmel, legte diese Frau ein Tempo vor. Er hob das Glas, prostete ihr zu und ließ einen Schluck in seine Kehle rinnen. Eines musste man ihr lassen, sie wusste, was guter Wein war. Er war nicht säuerlich, sondern herb und fruchtig.

»Wie heißen Sie?«, fragte Robert, als er das Glas absetzte.

Helen gab keine Antwort. Sie beobachtete die anderen Gäste

und tat so, als hätte sie seine Frage nicht gehört.

»Eine hübsche Rose haben Sie«, versuchte es Robert erneut.

Diesmal reagierte sie. Sie zuckte zusammen, griff nach der Rose, und ihre Finger strichen über die Blütenblätter. Zitterten sie? Doch dieser Eindruck verschwand genauso schnell, wie er gekommen war.

Helen drehte sich zu ihm. »Was machen Sie beruflich?«

Für einen kurzen Moment zögerte er. Sich als Polizist vorzustellen wäre dumm. Als Journalist? Die wenigsten Menschen mochten Journalisten, und womöglich roch sie den Braten dann zu früh. Schließlich hatte sie seine Presseanfragen mit zunehmend unhöflicheren Schreiben abgewimmelt. »Ich bin Vertreter.«

»Was vertreten Sie denn?«, fragte Helen.

»Große Firmen, die kleine schlucken wollen.«

Helen lächelte. »Klingt lustig. Sie sagen den großen Haien, wen Sie fressen sollen?«

»So ungefähr«, gab Robert zu. »Und Sie?«

Helen drehte ihr Glas zwischen den Fingern, schlug die Lider nieder, bevor sie ihn erneut ansah. »Ich bin Theaterkritikerin und suche außerdem für die Schauspielagentur Florent Ballouhey neue Talente.«

Donnerwetter. Während sie log, zuckte Helen nicht einmal mit der Wimper. Sie sah ihm geradewegs in die Augen und wirkte sogar ein wenig gelangweilt. Sicher, *sie* wusste nicht, was *er* wusste. Aber er hatte noch nie eine Frau erlebt, die derart schamlos log.

»Und sind Sie aus beruflichen Gründen hier?«, fragte sie.

Während Helen sich nachschenkte, leerte Robert sein Glas. »Es ist die praktische Verbindung aus beruflichen Gründen und privatem Vergnügen.«

»Dann zähle ich wohl zu Letzterem.«

Sie goss den restlichen Inhalt der Flasche in sein Glas, schraubte den Deckel drauf und stellte sie einfach auf den Boden. »Schauspielerisches Talent besitzen Sie jedenfalls keines.«

Herzlichen Dank, aber würde er sich beklagen? Zu gern würde er ihr aufs Butterbrot schmieren, dass ihr schauspielerisches Talent erschreckend war. Sie war eine schöne und intelligente Frau. Warum, zum Henker, unterstützte sie Mord, Totschlag, Erpressung und all die Verbrechen, die ihr Boss verübte? Er konnte sich nicht vorstellen, dass sie nichts von dem Treiben ihres Chefs wusste. Sicher, dieser besaß Hotels, sogar eine Personenschutzfirma und unzählige Beteiligungen an Unternehmen. Man konnte sagen, dass er Beteiligungen sammelte wie andere Leute Briefmarken. All das musste verwaltet werden. Von Menschen, die an die Leutseligkeit ihres Arbeitgebers glaubten. Und Helen war seine Assistentin, seine rechte Hand. Die Frau, mit der er am engsten zusammenarbeitete.

Robert hatte das Büro tagelang beobachtet. Jason war jeden Tag mindestens einmal dort gewesen. Er hatte gesehen, welche Gestalten in das Büro gingen. Sie schienen alle redlich, manche hatten sich ihrem Boss angepasst und trugen ebenso piekfeine Anzüge. Anzüge, die man sich als Securitymitarbeiter, Hotelportier und Beteiligungsmanager nicht leisten konnte. Wie viele Auftragsmörder hatte Robert in diesen Tagen das Büro betreten und verlassen sehen? Robert würde mindestens auf eine Handvoll tippen.

Helen war nicht unschuldig. Sie müsste schon einen IQ im negativen Bereich haben, um nicht zu wissen, was Harris trieb. Aber dann würde sie nicht so überzeugend lügen. Sie hatte es faustdick hinter den Ohren.

»Geht es Ihnen gut?«, fragte Helen. »Sie jucken sich nicht

mehr.«

»Tut mir leid, ich war in Ihren Anblick versunken.«

Helen schnaubte. »Sie sehen eher aus, als hätten Sie sich daran erinnert, dass Sie genauso viele Falten im Gesicht haben wie ich.«

»Nein, ich glaube, das würde mich nicht schrecken«, wehrte Robert ab. Er rettete sich mit einem weiteren Schluck Wein.

Helen öffnete gerade den Mund, da erklang ein Gong. Einige Gäste stürzten hastig ihre Drinks hinunter, denn der nächste Gong würde in wenigen Minuten ertönen und der dritte und letzte auch nicht lange auf sich warten lassen.

»Vielleicht sehen wir uns in der Pause«, sagte Helen, und ehe es Robert verhindern konnte, drehte sie sich auf dem Absatz um und folgte den anderen Zuschauern. Verflucht. Er setzte doch nicht den Fuß in die Höhle des Löwen, um sich jetzt abschütteln zu lassen. Er musste neben ihr sitzen. Aber wie zum Teufel stellte er das an?

Kapitel 2

Eine bühnenreife Blamage

Robert reihte sich in den Besucherstrom ein, ließ sich die Treppe nach oben drängen, immer den Blick auf die blonde Mähne gerichtet, die zu Helen gehörte. Als sie die Treppe nach links zu den Rängen nahm, folgte er ihr. Sie drehte sich nicht ein einziges Mal um, erst oben legte sie die Hand auf das Geländer und sah hinunter. Schnell duckte sich Robert hinter einen stämmigen älteren Herrn. Das Licht glänzte auf dessen altersfleckiger Kopfhaut, die zwischen den Haaren hindurchschimmerte. Er roch nach Bier und Tabak. Unwillkürlich rümpfte Robert die Nase. So jemanden wollte bestimmt niemand die gesamte Aufführung neben sich sitzen haben.

Helen drehte sich weg von dem Geländer. Eilig schob sich Robert an seinem Vordermann vorbei und verfehlte die Stufe. Sich in die bleiche Schulter einer rothaarigen Frau zu krallen, bewahrte ihn vor dem unfreiwilligen Kniefall, den weder Helen noch der Dicke zu würdigen wüssten.

»Können Sie nicht aufpassen?«, fauchte die Rothaarige und hielt ihr Kleid über der Brust zusammen. Auf einer Seite war der dünne Träger gerissen.

»Je suis désolé«, murmelte Robert und zog seine Hand zurück.

»Sie werden mir den Schaden ersetzen«, blaffte die Rothaarige und stieß mit dem Finger gegen Roberts Brust.

Nervös spähte Robert an ihr vorbei und hinauf zu der Brüstung, wo Helen eben noch gestanden hatte. Sie war nicht mehr dort, sondern musste den Zuschauerraum betreten haben.

Der zweite Gong ertönte, und Robert ließ die keifende Rothaarige einfach stehen. Er hastete die Treppen hinauf und folgte zwei Platzanweiserinnen in den Zuschauerraum.

Das Licht der schweren Kronleuchter war voll aufgedreht, um den Gästen die Suche nach ihrem Platz zu erleichtern. Robert sollte eigentlich die erhabene Atmosphäre genießen. Das Gewisper und Getuschel unter der hohen Kuppel mit dieser einzigartigen Stimmung der Vorfreude. Er war vor zwanzig Jahren das letzte Mal hier gewesen. Aber für die riesige Bühne, die schweren Lüster und die Stuckverzierungen hatte er nur einen beiläufigen Blick übrig. Er suchte die Ränge ab, und endlich erspähte er Helens blonden Haarschopf. Sie ließ sich gerade auf einem Sitz nieder und sah sich um. Schnell wich Robert wieder zum Ausgang zurück und trat noch einmal auf den Gang. Was nun?

Robert lugte in den Zuschauerraum und zählte die Reihen ab. Sie saß in Reihe M, und wenn er sich nicht täuschte, dann auf dem siebzehnten Platz. Also musste er entweder auf Platz sechzehn oder achtzehn. Oh nein, gerade ließ sich ein älterer Herr mit einer schweren Hornbrille auf Platz sechzehn nieder und nickte Helen freundlich zu.

Außer Robert standen noch gut zehn, fünfzehn Leute an der Seite herum, redeten oder fotografierten Richtung Bühne. Er zog sein eigenes Ticket hervor und presste angespannt die Kiefer zusammen. In einem Film würde er sich einfach das Ticket mit der passenden Platznummer von einem schmalen Drucker in seinem Anzug drucken lassen. Aber die Polizeidirektion war ja geizig. *Die* sparten, und *er* kratzte sich die Haut vom Fleisch.

Auf Roberts Ticket stand ›Rang Mitte‹ und nicht ›Rang rechts‹, aber mit dem Fingernagel konnte er das unerwünschte Wort gut wegschaben, sodass es kaum noch zu erkennen war.

Seine Platzierung, Reihe N, Platz dreizehn, änderte er mit einem schwarzen Stift auf Reihe M, Platz achtzehn, indem er die nötigen Striche und Bögen hinzufügte. Perfekt war es nicht, aber nun ertönte der dritte Gong. Noch zwei Minuten, und sie würden die Lampen dimmen.

Robert steuerte Helens Reihe an, schob sich an den Knien der Sitzenden entlang und setzte sich auf den freien Platz. Vielleicht hatte er Glück und der Eigentümer der Karte kam nicht.

Helen, die ihre kleine Tasche neben sich auf dem Sitz platzierte, sah wieder nach vorn und schließlich zur Seite. Als sie seinem Blick begegnete, stutzte sie.

Robert zwang sich zu einem breiten Grinsen. »Ich mag solche Zufälle.«

»Ah ja«, erwiderte Helen gedehnt. Ihr Blick ging an ihm vorbei, und als Robert aufsah, stand vor dem Sitz neben ihm ein Mann mit stachelig gegelten, grauen Haaren und starrte auf seine Karte, bevor er die Sitze zu zählen schien.

»Kann man Ihnen helfen?«, fragte Robert.

Der Suchende sah erneut auf seine Karte. »Auf welchem Platz sitzen Sie?«

Sacrebleu! In den Reihen vor ihnen blieben Plätze frei, doch ausgerechnet dieser hier war belegt? »Auf M achtzehn«, erwiderte Robert.

»Und das ist hier Rang rechts?«, fragte sein Konkurrent.

»Soweit ich weiß, ja«, fiel ihm ausgerechnet Helen in den Rücken. Sie runzelte die Stirn, rieb sich über die Unterlippe. Der Kerl gehörte doch nicht etwa zu Helen? Und wenn schon, Robert war es egal. Er verzog keine Miene. Frechheit siegte immer. Das war vor zwanzig Jahren schon so gewesen und in zweihundert Jahren würde es immer noch so sein.

»Bei allem Respekt, ich glaube, Sie sitzen auf meinem Platz.« Der Mann hielt Robert das Ticket unter die Nase. Ja, nom de Dieu! Es war Rang *rechts*, die richtige Reihe und der korrekte Platz. Na und? Robert räumte seinen Sitz nicht, dann musste man ihn schon hinauszerren. Er ließ sich diese Chance nicht entgehen.

Nichts war wichtiger als der erste Kontakt zum Zielobjekt. Das galt für Berufspolizisten, Journalisten und firmenschluckende Vertreter gleichermaßen. Und er vertrat heute alle drei Berufe.

»Es muss sich um ein Missverständnis handeln. Ich habe diesen Platz gebucht«, erklärte Robert und wedelte mit seiner Karte vor der Nase seines Rivalen herum. Zugegeben, er ließ dem Mann kaum Gelegenheit, seine Eintrittskarte näher zu inspizieren.

Die entstehende Unruhe rief eine Frau mit einem roten Tuch über der Bluse auf den Plan. Sie drängte sich zu ihnen heran. »Gibt es ein Problem?«

»Ich fürchte, dieser Platz wurde doppelt gebucht.« Robert streckte der Platzanweiserin seine Karte hin. Diese schwenkte den Strahl ihrer Taschenlampe darauf, doch Robert ließ sie rasch wieder sinken. Sein Konkurrent wollte nicht zurückstehen und hielt der Platzanweiserin ebenso seine Karte unter die Nase.

»Ich würde meinen Platz nur ungern räumen, mir gefällt meine Sitznachbarin ausgezeichnet«, behauptete Robert. »Es ist unser zweiundzwanzigster Hochzeitstag.«

Helen gab ein undefinierbares Geräusch von sich, allerdings konnte Robert es sich nicht leisten, den Blickkontakt zu der Platzanweiserin zu verlieren. Sie lächelte, ein wenig erfreut, aber auch ein wenig mitleidig. Wie faktisch alle Menschen, denen man die Anzahl der Ehejahre unter die Nase rieb. Je mehr es waren, umso mitleidiger die Blicke, es sei denn, man überschritt die Fünfziger, dann wandelte sich das Mitleid in ungläubige Bewunderung.

»Kann ich Ihre Karte bitte für einen Moment sehen?« Die Platzanweiserin beugte sich über Robert zu Helen, und diese wiederum reichte ihr wortlos das Ticket. Im Schein der Taschenlampe betrachtete die Platzanweiserin Helens Platznummer, zählte die Reihen nach und schließlich auch die Sitze.

»Danke«, murmelte sie, gab Helen das Ticket zurück und wandte sich zu Roberts Konkurrenten um. »Es tut mir wirklich leid, dass die Plätze doppelt vergeben wurden.«

»Wir heißen Sie herzlich in der *Operá nationale de Paris* willkommen«, schallte es aus den Lautsprechern.

»Der Platz ist nicht doppelt gebucht. Er sitzt einfach nur falsch«, fauchte Roberts Konkurrent und warf ihm einen vernichtenden Blick zu, der glücklicherweise nicht mal im Hellen tödlich wirkte.

»Die beiden Plätze wurden anscheinend zusammen gebucht«, widersprach die Platzanweiserin, die fortschreitende Ansage aus den Lautsprechern schien sie nervös zu machen. Nur noch eine Minute bis zum Beginn der Aufführung. »Zusammen gebuchte Plätze würden wir niemals trennen.« Sie legte dem anderen Mann die Hand auf den Arm und deutete über Robert hinweg. »Zwei Reihen weiter ist auf der gleichen Höhe noch ein Platz frei. Von dort haben Sie sogar einen besseren Blick.«

Der Mann beäugte zwar Robert immer noch missmutig, doch gegen das Argument blieb wenig zu sagen. Ein besserer Blick? Wer sagte dazu schon ›Nein‹? Zu Roberts Glück schien der Mann wirklich nicht zu Helen zu gehören und trollte sich. Und Helen? Als sich Robert zurücklehnte, betrachtete sie ihn mit einem Gesichtsausdruck, den er kaum zu deuten vermochte. Ihre linke Augenbraue saß noch ein Stück höher als vorhin. Wenn sie so weitermachte, wurde das ihr normaler Gesichtsausdruck.

Robert hielt es für besser, Helen nicht darauf anzusprechen.

»Angenommen, ich würde mir nun auch einen Platz woanders suchen, würden Sie dann mit Tipp-Ex Ihre Platznummer anpassen?«, hörte er Helens Stimme.

Verflucht, das mit dem Ignorieren war wohl die falsche Strategie. Wusste sie wirklich, dass er die Nummer seines Tickets geändert hatte, oder war es nur eine Vermutung?

Er hielt den Papierfetzen immer noch in den verkrampften Fingern und steckte ihn in die Innentasche seines Sakkos. »Ich würde mich unter die Schauspieler mischen und Sie auf die Bühne holen lassen.« Er lächelte schief, doch Helen starrte ihn ohne jegliche Regung an. Ihre Mundwinkel zeigten nicht die Spur eines Lächelns.

»Ist es Ihnen unangenehm, wenn ich hier sitze?«, fragte Robert und deutete in die Richtung, in der sein Konkurrent nun sitzen müsste. »Wenn Ihnen dieser Mann besser gefällt, räume ich meinen Platz.« Robert stützte seinen Arm auf der Lehne zwischen ihnen ab und sah Helen in die Augen. »Allerdings würde ich das sehr bedauern. Meine Großmutter hat einmal gesagt: Wenn dir eine Frau gefällt, dann lass sie erst aus den Augen, wenn du ihre richtige Telefonnummer hast.«

»Die richtige?« Helen schnaubte so stark, dass sie anschließend nieste. »Wie viele falsche hat sie verteilt?«

»Wohl ausreichend, um den Trick zu kennen. Die beste Variante ist immer noch, ein Mädchen nach Hause zu bringen. Dann kennt man gleich ihre Adresse und kann sich bei ihrer Mutter einschmeicheln.« Robert zog ein Taschentuch hervor und reichte es Helen.

Sie winkte ab und lachte leise. »Daraus gibt es wahrlich kein Entkommen.«

Das ohnehin dämmrige Licht wurde schwächer, bis nur noch die Beleuchtung auf der Bühne übrig blieb und die Aufmerksamkeit der Zuschauer nach vorn lenkte. Je dunkler es wurde, desto ruhiger wurde es im Saal. Die leisen Gespräche verebbten, und gespannte Aufmerksamkeit machte sich breit. Er sah im Augenwinkel, wie Helen auf ihrem Sitz ein wenig nach unten rutschte und die Beine unter den Vordersitz ausstreckte.

Mitten in die gespannte Aufmerksamkeit, in Erwartung des ersten Betretens der Bühne durch die Schauspieler, mischte sich ein ganz anderes Gefühl. Eines, das er himmlische Minuten lang vergessen hatte. Das verfluchte Jucken auf seiner Haut. Robert versuchte, es zu ignorieren. Er starrte gebannt zu dem aufschwingenden Vorhang, hörte den Applaus und versuchte, sich auf den ersten Schauspieler und dessen leidgeplagten Monolog zu konzentrieren. Doch es gelang ihm nicht.

Je mehr er das juckende Piksen ignorieren wollte, umso mehr schob es sich in den Vordergrund. Es verstärkte sich, bis es zu einem scharfen, unangenehmen Stechen anwuchs, das ihn zusammenzucken ließ. Eilig kratzte er über seine Seite, der Stoff knarzte, doch da breitete sich das Kribbeln bereits auf seinem gesamten Rücken aus. Himmel, nein, das ging doch jetzt nicht die ganze Vorstellung so?

Das Jucken zwischen seinen Schulterblättern nahm übermächtige Ausmaße an. Er rutschte in seinem Stuhl hin und her und ließ sich an der Rückenlehne aus.

»Ich habe doch gesagt, ziehen Sie das Ding aus.«

Helens Flüstern ließ ihn innehalten. Er machte sich vor ihr völlig zum Narren. Eines erreichte er zumindest: Sie würde den Verrückten, der offenbar von Flöhen bevölkert war, nicht so schnell vergessen. Er fuhr mit den Nägeln über den Stoff seiner Hose an den Oberschenkeln. Vielleicht sollte er besser verschwinden. Er konnte sich nicht im Geringsten auf die Darbietung vorne konzentrieren. Geschweige denn, dass er mit Helen eine vertrauensvolle Atmosphäre schuf, die ihr Informationen entlockte. Jeder seiner Nervenstränge traktierte ihn mit diesem unerträglichen Jucken.

Er wollte schon aufgeben und aufstehen, aber erst ergab er sich dem Drang, an seiner Taille zu kratzen. Und dann noch mal an seinem Oberschenkel. Er strich darüber und stieß mit etwas zusammen, das er nicht erwartet hatte. Mit einer fremden Hand, Helens Hand, um genau zu sein. Zumindest hoffte er das. Sonst könnte diese Hand nur zu dem Mann auf seiner anderen Seite gehören. Er sah in dem Licht, das von der Bühne kam, wie sich Helen auf ihrem Sitz in seine Richtung drehte, und ja, jetzt sah er auch, dass sie ihren Arm über die Lehne zu ihm herüber streckte.

Gott sei Dank, es war *ihre* Hand.

Mit Mühe unterdrückte er ein seliges Stöhnen, als sie mit ihren Nägeln über seinen Oberschenkel kratzte. Die Berührung jagte ihm einen Schauer durch den Körper, der ihn bis ins Mark traf. Er wusste nicht, ob es das Jucken, die überreizten Nerven oder die Erleichterung war, die ihm für einen Moment Übelkeit bescherte. Aber er erwischte sich dabei, wie er trotzdem noch mit dem Rücken über die Sitzlehne schabte.

Helens Hand wanderte nach oben und zog mit einem Ruck sein Hemd aus dem Hosenbund.

»Was?«, stieß Robert verdutzt aus.

»Pst«, zischte Helen. »Sie stören sowieso schon.«

Was sollte er dazu sagen? Er war viel zu sehr damit beschäftigt, ungläubig zu verfolgen, wie Helen ihre Hand unter sein Hemd schob. Sie traf auf seine nackte Haut, zögerte einen Moment und legte schließlich ihre Hand auf Roberts Bauch. Er wagte kaum zu atmen. Das letzte Mal, als er von einer Frau nach einer halben Stunde Bekanntschaft so berührt worden war, war siebenundzwanzig Jahre her.

Helen schob ihre Hand über seine Seite, lehnte sich zu ihm, bis sie schließlich an seinen Rücken kam.

»Sie müssen sich schon ein wenig nach vorn beugen. Sonst stelle ich Ihnen die Kosten für das gebrochene Handgelenk in Rechnung.« Ihr strenger Tonfall ließ ihn nach vorn rutschen. Er hockte auf der weichen Kante des Sitzes, beugte den Rücken und stützte die Arme auf seinen Knien ab. Er wusste selbst nicht warum, aber urplötzlich konnte Robert nachvollziehen, wie sich Tiere in Erwartung von Streicheleinheiten fühlten. Voller Aufregung und Vorfreude. Er sollte wohl froh sein, dass er zu enge Unterhosen trug, um mit seinem Schwanz wedeln zu können.

Helen schob ihre Hand immer höher, rutschte mit ihren Nägeln über seine malträtierte Haut, und Robert biss sich in den eigenen Finger, um unqualifizierte Geräusche zu unterdrücken. Am Ende dachte noch jemand, sie hätten hier Sex. Aber was sie tat, war einfach himmlisch. Sie hatte sein Hemd nahezu vollständig aus dem Hosenbund gezogen, kratzte von oben bis unten und begann schließlich, wesentlich zufälliger hier und da über seine Haut zu streichen.

Er bildete sich ein, sie amüsiert schnauben zu hören, wenn er sich ihren Fingern entgegen drückte, weil eine Stelle mehr juckte als die restlichen 1,9 Quadratmeter seiner Haut.

Für die Vorstellung auf der Bühne hatte er kein Quäntchen Aufmerksamkeit mehr übrig, so sehr genoss er Helens Berührungen. Wäre es gesellschaftlich anerkannt und als Entschädigung für ihre Mühe, würde er ihr Bein rammeln.

Helen schien es nicht zu stören.

»Ich glaube, das reicht jetzt«, sagte Robert nach einer Weile und wollte sich im nächsten Moment selbst ohrfeigen. Nein, es reichte nicht, aber sie konnte kaum eine Stunde lang seinen Rücken kratzen.

Helen beugte sich zu ihm und flüsterte ihm ins Ohr. »Sicher?«

Oh Seigneur, sie klang wie die lebende Versuchung.

»Sie haben sowieso schon zu viel getan«, gab Robert ebenso leise zurück. Warum zum Kuckuck sie das auch tat. Er konnte es kaum überstrapazieren. Er sah in dem fahlen Licht, wie Helen die

Schultern zuckte. »Okay.« Im nächsten Moment zog sie ihre Hand zurück. Er hasste sich für das Gefühl der Enttäuschung in seinem Bauch. Sie sollte nicht aufhören, ihn zu berühren! Mon Dieu, war das so schwer? Wenn er ›Nein‹ sagte, hieß das natürlich ›Ja‹!

Robert versuchte wahrlich, sich auf die Aufführung zu konzentrieren. Er lehnte sich zurück, ignorierte das Krabbeln, doch am Ende gewann es ohnehin. Er versuchte, es mit kleinen Bewegungen zu lindern. Hin und wieder gelang es ihm tatsächlich, den Juckreiz auszublenden. Immer dann, wenn er Helen verstohlen von der Seite beobachtete.

Eine solche Frau sollte die Handlangerin eines Berufsverbrechers und Mörders sein? Es mochte ihm nicht in den Kopf. Sie war fast genauso alt wie er, und doch konnte man wahrlich nicht behaupten, dass das Alter ihr zugesetzt hatte. Im Gegenteil, sie gehörte zu den Frauen, deren Schönheit mit dem Alter nicht verwelkte, sondern erblühte. Und sie war klug. Warum sollte eine Frau wie sie ihr Licht unter den Scheffel stellen und einem Verbrecher die Treue halten? Hatte sie vielleicht keine andere Wahl? Auch so was sollte es bekanntlich geben. Doch dafür erschien sie ihm nicht verängstigt genug. Sie genoss die Aufführung. Es gab keinerlei Anzeichen dafür, dass sie vor irgendetwas Angst hatte. Nicht einmal vor ihm, und er war nun wirklich der seltsamste Sitznachbar, den man haben konnte. Selbst der Mann zu seiner Rechten warf ihm schon seltsame Blicke zu. Robert konnte die Missbilligung in der Dunkelheit spüren. In der Reihe hinter ihnen tuschelten zwei Frauen. (»Unmöglich. So was lassen die in die Oper? Früher putzte solches Gesindel die Aschenbecher vor der Tür. Das nächste Mal nehmen wir wieder VIP-Plätze.«)

Erst als ein scharfer Schmerz durch seine Nervenbahnen zuckte, realisierte Robert, dass er sich mit der Hand in den eigenen Unterarm krallte. Diese verfluchten Hemdsärmel. Sobald der Abend vorbei war, pfiff er auf die Leihgebühr und zündete den verdammten Smoking an. Es wäre ein Gefallen an die Menschheit. Nicht auszudenken, wenn ein weiterer ahnungsloser Kerl das Ding auslieh.

Er spürte Feuchtigkeit an seinen Fingern. Merde, er hatte es geschafft, sich selbst blutig zu kratzen. Er zog ein sein Taschentuch erneut hervor und presste es auf die blutende Stelle. Aber der Schmerz überlagerte nicht das Brennen an seinem Hals. Als er die Hand hob, fiel das Tuch herunter. Er wurde noch wahnsinnig.

Wie ging es Menschen, die permanent Probleme mit ihrer Haut hatten? Wie hoch war die Dunkelziffer derer, die sich die Haut vom Fleisch schnitten, nur um endlich Ruhe zu haben?

Doch bevor er irgendjemanden um ein Messer anbetteln konnte, beugte sich Helen nach vorn, hob das Tuch auf und schob es unter seinen Ärmel, um es auf die schmerzende Stelle zu drücken.

Sie zog seinen Arm zu sich, bis er auf der Lehne ruhte und – Robert mochte es kaum fassen – sie begann, seinen Handrücken zu streicheln. Warum war diese Frau nicht verheiratet? Wäre sein Gehirn nicht mit den dauernden ›Äh's‹ und ›Oh's‹ überfordert, würde er sie sofort fragen, ob sie seine Frau werden wolle.

Er hatte kaum damit begonnen, Helens Berührungen vorbehaltlos zu genießen, da wurde das Licht heller gedreht. Dem Himmel sei Dank. Er hatte die Zeit überlebt, ohne sich in ein Messer zu stürzen.

Die ersten Gäste sprangen auf, um zur Bar zu stürmen. Auch Helen erhob sich, aber sie ließ seine Hand nicht los, und so stand Robert ebenfalls auf. Er folgte ihrem Zug und schob sich die Reihe entlang, stolperte über die Beine der Sitzengebliebenen und stieß ein erleichtertes Seufzen aus, als sich die Menge aufteilte.

Er wollte gerade stehen bleiben, doch Helen packte seinen Arm und zog ihn hinter eine Säule.

»Ich habe genug von diesem Unsinn. Ziehen Sie jetzt diesen verfluchten Anzug aus.«

Kapitel 3

Nacktheit ist (k)eine Kunst

Helen stützte die Hand in die Hüfte und tippte ungeduldig mit dem Fuß auf dem Boden.

»Ich gehe besser nach Hause«, wehrte Robert ab. Es würde ihm schon ein weiteres Mal gelingen, sie abzupassen und dann hoffentlich in Klamotten, in denen er sich nicht die Haut vom Fleisch säbeln wollte.

Helen schnaubte. »Bis Sie zu Hause sind, haben Sie sich den Stoff vom Leib gekratzt. Also können Sie das Ding auch gleich ausziehen.«

»Ich kann mich doch kaum nackt wieder in die Vorstellung setzen«, widersprach Robert.

»Wieso? Tragen Sie keine Unterwäsche?«

»Doch.«

»Dann sind alle Teile, die Ihnen Schande bereiten könnten, verhüllt.«

Der Herr steh ihm bei. Das war ihr Ernst. Mit sichtlich unzufriedenem Blick maß sie ihn von oben nach unten und trat nach vorn. Bevor Robert die einzig vernünftige Wahl treffen und die Flucht ergreifen konnte, begann sie, die Knöpfe seines Hemdes zu öffnen.

»Hören Sie auf damit.« Robert wich zurück, bis er von einer Wand gebremst wurde. Helen senkte ihre Hände und verdrehte ausgiebig die Augen. »Gut, wenn es Ihre überflüssigen Schamgefühle beruhigt, dann ziehe ich mich ebenfalls aus.«

Ähm, *was*? Roberts Gehirn war noch damit beschäftigt, den Sinn ihrer Worte zu erfassen, als Helen bereits hinter ihren Rücken griff. Er hörte das leise Ratschen des Reißverschlusses und tatsächlich ... Der Stoff an ihren Schultern rutschte nach unten, zögerte kurz an der Wölbung ihrer Brüste, bevor die Schwerkraft stärker war und er an ihrem Körper nach unten rutschte.

Robert konnte nicht sagen, ob ihm die Kinnlade herunterfiel. Er konnte auch nicht sagen, ob das seltsame Ächzen von ihm kam. Er wusste aber, dass es der Anstand geboten hätte, den Blick von ihr abzuwenden. Nur konnte er es nicht. Ihre Brüste bedeckte zum Glück ein trägerloser BH. Nackte Nippel hätten ihm jetzt den Rest gegeben. Ihr Bauch war flach, und obwohl sie nicht muskulös wirkte, sah man ihr doch deutlich an, dass sie irgendeine Sportart trainierte. Sie trug ein schwarzes Höschen, zu seiner Erleichterung aus blickdichtem Stoff. Als ob ihm ihr Anblick nicht sowieso schon fast einen Hirnschlag versetzte.

Nur mühsam gelang es ihm, den Blick zu heben, aber er wurde sofort wieder auf ihren Busen abgelenkt, als sie die Arme verschränkte. Gott war sein Zeuge, er würde nie wieder einen klaren Satz von sich geben können.

»Sie haben mich lang genug angestarrt. Jetzt sind Sie dran.«

Er sah, dass sich ihr Mund bewegte. Er hörte auch die Worte, nur den Sinn erfasste er nicht so ganz. Eine Schwäche, die Helen ohne jegliches Zögern ausnutzte. Sie öffnete so schnell seine restlichen Hemdknöpfe, dass er kaum realisierte, was geschah. Sie packte das Hemd und sein Sakko und zog beides von Roberts Schultern.

Er bildete sich ein, seine Haut seufzen zu hören. Vielleicht war es aber auch nur er selbst. Erst die warme Luft, die an seine Haut drang, weckte ihn aus seiner Starre. Oder es waren Helens Finger? War sie in ihrem früheren Leben eine Prostituierte gewesen? Sein Gürtel hing bereits geöffnet herunter, und allein die Tatsache, dass ihm die Hose ein wenig zu eng war, sorgte dafür, dass sich Helen ein wenig länger an dem Knopf abmühen musste.

Aber Himmel, wenn sie ihm die Hose herunterzog, konnte er

unmöglich noch verbergen, was ihr dreiviertelnackter Anblick bei ihm auslöste.

»Ha!«, entfuhr es Helen. Mist, sie hatte seinen Knopf geöffnet. Eilig wehrte Robert ihre Finger ab und stolperte zur Seite. Mit beiden Händen hielt er seine Hose zu.

»Sie können doch nicht …«, setzte Robert an.

»Was? Von Ihnen das Gleiche verlangen wie von mir?«, spottete Helen. »Ich sitze lieber neben einem Halbnackten als neben einem, der mich an einen alten, räudigen Hund erinnert.«

Autsch. Das tat weh. Es blieb ihm keine Peinlichkeit erspart. Wahrlich nicht, denn die nächste rückte bereits in Gestalt des Securitymannes und der Platzanweiserin an.

»Ein solches Benehmen können wir nicht dulden«, zischte die Mademoiselle mit dem roten Halstuch. Helen ließ sich davon nicht aus der Ruhe bringen. Sie ließ ihre kleine Handtasche aufschnappen und zog eine Visitenkarte hervor.

»Wie gut, dass ich endlich jemanden treffe, der mich zum Bühneneingang begleiten kann. Ich möchte mit Marcel Damrau sprechen. Seine Darbietung hat mich außerordentlich beeindruckt. Ich bin sicher, er wird zukünftig mit Angeboten überhäuft. Und meine Kritik für diese Aufführung habe ich schon im Kopf. Nun ja, nicht ganz. Aber die Worte ›fabelhaft‹ und ›außergewöhnlich‹ kann man in diesem Zusammenhang kaum oft genug verwenden.«

Robert rückte näher an die Platzanweiserin heran und versuchte, einen Blick auf die Visitenkarte zu erhaschen. Aber er konnte nur einen silbernen Rahmen erkennen. Aber was auch immer auf diesem Ding stand, es musste beeindruckend sein. Denn die Platzanweiserin begaffte es wie den heiligen Gral und strahlte schließlich Helen an.

»Oh, Sie sind Marie Cornet? Das wusste ich nicht. Ich *liebe* Ihre

Artikel. Sie haben ein unglaubliches Talent, die Stärken und vor allem die Schwächen von Stücken und Schauspielern zu erkennen und sie äh …«

»Zu benennen?«, schlug Helen vor.

»Darauf herumzutrampeln«, rutschte es der jungen Frau heraus.

Marie Cornet? Von dieser Frau hatte selbst Robert schon einmal etwas gehört. Sie war tatsächlich Kritikerin, aber sie war heute Abend nicht anwesend. Erst recht nicht stand sie gerade, nur mit Unterwäsche bekleidet, vor dem Eingang der Ränge.

Während sich der Securitymann noch am Ohr kratzte, beugte sich die Platzanweiserin zu Helen. »Es tut mir wirklich leid, aber Sie müssen sich wieder anziehen. Die anderen Gäste fühlen sich gestört.«

»Banausen«, schnaubte Helen. »Hat von denen keiner das Schild an diesem unsäglich hässlichen, äh, eindrucksvollen Adonis gelesen, das zur Präsentation gehört? Ich muss Marán Nudé unbedingt sagen, er muss sich das nächste Mal etwas Besseres ausdenken. Es ist einfach zu subtil. Die meisten gehen einfach daran vorbei oder starren es stumpfsinnig an, ohne die Bedeutung zu verstehen. Ich habe gleich gesagt, es wird ein Reinfall. Aber gut für mich, ich habe schon viel zu lange keinen Verriss mehr geschrieben.«

Dem Gesicht der jungen Frau konnte Robert entnehmen, dass sie kein derartiges Schild gesehen hatte. Wie er auch. Wahrscheinlich gab es überhaupt kein Schild!

»Also ziehen Sie sich wieder an?«, fragte die Platzanweiserin hoffnungsvoll. Ja, das interessierte Robert ebenso! Die Blicke der Umstehenden waren ihm unangenehm. Ja, ja, er wusste selbst, dass es völliger Humbug war. Der Mensch wurde nackt geboren, was sollte daran verwerflich sein? Außer dass Babys von Natur aus niedlicher aussahen als manch erwachsener Mensch?

»Haben Sie für meinen Begleiter vielleicht einen Anzug? Ich weiß nicht, wo er das Ding aufgetrieben hat, aber er hat sich für schlanker gehalten, als er ist, und die Hose sitzt so eng, dass er darin ständig einen Steifen bekommt.«

Robert schnappte nach Luft. Er würde sie umbringen. Er wusste noch nicht wie, aber auch ein Gesetzeshüter durfte jemanden töten, um Leib und Seele zu schützen!

»Was dich nicht davon abgehalten hat, ihn hier in der Halle für dich nutzen zu wollen«, behauptete Robert, aber Helen besaß nicht genügend Anstand, um rot zu werden. Himmel noch eins, wo war das Tor zur Hölle, wenn man eines brauchte? Dann könnte er sich entscheiden, ob *er* dort in der Versenkung verschwinden wollte oder Helen hineinschubste. Sie war ein Satansbraten, zynisch noch dazu. Vielleicht passte sie doch zu ihrem Mafioso.

»Im Fundus der Schauspieler finden wir bestimmt etwas.« Die Platzanweiserin lächelte Helen noch immer völlig verstrahlt an, aber Robert sollte es recht sein. Ein anderer geliehener Anzug konnte unmöglich genauso nervtötend und juckend sein wie dieser. Er hob sein Hemd und das Sakko auf, während Helen ihr Kleid nach oben zog und mit angestrengter Miene ihren Arm verrenkte, um den Reißverschluss zu schließen. Es war ein Bild, das Robert doch ein wenig für ihren Spott entschuldigte.

»Bekommen Sie ihn nicht hoch?«, erkundigte er sich unschuldig und entlockte Helen damit ein Schnauben.

»Runter ist immer einfacher als hoch«, gab sie zu.

Robert trat hinter sie, legte sich seine Kleidung über den Arm und zog den Reißverschluss nach oben. Stück für Stück verschwand ihre helle, makellose Haut unter dem schwarzen Stoff. Die Platzanweiserin winkte ihnen und Robert folgte ihr, an seiner

Seite Helen.

»Marie Cornet, ja?«, fragte er leise. Ob sie ihm jetzt die Wahrheit sagte?

Doch Helen zuckte nur die Schultern. »Richtig. Und wie heißen Sie?«

»Robert Moreau. Und das ist mein richtiger Name.«

»Wie schön für Sie.«

Verflucht noch eins. Diese Frau log, als hätte sie ihr ganzes Leben nichts anderes gemacht. Sie stolzierte in die Kleiderkammer, und während Robert Sakko und Hemd auf einer Kiste ablegte, nahm die Platzanweiserin einen Anzug aus einer Reihe von Kleiderstangen. Die Folie, die über dem Anzug hing, raschelte leise.

»Dieser sollte Ihre Größe haben.«

Sie reichte ihm den Anzug, und er zog die Folie herunter, um einen Blick auf das Etikett zu erhaschen.

»Sie haben einen guten Blick«, lobte er sie.

»War früher mal mein Job«, erwiderte die Platzanweiserin lächelnd. »Ich lasse Sie jetzt allein. Die Pause endet in sieben Minuten.«

Sie schloss die Tür hinter sich, und Robert sah sich Helens forschendem Blick ausgesetzt. Allerdings nur für einen Moment, denn dann setzte sich Helen auf eine Kiste, aber sie tat einen Teufel, ihm den Rücken zuzuwenden.

»Wollen Sie mir wirklich beim Umziehen zusehen?«, sagte Robert.

»Wollen Sie sich wirklich wie die Unschuld vom Lande aufführen?«

»Sind Sie immer so?«

»So charmant?«, spottete Helen.

»So unausstehlich?«

»Als ich Ihnen den Rücken kraulte, haben Sie mich geliebt«,

erwiderte Helen mit schiefgelegtem Kopf.

»Gut, ich korrigiere mich«, erwiderte Robert. »Wenn Sie den Mund halten, sind Sie eine Frau, der ich einen Antrag machen würde.«

»Schade nur, dass ich ihn stumm kaum annehmen kann.«

Es gab eben immer einen Haken und bei Helen gab es mehr als genug. Sein Auftrag war zum Scheitern verurteilt. So fand er niemals etwas über sie bzw. ihren Boss heraus, und ihr Vertrauen erlangte er auf die Art schon mal gar nicht. Robert nahm den neuen Anzug und zog sich damit hinter einer der beladenen Kleiderstangen zurück. Zum Teufel, wann hatte er angefangen, seinen Job beschissen zu machen?

Dieser Bursche gefiel ihr nicht. Okay, das stimmte nicht ganz. Rein äußerlich gab es an Robert wenig auszusetzen. Er besaß breite Schultern, einen Blick, der einem das Höschen wegschmelzte, und vertrottelt wie er war, war er auch noch ein anständiger Kerl. Zumindest im Herzen. Abgesehen davon versuchte der Trottel, sie auf den Arm zu nehmen. Wer machte sich schon in einem juckenden Anzug an eine Frau heran? Wenn das die neueste Strategie der Verbrecher dieser Welt war, dann mussten die ja gewinnen. An Kreativität war *das* kaum zu überbieten.

Während sich Robert zwischen raschelnden Plastikfolien umzog, griff Helen nach dessen Sakko. Und sie hatte Glück. Er war niemand, der auf seiner Brieftasche sitzen mochte. Sie zog die schmale Geldbörse aus der Innentasche hervor und schlug sie auf. Geld besaß er nur wenig, dafür umso mehr Kreditkarten. Allerdings keine goldenen, nicht mal silberne, sondern die billigen Supermarktkarten. Ein reicher Schnösel war er schon mal nicht. Eher einer, der sich auf das Umschichten seiner Schulden verstand und eine Karte nach der anderen probierte, in der Hoffnung, dass wenigstens eine nicht gesperrt war. Liefen seine Unternehmensübernahmen dermaßen schlecht?

Es gab zwei Fotos in seinem Portemonnaie und sie zeigten beide die gleiche junge Frau. Erst als Mädchen von circa zehn Jahren und dann eines, auf dem sie sechzehn oder siebzehn war. Das musste seine Tochter sein. Das Mädchen besaß die gleichen dunkelbraunen Augen wie ihr Vater. Ihr Gesicht war hübsch, die Züge regelmäßig und dezent geschminkt, kurzum, es war das noch kindliche Gesicht eines Teenagers, der momentan auf der Suche nach seiner Persönlichkeit war. Für einen Rebellen sah sie viel zu sehr nach ›Papas Liebling‹ aus.

Seine Frau mochte Robert entweder nicht so gern wie seine Tochter oder er hatte einfach keine. Jedenfalls trug er kein weiteres Foto mit sich herum. Dafür fand sie seinen Ausweis. Er hatte nicht gelogen, dass er ihr seinen richtigen Namen verraten hatte. Allerdings hörte da die Liebe zur Wahrheit auch schon auf. Es gab nämlich noch ein weiteres Dokument – einen Presseausweis des *Les Actualités*.

Verflucht noch eins, er war Journalist! Damit beantworteten sich all die Fragen, die während der letzten zwei Stunden in ihrem Kopf entstanden waren. Er konnte sich keinen guten Anzug leisten, und er wollte partout neben ihr sitzen. Aber nicht, weil ihr Charme ihn schier um den Verstand gebracht hatte, sondern weil er mit ihr anbändeln wollte. Um was zu erfahren? Mit Sicherheit nichts, das man mit einer unschuldigen Frage klären konnte.

Na warte … Er glaubte doch wohl nicht, dass er der erste Journalist in ihrem Leben war? Bei Weitem nicht. Sie waren anhänglich, viel zu neugierig, und wenn sie ihre Nase zu sehr in ihre Angelegenheiten steckten, waren sie vor allem sehr schnell tot! Obwohl es bei Robert schade wäre. Verflixt und zugenäht.

Wäre er kein Journalist, könnte sie sich vorstellen, seinen zickigen Antrag anzunehmen. Das würde ein Spaß vor dem Altar werden.

Sie liebte Männer, die ihr verbal das Wasser reichen konnten. Robert neigte zwar dazu, beleidigt zu sein, aber er war auch nicht um Antworten verlegen. Er besaß Potenzial, man musste ihm nur seinen juckenden Anzug wegnehmen.

Allerdings konnte sie es sich nicht leisten, sich zum Vergnügen mit einem Journalisten herumzuschlagen. Die schreibende Plage war in Verhörtechniken mitunter besser geschult als jeder Schwerverbrecher, und was ein verliebtes Herz anrichten konnte, das hatte sie schon einmal erlebt. Unweigerlich griff sie nach der Rose an ihrer Brust. Nein, diese Blöße gab sie sich nie wieder. Da sprang sie lieber mit dem Kopf voran auf eine Betonplatte. Zur Sicherheit aus dem achten Stockwerk.

Ihre Finger krampften sich um die Rose, sie riss sie ab und ließ sie zu Boden fallen. Vielleicht hatte der Himmel ihr Robert geschickt. Aber nicht, um Amors Verkupplungswahn zu unterstützen, sondern um sie zur Vernunft zu bringen. Die perfekte Erinnerung daran, dass sie schon mal völligen Bockmist gebaut hatte, als sie den juckigen Marotten eines Mannes nachgab. Nur ein Narr machte einen Fehler zweimal.

Helen steckte die Geldbörse zurück in das Sakko und legte es wieder auf die Kiste. Unter den Plastiktüten sah sie Roberts Füße in den Socken und die nackten Unterschenkel darüber. Hervorragend, er hatte die Hose ausgezogen. Mit Sicherheit auch schon sein Hemd.

Leise trat sie näher zur Tür, holte tief Luft und stellte sich vor, wie ihr jemand gewaltsam die Klamotten vom Leib zu reißen versuchte. Nein, das ging nicht, es wollte kein Schrei aus ihrer Kehle.

Gut, dann stellte sie sich eben Jasons nackten Hintern vor. Verflucht, den hatte sie schon zu oft gesehen. Ha, das war es. Sie dachte an Nathanaël, diesen kleinen, verräterischen, viel zu charmanten Mistkerl, den sie aus der Tiefe ihres Herzens verachtete. Wenn er jemals wieder versuchen sollte, ihr nahe zu kommen, dann … hatte sie vermutlich nicht die geringste Chance.

»Hilfe!«

Der schrille Schrei kam endlich aus ihrer Kehle, so laut, dass sie es selbst nervte. Kein Wunder, dass Vergewaltiger ihre Opfer mit Vorliebe erwürgten. Das dämpfte auch gleich das enervierende Geschrei.

Sie hörte das Rascheln, und Robert schoss aus seinem Versteck hervor, als sie das zweite Mal um Hilfe brüllte. Das Hemd hing schief über seinem Oberkörper. Seinem breiten Kreuz nach zu urteilen ging er regelmäßig schwimmen. Himmel, er wäre wirklich eine nette Abwechslung in ihrem Leben. Aber sie kreischte lieber noch ein weiteres Mal. »Hilfe!«

»Was ist los?«, donnerte Robert und übertönte damit sogar ihr Geschrei.

Hups, es hörte sie doch hoffentlich jemand. Sie zuckte die Schultern und kreischte noch einmal lautstark um Hilfe.

Robert fasste sie an den Schultern und schüttelte sie. »Was zum Teufel soll das?«

In diesem Moment krachte die Tür auf. Zwei Männer von der Security drängten in den Raum. »Was ist passiert?«

»Das wüsste ich auch gern«, knurrte Robert, aber er ließ sie immer noch nicht los. Das war ihre Gelegenheit. Sie hob die Hand und schlug Robert ins Gesicht. Für einen Moment tat es ihr wahrlich leid, erst recht, als sie seinen entsetzten Blick sah und er erschrocken zurückwich.

»Widerlich. Wenn Sie es dermaßen nötig haben, dass Sie ihren winzigen Schwanz kaum bei sich behalten können, dann bezahlen Sie eine Nutte«, fluchte Helen. »Sie … Sie …«

»Hat er versucht, Sie anzufassen?«, unterbrach einer der Sicherheitsleute ihren Sermon.

»Oh, er hat es nicht nur versucht. Er hat es auch geschafft«, zeterte Helen und presste die Hände auf ihre bebende Brust. »Brüste sind doch keine Knetkugeln.«

»Was?«, donnerte Robert. »Ich habe überhaupt nicht …«

»Ha, wollen Sie es leugnen? Sie Widerling!«

»Ich habe Sie überhaupt nicht angefasst«, brüllte Robert. »Sacredieu. Kommt aus Ihrem Mund auch nur ein einziges Mal ein wahres Wort?«

»Jetzt sagen Sie nur noch, ich hätte es gewollt«, zischte Helen.

Die beiden Securitymänner fassten Robert an den Armen. »Wir werden Sie jetzt hinausgeleiten.«

»Etwa nackt?«, fragte Robert entsetzt.

»Niemand hat Sie gezwungen, sich auszuziehen«, knurrte der und riss Robert auch noch das lose Hemd von den Schultern und die Krawatte vom Hals.

»Ich bin Journalist des *Les Actualités*. Sie wollen doch kaum, dass das morgen in den Zeitungen steht!«

»Ja, ja. Wir dulden hier sexuelle Nötigung.« Der Beamte wandte sich Helen zu. »Wir können die Polizei verständigen.«

»Die ist …«, setzte Robert an, biss sich dann aber auf die Zunge. Was denn? Er verzichtete auf ein einleuchtendes Argument? Es gab nur eine Berufsgruppe, die Verbrecher wie Polizisten gleichermaßen nicht leiden konnten – Journalisten!

Helen schüttelte den Kopf. »Nein.«

»Aber es wäre besser, wenn Sie …«

»Nein, danke«, sagte Helen lauter. Sie wusste genau, wie das Spiel ausging. Am Ende wurde der Gerechtigkeit genüge getan und *sie* landete im Knast.

»Ich habe sie nicht angefasst«, presste Robert heraus. Die Sicherheitsbeamten achteten nicht auf seine Widerworte. Aber sie reagierten auf Roberts mordlüsternen Blick, den er Helen zuwarf. Eilig zerrten sie ihn hinaus. Helen zog seine Geldbörse aus dem geliehenen Sakko, steckte sie in ihre Handtasche und schloss dann die Tür hinter sich. Sie hörte Roberts Proteste noch, als sie die Treppe zu den Rängen wieder hinaufstieg.

Die Platzanweiserin stürzte auf sie zu. »Madame, was ist passiert?«

Helen winkte ab. »Diese Tinderdates werden mir langsam lästig. Dabei dachte ich wirklich, ich hätte dieses Mal die goldene Ausnahme der Regel gefunden.«

»Ich verstehe«, raunte die Mademoiselle leise. »Das habe ich auch schön öfter geglaubt. Seit mein Freund vor drei Jahren ...«

Oh bitte ... Drei Jahre Singledasein waren nicht mehr als eine nette, erholsame Pause zwischen zwei Männern. Sieben Jahre keinen Mann mehr gehabt zu haben, das war eine verdammte Hausnummer! Eine, die ihrer Meinung nach ruhig enden könnte, aber das Licht am Ende des Tunnels musste ja ausgerechnet ein verfluchter Reporter sein!

Helen stellte sich an das Geländer. Von dort erhaschte sie einen Blick in die Eingangshalle. Robert wehrte sich vergebens, sie stießen ihn mit einem harten Stoß zur Tür hinaus und auf die Eingangstreppe.

Diesen Schnüffler war sie damit für den Moment los. Und auch wenn sie sich doch ein wenig schlecht fühlte, so war diese Behandlung immer noch harmlos. Die Alternative war, als Jasons Abendessen zu enden.

Kapitel 4

Undank ist der Charmeure Lohn

Bisher hatte Robert nie das Bedürfnis verspürt, eine Frau zu erwürgen. Doch es gab für alles ein erstes Mal. Er wurde auf die Marmortreppe gestoßen, strauchelte und fiel die harten Stufen hinab. In dem Moment wünschte er sich nichts mehr, als seine Hände um Helens Hals legen und zudrücken zu können.

Schmerz schoss durch Roberts Ellenbogen und trieb ihm die Tränen in die Augen. Mist, verfluchter. Es fehlte ihm noch, dass er sich hier die Knochen brach. Er streckte die Hand aus, bremste sich auf einer Stufe ab, und endlich hatte seine Rutschpartie ein Ende.

Für einen Moment blieb er atemlos liegen. Jeder Knochen, jeder Muskel in seinem Leib schmerzte, doch als er sich aufrichtete und vorsichtig die Glieder bewegte, stellte er zu seiner Erleichterung fest, dass er sich nur Prellungen zugezogen hatte. Die Kratzer, die er sich an seinem Handgelenk selbst zugefügt hatte, bluteten nicht mehr, dafür hatte er sich die Haut an der Hüfte und an den Armen aufgerissen. Aus der Platzwunde an seinem Knie sickerte ebenso Blut. Wenigstens juckte jetzt nichts mehr.

Stöhnend setzte sich Robert auf. Diese Runde ging eindeutig an Helen. Aber warum? Was hatte er falsch gemacht? Oder anders: Was hatte er noch falscher gemacht als den Unfug, den er zuvor betrieben hatte? Sie hätte ihn bereits viel eher hinauswerfen lassen können. Schon bei der Nummer mit dem Sitzplatz. Aber nein, sie zerrte ihm vor versammelter Mannschaft die Klamotten vom Leib, organisierte ihm einen neuen Anzug und erst *dann* wurde sie seiner überdrüssig? Diese Frau verstand kein Mensch. Er am allerwenigsten. Mit Frauen hatte er in seinem Leben noch nie sonderlich viel Glück gehabt. Nur mit seiner

Tochter, aber man konnte kaum etwas verkehrt machen, wenn man sich alle zwei Wochen sah.

Robert strich sich mit den Händen über das Gesicht und hob den Kopf. Dass er lediglich mit einer Unterhose bekleidet auf der Treppe der Oper saß, blieb nicht unbemerkt. Am Fuße der Stufen drängte sich eine asiatische Reisegruppe. Die Blitze ihrer Kameras erhellten die Nacht. Toll, er würde auf dutzenden Familienfotos in Japan, China oder wusste der Geier wo auftauchen. Schlimmer konnte dieser Abend kaum werden.

Durch die Menge der Asiaten drängelte sich ein Mann, der wesentlich größer als der Rest war, aber genauso eine Kamera in den Händen hielt. Sein Haar glänzte rötlich im Licht der Straßenlaternen.

»Oh, non, Robert. *Du* bist der nackte Irre auf den Stufen der Oper?«

»Ja, bin ich.«

»Bitte lächeln!«

Robert zuckte unter dem Blitzlicht zurück, aber er konnte Marcus kaum böse sein. Journalisten waren immer auf der Jagd nach einer guten Schlagzeile, und diese Jagd hatte Marcus gewonnen.

»Das muss ich bringen, Robert. Ist besser als die entführten Hunde, die dann zwei Stunden später wieder auftauchen. Ich hasse diese Köter. Nur weil die Herrchen zu blöd sind, den Sinn von Leinen zu begreifen.«

Marcus ließ sich neben ihm auf den Stufen nieder und legte die Kamera auf seinen Knien ab. Er zog aus seiner Jackentasche einen zerfledderten Block, die untere Ecke braun von verschüttetem Kaffee, und einen daumengroßen Bleistift.

»Erzählst du mir deine Story? Sonst muss ich mir eine ausdenken und die könnte nicht gerade schmeichelhaft für dich werden. Du kennst doch meine Fantasie.«

»Ja, dann haben mich Ufos hier abgesetzt«, seufzte Robert.

Marcus war der Verschwörungstheoretiker des *Les Actualités*. Allerdings glaubte er nicht selbst an Außerirdische, dieser Unfug brachte nur eine treue Leserschaft mit. ›Die Artikel schreiben sich praktisch während einer längeren Sitzung auf dem Klo‹, behauptete Marcus gern. Wer an übermäßiger Paranoia litt, stürzte sich auf die angeblichen Beweise, zahlte dafür nahezu jeden Preis. Die Auflage verkaufte sich zweimal so schnell wie sonst, wenn Marcus behauptete, der englische Thronfolger würde ebenso wenig von Prinz Charles abstammen wie sein jüngerer Bruder. Und dreimal so schnell, wenn Marcus behauptete, Prinz William würde sich scheiden und in eine Frau umwandeln lassen wollen. Selbst wer nicht daran glaubte, wollte sich an dem Unsinn ergötzen. Die Menschheit war nun einmal sensationsgeil.

»Ich habe versucht, eine Frau kennenzulernen. Allerdings ist sie nicht nur klug, sondern auch noch hinterhältig. Sie weiß zu gut, dass niemand einem Mann glaubt, den man der sexuellen Nötigung beschuldigt«, gab Robert zu. »Bis auf irgendwelche dussligen Richter.«

»Was denn?«, grinste Marcus. »Du wolltest ein kleines Schäferstündchen, und sie hat dann behauptet, sie wollte gar nicht?«

»Wir hatten keinen Sex. Mein Anzug hat gejuckt wie Sau.«

»Ja, das behaupte ich auch immer«, lachte Marcus.

Robert verdrehte die Augen.

»Er war geliehen und zu Tode gestärkt. Also bekam ich aus dem Fundus der Oper einen neuen. Als ich mich umzog, hat sie angefangen, wie am Spieß zu brüllen.«

»Hat sie dein Anblick so schockiert?« Marcus steckte sich den Bleistift wie eine Zigarette in den Mund und sog daran. »Ich mein, manche Frauen haben selbst mit sechzig Jahren noch keinen nackten Mann gesehen.«

Das wäre bei Helen zwar nicht undenkbar, aber dazu hatte sie ihm viel zu schnell das Hemd samt Sakko vom Leib gerissen und seinen Gürtel geöffnet.

»Sie hat mich doch schon vorher ohne Hemd gesehen. Außerdem habe ich mich zwischen den Kleiderstangen umgezogen.«

Marcus spuckte den Bleistift aus und kratzte sich hinter dem Ohr. »Hat sie versucht, dich zu betatschen?«

»Nein!«

»Okay …«, sinnierte Marcus. »Hast *du* versucht, *sie* zu betatschen?«

»Zum Teufel, nein. Ich hätte Angst gehabt, dass sie mir etwas abreißt.«

Marcus zog die Augenbrauen nach oben und kratzte sich mit dem angeknabberten Bleistift die Nase. Der Kerl war mitunter etwas widerlich. »Wie sieht sie aus? Heißes Ding?«

»Sie ist heiß, aber kein Ding. Sie ist eine zynische Lügnerin«, knurrte Robert.

»Klingt für mich, als stehst du auf sie«, lachte Marcus. »Soll ich das wirklich schreiben oder willst du lieber Mitleid für deine mehrtägige Entführung durch Aliens?«

»Da werde ich lieber von Aliens entführt und misshandelt«, seufzte Robert.

Außerdem konnte ihm das keine Anzeige wegen sexueller Belästigung und versuchter Vergewaltigung einbringen. Helen bräuchte nur zu einem seiner Kollegen gehen, ihre Behauptung aufrechterhalten, und er wäre seinen Job los. Seine *beiden* Jobs. Weder der *Les Actualités* noch die Polizei würden ihn behalten. Es würde eine Untersuchung geben, und so schamlos, wie dieses Weib log, überzeugte sie jede Kommission. In den heutigen Zeiten fand niemand die Belästigung von Frauen lustig. Zu Recht. Aber ihm war bisher nicht im Traum eingefallen, eine Frau gegen ihren Willen anzufassen. Genau genommen fiel ihm das nicht mal ein, wenn sie es wollten.

Und warum, zum Teufel, gab sich Helen als Literaturkritikerin aus? Warum wollte sie sich mit einem Schauspieler treffen? War der Kerl hübsch, und sie hatte Interesse an ihm, oder steckte mehr dahinter?

»Du hast nicht zufällig Ersatzklamotten dabei?«, fragte Robert, und Marcus grinste.

»Klar doch. Im Gegensatz zu dir bin ich nicht zum ersten Mal irgendwo nackt rausgeflogen. Nur hatte ich dann meistens Sex.«

Marcus packte Roberts Arm, als sich dieser ächzend erhob. Himmel hilf, er fühlte sich so alt, wie er war. Auf Socken tappte Robert vorsichtig die Stufen hinunter. Die Traube der Schaulustigen war größer geworden. Das Lichtermeer ihrer Kameras, Handys und Tablets machte selbst den blinkenden Ampeln, den Straßenlaternen und vorbeizischenden Scheinwerfern Konkurrenz. Hervorragend, er tauchte morgen mit Sicherheit auf Youtube auf. Wenn er Helen in die Finger bekam, würde er ihr jedes Haar von den Zähnen zupfen!

Robert folgte Marcus zu dessen roten Citroën. Er konnte von Glück reden, dass Marcus einer der Ersten am Ort des Geschehens gewesen war. Er war einen halben Kopf kleiner als Robert, dafür etwas stämmiger. So passten ihm Marcus' Hosen vom Umfang her, allerdings endeten sie oberhalb der Knöchel. Nun ja, immer noch besser, als nackt herumzulaufen.

Robert knöpfte das Hemd zu. Es spannte über seinen Schultern, aber so fühlte er sich wesentlich besser, und vor allem konnte er Helen auf diese Art unauffälliger verfolgen. Sie wollte ihn loswerden? Nicht mit ihm. Er würde erst von ihr ablassen, wenn er ihr auch noch das letzte Geheimnis entlockt hatte, oder sich ihr Chef in der Nähe aufhielt. Robert mochte zwar anhänglich, aber nicht lebensmüde sein.

»Schuhe hast du nicht zufällig auch?«, fragte Robert.

Marcus schüttelte den Kopf. »Non, désolé, aber bevor mich jemand rausschmeißt, kümmere ich mich immer zuerst um meine Schuhe. Die lasse ich nie zurück.«

Das merkte sich Robert für das nächste Mal. Hier und jetzt musste er mit seinen Socken auskommen. Die linke hatte ein Loch, und der Nagel seines großen Zehs lugte hervor. Vielleicht konnte er sich als Penner tarnen, der gerade einen Kleidercontainer ausgeräumt hatte.

Marcus winkte ihm noch einmal zu, setzte sich in den Citroën und fuhr davon. Robert hingegen nahm auf dem Bordstein gegenüber der Oper Platz. Er spürte wahrlich jeden Knochen im Leib.

Dem Himmel sei Dank. Robert schaffte es nicht zurück auf seinen Platz. Dieser blieb während der restlichen Aufführung leer.

Wunderbar. Einen Mann hatte sie damit los. Der andere würde ihr hoffentlich schon aus reiner Vernunft fernbleiben. Helen zog einen Zettel aus ihrer Handtasche. Es war schon verrückt, dass sie ihn überhaupt mit sich herumtrug, aber noch närrischer waren der Text und der Kerl, der ihn geschrieben hatte.

›*Diesen Rosen werden noch viele folgen. Sie huldigen deiner Schönheit, deiner …*‹

Bah, war das kitschig, aber das war nun einmal Nathanaël. Sie konnte ihn nicht brauchen. Genauso wenig wie Robert. Helen zerknüllte den Zettel wie zuvor die Rose, ließ ihn unter den Sitz fallen und presste die Handflächen gegeneinander. Sie waren kalt und ein wenig feucht, wie immer, wenn sie nervös war.

Marcel Damrau Informationen zu entlocken, war ihr erster

Alleinauftrag seit Jahren, fast schon einem Jahrzehnt. Sie wollte ihn nicht vermasseln. All die Zeit hatte sie meistens im Büro gesessen und versucht, den Bergen von Papier Herr zu werden. Doch jetzt war Linett da. Sie kümmerte sich zwar größtenteils um ihren Sohn Rafael, aber sie hatte wesentlich weniger Hemmungen als Helen, unwichtiges Zeug anzuzünden und in den Papierkorb zu werfen. Sie schaufelte Helen die Zeit frei, um aktive Aufträge außerhalb der geschützten Büroräume anzunehmen.

Gott, wie sehr hatte sie diesen Nervenkitzel vermisst. Hexern die Tour vermasseln, Verbrechern Beleidigungen an den Kopf werfen und zusehen, wie diese dann zwar nicht hinter schwedischen Gardinen landeten, aber den Kopf abgerissen bekamen – das war ihre Welt. Sie wollte nicht zum alten Eisen gehören, das im Büro versauerte. Ihre Bandscheibe würde es ihr danken und ihre grauen Zellen ohnehin. Sie war eingerostet, und das war schlichtweg inakzeptabel.

Je länger sich die Zeit hinzog, umso nervöser wurde Helen. Der Nervenkitzel legte sich wie ein Klumpen in ihren Magen, und sie schaffte es kaum noch, sich auf die Vorstellung zu konzentrieren.

Wie sollte sie bei Marcel Damrau vorgehen? Sie sollte ihm Informationen aus der Nase ziehen und ihm einen Peilsender verpassen. Dieser war wichtiger als die Informationen. Das bekam sie hin. Schauspieler waren erfüllt von Selbstzweifeln, die sie hinter Arroganz zu verstecken suchten. Hoffentlich bildete Damrau hier keine Ausnahme. Man musste nur ein wenig ihr Ego streicheln und sie fraßen einem aus der Hand. Journalisten waren da spezieller. Manchen musste man den Schädel einschlagen, damit sie Ruhe gaben, anderen wiederum den Rücken kraulen.

Verdammt, jetzt verirrten sich ihre Gedanken tatsächlich zu Robert. Dessen Ego hatte heute Abend einiges zu verarbeiten.

Hauptsache, er leckte seine Wunden zu Hause und durchkreuzte nicht mehr ihre Pläne.

Auf der Bühne schickte die Katholikin Valentine ihren Herzschmerz mit voller Stimme durch den Saal. Helen zog Roberts Geldbörse aus der Tasche. Sie nahm seinen Ausweis heraus und betrachtete das Bild im Schein der wechselnden Bühnenbeleuchtung.

Robert war wirklich kein klassischer Adonis, er war es wohl niemals gewesen, aber das Alter hatte ihm mit Sicherheit nicht geschadet. Seine Nase war knubbelig wie eine aufgesteckte Clownsnase. In echt wirkte sie nicht so unnatürlich aufgesetzt. Sie verlieh seinem Gesicht Charakter. Es war kein vorteilhaftes Bild, aber genauso wie heute waren seine Haare dicht, dunkel und glänzend. Dafür besaß er auf dem Bild ein leichtes Doppelkinn. Davon war eben nichts zu sehen gewesen. Im Gegenteil. Er besaß kein Gramm Fett zu viel, und Helen würde durchaus behaupten, dass es viele Frauen gab, die auf seine breiten Schultern und sein schiefes, verschmitztes Grinsen hereinfielen. Besser, sie reihte sich bei diesen Weibern nicht ein. Nein, sie würde seinen Namen durch ihren Computer jagen, lesen, was es über ihn zu lesen gab und ihm dann seine Brieftasche per Post schicken.

Bis es so weit war, musste sie sich überlegen, wie sie einem singenden und drogenvertickenden Schauspieler einen verflixten Peilsender unterschob und Informationen aus der Nase zog. Die Geldbörse war immer ein gutes Versteck, allerdings auch eines, an dem ein Peilsender sehr schnell auffiel. Es sei denn, man tarnte ihn als Geldstück, aber dann konnte es sein, das man irgendwann dem Weg des Geldes folgte und nicht seinem Zielobjekt.

Himmel, die Nervosität machte sie irre. Ihr war übel, sie schwitzte, obwohl ihr kalt war, und sie verfluchte sich selbst, dass sie Robert viel zu schnell losgeworden war. Sein Gescharre könnte sie jetzt wunderbar ablenken. Das letzte Stück der Aufführung war mitreißend – kein Ton erklang aus den Reihen. Damrau spielte den *Tavannes*, einen Mönch, völlig überzogen, aber nicht einmal er konnte das Stück ruinieren. Sämtliche Zuschauer starrten gebannt nach vorn, nur Helen nicht. Sie konnte sich nicht auf das Spektakel konzentrieren.

Ihr Sitznachbar schnaubte immer wieder, durch das Licht von Helens Telefon gestört. Aber Helen ließ sich nicht davon abhalten, auf ihrem Handy Roberts Namen in die Suchmaschine einzugeben. Dutzende Suchergebnisse wurden aufgelistet. Die Links führten auf die Seite des *Les Actualités*, zu Artikeln, die Robert die letzten Jahre verfasst hatte. Sie waren so anspruchsvoll wie Lippenherpes. War er auf der Suche nach einer ganz großen Story, um von den Fotos ungeschminkter Promi-Frauen und deren geistlosen Lebensgeschichten wegzukommen? Sie überflog ein paar der Artikel. Herrgott, diesen Unsinn las sie nicht einmal beim Friseur. Es war grauenhaft.

Erst als die Schauspieler von der Bühne gingen, steckte sie das Telefon wieder weg. Am liebsten wäre sie sofort zum Bühneneingang gestürmt. Helen zwang sich, den Applaus abzuwarten, doch kaum wurde das Licht heller, zögerte sie nicht, die Handtasche unter den Arm zu klemmen und sich ungeduldig durch die Reihe zu drängeln. Sollten sich die anderen um den besten Platz an der Garderobe schlagen, sie hatte Besseres zu tun.

Mit klopfendem Herzen näherte sie sich dem Bühneneingang. Die Tür war verschlossen, und sie warf dem Securitymann, der sie verblüfft beäugte, ein entschuldigendes Lächeln zu.

Sie musste sich gedulden. Ihr Mund war trocken, und sie sehnte sich nach einem Schluck Weißwein. Warum hatte sie Jason um diesen Job angebettelt? Vielleicht gehörte sie doch nur ins Büro? Herrgott! Sie hatte noch nie Angst vor der eigenen Courage gehabt! Der Opernsänger würde sie schon nicht gleich erschießen. Wenn die Platzanweiserin ihren Job gemacht hatte, dann fieberte der Kerl einer Begegnung mit der bekannten Marie Cornet entgegen und einem Vertrag mit der Künstleragentur Florent Ballouhey. Blieb nur zu hoffen, dass Damrau der echten Marie Cornet noch nie begegnet war. Helen hatte diesen Namen wegen seiner Bekanntheit gewählt. Diese Frau schrieb viele vernichtende Kritiken, sie lobte selten und war damit durchaus Helens Typ. Besser noch, es gab keine Fotos von ihr. Vielleicht war die Frau ein Vampir. Diese mieden die öffentliche Aufmerksamkeit, so gut es ging. Jason handhabe es selbst nicht anders. Er ließ regelmäßig Dateien, Archive und Register nach Bildern von sich und seinen Mitarbeitern durchforsten und löschen.

Die Tür klappte auf, und Helen zwang sich, nicht sofort herumzuwirbeln, sondern sich langsam dem Mann zuzuwenden, der aus der Tür trat und an seinem Hemdkragen zupfte.

»Madame Cornet?« Seine Stimme war hoch, ein wenig lispelnd.

Helen nickte und zeigte ein leichtes Lächeln. »Marcel Damrau.«

»Derselbe.« Damrau deutete eine Verbeugung an, und seine Lippen teilten sich zu einem Lächeln. Gott, er reichte ihr gerade einmal bis zur Schulter. Allerdings hielt das den Zwerg nicht davon ab, ihr einen Handkuss aufzudrücken. Warum hatte sie nicht daran gedacht, Handschuhe zu tragen? Das schmatzende Geräusch, gepaart mit den ekelhaft feuchten Lippen auf ihrer Haut weckte ihren Würgereiz. Helen zwang sich zu einem Lächeln. Wie gern würde sie ihre Hand einem Mann reichen, der wirklich attraktiv war und nicht diesem Gnom. Er war höchstens halb so groß wie Robert.

»Es ist mir eine außerordentlich große Ehre«, raunte der Schauspieler.

Zu schade, dass Robert nicht ähnlichen Respekt gezeigt hatte. Das hätte ihm den nackten Rauswurf erspart.

»Ich liebe Ihre Artikel!«

Die sie nie geschrieben hatte, aber in Ordnung. Es konnte nicht jeder über Roberts Instinkt verfügen.

Noch immer hielt Damrau Helens Hand zwischen den nasskalten Lappen, die sich seine Hände schimpften. »Erweisen Sie mir die Ehre, mit Ihnen essen zu gehen. Ich kenne ein kleines, heimeliges Restaurant. Familiär, nicht das höchste Niveau, aber delikat.«

Helen zwang ihre Mundwinkel ein weiteres Mal auseinander. »Ich denke, ein wenig Abgeschiedenheit ist für unser Gespräch von Vorteil. Es gibt vieles, über das wir reden müssen.«

Helen hakte sich in Damraus angebotenen Arm ein, wobei sie übrigens in die Knie gehen musste, um nicht wie der Schiefe Turm von Pisa durch den Saal zu schreiten. Es gab einfach zu wenig hochgewachsene Männer auf dieser Welt. Hoffentlich stand Robert nicht immer noch in Unterwäsche, schlechter Laune und einer beginnenden Erkältung draußen und wollte sie zur Rede stellen. Mit *ihm* würde sie nackt essen gehen, aber dann konnte sie sich die nächsten Jahre wieder in ihr Büro einschließen. Das war Robert nicht wert, und warum bekam sie diesen vermaledeiten Journalisten eigentlich nicht aus dem Kopf? War seine Unfähigkeit dermaßen einprägsam? Ihr erster echter großer Auftrag, und sie ließ sich ablenken.

»Zum Teufel!«

»Geht es Ihnen gut, Madame?«, fragte der Schauspieler.

Was? Helen neigte den Kopf zu Damrau hinunter. Er runzelte die Stirn, zog die Augenbrauen hoch und starrte sie so verunsichert an, als hätte sie ihm eine Ohrfeige verpasst.

»Natürlich«, erwiderte sie. Wie kam er darauf, es ginge ihr nicht gut? Oder halt, hatte sie das ›Zum Teufel!‹ etwa laut ausgesprochen? »Ich bin nur mit meinem Schuh umgeknickt.«

Ihr bemüht sanfter Ton schien ihn zu beruhigen. Er geleitete sie zur Garderobe, drängelte sich ungeniert durch die Wartenden und half ihr in den Mantel.

Sein Anstand, Helen nicht unverhohlen um ihre Meinung anzuflehen, hielt bis zur ersten Stufe der Treppe. »Wie hat Ihnen die Darbietung gefallen?«

»Ausgezeichnet. Beinahe schwer zu beschreiben. Es gab interessante, sensible Zwischentöne, die Neuinterpretation des tragischen Stücks mit den angedeuteten Werten der modernen Zeit«, spulte Helen die Phrasen ab, die sie in den Theaterkritiken gelesen hatte.

Es war herrlich, der stickigen Luft der Oper zu entkommen. Sanfter Wind spielte in Helens Haaren. Passanten, Touristen, selbst Fahrradfahrer drängelten sich auf dem Gehweg. Schade, dass sie am Fuße der Marmortreppe nicht stehen bleiben und den Blick auf das Operngebäude genießen konnte. Das barocke Bauwerk faszinierte sie immer wieder aufs Neue. Wie viel Detailverliebtheit allein in der Gestaltung der Fassade steckte. Sie liebte die Bauten dieser Zeit. Auch deswegen war sie vor langer Zeit von London hierhergezogen. Die Architektur Londons war ganz nett, doch die epochale, wuchtige Eleganz der Pariser Innenstadt konnte die englische Hauptstadt nicht aufbringen. Helen tat sich mit der französischen Sprache schon lange nicht mehr schwer, und französische Männer wussten zu küssen. Ach verflucht, es war schon viel zu lange her, dass sie zum Küssen gekommen war. Auch heute Abend konnte sie Knutschen von ihrer Liste streichen. Diesen Kerl küsste sie im Leben nicht, aber flirten würde sie wohl müssen.

Verstohlen glitt ihr Blick über die Straße, den Vorplatz und die Passanten. Sie sah keinen nackten Mann, der wutschnaubend auf sie wartete. Ausgezeichnet, und doch mischte sich ein wenig Enttäuschung in die Erleichterung.

Sie wandte sich wieder Damrau zu. Dieser schürzte die Lippen, sah enttäuscht, verwirrt und auch pikiert aus. Lob über die Kunst des Regisseurs wollte er also nicht hören, und vielleicht war sie ihm auch zu abwesend. Er wollte *sein* Lob.

Helen seufzte und ratterte es herunter: »Aber selbst ein guter Regisseur ist aufgeschmissen, wenn seine Schauspieler furchtbar sind. Sie können eine komplette Darbietung in den Abgrund der Vergessenheit reißen, während ein einziger Schauspieler schlechte Regie und ein miserables Drehbuch vergessen lassen kann. Er kann wirklich froh sein, dass Sie die Rolle des *Tavannes* übernommen haben. Sie haben sich selbst übertroffen. Ich hatte Sie schon einmal in der Rolle des Hamlet in … Wie hieß noch gleich das Theater?«

»Es hatte nicht mal einen Namen«, brummte Damrau.

Helen winkte ab. »Nun, wie auch immer, vor nicht ganz einem Jahr sah ich Sie als Hamlet, lieber Marcel, ich darf Sie doch Marcel nennen? Sie waren gut, aber in dieser Rolle konnten Sie noch nicht Ihr gesamtes Potenzial entfalten. Aber da ich wusste, dass Sie bereits für *Les Huguenots* vorgesprochen hatten, beschloss ich zu warten. Und ich muss sagen, das Warten hat sich gelohnt. Sie werden nach dieser Aufführung mit Angeboten überschüttet werden.«

Wenn sie richtig zählte, gab sie auf jeder einzelnen Stufe der Oper ein Kompliment für diesen Zwerg von sich. Es war ihr noch nie schwergefallen, jemandem das Blaue vom Himmel herunter zu lügen. Aber Damrau würde sie am liebsten schütteln und fragen, ob er einen Spiegel oder überhaupt so etwas wie Selbstwahrnehmung und Erkenntnis besaß. Damrau war miserabel gewesen. Niemand konnte etwas für seine Figur, und sie hatte bereits Männer mit seiner Statur gesehen, die auf der Bühne höher springen konnten als manch zarte Elfe, aber der Kerl hier war plump, seine Stimme laut, aber ohne jegliches Gefühl, seine Gesten ungeschickt. Und zu allem Überfluss war er auch noch dumm. Mit jedem Satz, den sie von sich gab, und mit jeder Stufe, die sie nahmen, schwoll seine ohnehin schon umfangreiche Brust an.

»Und trotzdem war ich nur die Drittbesetzung«, empörte sich Damrau.

»Ein Fehler, den man spätestens heute Abend eingesehen hat«, schmeichelte Helen.

Damrau nickte bestätigend, und zwar so heftig, dass sein Doppelkinn schwabbelte. Diesen selbstgefälligen Kerl sollte sie den ganzen Abend ertragen? Jetzt verstand sie, warum Jason niemals Erschwernis- oder Gefahrenzulagen zahlte. Die Personalkosten würden explodieren.

Der Schauspieler geleitete sie in ein abgelegenes, schäbiges Lokal. Das Holz der Stühle und Tische war zerschrammt, die Ecken abgestoßen. Der Speiseraum war mit schmutzig weißen Fliesen ausgelegt, wie in einer Kantine. Wow, wenn er jeden seiner Agenten hierher ausführte, dann war es ein Wunder, dass er es überhaupt in die Pariser Oper geschafft hatte. Was hatte er dafür getan? Den Regisseur in seinen Keller entführt und gedroht, ihn erst wieder herauszulassen, wenn er die verflixte Rolle bekam? Bei Helen würde die Drohung helfen. Sie sehnte sich ja jetzt schon nach Desinfektionsmittel.

Helens Lächeln war regelrecht einbetoniert, aber hoffentlich dennoch täuschend offen und ehrlich. Und zugegeben, sie war auch heilfroh, als Damrau sie zu den Tischen außerhalb des

Restaurants lotste.

Zwar boten diese nur den Anblick in eine enge Seitengasse und damit auf eine gemauerte Ziegelwand, aber mit Heizstrahlern, Lampions, Kerzen und gestärkten Tischdecken sah der Außenbereich wesentlich besser aus als die Kantine im Ladeninneren.

»Bitte entschuldigen Sie das optische Niveau des Lokals. Aber Sie werden feststellen, der Küchenchef ist ein Gott«, flötete Damrau.

Na hoffentlich. Wenn der Kerl nicht nur wie ein Gott kochte, sondern auch noch wie einer aussah und strippen konnte, besaß der Abend durchaus noch Potenzial.

Ein Kellner mit ungebügeltem Hemd und fleckiger Weste trat an ihren Tisch, und bevor Helen auch nur die Karte aufgeschlagen hatte, öffnete Damrau den Mund. »Das Kalbsragout für uns beide und dazu eine Flasche Pinot Briogne Noir.«

Kalbsragout? Sie hasste Kalbsragout! Wie gern hätte Helen ihm das Auge ausgerissen, mit dem er ihr nun zuzwinkerte. Hoffentlich war wenigstens der Wein gut.

Der Kellner gab sich wenig Mühe, sich ihrem Blickfeld zu entziehen, als er die Flasche öffnete (Einfacher Schraubverschluss!) und mit dem Wein an ihren Tisch kam.

Damrau verkostete den Probeschluck schlürfend, spitzte die glänzenden Lippen und blinzelte ihr betont schelmisch zu. Wenn er ihr jetzt einen Luftkuss entgegenspuckte, pfiff sie auf Jasons Auftrag und haute ihm die Flasche über den Kopf! Helen hoffte inständig, dass man ihr den Widerwillen nicht ansah. Also wirklich, sie hatte schon Drogendealer, Mörder und berufliche Schwerverbrecher mit besseren Manieren kennengelernt. Allerdings waren die auch nicht so einfach hereinzulegen.

Mit einer Handbewegung bedeutete er dem Kellner, den Wein

in ihre Gläser zu füllen. Der herbe, schwere und saure Geruch schlug ihr entgegen. Selbst im Discounter gab es besseren Wein als diesen Essig. Trotzdem hob Helen mit einem gezwungenen Lächeln das Glas, prostete Damrau zu und zwang einen Schluck in ihren Mund.

Je eher sie hier fertig wurden, umso besser für ihre Gesundheit.

Also begann Helen nun damit, Damrau mit noch mehr Schwärmereien über seine Darstellung der Rolle zu schmeicheln. Als ihr die Phrasen ausgingen, wiederholte sie diese und setzte die Superlative rein zufällig. Es fiel Damrau nicht auf. Vermutlich könnte sie nun anfangen, Goethe zu rezitieren, solange der Tonfall gleich blieb, bemerkte es Damrau ohnehin nicht.

Kapitel 5

Hände hoch, ich bin umzingelt!

Grundgütiger.

Für diesen Kerl hatte Helen Robert aus der Oper werfen lassen? Während des gesamten Weges hing sie am Arm ihres Begleiters wie eine alte Frau mit Rheuma. Ihr künstliches, hohes Lachen ließ Robert mehr als einmal das Gesicht verziehen. Was zum Henker wollte sie von diesem Mann?

Robert saß an dem Tisch in der hintersten Ecke des Außenbereiches, verborgen hinter den welken Blättern eines Ficus. Sie bemerkte ihn nicht, sondern war in die lautstarken Beteuerungen des schauspielerischen Talents dieses Mannes versunken. Ihre Gesichtszüge wirkten angespannt, geradezu verkrampft. Sie wiederholte die Komplimente das dritte Mal wahllos zusammengestellt, und ihm stellten sich die Härchen auf. Das war grauenhaft. Merkte der Kerl das nicht? Scheinbar nicht, es sei denn, sein besonderes Talent war das Vorgaukeln selbstzufriedenen Grinsens.

Im Übrigen trank Robert wesentlich besseren Wein als Helen. Eines musste man dieser Kaschemme lassen, sie hatten gute Weine für schmale Geldbeutel beziehungsweise für die zehn Euro, die Robert in Marcus' Hosentasche gefunden hatte.

Also was wollte die Assistentin eines Mafioso von einem Opernsänger? Helen sprach über nichts anderes als seine angeblich herausragende Leistung. Für ein Groupie klang sie allerdings zu unehrlich. Ihre Stimme war viel zu hoch, ihr Lächeln zu bemüht, und ihre Augen waren starr auf den Haaransatz des Sängers gerichtet. Robert konnte sich beim besten Willen nicht erinnern, welche Rolle der Kerl gespielt hatte. Die Hauptrolle auf keinen Fall. Raouls Darsteller war wesentlich größer und schlanker gewesen.

Er lehnte sich ein wenig nach vorn und spähte zu Helens Begleiter. Der Darsteller hielt das Glas in der Hand, lächelte und nickte. Robert horchte auf, als Helen dem Schauspieler ein Engagement an der Wiener Oper anbot. Seit wann war Jason Harris ein Kenner und Förderer der Kunst? Andererseits waren Menschen wie er schon immer exzentrisch gewesen. Sollte der Sänger etwas über die Grenze schmuggeln? Aber was? Seine miserable Schauspielkunst? Jason Harris wollte doch nicht etwa die Wiener Oper in Verruf bringen? Robert schüttelte über sich selbst den Kopf. Das wäre zwar ein überraschender Streich, aber welchen Sinn sollte das haben? Er wurde das Gefühl nicht los, dass er ebenso wie Helen einfach nur seine Zeit verschwendete. Er sollte bezahlen, gehen und sich einen anderen Plan für Helen ausdenken und doch … etwas hielt ihn zurück. Wer wusste schon, wann er Helen das nächste Mal unbemerkt beobachten konnte?

Zum Teufel. Das Kalbsragout stand vor ihnen und verbreitete widerlichen Gestank. Damrau rührte nicht einmal die Gabel an. Stattdessen lehnte er sich zurück, sog genüsslich die Luft ein. »Riecht es nicht himmlisch?«

»Ja.« Nein!

Damrau wies auf ihren Teller. »Essen Sie.«

»Mir ist ein wenig übel«, behauptete Helen.

»Dann ist es umso wichtiger, dass Sie gut essen.«

Am liebsten würde sie sein joviales Grinsen mit diesem ekelerregenden Fraß bewerfen! Aber das ging nicht. Noch nicht. Zu allem Überfluss beugte sich Damrau über den Tisch, nahm Helens Gabel und schob sie über ihren Teller. Er spießte ein Stück Kalb auf und tunkte es in die Sauce, die eher an Tapetenkleister als an ein Nahrungsmittel erinnerte. Den Bissen hielt er vor ihren Mund. »Nur ein kleines Stück. Sie werden sich besser fühlen. Ich verspreche es Ihnen.«

Scheißkerl! Wie gern würde sie ihm die verdammte Gabel in einen Augapfel rammen! Aber nein, sie nahm tatsächlich brav den Bissen, kaute, ignorierte die aufsteigende Übelkeit.

Damrau ließ die Gabel sinken. »Und fühlen Sie sich besser?«

»Ungemein«, behauptete Helen und würgte das Zeug hinunter.

»Manchmal muss man nur anderen vertrauen.«

Hoffentlich riss ihm Jason eines Tages schön langsam die Kehle heraus! Damraus verdammtes Ragout wurde inzwischen kalt. Er schob zwar mit der Gabel das misshandelte Kalb über seinen Teller, aber er nahm keinen einzigen Bissen! Verflucht, der Kerl war doch kein Vampir? Nein … das konnte nicht sein. Jason würde sie niemals ohne jegliche Vorwarnung in die bissige Umarmung eines Vampirs laufen lassen. Außerdem … Dieser Gauner war untalentiert, unsympathisch und hässlich wie eine Kröte. Kein Vampir mit Verstand hätte diesen Typen jemals freiwillig gewandelt! Er konnte kein Vampir sein. Er war lediglich ein sadistischer Bastard, der sich daran erfreute, andere Menschen mit diesem widerlichen Essen zu foltern. Wahrscheinlich bekam er so seine Rolle. Wenn ihn keiner einstellen wollte, bestellte er solange Nachschlag, bis man ihm die Hauptrolle anbot. Sollte er haben, die Gelegenheit war günstig. Bis auf den Kellner war niemand hier und der drückte sich ohnehin nur im Inneren des Ladens herum. Sie musste jetzt zum Kern ihres Planes vordringen. Aber wie sollte sie das Gespräch auf Drogen lenken? Damrau wollte nur über Opern und sich sprechen.

›Ja, ja, deinen *Tavannes* fand ich super. Er klang allerdings ein wenig verschnupft. Liegt das vielleicht an den Lines, die du nicht nur verkaufst, sondern auch selbst ziehst?‹

Spitzeneinführung in ein unauffälliges Kreuzverhör. Jason wäre stolz auf sie, sofern man sie nicht am nächsten Morgen mit eingeschlagenem Schädel in einer Seitengasse fand. Drogendealer neigten meist zu Übertreibungen, wenn es um die Beseitigung von Mitwissern ging. Und Helen war unbewaffnet. Sie hatte am Vormittag nicht nur eine Weinflasche und das Glas hinter den Vorhang geschmuggelt, sondern auch einen Revolver. Allerdings lag der immer noch in dem Versteck, weil sie diesen kaum vor einem juckigen Journalisten in ihre Tasche hätte stecken können. Robert hatte ihr die Tour womöglich doch noch vermasselt. Es wäre so einfach, jetzt unter dem Tisch auf Damrau zu zielen und ihm Fragen zu stellen. Stattdessen bestand ihre Bewaffnung aus zwei Kanülen Eisenkraut und einem Magazin Holzbolzen, das sie anscheinend beim letzten Einsatz der Handtasche gebraucht, aber nicht herausgenommen hatte. Hervorragend, wie sollte sie damit einen egozentrischen, unbegabten Sänger einschüchtern? Mit dem Eisenkraut konnte sie höchstens einen Vampir betäuben, aber selbst wenn Damrau ein Blutsauger wäre, würde der genauso unmusikalisch schnarchen wie er sang, und das brachte Helen auch nicht weiter. Verdammt, dann eben weiterflirten.

»Sie müssen unbedingt nach Wien kommen, Marcel«, hauchte Helen. »Wien ist der richtige Platz für Sie. Nicht Paris.«

Ein Strahlen breitete sich über Damraus Gesicht aus. »Wann?«

»Spätestens zum Beginn der nächsten Saison.«

Damraus Schultern sackten nach unten, und er senkte das Kinn. »Ich bin noch für ein Jahr vertraglich gebunden.«

»Sehen Sie zu, dass Sie aus dem Vertrag herauskommen.«

Alles in ihr sträubte sich dagegen, aber sie strich ihm über den Arm. »Ein cleverer Mann wie Sie findet einen Weg. Jeder Tag, den Sie länger von Wien fernbleiben, ist ein Verlust für die dortige Kunst. Und für mich persönlich.«

Selbst in dem diffusen Licht konnte sie die Röte auf Damraus Wangen erkennen. So schamlos hatte sich bestimmt noch keine Frau an ihn herangemacht. Als sie ihm zudem einen Ausblick auf sein zukünftiges Gehalt bot, blickte er drein, als würde er sie küssen wollen. Beständig rutschte er an sie heran. Saß er ihr anfangs gegenüber, hockte er nun so nah bei ihr, dass sich ihre Knie berührten. Helen konnte sich nur schwer selbst überzeugen, nicht zurückzuweichen, sondern auch noch nach vorn zu beugen.

»Marcel« hauchte sie.

Der Schauspieler starrte ihr gebannt in die Augen, das Glas an den Lippen, aber ohne zu trinken.

Helen beugte sich zu ihm, nah an sein Ohr. »Darf ich Ihnen eine persönliche Frage stellen?«

Damrau stellte das Glas ab, ergriff ihre Hand und küsste ihre Finger. War das widerlich, aber Helen lächelte, als hätte sie nie einen anderen Gesichtsausdruck gelernt.

»Was du willst, liebste Marie«, raunte Damrau.

»Nun ja …«, druckste Helen. »Alle berühmten Opernsänger sind doch abergläubisch, haben ein Ritual vor einem Auftritt. Oder gar einen besonderen Gegenstand, ohne den sie nicht aus dem Haus gehen. Was ist es bei dir?«

Damrau zögerte, doch Helen riss ihre Augen auf und starrte ihn voller Bewunderung und Neugierde an. Morgen würde sie davon Kopfschmerzen haben.

Damrau lächelte und strich über Helens Hand. »Eine Schatulle. Ich habe sie von einem alten Chinesen gekauft. Sie besteht aus reiner Jade und soll mir Glück bringen.« Damrau zwinkerte. »Und wenn ich den heutigen Abend betrachte, tut sie ihre Arbeit.«

»Oh, darf ich sie sehen?«, rief Helen aus.

Damrau ließ ihre Hand los, und Helen beeilte sich, sie unter den Tisch zu ziehen. Sie streckte erleichtert ihre gequetschten Finger, während Damrau in seiner Tasche kramte. Er zog eine winzige Schatulle hervor, nicht größer als Helens Handfläche. Was sollte da überhaupt hineinpassen? Koks?

»Darf ich?«, fragte Helen. Betont ehrfürchtig nahm sie die Schmuckdose entgegen.

»Man kann sie nur öffnen, wenn man weiß, welche Hebel man drücken muss«, dozierte Damrau. Es interessierte sie herzlich wenig, wie man das Ding öffnen konnte, solange es nur einen winzigen Spalt gab. Ihre Finger strichen über den grünen Stein, erfühlten die Kühle und zugleich die Wärme, die er noch von Damraus Flossen an sich hatte. Wenn man sie fragte, war das garantiert keine echte Jade, sondern billiger Touristenschund.

»Wie haben Sie zu ihr gefunden?«, fragte Helen und lächelte Damrau an. Ein Lächeln war meistens die Einladung für einen Monolog, und die wenigsten Männer ließen sich diese Gelegenheit entgehen. Damrau gehörte dazu.

Sein Geschwafel in den Ohren, drehte sie die Schatulle in den Fingern. Unter dem Nagel ihres rechten Mittelfingers klebte der Peilsender. Nicht größer als ein selbsthaftendes Glitzersteinchen, das sich manche auf die Zähne setzten. Und ha! Helen fand einen winzigen Spalt. Sie lächelte Damrau immer aufmunternd an, wenn sein Selbstgespräch ins Stocken kam, und schob so unauffällig wie möglich den Peilsender in den Schlitz. Sie drehte die Kiste, damit er kleben blieb. Der Sender hielt bombenfest. Als sie die Schachtel weiterdrehte, fiel er nicht wieder heraus. Perfekt. Helen fühlte sich berauscht über ihren Erfolg. Jetzt musste sie nur noch eines wissen …

»Faszinierend«, unterbrach sie Damraus Rede und gab ihm die

Schachtel zurück. »Marcel, beinahe hätte ich es vergessen. Ich muss Ihnen noch einige Fragen stellen, die wir gern geklärt hätten. Nichts Besonderes. Wir schreiben unseren Sängern nicht vor, was sie zu tun oder zu lassen haben, aber wir wissen, dass viele kleinen Geschäften nachgehen, die sich an der Grenze der Legalität bewegen. Niemand von uns findet das schlimm, aber wir wissen gern vorher Bescheid, damit wir, sollte irgendetwas herauskommen, bereits die richtigen Anwälte zur Hand haben, die alles glaubwürdig dementieren können.«

Damrau runzelte die Augenbrauen, aber sein Blick wurde zunehmend glasiger. Kein Wunder, bei der Menge Wein, die der Schauspieler bereits intus hatte.

»Betreiben Sie etwas in der Art? Schmuggel, Drogenhandel?«, fragte sie ihn nun direkt. Die dreisteste Art war eben mitunter die Beste.

»Nein!«

Helen hüstelte. »Nun ja, es tut mir wirklich leid, Sie so bedrängen zu müssen, aber uns sind gewisse Dinge zu Ohren gekommen …«

»Was für Dinge?«

Für einen Moment verzog Helen das Gesicht, als wäre ihr das Ganze überaus unangenehm und als würde sie wirklich nur fragen, weil es nun einmal so üblich war. »Drogen«, gab sie zu. »Nicht sonderlich ungewöhnlich im Übrigen. Die brillantesten Köpfe müssen sich hin und wieder betäuben, um die Banalität dieser Welt ertragen zu können.«

Die Relativierung schien Damrau nicht zu behagen. So richtig wurde Helen aus dem Blick des Schauspielers nicht schlau. Er starrte sie eindringlich an und schüttelte den Kopf. »Ich habe nichts mit Drogen zu tun«, erklärte er nachdrücklich. »Außerdem ziehe ich es vor, den Abend zu beenden.«

Damrau winkte dem Kellner und beglich die Rechnung. Nun, immerhin besaß er ein Mindestmaß an Manieren. Allerdings ließ er sich das Wechselgeld auf den Cent genau zurückgeben. Der Kellner wünschte ihm mit dem Unterton seines ›Ich wünsche Ihnen noch einen angenehmen Abend.‹ die Pest an den Hals.

»Wohnen Sie in Paris?«, fragte Damrau.

»Nein, ich bin nur auf der Durchreise.« Helen schob den Stuhl zurück und erhob sich.

Der Schauspieler griff nach ihrem Handgelenk. »Dann bringe ich Sie zu Ihrem Hotel.«

»Nein, danke.« Sie schnappte sich ihre Handtasche, riss ihren Arm aus Damraus Umklammerung und wollte diesem nervtötenden Chorknaben gerade den Rücken zuwenden, als seine scharfe, schneidende Stimme sie innehalten ließ.

»Ich denke doch«, knurrte Damrau und sah nach unten.

Irritiert folgte Helen seinem Blick, hinab auf eine winzige Pistole, die auf ihren Bauch zielte.

»Das ist ein Damenrevolver«, entfuhr ihr.

»Auch er kann lebenswichtige Organe zerfetzen.« Damrau packte sie am Arm und drückte ihr den Revolver für Mäusepolizisten in die Taille. Wenig galant zerrte er sie in die Seitengasse, weg von dem Lokal und hinein in die dunkle Undurchsichtigkeit der Pariser Gassen.

Jetzt würde sie das mit der Gefahrenzulage gern noch einmal mit Jason ausdiskutieren.

Das hatte er nun wirklich nicht erwartet.

Sie, die Assistentin eines Berufsverbrechers und vermutlich selbst Kriminelle, fragte einen Opernsänger, ob er Drogen konsumierte und womöglich auch schmuggelte? Warum, zum Henker?

Seit wann interessierte sie sich für Kleinkriminelle? Harris hatte mit Drogenhandel nichts am Hut. Die Polizei hatte niemals etwas davon gehört. Drogenschmuggel war eines der wenigen Geschäfte, die er ablehnte. Obwohl er angeblich selbst welche konsumierte.

Der Kellner räumte den Tisch ab, an dem Helen und ihr Schauspieler gerade noch gesessen hatten. Robert ging zu ihm, drückte ihm den Schein für sein Glas Wein in die Hand und spähte in die Gasse. An deren Ende verfing sich noch der letzte Lichtschein in Helens blonden Haaren, bevor die Dunkelheit sie verschluckte.

Jetzt war es von Vorteil, dass Robert keine Schuhe trug. Die harten Sohlen konnten nicht auf dem Pflaster widerhallen und ihn verraten.

Robert versuchte, nicht darüber nachzudenken, was er unter seinen Socken spürte, als er die Gasse entlanglief. Ob er auf benutzte Taschentücher, Zigarettenkippen oder gar auf die Hinterlassenschaften mancher Tiere trat. So gut es ging, wich er in der Dunkelheit jedem Hindernis aus, und beeilte sich, an Helens Fersen zu bleiben. Doch je verlassener die Gegend wurde, umso mehr Abstand musste er halten. Robert verlor zunehmend die Orientierung. Wie weit waren sie von der Oper entfernt oder von einer Hauptstraße? Als er um eine Ecke bog und Helen nicht mehr entdecken konnte, fluchte er unterdrückt. Merde, hatte er sie tatsächlich verloren? Doch da hörte er Helens Schimpfen.

»Mit einem solchen Verhalten bekommen Sie nie wieder ein so gutes Jobangebot. Dann können Sie nur noch auf der Kirmes als Clown auftreten. Ach, was rede ich, selbst einen Einkaufscenter-Santa-Claus werden Sie nicht mehr spielen dürfen.«

Helen klang atemlos, ihre Stimme kippte, aber sie entfernte sich nicht mehr von ihm.

»Halt den Mund. Für wen arbeitest du?« Das war die Stimme

von dem Schauspieler.

Für einen Moment ließ Robert die Luft ab. Wenn jetzt noch weitere Stimmen hinzugekommen wären, hätten sie ein richtig großes Problem. Oder eher, *Helen* hätte es. Diese klang jedoch weniger erschrocken als vielmehr genervt.

»Ich verbitte mir jede Vertraulichkeit«, spottete Helen. »Außerdem haben Sie zu viele Filme gesehen. Jetzt legen Sie die Zwergenknarre weg. Ein Wunder, dass Ihr Finger überhaupt in den Abzug passt. Ist es Ihnen nicht peinlich, mit einem solchen Ding gesehen zu werden?«

Robert schob sich an der Mauer entlang. Seine Socken waren von der Feuchtigkeit der Straße und anderen undefinierbaren Flüssigkeiten durchnässt. Es war widerlich, aber nicht einmal Winnetou könnte sich leiser anschleichen. Vorsichtig spähte er um die Ecke. Helen hielt die Arme vor der Brust verschränkt und starrte dem Opernsänger ungerührt über dessen Kopf hinweg.

»Es wäre ausgesprochen zielführend, wenn wir endlich eine Diskussion auf Augenhöhe führen könnten«, erklärte Helen und verdrehte genervt die Augen. Allerdings stutzte sie, als sie den Blick genau auf Robert richtete. Schnell legte er den Finger auf den Mund. Wusste der Teufel, warum Helen erneut die Augen verdrehte. Sie sollte froh sein, dass er nicht annahm, dass es wegen ihm war, sonst könnte sie sich selbst retten!

Helen schnippte vor dem Gesicht des Opernsängers herum. »Hören Sie auf zu überlegen, wie Sie mich am besten erschießen. Sie haben in Ihrem ganzen Leben bestimmt noch niemanden umgebracht.«

»Woher willst du das wissen?«

»So wie Sie die Knarre halten. Das ist eine Waffe, keine Waffel. Ein winziger Buchstabe, aber ein himmelweiter Unterschied.«

Selbst in dem diffusen Licht der weit entfernten Straßenlaterne konnte Robert sehen, wie sich Damraus Ohren und sein Nacken rot färbten. Es würde ihn nicht wundern, wenn der Kerl kurzerhand abdrückte. Aber er beherrschte sich. Er warf sogar die Waffe beiseite.

Robert blinzelte für den Bruchteil einer Sekunde, und plötzlich stand Damrau nicht mehr an dem gleichen Platz. Er tauchte hinter Helen auf, packte sie am Hals und schleuderte sie herum. Sie krachte auf den Boden, stöhnte und fluchte. »Fuck. Wie ich euch unfaire Brut hasse.« Kurz schien die Stelle hinter Helen, die mausgraue Wand, zu verschwimmen, da tauchte Damrau auch schon wieder neben ihr auf. Das ging selbst für einen gestandenen Polizisten zu schnell. Der Mann bewegte sich unnatürlich behände!

»Wer schickt dich?« Damraus Knurren vibrierte tief in Roberts Inneren und jagte ihm einen Stoß Adrenalin durch die Adern. Damrau setzte einen Fuß auf Helens Brust, und sie keuchte.

»Ich sagte doch, die Agentur Florent Ball-« Die letzte Silbe wandelte sich in einen schmerzerfüllten Schrei. Sie presste ihre Hände gegen Damraus Schuhsohle. Doch der starrte verbissen auf sie hinunter und verlagerte sein Gewicht.

Robert sprang aus seinem Versteck, in Richtung der Waffe. Er warf sich auf den Boden, rollte herum und bekam den Revolver zu fassen. Im nächsten Augenblick war er schon auf den Knien und zielte auf Damrau. »Runter von ihr!«

Damrau legte den Kopf in den Nacken und lachte hoch, gellend und abscheulich. »Was denkst du, was du damit anrichten kannst, kleiner Mensch. Da ist nicht mal Eisenkraut drin.«

Bitte was? Eisenkraut?

»Treten Sie zurück«, knurrte Robert und zielte auf Damraus Bauch. Die meisten kapierten diese Drohung.

Robert wollte sich gerade auf die Füße stellen, da verlor er den

Boden unter selbigen. Die Ziegelmauer zischte wie in einem Zeitreisetunnel vorbei, und plötzlich war sie viel zu nah und viel zu hart. Der Zusammenstoß schickte einen nicht abreißenden Strom gleißenden Schmerzes durch seinen Körper. Kaum zu Boden gefallen, wurde er schon wieder nach oben gerissen.

»Nette Blutgruppe«, knurrte Damrau.

Zumindest bildete sich das Robert ein. Seine Ohren sirrten, er sah nur noch verschwommen, und er fühlte sich wie von einem verdammten Laster überrollt. Aber es hielt ihn nicht davon ab, dem verfluchten Opernsänger einen Schlag in den Magen zu versetzen. Damrau knurrte. Gerade wollte ihm Robert den nächsten Hieb versetzen, da traf ihn selbst einer. Die Luft wurde aus Roberts Lungen gedrückt, und für einen Moment schwindelte ihm. Wenigstens ließ Damrau Roberts Kragen los. Robert hielt sich mühsam aufrecht, und im Augenwinkel sah er Helen, die sich Stück für Stück zu der Waffe schob, die neben einer Mülltonne lag.

»Wenn ich mit dir fertig bin, wirst du darum betteln, dass ich dich beiße«, fauchte Damrau, und ein hässliches Lächeln verzog seine Lippen. »Aber gegen ein wenig Spielen habe ich nichts.«

Was redete der Kerl da? Zeit zum Überlegen blieb ihm nicht. Robert riss den Deckel von einer Mülltonne, benutzte ihn als Schild gegen Damraus Fausthieb. Der hieb gegen das Blech … und direkt hindurch! Was? Wie?

Damrau knurrte, seine Augen wiesen einen seltsamen roten Farbton auf. Robert wusste nicht, wohin er zuerst sehen sollte. In die blutrünstig schillernden Pupillen oder auf den Arm, der immer noch in dem Deckel steckte. Damrau weidete sich sichtlich an Roberts Entsetzen. Er riss seinen Arm zurück und den Deckel aus Roberts Griff. Robert duckte sich, warf sich zu Boden und trat gegen Damraus Knie. Dieser knurrte wie ein getroffenes Tier, entging einem weiteren Treffer von Roberts Fuß, der diesmal auf seinen Bauch zielte, und packte Roberts Bein. Mit einem Ruck schleuderte er ihn herum und ließ unvermittelt los. Robert schlitterte ungebremst über den Asphalt, Schüsse krachten. Mit wütendem Gebrüll stürmte Damrau auf Helen zu. Sie hatte keine Chance. Er war zu schnell. Wie konnte ein Mann dermaßen schnell sein? Damrau wollte Helen wegstoßen, aber sie krallte sich an ihm fest. Robert meinte sogar, dass sie mit etwas auf Damrau einstach. Der bäumte sich auf, taumelte für einen Moment und zuckte ein weiteres Mal zusammen. Doch dann packte er Helen an den Haaren und versetzte ihr zwei schallende Ohrfeigen, die ihren Kopf erst zur einen, dann zur anderen Seite fliegen ließen!

Robert rappelte sich auf, rannte auf die beiden zu und warf sich mit seinem gesamten Gewicht auf Damrau. Sie krachten zu Boden. Helen schien Damraus linke Hand erwischt zu haben. Zwar konnte Robert kein Blut erkennen, aber er schien diesen Arm nicht richtig benutzen zu können. Erschlafft lag er auf dem Boden, dafür wehrte sich Damrau mit dem rechten umso erbitterter. Er packte Robert und wälzte sich mit ihm herum. Schwer wie ein Felsbrocken lag er auf Robert. Seine Hand legte sich um Roberts Hals, und ehe sich Robert versah, krachte sein Hinterkopf auf die Straße. Schmerz schoss ihm durch den Kopf, durch seine Nervenbahnen. Eine Wolke dumpfer Benommenheit folgte, sie ließ seine Sicht verschwimmen, und er spürte, wie sich der Griff um seinen Hals verstärkte. Erneut krachte er mit dem Hinterkopf auf den harten Asphalt. Alles in ihm schrie nach Luft. Sein Körper begann bereits zu kribbeln. Robert tastete fahrig nach der Hand, die ihn malträtierte. Mit aller Kraft versuchte er, den Griff zu lockern. Für einen kleinen Moment gelang es. Aber dann wurde wieder sein Kopf hochgerissen. Er rechnete mit einem weiteren Schlag, doch da drängte sich Helens Stimme in sein Bewusstsein.

»Runter von ihm! Oder ich baller dir das gesamte Magazin Holzbolzen rein.«

Blinzelnd versuchte Robert, die Schwärze vor seinen Augen zu vertreiben. Helen zielte mit der Waffe auf Damrau, und Robert keuchte erleichtert, als sich der Griff um seinen Hals lockerte, und der Kerl sein Gewicht von ihm herunterwälzte.

Mühsam setzte sich Robert auf. Sein Kopf dröhnte, und als er die Hand auf die schmerzende Stelle legte, spürte er die Nässe. Sacrebleu, das fühlte sich wie die Gehirnerschütterung des Jahrhunderts an, und er blutete. Aber er war nicht der Einzige. Helen hielt mit beiden Händen den kleinen Revolver umklammert. Blut klebte unter ihrer Nase und lief aus einer langen Schramme an ihrer Schulter ihren Arm hinab und versickerte im Stoff des Kleides.

Aber das hielt sie nicht davon ab, weiterhin den Opernsänger im Visier zu halten. »Leg dich auf den Boden.«

Der hockte sowieso schon auf dem schmutzigen Asphalt, das Gesicht aschgrau. Seine Arme hingen wie bei einer Puppe herunter. »Wie denn?«, keuchte der. »Ich kann kaum noch Arme oder Beine bewegen!«

Helen lächelte verbissen. »Was für ein Pech.«

Sie versetzte Damrau einen Tritt in den Rücken, und der Schauspieler kippte ohne jegliche Gegenwehr einfach um. Er landete auf dem Bauch, die Nase in den Dreck gepresst und die Extremitäten ausgestreckt, völlig kraftlos scheinend. Nur sein linkes Bein zuckte noch. Wie hatte Helen das hinbekommen?

»Du verschwindest.«

Irritiert starrte Robert Helen an. Ihre Befehle ergaben überhaupt keinen Sinn. Wie sollte Damrau verschwinden, wenn er auf dem Bauch lag? Aber halt, Helens Waffe zeigte nicht mehr auf den Schauspieler, sondern auf ihn!

»Bitte sag mir nicht, dass du dein Gedächtnis verloren hast«, rief Helen aus. Sie zögerte. »Obwohl, das wäre praktisch …«

»Meinem Gedächtnis geht es wunderbar«, knurrte Robert beleidigt und hievte sich mit Mühe auf die Füße. Der beherzte Griff an eine Mülltonne bewahrte ihn davor, wie ein Sandsack wieder auf den Boden zu plumpsen. Der Inhalt stank bestialisch, aber es war immer noch besser, als auf dem Boden zu liegen. Der Schmerz pulsierte in seinem Hinterkopf, stach bis in seine Stirn, und ihm wurde übel. Allerdings ließ ihn ein Knall schnell wieder die Augen nach vorne richten.

Damrau stöhnte, aus seinem Bein rann Blut auf den schmutzigen Asphalt. Im Ernst? Helen hatte auf ihn geschossen? Gott, wie sollte er das in einem Bericht verarbeiten?

»Ich habe gesagt, dass du liegen bleiben sollst«, blaffte Helen und deutete auf Robert. »Und du haust endlich ab!«

»Schießt du mir sonst auch ins Bein?«

Helen verzog das Gesicht. »Was? Nein, werde ich nicht.«

»Wieso nicht?« Diese Frage rutschte ihm schneller heraus, als er sie selbst denken konnte. Aber die besten Fragen hatte er schon immer instinktiv gestellt.

»Weil ich dir lieber deine neugierige Nase aus dem Gesicht ballern würde, aber danach wärst du nur halb so niedlich, und was hätte ich dann davon?«, blaffte Helen.

Wow. Sie fühlte sich zittrig und triumphierend zugleich. Sie hatte einen verdammten Vampir kampfunfähig gemacht! Ihm sogar ins Bein geschossen, und das gespritzte Eisenkraut verhinderte, dass sich die Wunde schloss. Nur purem Glück war es zu verdanken, dass ihr Magazin mit Holzbolzen ausgerechnet in Damraus Mini-Knarre passte! Sonst wären Robert und sie in zwei Minuten nur zwei blasse Leichname gewesen, über die irgendwann ein Penner oder eine Nutte stolperte.

Sie würde Jason umbringen! Warum setzte der sie auf einen verschissenen Vampir an? Sie war nur ein Mensch. Jeder Mensch war einem Vampir körperlich hoffnungslos unterlegen. Es sei denn, er wollte spielen. So wie es Damrau anfangs mit Robert getan hatte. War doch viel lustiger, wenn das Opfer sich noch ordentlich wehrte und Adrenalin durch seine Adern pumpte. Jason hatte es mal so beschrieben, dass Adrenalin im Blut mit der Kohlensäure im Sekt gleichzusetzen war. Es machte das Ganze noch köstlicher. Nur Eisenkraut hob das unfaire Kräftegefälle zwischen Menschen und Vampiren wieder auf. Sie hatte das Zeug mit einer Spritze in Damraus Arme und Beine gejagt. Leider hatte der Kerl nicht lange genug stillgehalten, um ihm die gesamte Dröhnung zu verpassen und ihn zu betäuben. Aber jetzt schienen seine Gliedmaßen bis auf das linke Bein taub zu sein. Vielleicht war sie doch noch nicht zu alt für ihren Job. Aber warum zum Henker gelang es ihr dann nicht, mit vorgehaltener Waffe Robert zum Gehen zu nötigen?

Der Schlag auf den Kopf schien ihm nicht gut zu bekommen. Er stand zwar aufrecht, aber er krallte sich so angestrengt an der Mülltonne fest, dass er ohne sie wohl einfach umfallen würde. Was sollte es? Er hatte sowieso schon zu viel mitbekommen. Welche Rolle spielte es, wenn er den Rest mit ihr durchstehen musste? Bekam er überhaupt noch etwas mit?

Als sie auf ihn zu trat, löste er sich für einen Moment von der Mülltonne und zuckte zurück. Sein Blick wirkte glasig, fahrig, und er schien sie kaum wahrzunehmen. Als sie ihm die Hand auf die Schulter legte, klammerte er sich an ihr fest. Sie spürte, wie ihr Herz schneller zu schlagen begann. Ach, verflucht, ausgerechnet jetzt erwachte ihr Körper aus dem Dornröschenschlaf. Hätte der das nicht eher sagen können? Dann hätte sie ihm einen Stripper bestellt! Jetzt war weder die Gelegenheit noch die richtige Zeit. Damrau war schon wieder dabei, seinen unförmigen Körper in die Senkrechte hieven zu wollen.

»Du bleibst liegen!«, befahl Helen und löste Roberts Hände von ihrer Taille. Er sackte gegen die Mauer und rutschte daran hinunter. Spielte er ihr nur etwas vor, oder war er wirklich so fertig? Egal, das konnte sie später ergründen.

Helen ging zu dem Schauspieler, versetzte ihm einen Tritt in die Nieren, und er besaß den Anstand, angemessen gepeinigt zu stöhnen. Ging doch, wenigstens einer, der vor ihr Respekt hatte. Ohne viel Federlesen setzte sich Helen auf Damraus Rücken und drückte die Mündung der Waffe gegen sein Ohr. »Du wirst mir jetzt alles über deinen Drogenhandel erzählen.«

Kapitel 6

Küsse sind die besseren Drohungen

Holzbolzen eiterten sehr schlecht aus vampirischen Organen heraus. Das wusste Damrau. Der Kerl hing an seinem untoten Leben, und er wollte Zeit gewinnen. Er redete. Und wie er das tat. Wie ein Wasserfall. Helen schaltete die Diktierfunktion ihres Handys ein, drückte dem Sänger unablässig die Mündung gegen den Gehörgang, und wann immer er zu agil wurde, jagte sie ihm eine neue Ladung Eisenkraut in die entsprechende Gliedmaße. Als sich Damrau so in Hysterie geredet hatte, dass er nur noch ein unverständliches Gurgeln von sich gab, schickte sie die Datei an Jason. Sie brauchte nicht lange zu warten, da erschien seine Nummer auf ihrem Display. Helen schob den Button zu dem grünen Hörer, hielt sich das Telefon ans Ohr, und Jasons Stimme erklang.

»Ich hätte nicht gedacht, dass er dir so ausführlich alles erzählt. Wo hast du ihm eine Kugel reingejagt? In die Darmöffnung?«

»Dann hätte er kaum so verständlich reden wollen«, erwiderte Helen. »Übrigens danke, dass du mich gewarnt hast!«

»Wovor?«

»Er ist wie du!« Das Wort ›Vampir‹ nahm sie lieber nicht in den Mund. Robert konnte sich ihretwegen über Damraus Kraft wundern. Menschen erkannten Vampire ohnehin erst, wenn sie einem die Zähne in den Hals rammten.

Sie hörte Jason scharf die Luft einziehen. »Das wusste ich nicht.«

»Schlechte Recherche«, knurrte Helen. »Was soll ich mit ihm machen?«

»Hat er den Peilsender bei sich?«

»Ja.«

Helen drückte ihren Hintern auf den bebenden Damrau. Sein

Gurgeln wandelte sich in Heulen. Herrje, da schloss jemand nicht gerade würdevoll mit seinem Leben ab.

»Dann lass ihn laufen. In der Oper hat dich garantiert jemand mit ihm gesehen. Auf der Tatwaffe sollten nicht deine Fingerabdrücke gefunden werden«, sagte Jason.

Unweigerlich ließ Helen die Luft ab. Jason wusste, dass sie niemand war, der andere beseitigte, und sie war froh, dass er es nie von ihr verlangt hatte. Und es auch jetzt nicht tat.

»Hat dich jemand dabei beobachtet?«

»Die Kellner im Lokal haben uns zusammen gesehen, aber die dürften nichts bemerkt haben«, sagte Helen leise.

»Sonst jemand?«

Wie von selbst schweifte ihr Blick zu Robert. Er saß immer noch auf dem Boden, die Mauer in seinem Rücken, und er hielt die Augen geschlossen. Auf seinem Hemd waren dunkle Flecken und auch an der Mauer hinter ihm. Seine Socken waren voller Schmutz und Nässe, die Hosen viel zu kurz. Kurzum, er sah aus wie ein Penner, der sich nach einer Prügelei den Rausch ausschlief. Aber er war keiner. Er hatte ihr den Hintern gerettet und dafür mehrfach Schläge kassiert. Er hatte alles gehört, was Damrau von sich gegeben hatte. Geständnisse über seine Kontakte, seine Kunden und seine Lieferanten. Wusste der Geier, was Jason damit wollte, aber wenn Damrau letztendlich doch sterben sollte, dann wäre Robert ein unliebsamer Zeuge. Jason würde ihn mindestens bedrohen, im besten Falle nur erpressen. Aber womöglich erinnerte er sich an Roberts Namen, wenn er das nächste Mal Hunger auf Blut hatte. Dann lud er Jeremy zum gemeinsamen Abendmahl ein, und einer biss den Schauspieler, der andere Robert. Sie wusste selbst nicht wieso, aber allein der Gedanke schnürte ihr die Kehle zu.

»Helen?«, drang Jasons Stimme in ihre Gedanken vor. »Hat

dich noch jemand gesehen?«

Helen seufzte. Sie log lieber Jason an, als Robert dieser Gefahr auszusetzen. »Nein, niemand hat etwas gesehen. Wir waren die einzigen Gäste.«

»Gut, dann verschwinde von dort und geh nach Hause. Schönen Feierabend.«

Wann hatte sich das Wort ›Feierabend‹ das letzte Mal so himmlisch angehört? Helen steckte ihr Telefon ein und erhob sich vorsichtig von Damrau. Dessen Leib zitterte unkontrolliert. Erbärmlich.

»Du bleibst liegen, bis wir weg sind. Dann kannst du aufstehen und nach Hause gehen. Du bist sicher nicht dumm genug, zur Polizei zu gehen«, zischte Helen und entfernte sich von ihm. Trotzdem behielt sie ihn im Blick und ihre Waffe in der Hand. Auch als sie sich neben Robert hockte und ihn sanft an der Stirn berührte. »Was hast du gehört?«

Robert öffnete ein Auge. Er wirkte noch immer benommen. »Zu viel. Wenn du mich umnieten willst, drück bitte gleich ab. Ich hasse Kopfschmerzen.«

Als ob sie das könnte. Sie hatte noch nie einen Menschen getötet, und sie würde jetzt bestimmt nicht damit anfangen. Es hatte immer genug andere gegeben, die diesen schmutzigen Teil des Jobs übernahmen. Jason. Jeremy. Oder ein anderer vampirischer Mitarbeiter von Jason. Für die war es nur ein weiterer Toter, wie ein Steak auf dem Teller eines Menschen. Als Vampir würde sie nicht zögern, ebenso zu töten, aber als Mensch sah sie dazu keine Veranlassung. Für sie war der Tod eines Menschen keine Notwendigkeit. Selbst wenn sie sich verteidigen musste, hatte Helen zwar wild um sich geschossen und den Tod ihres Angreifers in Kauf genommen, aber die hatten immer Glück gehabt. Die Lüftungslöcher, die ihnen Helen verpasste, heilten wieder. Solange sie nicht vorher mit Jason zusammenstießen. Helen wollte Robert weder Jason noch jemand anderem überlassen. Sie traute dem Mann genügend Intelligenz zu, über den heutigen Abend Stillschweigen zu bewahren. Vielleicht konnte sie ihm ja auch einreden, Polizistin oder Agentin zu sein. Wäre nicht das erste Mal.

»Komm mit.« Sie packte Robert am Arm, und ächzend kam er auf die Beine.

Damrau warf sie einen letzten, prüfenden Blick zu. Aber der Schauspieler machte nicht den Eindruck, sie hinterrücks angreifen zu wollen. Er schluchzte, mit dem Gesicht im Dreck.

Helen stützte Robert, sie hörte Sirenen und zog ihn in die entgegengesetzte Richtung, in das Geflecht der Straßen. Bevor sie die Hauptstraße erreichten, wischte sie die Fingerabdrücke von dem Revolver und warf ihn in die Mülltonne.

An der Rue la Fayette stoppte Helen ein Taxi und bugsierte Robert auf den Rücksitz. Der Fahrer drehte sich um und stieß einen verblüfften Aufschrei aus. Von oben bis unten musterte er erst Helen, dann Robert. »War eine wilde Nacht, was?«

»Auf die Party geh ich nie wieder«, murrte Robert. Er strich über die verletzte Stelle an seinem Hinterkopf, bis Helen nach seiner Hand griff und sie festhielt.

»Es wird nicht besser, wenn man darauf herumdrückt.«

»Gegenschmerztherapie«, behauptete Robert.

»Soll ich zum Ausgleich vorne draufhauen?«

Der Taxifahrer gluckste. »Wie lange sind Sie schon verheiratet? Meine Frau und ich haben vierzig Jahre auf dem Buckel und streiten wie am ersten Tag. Ich tippe bei euch auf zwanzig.«

Gerade ein bisschen mehr als zwanzig Minuten, aber das würde sie dem Mann kaum auf die Nase binden.

»Für mich fühlt es sich wie achtzig an«, brummte Robert.

»Niemand hat dich gezwungen, mich zu verfolgen«, zischte

Helen.

Pah, Männer. Sie bekamen ein bisschen was ab und wurden sofort wehleidig. Gut, seine Kopfwunde blutete noch immer. Genau genommen rann das Blut seinen Hals hinab, in seinen Hemdkragen. Aber er war lebendig und halbwegs bei Bewusstsein. Das würde sich auch über Nacht nicht ändern. Damrau hingegen würde sie nicht empfehlen, einen neuen Handyvertrag abzuschließen. Sie müsste sich schon sehr irren, wenn er die Mindestlaufzeit erlebte.

»Wohin?«, fragte der Taxifahrer.

»Zur Rue du débute Carpeaux.«

Helen lehnte sich in ihrem Sitz zurück und betrachtete Robert verstohlen. Hatte er gemerkt, dass es seine Adresse war? Er stützte das Gesicht auf einer Hand ab und starrte aus dem Fenster. Verflixt, sie konnte nicht im Mindesten einschätzen, was er dachte. Er feilte doch nicht etwa an der Überschrift seines morgigen Artikels?

Die Straßen zogen an ihnen vorbei, ein Meer aus bunten Lichtern, das immer weniger wurde, je weiter sie sich von der Innenstadt entfernten. Es gab keine prächtigen Gebäude mehr, die angeleuchtet wurden, die Sehenswürdigkeiten wichen den Wohnhäusern. Sie musste zugeben, für einen Journalisten wohnte Robert nicht schlecht. Da sagte man immer, als Journalist könnte man kein Geld verdienen. Das Haus, vor dem das Taxi hielt, war gepflegt. Ein gezinkter Eisenzaun säumte die kleine Grünfläche zwischen der Außenmauer und dem Gehweg. An jedem Fenster ragte ein kleiner Balkon heraus, ebenfalls von einem schmiedeeisernen Geländer eingefasst und nicht breiter als ein Mensch. Neben dem Eingang stapelten sich die Einzelteile einer alten Couch, bereit für die Müllabfuhr.

»Würdest du bitte bezahlen?«, fragte Robert. »Leider ist mir meine Brieftasche abhandengekommen.«

Zu schade, dass man das von seinem Gedächtnis nicht behaupten konnte. Helen zog ihre eigene Geldbörse hervor und reichte dem Fahrer die Scheine. Robert drückte die Tür auf, und Helen beeilte sich ihm zu folgen.

Gut, weit kam Robert nicht. Er stand sichtlich unzufrieden vor der Eingangstür der Nr. 10. »Als man mich nackt aus der Oper warf, habe ich nicht daran gedacht, noch um die Schlüssel zu betteln.«

»Dein Glück, dass ich für dich mitdenke«, erwiderte Helen spitz, zog Roberts Schlüsselbund hervor und drückte ihm diesen in die Hand. Seine Finger zitterten, als er den richtigen Schlüssel herausfischte und ins Schloss rammte. Was denn? Keine Widerrede? Der Schlag schadete ihm doch hoffentlich nicht nachhaltig?

Er stemmte sich gegen die Eingangstür, stolperte hinein und krallte sich rechtzeitig am Treppengeländer fest. Allerdings entzog er ihr seinen Arm, als sie ihm die Stufen hinaufhelfen wollte.

»Stell dich nicht so an«, zischte Helen. »Du hast bestimmt eine Gehirnerschütterung. Du müsstest eigentlich ins Krankenhaus.«

»Was soll ich denen erzählen? Dass ich einer Verrückten nachgeschlichen bin und mich mit ihrem Drogendealer geprügelt habe? Selbst häusliche Gewalt wäre glaubwürdiger.«

Im ersten Stock mussten sie eine Pause einlegen. Robert lehnte sich gegen den Lichtschalter und kniff die Augen zusammen, als die Lampe über ihnen ansprang. Er drückte die Finger gegen seine Nasenwurzel.

»Du hättest dir besser ein Haus mit einem Aufzug gesucht«, spottete Helen.

»Ich wäre nach meinem Sturz auf den Opernstufen lieber nach Hause gegangen, als dich vor einem schießwütigen Kriminellen zu retten«, fauchte Robert.

Touché.

Er warf ihr einen bösartigen Blick zu, der durch seinen leichten Silberblick ein wenig an Wirkung verlor, und nahm erneut die Treppe in Angriff. Selbst ihr gehbehinderter Großvater wäre schneller, aber sie blieb höflich und hielt den Mund. Zwischen dem zweiten und dem dritten Stock versetzte sie ihm gelegentlich einen Schubs, wenn er drohte, die Treppe hintenüber herunterzufallen und brachte ihn wieder auf Kurs.

Seine Dankbarkeit bestand aus Knurren und ›Zur Hölle mit dieser Frau‹. Was denn? Dachte er ausgerechnet jetzt an seine Ex?

»Der Teufel soll dich holen«, brummte er.

Gut, womöglich meinte er mit seinen Flüchen Helen. Aber ihr war es zu verdanken, dass er überhaupt den vierten Stock erreichte. Schnaufend lehnte er sich an das Geländer, erklomm die letzte Stufe und steuerte die rechte Wohnungstür an. Er lehnte sich schwer dagegen, während er den Schlüssel in das zugehörige Schloss dirigierte, und trotzdem schaffte er es beinahe, ihr beim Hineingehen die Tür vor der Nase zufallen zu lassen. Sie brauchte sämtliche Kraft, um sich durch den Spalt zu zwängen.

»Schade«, murmelte Robert. Er warf die Schlüssel in die Schale auf dem Tischchen neben der Tür. Sonst bot sein Flur nur noch zwei Haken für Jacken. Man konnte sich kaum darin drehen, der gegenüberliegende Durchgang führte direkt ins Wohnzimmer. Von der Tür bis zur Couch waren es nur vier Schritte. Eine praktische Wohnung für jemanden mit einer Kopfverletzung.

Helen wandte sich der ersten Tür zu ihrer Linken zu, öffnete sie und hatte Glück – sie landete beim ersten Versuch in seinem Badezimmer. Im Spiegelschrank fand sie Jod, eine Packung mit sterilen Tüchern und Pflaster. Damit bewaffnet setzte sie sich zu Robert auf das Sofa. Die Blutung hatte aufgehört, also benetzte sie ein Tuch mit Jod und drückte seinen Kopf nach vorn.

»Ich wüsste gern, was Sie gehört haben.« Sie tupfte mit dem Tuch über die Wunde.

»Putain bordel de merde!« Robert wollte aufspringen, doch sie schwang sich über ihn und legte ihren Arm um seinen Hals. Ein Sanitäter würde die Augen verdrehen, aber Herrgott, Männer waren nun einmal wehleidig. Erst als er aufhörte, sich zu wehren, drückte sie ihn nicht mehr mit ihrem vollen Gewicht auf das Sofa. Sie platzierte das Pflaster auf der Wunde, aber wegen seines Haars hielt es nicht sonderlich gut. Es müsste weg. Aber wenn sie ihm auch noch eine kahle Stelle rasierte, würde Robert sie vermutlich wegen Verstümmelung anzeigen.

»Ich will Sie niemals als Krankenschwester haben«, stöhnte Robert. »Sie sind lausig!«

Helen stützte ihren Arm auf die Rückenlehne und wischte ihm das Blut vom Hals. »Sie sind auch nie zufrieden. Sie hatten immerhin einen guten Blick auf meine Brüste.«

»Toll«, ätzte Robert. »Ich dachte schon, Sie wollen mich damit ersticken, damit es wie ein Sexunfall aussieht.«

Helen umfasste sein Kinn und drehte sein Gesicht, bis er gezwungen war, sie anzusehen. »Niemand wird irgendetwas wie einen Unfall aussehen lassen, wenn Sie vergessen, was Sie heute Abend gesehen und gehört haben. Halten Sie sich einfach von Leuten wie Damrau fern. Keine Fragen, keine Theorien, keine Story. Noch nicht. Ich bin von der Polizei, Sie bekommen Ihre Schlagzeile, wenn die Ermittlungen abgeschlossen sind.«

»Was?«

Sie hatte mit vielem gerechnet, aber nicht mit einem prustenden Lachen. Wenigstens verschluckte er sich schnell daran und griff sich an die Stirn. Er stöhnte leise. »Sie wollen von der Polizei sein?«

»Was dagegen?«, zischte Helen. »Was soll ich sonst mit jemandem wie Damrau zu tun haben?«

»Vielleicht sind Sie eine seiner Kundinnen und sauer, weil er Sie betrogen hat«, mutmaßte Robert.

»Sehe ich aus, als wäre ich drogensüchtig?«

»Nein.« Robert drehte den Kopf und starrte zur Decke hinauf. »Dass Sie Polizistin sind, macht sehr viel mehr Sinn«, spottete er.

»Polizistinnen bedrohen in jeder Schicht mindestens einmal einen Verbrecher in dunklen Seitengassen mit einer Waffe und pressen ihm Informationen ab. Bei einem offiziellen Verhör müssten Sie sich ja an die Vorschriften halten, also schießen Sie ihn an und nehmen ihn neben einer Mülltonne, in völliger Todesangst, ins Kreuzverhör.«

Verflucht, warum lebten sie nicht im Chicago der 1920er? Da wäre das Vorgehen tatsächlich denkbar gewesen.

»Was würde Ihrer Meinung nach denn mehr Sinn ergeben als Polizistin?«, forschte sie.

Robert schwieg, die Lider gesenkt und hey, er pennte ihr doch jetzt nicht ein? Helen drehte sein Kinn wieder zu sich. Sie spürte die Bewegung seines Kehlkopfes unter ihren Fingern, als er schluckte. Er hob die Lider, und der widerspenstige Ausdruck, der in seinen Augen stand, gefiel ihr nicht.

»Vielleicht will Jason Harris einen Konkurrenten ausschalten, indem er ihn samt Beweisen der Polizei ans Messer liefert. Vielleicht will er selbst in das Geschäft einsteigen, das er so lange verschmäht hat. Aber warum schickt er dann seine Assistentin los? Leidet sein Unternehmen unter Personalmangel?«

Merde. Ein anderes Wort gab es dafür nicht. Er wusste nicht nur über heute Abend zu viel. Er wusste allgemein zu viel!

»Sind Sie von der Konkurrenz?«

»Ich bin Journalist.«

»Das ist fast das Gleiche«, presste Helen hervor.

Robert legte mit einem tiefen Seufzen den Kopf wieder auf die Lehne. »Was jetzt? Wollen Sie das Gas aufdrehen? Oder mir Tabletten verabreichen und mich mit einem Gürtel erwürgen, weil das prima als Selbstmord nach diesen unsäglichen Vorwürfen einer armen, misshandelten Frau aussieht?«

»Sie sollten Krimis schreiben«, schnaubte Helen. »Fantasie besitzen Sie ausreichend.«

»Ich schreibe keine Fiction, sondern Tatsachen. Das heute Abend ist eine Tatsache. Sie wollen nicht, dass ich darüber schreibe. Gut, dann tu ich es nicht.«

Das war jetzt schon wieder zu einfach.

»Wenn ich diese Story nicht veröffentlichen soll, dann geben Sie mir eine andere.«

Verblüfft starrte sie ihn an. »Was?«

»Irgendwas muss ich schreiben.« Robert griff nach ihrer Hand und zog sie herunter. »Entweder ein netter Artikel über unser heutiges Abenteuer, oder Sie erzählen mir etwas sehr viel Spannenderes.«

»Etwas Spannenderes, ja?« Helen riss ihre Hand aus seinem Griff. »Lassen Sie mich überlegen. Da Sie ein Narr sind, liegt es nur nahe, einen Narren beseitigen zu lassen. Also rufe ich einen freundlichen Monsieur an, der in fünfzehn Minuten hier vor der Tür steht. Er wird sich ausführlich mit Ihnen unterhalten, und ich kann Ihnen versichern, es wird niemals wieder auch nur ein Haar von Ihnen auftauchen.«

Robert zuckte nicht mal mit der Wimper. Sie bildete sich ein, dass er blasser wurde, aber es konnte auch an seiner verfluchten Kopfverletzung liegen. Ein Mann wie er wurde nicht einfach einsichtig. Nein, in seinen Augen blitzte die blanke Wut auf. »Ich bin Drohungen gewohnt, und ich weiß, wie man sich absichert.«

Mit erstaunlicher Schnelligkeit war er auf den Beinen, wich

zurück und zog ein Handy aus seiner Hosentasche. So schnell wie er darauf herumdrückte, würde sogar ein Teenager begeistert Beifall klatschen.

»Was machen Sie da?«, fragte sie scharf.

»Sie sind nicht die Einzige, die das Gestammel des Opernsängers aufgezeichnet hat. Die Datei habe ich soeben an einen Freund geschickt, und der kennt das mittlerweile. Hört er nicht alle zwölf Stunden von mir, gibt er sie weiter. Ich mag zwar keine Schuhe anhaben, aber ein Telefon kann ich mir immer organisieren.«

»Was?« Helen hörte das eigene Blut in den Ohren rauschen. Dieser verfluchte Vollidiot. Da gab man ihm schon die Gelegenheit, ungeschoren aus der Sache herauszukommen, und er warf sie einfach weg!

»Es ist ein Leichtes, Ihren Freund genauso verschwinden zu lassen«, fauchte Helen, aber Robert starrte ihr unbewegt in die Augen und steckte das Telefon in seine Hosentasche.

»Der wiederum sichert sich ebenfalls ab. Es ist eine nicht aufzuhaltende Kettenreaktion. Aber wenn Sie herausfinden wollen, ob sie aufzuhalten ist, bitte schön. Rufen Sie das Entsorgungskommando, wenn Sie zu feige sind, es selbst zu tun.«

Eines musste man Robert lassen. Er würde ihr definitiv bis zum Rest ihres Lebens in Erinnerung bleiben. Noch niemals hatte sie erlebt, dass jemand so penetrant seinen nackten Hintern vor den scharfen Zähnen eines Pumas schaukelte. Jason mochte zwar kein Puma sein, aber er konnte ähnlich fest zubeißen. Und genau das würde er tun, wenn er hörte, was dieser Vollpfosten von einem unkreativen Schreiberling veranstaltete! Warum legte sich der Kerl nicht einfach einen Strick um den Hals und sprang vom Treppengeländer, wenn er sich unbedingt umbringen wollte?

Erst als Robert sich in den Sessel setzte und seine Stirn rieb, merkte Helen, dass sie ihm immer noch eine Antwort schuldete. Aber was zum Henker sollte sie dazu sagen? ›Gut gemacht‹? Für einen winzigen Moment presste Helen die Lippen zusammen und folgte der Eingebung, die soeben durch ihre Gehirnwindungen blitzte. Mit einem Satz überbrückte sie die Distanz zu Robert und schwang sich auf seinen Schoß.

»Helen«, entfuhr es ihm überrascht.

Verflucht, er wusste wirklich, wer sie war. Nicht Marie, sondern Helen. Ihre erste Idee war, ihm die Hände um den Hals zu legen und ihm die Luft abzuschnüren, bis er seine eigene Dummheit einsah. Aber irgendeine Synapse in ihrem Gehirn verwechselte etwas. Zwar legte sie die Hand auf seinen Hals, aber anstatt zuzudrücken, beugte sie sich nach vorn und küsste ihn.

Jede Dating-Expertin würde nun kreischend die Hände über dem Kopf zusammenschlagen, aber einen Mann zu küssen hatte durchaus praktische Vorteile. Erstens erstarrten Männer immer bei solchen Überfällen, schließlich mussten sie erst einmal verarbeiten, dass sie nun nicht mehr die Jäger waren. Zweitens rutschte dann immer ihr Blut in die Hose und leitete den dritten Vorteil ein: Sie waren viel zu abgelenkt, um zu bemerken, wie man ihre Taschen durchwühlte. Robert war auch nur ein Mann. Er verfiel in Schockstarre, und da die Schlüssel auf dem Tisch im Flur lagen, war es nicht schwer zu erraten, was sich in seiner Hose gegen den Stoff drückte.

Kapitel 7

Mysterium Handtasche

Ihr Kuss blieb unerwidert. Robert schloss nicht einmal die Augen, um ihn zu genießen, sondern starrte sie missmutig an, als sie sich löste. »Nimm die Hand aus meiner Hosentasche!«

Helen bekam sein Handy zu fassen, rutschte von seinem Schoß, und als er sich noch schwankend erhob, um ihr nachzustürzen, umrundete sie schon die Couch. Sie warf sich gegen die nächstbeste Tür und landete geradewegs in seinem Schlafzimmer. Sie schlug die Tür hinter sich zu, drehte den Schlüssel und schaltete das Licht ein.

Grandios. Wenn man etwas über einen Mann erfahren wollte, dann durchsuchte man das Schlafzimmer. Kein vernünftiger Mann versteckte seine Viagra im Badezimmerschrank, sondern in der hintersten Ecke des Nachtschränkchens. Helen trat an das Möbelstück und zog die erste Schublade auf. Doch statt blauer Pillen lag dort nur eine Packung Taschentücher, in welcher auch wirklich nur Taschentücher waren. Daneben lag ein Buch. Keine Ecke war geknickt und der Rücken nicht von Leserillen entstellt, das Lesezeichen steckte ungefähr in der Mitte der Seiten. Er behandelte seine Bücher also pfleglich.

Helen setzte sich auf das Bett und wischte über das Display des Handys. Sie hielt es ins Licht der Lampe und tippte auf die Stellen, auf denen seine Fingerabdrücke zu sehen waren. Von links nach rechts, zuerst oben, dann unten und bingo. Sie hatte wahrlich mehr Glück als Verstand.

Warum, zum Henker, war das Leben kein DVD-Player?

Seinetwegen auch ein Kassettenrekorder, Hauptsache, es gab einen Schalter, mit dem man zurückspulen konnte, um noch einmal zu sehen, was beim ersten Mal nicht sofort in den Gehirnwindungen ankam.

Stöhnend ließ er sich wieder auf das Sofa fallen. Sein Kopf schmerzte, und er hörte, wie die Tür vor ihm ins Schloss fiel und der Schlüssel gedreht wurde. Sein Gehirn ächzte ratlos, kratzte sich die Rinde und zuckte dann mit all seinen Synapsen.

Helen hatte ihn geküsst, und vor allem hatte sie ihm das verfluchte Handy geklaut. Seine Hände fuhren in die Taschen seiner geliehenen Hose, doch sie waren leer. Da hieß es in Büchern und Filmen immer, die *jungen* Frauen wären die Satansbraten, die ihre Verführungskraft dazu nutzten, ihren Willen zu bekommen. Elender Mist, Helen wollte nachsehen, an wen er die Nachricht gesendet hatte. Was war er für ein Idiot. Warum hatte er sich nicht die fünf Sekunden genommen, die Nachricht zu löschen? Ach ja, weil sie sich auf ihn wie auf ein Pony geschwungen hatte und er offenbar zu lange von keiner Frau geküsst worden war, sonst hätte es ihn kaum so durcheinandergebracht.

Er hörte das Quietschen von Federn. Es drang aus seinem Schlafzimmer und stammte von seinem Bett. Es quietschte bei jeder Bewegung, und dem Ton nach zu urteilen, hatte sie sich gerade darauf niedergelassen. Es war ein Geräusch, das endlich Roberts Starre durchbrach. Er sprang auf, rannte zur Schlafzimmertür und stieß mit der Schulter dagegen. Aber sie gab keinen Zentimeter nach. Was glaubte sie? Dass sie sich die ganze Zeit hier einschließen konnte?

Robert hämmerte gegen die Tür. »Was denkst du, was das wird?«

»Was denkst *du* denn, was das wird?«, hörte er Helens gedämpfte Stimme.

Wenn er das wüsste. Er sollte die Tür aufbrechen, ihr seinen Dienstausweis zeigen und diese penetrante Satansbraut festnehmen. Zwei Nächte in einer Zelle würden ihr guttun, aber ihr Boss würde mit Sicherheit dafür sorgen, dass sie keine zehn Minuten hinter Gittern verbrachte!

»Ich hoffe für dich, dass du dich gerade in ein Negligé wirfst«, rief Robert aus.

»Tut mir leid, ich habe keines bei mir. Aber ich kann doch sicher eines von deinen haben. Wer eine so ausgeprägte feminine Seite hat wie du, hat doch bestimmt auch Frauenunterwäsche in seinem Schrank!«

»Was?«

»Wo soll ich suchen? Im Kleiderschrank, oben oder unten?«

»Ich habe keine Frauenunterwäsche«, brüllte Robert wutentbrannt. »Zum Henker, komm raus und gib mir das Telefon!«

Zu seiner Überraschung öffnete sich die Tür tatsächlich. Vor ihm stand Helen, ihre Nasenspitze war nur wenige Zentimeter von seiner eigenen entfernt, und doch war genügend Platz, dass sie ihm das Handy vor das Gesicht halten konnte. Er blinzelte, trat einen Schritt vor und riss ihr das Telefon aus der Hand. Das lange schmale Gerät war verbogen, das Display zerbrochen. Zum Teufel, wie hatte sie das angestellt?

»Also diese biegsamen Displays halten auch nicht, was sie versprechen.« Helen schob sich an ihm vorbei, doch er packte sie am Arm und zog sie zurück.

»Hast du es nur kaputt gemacht? Oder mich gleich noch ausspioniert?«

Der Spott in ihren Augen brachte seinen Blutdruck endgültig in Wallung. Er legte die Hand auf Helens Taille und schob sie zurück ins Schlafzimmer. Mit einem Knall drückte er die Tür ins Schloss, drehte den Schlüssel und lehnte sich mit verschränkten

Armen an die Tür.

»Wenn ich es dir also nicht sage, lässt du mich nicht gehen?«, fragte Helen.

»Ja.« Robert sah ihr fest in die Augen, und im gleichen Moment wusste er, dass er verloren hatte. Was auch immer Helen in all den Jahren an der Seite eines Mafiosos erlebt hatte, es reichte aus, um seine Drohung nur als schlechten Scherz aufzufassen. Sie drehte sich um, ging zu Roberts Bett und bevor ihm etwas Kluges oder auch nur etwas Dummes dazu einfiel, machte sie es sich auf dem Bett bequem. Sie schob das Kissen in ihren Rücken und griff nach dem Buch auf seinem Nachtschrank. Das Lesezeichen ignorierte sie, sondern schlug die erste Seite von Dan Browns ›Symbol‹ auf und begann zu lesen.

Robert starrte auf das zerstörte Handy in seiner Hand. Er drückte den On-Knopf, doch das Display leuchtete nur für einen Moment auf. Die Risse traten in dem Licht deutlicher hervor, bevor es mit einem kläglichen Piepen wieder erlosch. Er hatte die Datei nur an seine private Mailadresse geschickt, mehr nicht. Aber hier ging es ums Prinzip!

Aus Helens Richtung erklang ein seltsamer Ton. Beinahe wie ein Grunzen, und als er aufsah, zog Helen betont die Mundwinkel nach unten, um das Grinsen zu verbergen.

Seufzend warf er das Telefon auf das Bett. Er hatte es geschafft, Helen in seinem Schlafzimmer einzusperren. Das brachte ihm garantiert den Pulitzerpreis und eine Belobigung in seinem richtigen Job ein. Erst recht, wenn er darüber ein Buch schrieb. Es würde nur ein sehr dünnes Buch werden. Robert gab sich nicht der Illusion hin, Helen könnte nun gesprächig werden. Wenn sie nicht einmal die Frage nach ihrem Tun beantwortete, dann erst recht keine andere. Und doch … Etwas gab es, was er tun konnte. Er konnte ihre Handtasche durchwühlen.

Robert drehte den Schlüssel im Schloss. Im Augenwinkel sah er wie Helen erstarrte. Kaum zog er die Tür ein Stück auf, sprang sie vom Bett und hechtete ihm hinterher. Doch er war schneller. Er sah ihre weit aufgerissenen Augen, bevor er die Tür von der anderen Seite erneut ins Schloss zog. Sie zerrte ihm beinahe die Klinke aus der Hand, so heftig riss sie auf ihrer Seite der Tür. Es gelang ihr, die Tür einen Spalt zu öffnen, doch mit einem Knall zog er sie abermals zu, rammte den Schlüssel ins Schloss und drehte ihn herum.

»Verdammter Mist«, fluchte Helen.

»Solche Worte von einer Mademoiselle«, tadelte Robert spöttisch.

»Pah«, schnaubte Helen. »Glaub mir, das ist die jugendfreie Variante. Die verschärfte würde dich doch nur wieder dermaßen erschüttern, dass du wie ein zurückgebliebenes Kamel ins Leere starrst.«

»Ich werde jetzt in deine Handtasche starren.«

Robert konnte sich den Triumph in der Stimme wahrlich nicht verkneifen. Es war kindisch, völlig bescheuert, aber er sollte wohl dem Himmel danken, dass er *einmal* bei dieser Frau die Oberhand behielt. Und vielleicht sollte er im gleichen Atemzug darum beten, dass ihre Rache nicht aus einer Kugel in seine Stirn bestand.

Robert fand ihre Handtasche neben seinem Schlüssel auf dem Tisch im Flur.

»Lass die Finger von meiner Handtasche«, brüllte Helen. Jedes ihrer Worte untermalte sie mit einem Schlag gegen die Tür. »Au, verflucht.«

Robert war kaum mit ihrer Tasche ins Wohnzimmer zurückgekehrt, als seine Tür im Rahmen erzitterte. Doch der Knall klang anders, weniger dumpf als der zuvor.

»Hör auf, gegen meine Tür zu treten. Wie soll ich das dem

Vermieter erklären?«, rief Robert.

»Sei froh, dass ich mir gerade erst die Nägel gemacht habe, sonst würde ich dir ein paar hübsche Kratzspuren hinterlassen.«

»Hast du dir die Krallen schon an den Rücken anderer Männer abgewetzt?«, spottete Robert. »Oder sind die vorher in Ohnmacht gefallen?«

»Ich kenne kaum einen, der schneller zu erschüttern ist als du«, fauchte Helen.

»In der Oper hast du noch etwas anderes behauptet.«

»Auch ich kann mich irren!«

Eine solche Selbsterkenntnis hätte er ihr nicht zugetraut. Robert setzte sich auf die Couch und stellte die schwarze Tasche vor sich ab. Er wusste, dass er ihr Allerheiligstes entweihte, wenn er auch nur einen Blick hineinwarf, aber er war Journalist *und* Polizist. Die schlimmste Mischung aller Zeiten. Zwar hatte er seit ihrer ersten Begegnung kaum etwas von seinen Fähigkeiten gezeigt, geschweige denn von seiner Schamlosigkeit, aber immerhin konnte er von sich behaupten, nicht vor einer Handtasche haltzumachen. Er öffnete den Verschluss und schüttete den Inhalt auf dem Tisch aus.

»Warum hast du Tampons in deiner Tasche? Brauchst du die wirklich noch? Verspäten sich deine Wechseljahre?«

»*Ich* brauche wenigstens noch keine Lesebrille!«, tönte es aus seinem Schlafzimmer.

»Dann lies mir den ersten Abschnitt aus ›Symbol‹ vor.«

Helens Antwort bestand aus einem Rumsen gegen seine Tür und dumpfem Gemurmel, das verdächtig nach ›verfluchter Mistkerl‹ klang.

Robert grinste die Taschentücher an, die er gerade in der Hand hielt. Im Alter wurde keiner von ihnen besser, und es war erstaunlich, wozu man plötzlich allerlei Hilfsmittel brauchte. In ihrer Geldbörse fand er außer Geld und einer Kreditkarte mehrere Visitenkarten. Auch die als Theaterkritikerin. Den anderen Karten nach war sie zudem Chefeinkäuferin bei Macy's und Chefredakteurin beim *Le Parisien*.

»Ich bin beeindruckt. Wie viele Jobs hast du gleichzeitig? Zwölf oder doch nur zehn? Kein Wunder, dass der *Le Parisien* nur noch Humbug schreibt, wenn du dort Chefredakteurin bist.«

»Immer noch besser als das Zeug, was *du* schreibst.«

»Du weißt überhaupt nicht, was ich schreibe.«

»Oh doch. Brigitte Macron trägt einen zu weiten Mantel? Ist sie trotz ihres fortgeschrittenen Alters schwanger? Sie wäre damit ein Vorbild für alle Frauen, die sich kurz vor dem Renteneinstieg noch einmal Kinder wünschen«, brüllte Helen herüber. »Glaubst du, ich kann deinen Namen nicht googlen, wenn du schon so dumm bist, ihn mir zu verraten?«

»Ich fühle mich geehrt, dass du die zweite Hälfte der Vorstellung damit verbracht hast, mich zu stalken«, spottete Robert. Gleich morgen würde er den IT-Spezialisten seines Reviers gratulieren. Sie hatten Artikel erfunden, seinen Namen darunter gesetzt und sie mit veralteten Datumsangaben ins Netz gestellt. Und sie waren offenbar so gut gefälscht, dass sogar Helen sie für echt hielt.

»Jetzt bilde dir nur nicht zu viel darauf ein. Dich zu stalken war langweiliger als diese schreckliche Oper. Aber mal ernsthaft, bei deinem journalistischen Talent wäre es besser, du würdest Horoskope erstellen oder die Todesanzeigen schreiben. Die können sich über deinen schlechten Stil nicht mehr beschweren!«

»Soll ich dir dein Horoskop erstellen?«, fragte Robert. »Heute ist schlechtes Biowetter für dich. Du verlierst deine Handtasche. Die Position der Venus sorgt dafür, dass du trotz deines losen Mundwerks im Schlafzimmer eines Mannes landest. Aber der

Mars verhindert tiefere gefühlsmäßige Bindungen.«

»Ich kapp dir gleich eine Bindung«, zeterte Helen und schlug erneut gegen seine Tür. Sie hielt bombenfest.

Robert zog ein Bild aus ihrer Geldbörse. Es zeigte einen Mann um die dreißig. Eigentlich zu jung, um ihr Lover zu sein, aber zu alt für ihren Sohn. Die Farbe seiner hellblauen Augen stach deutlich auf der Fotografie hervor, genauso wie seine spitze Nase. Den Großteil seiner Gesichtszüge verdeckten der Vollbart und die ungepflegt abstehenden, schulterlangen Locken. An der linken Seite hing eine geflochtene Strähne herunter. Er drehte das Foto hin und her. Diese Mischung aus Neandertaler und Hippie hatte er doch schon mal gesehen. Die Erkenntnis durchfuhr ihn wie ein Stromschlag. Merde, dieser Kerl, der aussah, als hätte ihm eine Fünfjährige die Haare geflochten, war Nathanaël Baillieu. Vor Jahren untergetaucht, stieg er seit einigen Wochen wieder groß im Pariser Drogendschungel ein. Helen umgab sich ja mit reizender Gesellschaft. Die Ecken des Bildes waren geknickt, und es war ein wenig unscharf. Es mochte so gar nicht zu den modernen scharfen Bildern passen, die man heute schoss. Es war älter. Ob sie ihn mittlerweile wieder traf? In den Akten hatte er von ihrem eindeutigen Verhältnis mit diesem drittklassigen Tarzan gelesen und auch, dass es bei einer Auseinandersetzung zwischen ihm und Jason zu einer tagelangen Sperrung einer U-Bahn-Strecke gekommen war, weil sie den Tunnel zum Einsturz gebracht hatten, inklusive des darüber liegenden Wohnhauses. Es waren sieben Menschen gestorben, das konnten sie nicht noch einmal zulassen. Beide Ganoven hatten sich eine Freikarte ins Gefängnis erarbeitet. Es war nur die Frage, wer zuerst dort landete.

Robert wusste selbst nicht warum, aber er behielt das Bild vorerst und steckte die Geldbörse wieder in ihre Tasche, genauso wie die kleine Dose Rouge und den Kajalstift.

»Sag bloß, du bist einer dieser iPhone-Verweigerer«, rief Robert. Helens Telefon war von einem anderen Hersteller. Irgendwie hatte er geglaubt, dass selbst die Mafia auf den berühmten angebissenen Apfel auf ihren Handys bestand.

»Du wirst nichts an diesem Telefon anrühren, hast du mich verstanden?« Ihre Stimme war scharf, schneidend, und sie bescherte ihm eine Gänsehaut. Pah, Frauen. Warum kreischte sie so hysterisch?

Es ließ sich nicht mit einer Zahlenkombination entsperren, sondern nur mit einem Fingerabdruck. Wo waren die guten alten Zeiten, als man das Handy noch mit einer einfachen Zahlenkombination knacken konnte?

Helen brüllte derweil die übelsten Beschimpfungen (»Du kannst doch noch nicht mal ordentliche Produktbeschreibungen für einen Katalog für Birkenstocklatschen schreiben!«) durch die Tür.

Er stand auf, warf ihren restlichen Kram wieder in die Handtasche, und mit dieser ging er zur Tür. Er drehte den Schlüssel und drückte die Tür vorsichtig auf. Schließlich wollte er Helen nicht k. o. schlagen.

»Wenn du das Telefon angerührt hast, kannst du froh sein, wenn ich dir nur die Eier abreiße und sie in den Mixer stecke!«

Sie riss die Tür auf. Ihr Blick zuckte von seinem Gesicht zu der Tasche. Wortlos streckte er ihr diese entgegen.

»Es braucht deinen Fingerabdruck, um das Telefon zu entsperren, selbst wenn ich gewollt hätte, hätte ich es nicht durchsuchen können.«

Er konnte den Ausdruck in ihren Augen nicht deuten. Er meinte wirklich, hinter all der Wut auch Sorge zu lesen. Doch egal, was es war, es wandelte sich in sichtbare Erleichterung, auch wenn in ihrem Blick trotzdem ein wenig Verärgerung zurückblieb.

Sie senkte die Lider. »Diesmal sollte ich Jasons verflixter Technik wohl danken.«

»Ich hätte es ohnehin nicht angerührt, ich bin nicht lebensmüde.«

Helen schnaubte. »Davon merke ich wahnsinnig viel.«

Robert hielt das Foto hoch, das er nicht zurück in ihre Handtasche gesteckt hatte. »Wer ist das?«

»Mein Ehemann?«, erwiderte sie spitz.

»Du trägst keinen Ring.«

»Vielleicht nicht am Finger.«

Himmel, er verbot seinem Gehirn, jetzt darüber nachzudenken, wo sie einen Ring verbergen könnte. »Willst du mir immer noch keine andere Story geben?«

»Vergiss es! Wenn du nicht die nächste Kopfverletzung einstecken willst, solltest du mich jetzt gehen lassen«, fauchte Helen und riss ihm das Foto aus den Fingern.

Erst jetzt fiel ihm auf, dass er sich breitbeinig im Türrahmen platziert hatte. Himmel, hatte er Angst gehabt, sie könnte weglaufen? Zögernd trat er beiseite. Sie drückte sich an ihm vorbei, ihre Finger krampften sich um ihre Handtasche, und doch hatte sie den Kopf hocherhoben, als sie durch sein Wohnzimmer marschierte.

»Helen«, sagte er leise und brachte sie dazu, zögernd stehen zu bleiben. »Sollte ich mir für diese Nacht Polizeischutz anfordern?«

Die Frage schien sie zu überraschen, sie zog die Augenbrauen hoch und blinzelte irritiert. Erst einmal, dann zweimal. »Nein«, sagte sie und stockte. »Nein, ich denke nicht.«

Sie drehte sich herum und ging zur Tür, ohne einen Blick

zurückzuwerfen. Er hörte, wie seine Wohnungstür ins Schloss fiel. Es überraschte ihn selbst, aber ihn überkam nicht das Verlangen, die Tür hinter ihr abzuschließen.

Er ging in den Abstellraum, öffnete den Waffenschrank und nahm seine Dienstwaffe heraus. Diese legte er auf seinen Nachtschrank, pellte sich aus der dreckstarrenden Hose, den schmutzigen Socken und dem blutbesudelten Hemd. Unter der Dusche spülte er sich den Rest des Schmutzes ab, und das Wasser brannte in den Wunden. Vor dem Spiegel trocknete er sich vorsichtig ab und drehte sich nach links und nach rechts. Es ginge schneller, die Stellen zu benennen, die an seinem Körper heil waren. Aus dem Wohnzimmer holte er die Flasche Jod und verteilte das Zeug vor Schmerz zischend und fluchend auf den Wunden. Die Hautabschürfungen bedeckte er mit großzügigen Pflastern und das auf seinem Hinterkopf ersetzte er durch ein Neues. Es wäre einfacher, sich einfach in eine große Mullbinde einzuwickeln. Vielleicht bekam er einen Job in einer Geisterbahn als Mumie. Alles war besser, als hinter Helen her ermitteln zu müssen. Sie legte sich mit Leuten an, mit denen er kaum mithalten konnte. Damraus Schnelligkeit hätten jeden verdammten Superhelden vor Neid erblassen lassen. Einem Mann dieser Statur kaum zuzutrauen, aber mitunter waren es die unscheinbarsten Menschen, die eine schier unglaubliche Wendigkeit an den Tag legten.

Robert seufzte leise, als er einen frischen Pyjama überzog und sich ins Bett legte. Aber verflixt. Er musste noch einmal aufstehen, sein Boss brauchte unbedingt Helens Sprachaufnahme. Also rollte er sich stöhnend von der Matratze, holte seinen Laptop und schickte die Aufnahme an Louis' dienstliche Mailadresse. Danach fühlte er sich, als wäre er den Mount Everest hochgekrochen und ließ sich schwer wieder ins Bett fallen. Seine Waffe steckte er unter das zweite Kopfkissen und zog das heran, an dem Helen gelehnt hatte. Es roch nach Waschmittel, und da war noch etwas anderes. Das Aroma ihres süßen, leichten Parfums. Unweigerlich sog er die Luft ein wenig tiefer in die Lunge. Der Geruch von Helen begleitete ihn noch, als er die Augen schloss und die Schwärze vor seinen Augen zunahm, bis sich die Welt drehte und er einschlief.

Kapitel 8

Der verflixte Morgen danach

»Grundgütiger, Robert!«, rief Louis Allaire aus. »Ich wusste ja schon immer, dass mir Bilder von Männern in Unterwäsche nicht gefallen, und dieses Foto schmeichelt dir wirklich nicht im Geringsten.«

Toll. Spätestens jetzt wusste Robert, dass es ein Fehler war, auf dem Revier zu erscheinen. Hätte er sich lieber nur darauf beschränkt, die Aufnahme inklusive eines knappen Berichts von seinem Mailpostfach an Louis weiterzuleiten. Nein, er musste ja unbedingt persönlich auftauchen. Er nahm die Zeitung von seinem Boss entgegen, den *Les Actualités*, aufgeschlagen auf Seite vier.

›**Pariser von Außerirdischen entführt und nackt auf den Stufen der Opéra national de Paris wieder abgesetzt!**‹

Daneben prangte ein Foto von Robert, bis auf die Unterhose nackt, in Socken und mit einer Schürfwunde über der Augenbraue. Mon Dieu ... Robert wollte den Artikel nicht lesen. Er wollte nicht wissen, welchen Unsinn sich Marcus aus den Fingern gesogen hatte. Aber sein Gehirn schien anderer Meinung zu sein. Gegen seinen Willen schweifte Roberts Blick über den Text.

›Das Opfer wirkte verstört und desorientiert. Kein Wunder, nach einer Begegnung dieser besonderen Art!‹

Ein paar Zeilen weiter unten stand: ›Nachdem sich das Opfer wieder sicher war, auf der guten alten Mutter Erde zu sein, verklärte sich sein Blick wieder zunehmend. Darauf angesprochen sprach er von einer betörenden Frau, der Angst, gebissen zu werden, einem waffenscheinpflichtigen Mundwerk, Kleider vom Leib reißen und Schreien.‹

Heiliges Kanonenrohr. Marcus hatte seine Erzählungen verarbeitet! Mon Dieu, wenn er diesen verfluchten Mistkerl in die Finger bekam!

›Wie er dann auf den Treppen der Oper gelandet ist, kann er nicht mehr rekonstruieren. Ob es zu Intimitäten mit der schönen Außerirdischen kam? »Nein!«, behauptete das Opfer vehement. Aber es kann nicht die Kratzspuren verstecken, die eindeutig eine weibliche Handschrift tragen.‹

Oh, Marcus, das würde er ihm büßen. Mit vier Wochen Einzelhaft. Robert fand garantiert etwas, das er diesem verflixten Reporter anhängen konnte!

Robert ließ die Zeitung sinken, dahinter tauchte sein Boss samt dessen Schreibtisch auf. Ein Bein über das andere gelegt, drehte sich Louis mit dem Stuhl von einer Seite zur anderen, die Hand auf seinen Mund gelegt.

»Ich weiß, dass du lachst«, murrte Robert.

Die Schultern seines Vorgesetzten zuckten. Er steckte wahnsinnig unauffällig den Finger unter seine Brille und wischte sich eine Träne weg. »Sie hat dich fertig gemacht.«

»Wer weiß es noch?«

»Alle in der Abteilung.«

Na herrlich. Robert drehte sich um und spähte durch die Glaswand, die Louis' Büro vom Großraumbüro mit den gut dutzend Schreibtischen trennte. Roberts Kollegen hatten heute auffällig gute Laune. Sie lächelten, spähten immer wieder zu ihnen herüber und grinsten dann breit. Robert zeigte ihnen den Stinkefinger, aber das wäre das erste Mal, dass sich seine Kollegen davon beeindrucken ließen.

»Übrigens«, erklang die Stimme von Louis, und diesmal fehlte jegliche Belustigung. »Der Schauspieler, den Helen Shepherd bedroht hat, hieß Marcel Damrau. Nur mäßig erfolgreich. Er wird auch nie einer von den Großen werden.«

Robert drehte sich wieder zu seinem Vorgesetzten und kratzte sich am Kinn. »Seit wann kannst du Sänger beurteilen?«

»Ich weiß es«, sagte Louis. »Weil er tot ist. Er wurde heute Morgen in seiner eigenen Mülltonne gefunden.«

»Das schließt dann wohl Selbstmord aus«, murmelte Robert. Ein flaues Gefühl nistete sich in seinem Magen ein. Hier hatte Helen oder vielmehr ihr Boss wahrlich wenig Zeit verstreichen lassen.

»So wie es aussieht, hat man ihn gezwungen, seine eigenen Drogen zu schlucken. Sein Magen war bis obenhin voll mit dem Zeug, und den Rest haben sie ihm noch in den Rachen gestopft. Ein Syndikatsmord wie aus dem Bilderbuch. Wir nehmen gerade Kontakt mit den Personen auf, die er Helen Shepherd genannt hat. Würde mich nicht wundern, wenn wir denen auch bald den Bestatter schicken können.« Louis schwang sich auf die Füße und umrundete seinen Schreibtisch. »Sei bloß vorsichtig, Robert. Wenn sie deinen Namen kennt, dauert es nicht lange, bis sie rausbekommt, dass du kein Journalist bist. Unsere IT-Leute haben sich zwar Mühe gegeben, dir eine neue Laufbahn als Schreiberling ins Netz zu stellen, aber Harris hat viel Geld. Er kann sich die besten Nerds der Welt leisten, und die zerlegen deine Tarnung in fünf Sekunden.«

»Schick nur nicht so schnell jemand bei Helen vorbei«, bat Robert. »Das würde nur schlafende Hunde wecken.«

»Würde mir nicht im Traum einfallen«, schwor Louis. »Im Übrigen haben wir heute einen Briefumschlag mit einem USB-Stick in der Post gefunden. Er enthält eine Sprachaufnahme. Ich konnte kaum glauben, welche.«

Louis drückte auf einen Knopf an seinem PC, und Robert sträubten sich die Nackenhaare. Aus dem Lautsprecher drang blechern Damraus Stimme, hysterisch, hoch, er verschluckte immer wieder Silben. Aber er sagte unleugbar den Text auf, den Helen und Robert gestern aufgezeichnet hatten.

Helen scrollte sich durch die Website des *Les Actualités*. Eigentlich wollte sie sich dieses Schmierblatt auf dem Weg zur Arbeit kaufen, aber nein, ihre Gedanken hatten die ganze Zeit nur bei Robert gehangen, und so war es ihr erst wieder eingefallen, als sie den Schlüssel in das Schloss der Bürotür steckte. Verflucht, dieser Kerl machte sie kirre. Jedenfalls schien er clever genug zu sein, über den gestrigen Abend keinen Artikel zu schreiben. Sie fand auf der Website der Zeitung nichts, auch nicht über die Suchmaschine. Der einzige Artikel, der die Pariser Oper erwähnte, handelte von Außerirdischen. Humbug. Es wäre auch reiner Selbstmord, wenn Robert über sein gestriges Abenteuer schreiben würde, und es würde von einer ordentlichen Portion Dummheit zeugen. Dummheit, die so groß war, dass es nur recht und billig war, wenn Jason ihm nachdrücklich die letzte Lektion seines Lebens erteilte. So sah sie es zumindest sonst.

Aber bei diesem Journalisten war alles anders. Sie wusste selbst nicht warum. An seinen blauen Augen konnte es kaum liegen. Es gab tausende Männer mit blauen Augen, was sollte also an diesen besonders sein? Der treue Hundeblick? Sie hasste Männer mit Hundeblick. Ihr Puls stieg bereits an, wenn Jason es nur wagte, sie so anzusehen, und der fing nach dreißig Sekunden ohnehin an zu grinsen. Also, warum saß sie dann morgens um acht Uhr hier vor ihrem PC, mit der schlechtesten Laune, die sonst nur dem Montag nach einem langen Wochenende vorbehalten war, und sah ihre eigenen missmutigen Züge an, die sich im Bildschirm spiegelten?

Ach, verflucht, sie würde Robert Moreau jetzt durchchecken

und dann vergessen. Sie gab seinen Namen in die Suchmaschinen ein, die nicht über das legale Internet zu finden waren. Beim Einwohnermeldeamt fand sie seine Adresse, die mit seinem Ausweis übereinstimmte, genauso wie das Geburtsdatum.

Der 6. Oktober 1973. Ein Robert Moreau, mit diesem Geburtsdatum hatte vor achtzehn Jahren eine Lorraine Fournier geheiratet und sich vor fünf Jahren von ihr scheiden lassen. Der gleiche Mann war auch als Vater einer Blanche Moreau eingetragen, einem siebzehnjährigen Mädchen. Er war geschieden, Vater und Journalist. Es gab schlimmere Lebensläufe.

Aber wie zum Henker war er ausgerechnet auf Helen und Jason gekommen? In seinen Zeitungsartikeln wurde Jason nie erwähnt. Ja, da war ein Bericht über Hectors Party vor zwei Jahren, auf der Jason auf Amélie getroffen war. Doch auch in diesem Text fand sie nichts Seltsames.

Okay, dann sah sie sich eben noch an, was die französische Polizei über ihn zu sagen hatte. Sie rief soeben deren Portal auf, da erklang plötzlich Jasons Stimme nahe bei ihr. Verflucht nah bei ihr! »Ein nackter Irrer hockt auf den Stufen der Oper und der *Les Actualités* faselt von Außerirdischen.«

Helens Kopf schnellte hoch. Vor ihrem Schreibtisch stand Jason, eine Ausgabe des *Les Actualités* in der Hand und das übliche dämliche Grinsen im Gesicht. Himmel, ihr Herz. Warum musste er sich immer so anschleichen?

»Kannst du nicht wie jeder normale Mensch anklopfen?«, fauchte Helen.

»In meinem eigenen Büro?«

»Ich habe mich konzentriert.«

Jason schnaubte amüsiert. »Habe ich gesehen. Du hast faktisch mit der Nase am Bildschirm geklebt. Was ist so spannend?« Er umrundete ihren Schreibtisch.

Helen klickte auf ›Herunterfahren‹, aber verflucht, das blöde Ding zeigte ihr jetzt vorwurfsvoll an, welche Programme dann unsachgemäß beendet werden müssten. Merde!

»Hat dir dein erster praxisnaher Einsatz so zugesetzt?«, spottete Jason.

»Hör einfach auf, dich ständig anzuschleichen«, fauchte Helen.

»Ich bin nicht geschlichen. Genau genommen habe ich die Tür ins Schloss fallen lassen, aber selbst das hat Dornröschen nicht aus ihrem Schlaf erweckt.«

Helen schnaubte. Jason log ohne mit der Wimper zu zucken. Sie hatte nicht geschlafen, und sie war gewiss nicht so tief in ihre Gedanken an Robert versunken, dass sie eine knallende Tür nicht hörte.

»Wo ist Amélie?«

»Peppi hat Durchfall. Der sitzt seit einer Stunde auf der Wiese hinterm Haus und Amélie neben ihm. Aber keiner von beiden ist vernünftig genug, meine Idee umzusetzen.«

»Welche Idee?«

»Peppi eine Tüte um die Hinterbeine zu binden.«

Helen verdrehte die Augen. »Ich möchte dich mal sehen, wenn man dich in eine Tüte steckt, nur weil deine Verdauung eine Macke hat.«

»Ich gehe nicht mehr auf die Toilette«, widersprach Jason.

»Mit genug Abführmittel im Kaffee kann man deiner toten Darmtätigkeit bestimmt wieder auf die Sprünge helfen«, schnaubte Helen.

»Es ist immer wieder eine Freude, anspruchsvolle Konversation mit dir zu betreiben«, lachte Jason und ließ sich hinter dem zweiten Schreibtisch auf den Stuhl fallen. Eigentlich gehörte dieser Linett, aber das Mädchen könnte sich mit ihrem quengeligen Nachwuchs ohnehin nicht auf ihre Arbeit konzentrieren.

Jason legte die Beine auf dem Tisch ab und lehnte sich mit dem Stuhl weit zurück.

»Aber du hast gestern hervorragende Arbeit geleistet. Damit haben wir genug, um die Polizei die nächsten Wochen beschäftigt zu halten.«

»Und was bekommst du dafür?«, fragte Helen.

»Unaufmerksame Polizisten.«

Helen verdrehte die Augen. Das war ihr selbst klar. Vielmehr interessierte sie die Frage, warum Jason einen solchen Wert darauf legte, die Polizei mit anderen Dingen als sich selbst zu beschäftigen. Er tanzte doch auch sonst liebend gern mit dem nackten Hintern vor den Nasen der Polizisten herum (das war im Übrigen nicht nur im übertragenen Sinne gemeint) und erlag einem ungehemmten Lachanfall, wenn er sie mal wieder an der Nase herumführte. Allerdings war Jason auch nur ein Mann, der seine genialen Pläne nicht gerne für sich behielt, er wollte nur gefragt werden.

Helen konnte manchmal ein böses Mädchen sein, und an einem Tag wie heute, tja, da konnte sie einfach nicht widerstehen. Anstatt ihm die erlösende Frage zu stellen, wandte sie sich wieder dem Rechner zu und klickte auf Abbrechen. Sie schloss nacheinander sämtliche Programme und löschte Robert Klick für Klick aus ihrem digitalen Leben. Schade, dass es mit ihrem Gehirn wesentlich komplizierter war.

»Bist du müde?«, fragte Jason.

»Nein.« Helen startete ihr Mailprogramm, schließlich war sie zum Arbeiten hier und nicht, um Löcher in den Desktop zu starren!

»Kater?«

»Nein!« Sie hasste es, wenn Jason langweilig war und er sich unbedingt mit ihr unterhalten wollte. Konnte er nicht einfach abhauen? Damit sie in Ruhe Robert hinterherschnüffeln könnte?

»Kopfschmerzen vom Adrenalin gestern?«

»Nein, verflucht. Mir geht es hervorragend.«

»Du lügst.«

»Gut«, räumte Helen ein. »Vielleicht werde ich krank.«

Die Stille, die sich im Büro ausbreitete, gefiel ihr nicht. Widerwillig drehte sie den Kopf und spähte zu Jason. Dessen Grinsen war verschwunden, stattdessen musterte er sie ernst und ... voller Sorge? Nein, das bildete sie sich ein. Aber Jason hatte sie noch nie so angesehen.

»Was?« Das Wort kam gereizter über ihre Lippen, als geplant, aber zum Teufel, wenn sie eines hasste, dann war es, angestarrt zu werden.

»Hat der Kerl dir gestern irgendwas getan?« Das Knurren in Jasons Stimme sorgte dafür, dass sie ihren Stuhl in seine Richtung drehte. »Hat er seine Finger an dich gelegt?«

Helen schüttelte den Kopf. »Nicht mehr als üblich. Ein wenig Gezerre hier und ein wenig Schubsen dort.«

»Was ist dann mit dir los?«

»Mit mir ist überhaupt nichts los!«, rief Helen aus.

»Du bist anders als sonst«, beharrte Jason. »Ich kenne dich jetzt über zwanzig Jahre. Wenn du krank wirst, wirst du unausstehlich, nicht müde. Und ich habe dich nur einmal so vor deinem Computer hängen sehen, und das war, als ...«

»Wag es nicht, es auszusprechen«, fauchte Helen. Wenn sie jetzt eines nicht gebrauchen konnte, dann war das eine Erinnerung an den größten Reinfall ihres Lebens. »Darüber sprechen wir nicht!«

»*Du* hast gesagt, dass *du* darüber nicht sprichst«, hielt Jason dagegen.

»Ja, und ich habe ...«

»Du hast mir gedroht, meine Reißzähne abzufeilen, wenn ich den Namen auch nur in den Mund nehme.« Jason verschränkte die Arme im Nacken. »Trotzdem ist etwas im Busch.«

»Es ist nichts im Busch.« Herrgott. Das fehlte ihr noch. Jason, der aus dem zweijährigen Liebestaumel erwachte und plötzlich paranoid wurde.

»Dann macht es dir nichts aus, dass der kleine Opernsänger heute Morgen ermordet aufgefunden wurde?«

Helen spürte ihre eigenen Mundwinkel zucken. Diesen verflixten Opernsänger würde sie jedoch keine einzige Sekunde vermissen. Wer Drogen vertickte, war nicht besser als ein Serienmörder. Er unterstützte Menschen in ihrer Sucht oder schlimmer noch, er verführte sie dazu. Das war, als wenn man jemanden bewusst mit tödlichen Krankheiten ansteckte.

»Es stört mich nicht im Geringsten. Hat er sich gewehrt?«, fragte Helen.

»Da musst du Jeremy fragen. Aber ich bin sicher, er ließ ihn kein letztes Ständchen singen«, grinste Jason. »Ich hingegen habe mit dem Personal des Restaurants gesprochen, in dem ihr wart. Nur ein Kellner konnte sich daran erinnern, dass er euch zusammen gesehen hat, und dieser wiederum hat *mir* sehr gut geschmeckt.«

Verkniffen lächelte Helen. »Du bist überraschend gründlich.«

»Ich will vermeiden, dass dir irgendwelche Polizisten hinterherlaufen.«

Helens Gesichtsmuskeln begannen unter ihrem verkrampften Lächeln zu schmerzen. Himmel noch eins, der arme Kellner. Nur weil er sich an Helen und Damrau erinnern konnte, endete er als Snack eines Vampirs. Andererseits traf es, wenn Jason seinen Hunger stillte, sonst auch nur einen zufälligen Kerl oder eine zufällige Frau. Also zuckte sie die Schultern und wandte sich wieder ihrem Computer zu.

»Im Übrigen hat sich der Kellner noch an etwas anderes erinnert«, erklang Jasons sanfte Stimme. »Er sagte, dass nach euch ein Mann in Strümpfen und zu kurzen Hosen das Lokal betrat und nur eine Sekunde nach euch wieder ging. Zufällig in die gleiche Richtung.«

Helens Hand erstarrte für einen Moment auf der Maus. Mist, elender. Dieser verfluchte Kellner erinnerte sich ausgerechnet an Robert! Mit sämtlicher Selbstbeherrschung, die sie aufbringen konnte, klickte Helen auf eine Mail.

»Und hast du herausgefunden, wer das war?«, fragte sie. Ihre Stimme klang in ihren eigenen Ohren rau und kratzig.

»Nein. Die Beschreibung ist zu unkonkret. Aber erinnerst du dich an jemanden? Wurdest du beobachtet?«

Sie erinnerte sich viel zu gut! An Roberts Geruch, an seinen wehleidigen Blick und an die Tatsache, dass sie ohne ihn wesentlich mehr Probleme mit Damrau gehabt hätte. Aber das konnte sie Jason unmöglich erzählen. Dass Robert ihr geholfen hatte, würde ihn in einem normalen Fall vielleicht von der sofortigen Zeugenbeseitigung abhalten. Denn auch ein Jason Harris wusste Mut zu würdigen. Aber die Tatsache, dass Robert Journalist war, machte alles zunichte. Sie wussten, dass Journalisten nicht die Klappe halten konnten, und erst recht wussten sie zu gut, welchen Schaden unbedachte Artikel anrichten konnten. Amélie hatte ihren Frust über Jason in einer Kolumne ausgelassen und war kurz darauf entführt und getötet worden. Nur reinem Glück war es zu verdanken, dass sie am Tag vorher Jasons Blut getrunken hatte und so zum Vampir wurde.

Robert legte sich mit einem Artikel vielleicht nicht selbst rein, aber sie und Jason. Es war zwingend notwendig, dass Jason ihn aufsuchte, und sei es nur, um ihm nachdrücklich zu erklären, dass er nichts zu schreiben hatte. In jedem normalen Fall … doch dieser hier war alles andere als normal! Alles in ihr sträubte sich dagegen, Jason die Wahrheit zu sagen. Sie würde selbst noch einmal mit Robert sprechen. Sobald Jason fort war, würde sie zu seiner Wohnung fahren. Ja, das klang nach einem hervorragenden Plan.

»Ich habe niemanden bemerkt. Weder in der Oper noch danach«, beharrte Helen.

Kapitel 9

Verflixt und zugebissen!

»Hast du was Druckbares für mich?«, fragte Thomas nasal und tupfte mit einem Taschentuch an seiner Nase herum. Roberts zweiter Boss war ihm wesentlich weniger sympathisch als der erste. Gut, dass er diesen Kerl nur so lange ertragen musste, wie er die Tarnung als Journalist brauchte.

»Mit Verlaub, ich *war* gestern erst eine Story«, brummte Robert und rutschte auf dem abgewetzten Stuhl hin und her.

Die Räume des *Les Actualités* lagen in einem Keller. Die Wände waren zwar weiß getüncht, aber so sah man die Schimmelflecken umso besser. Robert war nur hergekommen, falls man ihn verfolgte. Schließlich musste er als Journalist hin und wieder in der Redaktion sein. Und er musste seinen Zweitboss bei Laune halten. Aus Sicherheitsgründen wusste er nicht, dass er einen Polizisten eingestellt hatte. Robert hatte lediglich ein paar Zeitungen nennen müssen, bei denen er angeblich gearbeitet hatte. Da Journalisten für kleine Zeitungen in dieser Stadt offenbar Mangelware waren, hatte Robert keinen Lebenslauf, geschweige denn Referenzen vorlegen müssen und durfte sofort anfangen.

»Wozu bezahl ich dich überhaupt?«, blaffte Thomas. »Deine Artikel sind scheiße! Und jetzt hast du nicht mal eine beschissene Story?«

»Tut mir leid«, gab Robert zurück.

»Dann denk dir eine aus! Eine, die zu dem Pflaster auf deinem Hinterkopf passt.«

»Das werde ich ganz sicher nicht«, erwiderte Robert kühl.

»Dann finde eine«, brüllte Thomas. Er hüpfte auf seinem Stuhl herum wie ein Flummi. Das tat der Kerl immer, wenn er wütend war. Er wurde zu einem tiefroten Flummi.

Robert stand auf, spürte, wie das brüchige Leder an seinem Hosenstoff festhing, bevor es sich widerwillig löste. »Ich gehe ja schon.«

»Und komm erst wieder, wenn du einen welterschütternden Skandal hast«, keifte Thomas hinter ihm her.

Darauf konnte der Idiot lange warten, aber Robert war es nur recht. Je weniger er in diesem verfluchten Büro hocken musste, umso mehr konnte er Helen auf die Nerven fallen. Sie stellte Harris' schwächsten Punkt und Roberts einzigen Anhalt dar. Weder konnte er bei Harris persönlich auftauchen, noch bei einem von dessen Mitarbeitern. Assistentinnen waren immer die zerbrechlichsten Kettenglieder. Schon viele Männer waren über die Klinge gesprungen, weil ihre vertraulichsten Mitarbeiterinnen gequasselt hatten. Manche erklärten sich schnell bereit, vielleicht weil sie nicht beachtet wurden. Andere brauchten wochenlange Zuwendung. Vielleicht so wie Helen. Frechheit siegte, damit konnte er sie aus dem Konzept bringen.

Robert schnappte sich seine Jacke und ließ den muffigen Keller hinter sich. Helen auf die Nerven zu fallen, war ein guter Plan. Aber wie? Sie war jetzt mit Sicherheit im Büro.

»Boah, ich bin so fertig!«, rief Linett aus und ließ sich auf ihren Bürostuhl fallen.

»Wo ist Jeremy?«, fragte Helen neugierig.

Linett sah man selten ohne ihren Gefährten. Selbst wenn sie arbeitete, lungerte er verdächtig oft im Büro herum und machte Helen so lange kirre, bis sie ihn mit einem Auftragsmord wegschickte. Dann zog er zufrieden ab und kam nach ein paar Stunden tiefenentspannt zurück.

Linetts Sohn Rafael saß in seinem Buggy, die Augen geschlossen und einen Teddy ins Gesicht gedrückt. Er schnarchte in einer Lautstärke, die gerade noch im Bereich des Niedlichen lag.

»Ich glaube, der bringt jemanden um«, sagte Linett und zwirbelte eine lange schwarze Haarsträhne um ihren Finger. »Oder soll er jemanden beschützen?« Sie seufzte inbrünstig. »Hier weiß man das irgendwie nie so genau. Die Übergänge sind fließend.«

Solange sie bei Robert nicht fließend wurden. Zum Henker, Helen sollte Jason von ihm erzählen und ihn bitten, sich nicht an dem Burschen zu vergreifen. Warum tat sie es nicht? Weil sie anscheinend langsam verblödete.

Zurzeit haute Jason den Nägeln schneller die Köpfe ab als sonst. Er war nervös. Irgendjemand wurde ihm gefährlich, und er wollte es im Keim ersticken. Mit aller Gewalt, wenn es sein musste. Nur, verflucht, wer war die Konkurrenz? Jason quatschte sonst verdammt viel überflüssiges Zeug, aber nein, jetzt wurde er auf einmal zum Schweige-Guru! Außerdem ließ sich Helen viel zu sehr von Robert ablenken. Sie sollte ihn einfach vergessen. Aber wie sollte man das machen, wenn der verflixte Kerl ständig durch ihre Gedanken geisterte? Und vor ihrem inneren Auge erschien. Moment, als sich die Tür öffnete, sah er verdammt echt aus. Helen blinzelte, Robert ging nicht weg. Sie blinzelte erneut, er war immer noch da.

»Robert«, rief sie verblüfft aus. »Verschwinde gefälligst!«

War ja klar, dass er ihr den Gefallen nicht tat. Ohne die Miene zu verziehen, schob er sich in das Büro, schloss die Tür hinter sich und vergrub die Hände in den Hosentaschen. Eine lausige Angewohnheit. Nur der Teufel wusste, was er suchte, als er sich seelenruhig umsah.

»Wie bist du überhaupt ins Gebäude gekommen?«

»Durch die Tür«, erwiderte Robert lapidar.

Pah. Die war verschlossen. Aber Journalisten lernten bestimmt im ersten Semester, wie man durch ein Kellerfenster kroch.

Helen schob ihren Stuhl zurück und marschierte auf Robert zu. »Du wirst sofort von hier verschwinden.«

»Wenn du eine Story für mich hast, werde ich so schnell abhauen, wie ich gekommen bin«, erwiderte dieser impertinente Mensch. Wenigstens besaß er den Anstand, nicht zu grinsen.

»Du wirst auch ohne Story gehen«, fauchte Helen.

»Da irrst du dich.«

Robert verschränkte die Arme vor der Brust und blockierte die Tür, genauso wie gestern in seinem Schlafzimmer. Zwar konnte sie hier die Zeit noch sinnvoller verbringen als in seinem Bett, aber in seiner Wohnung hatte nicht das Risiko bestanden, dass einer von Jasons Leuten oder gar der Vampir selbst hier auftauchte und sich über kurz oder lang zusammenreimte, dass der Kerl Ärger bedeutete.

»Ähm, soll ich vielleicht gehen?«, fragte Linett im Hintergrund, aber Helen konzentrierte sich allein auf Robert.

»Willst du wirklich auf Jason treffen?«, fragte Helen lieblich. Wenn schon nicht vor ihr, so hatten die meisten vor ihm Respekt.

Ein Muskel in Roberts Wange zuckte, aber er verlor seine Haltung nicht für einen Moment. »Wenn es sein muss. Dann kann ich *ihn* ja nach einer Story fragen.«

»Pah«, schnaubte Helen. »Wie kommst du darauf, dass er dir etwas erzählt?«

»Positive Publicity. Er kann beeinflussen, was ich schreibe, solange es einigermaßen logisch und nicht völlig vom Himmel gelogen ist.«

»Du willst also sein Schoßhündchen sein und doppelt bezahlt werden. Von der Zeitung und von ihm!«, spottete Helen.

»Das habe ich nicht gesagt«, protestierte Robert.

»Ich hätte dich niemals als so erbärmlich eingeschätzt«, stichelte Helen und registrierte mit Genugtuung, dass sich seine Augenbrauen zusammenzogen und darunter ehrliche Empörung aufblitzte. »Dann bist du also nichts weiter als ein korrupter Schmierfink. Tief genug gesunken, um unter Jason Harris' Schuhsohle zu passen!«

»Entzückend«, spottete Robert. »Du verhältst dich wie seine Mutter.«

Wie bitte? Der Kerl hatte sie doch wohl nicht alle! Sie machte ihren Job, und im Übrigen machte sie ihn schlecht. Sie sollte Jason schon längst über ihn informiert haben.

Linett prustete im Hintergrund, und als Helen sich ihr zuwandte, starrte sie interessiert die Decke an, mit dem Finger an der Nase.

Helen stieß Robert den Zeigefinger gegen die Brust. »Wenn du nicht sofort verschwindest, helfe ich nach!«.

Robert zog die Augenbraue nach oben. »*Du* willst nachhelfen?«

Seinen spöttischen Tonfall konnte er sich in den Hintern stecken! Oder in das Loch seiner Socke von gestern Abend! Ja, sie war ihm körperlich nicht gewachsen. Er war größer, und seine Schultern waren wesentlich breiter als ihre. Es sei denn, sie trat ihm in das Allerheiligste. Aber wenn sie das tat, dann krümmte er sich auf dem Boden und blockierte nur die Tür. Außerdem ... Vielleicht brauchte sie seine Kronjuwelen noch. Welche Folterwerkzeuge standen außerdem zur Auswahl? Der Elektroschocker? Oder nein, dann besudelte er das Büro, und eine Putzfrau hatten sie nicht. Sich erbärmlich auf dem Boden windend, die Kontrolle über seine Muskeln verloren, wollte sie Robert auch nicht sehen. Es reichte, wenn sie sich bei seinem Anblick schon ärgerte, da wollte sie sich nicht das verstohlene Traumbild kaputt machen, dass sie sich von ihm zugelegt hatte. Zu ihrem heftigsten Widerwillen, aber ihr Unterbewusstsein hatte schon immer gemacht, was es wollte. Helen könnte ihn auch mit einer Knarre bedrohen, aber dann landete *sie* in seinem Artikel, auch schlecht.

»Helen?«, fragte Robert.

»Was?«

»Deine Strategie ist doch nicht, mich durch Starren zum Gehen zu bewegen?«

»Würde es helfen?«

»Nein.«

Verdammt. Also eben doch die chemische Keule. Helen ging zurück zu ihrem Schreibtisch, und unter seinem misstrauischen Blick holte sie eine Dose Pfefferspray heraus. Je näher sie ihm damit kam, umso nervöser wurde er.

»Also ich würde jetzt rennen«, kommentierte Linett. »Das ist ziemlich unangenehm.«

»Schlimmer als die letzten Tage kann es kaum werden«, knurrte Robert.

Linett sprang hinter dem Schreibtisch hervor, schob sich an Helen vorbei und baute sich vor Robert auf. »Wer sind Sie überhaupt?«

»Robert Moreau.«

»Nie gehört«, sagte Linett.

Robert schnaubte. »Ich verüble es Ihnen nicht, Mademoiselle Roux.«

Linett riss die Augen auf, Helen schob sie zur Seite und legte den Finger auf den Sprühknopf. Roberts Blick wurde leidend.

»Sag nur, du hast diese Möglichkeit nicht in Betracht gezogen?«, spottete sie.

»Doch, unter anderem«, widersprach er.

»Und hast du auch schon eine Gegenstrategie?«

Im ersten Moment glaubte sie, seine Gegenstrategie bestünde darin, sie ebenfalls anzustarren. Aber sie hatte sich geirrt, und wie sie sich irrte. Instinktiv hob sie den Arm, aber sie drückte nicht auf den Knopf, als Robert seine Hände an ihre Wangen legte. Der Blick in seine Augen ließ sie zögern. Was war sie doch für eine Närrin, sie sollte abdrücken. Aber da spürte sie bereits seine Lippen auf ihren.

»Oh … oh … *oh*«, machte Linett im Hintergrund. »Ich hab jetzt eh Mittagspause! Ich geh schon, lasst euch nicht stören!«

Helen hörte, wie sie ihre Sachen zusammenpackte. Robert rückte mit ihr zur Seite, machte Linett den Platz, den diese brauchte, um abzuhauen. Verflucht, es fühlte sich zu schön an.

Die Tür fiel ins Schloss, bevor sie schon wieder geöffnet wurde.

»Sorry, hab Rafael vergessen«, tönte Linett.

Helen hörte ihre Schritte, das Glucksen des Jungen, und wieder rannte Linett hinaus. Robert löste sich nicht von ihr. Er zog sich nicht zurück. Wie von selbst schmiegte sich Helen in seine Arme und … Ein anderer Gedanke übertönte das Kribbeln in ihrem Bauch. Der wollte sich durchknutschen! Teufel noch eins, warum war ihm das nicht schon gestern Abend eingefallen, da hätte es ein Bett gegeben! Aber wenn ihr etwas gegen den Strich ging, dann war es, wenn ein Mann seine Überlegenheit mit einem sexuellen Übergriff demonstrieren wollte! Sie trat ihm mit Schmackes gegen das Knie. Robert fluchte, taumelte zurück und prallte gegen die Tür. Gerade wollte sie noch einmal zutreten, als sie im Treppenhaus Stimmen vernahm, die sie überhaupt nicht gebrauchen konnte!

»Oh, hé, *Jason*!«, hallte Linetts Stimme.

»Warum schreist du so?«, fragte Jason. »Wo willst du überhaupt hin?«

Robert stöhnte. »Du hättest es wenigstens für einen winzigen

Moment genießen können. ...« Helen legte fest die Hand auf seinen Mund.

Erneut hörte sie Linetts Stimme. »Rafael hat äh ... Durchfall. Ich muss mit ihm zum Arzt.«

»Wenn er Tabletten bekommt, bring auch gleich welche für Peppi mit.«

Jasons Stimme kam immer näher. Verdammte Hölle!

»Mhm?«, machte Robert, aber sie warf ihm einen warnenden Blick zu, versetzte ihm einen Schubs und dirigierte ihn in die kleine Büroküche. »Kein Wort, kein Mucks, egal, was passiert«, fauchte Helen und stieß ihn mit aller Kraft zurück.

Sie zog gerade die Tür hinter sich zu, als Jason das Büro betrat. Mal wieder ohne anzuklopfen!

Kapitel 10

Stripper sind bessere Klempner

»Was zum Teufel willst du schon wieder?«

»Helen, ich habe dich auch furchtbar vermisst«, erwiderte Jason, verdrehte die Augen und marschierte zu Helens Aktenschrank.

»Sag mir, was du suchst, und ich lege es dir raus.«

Es gab nur wenig, was sie mehr hasste, als wenn Jason ohne Voranmeldung *sein* Büro betrat und sie in *ihren* Heimlichtuereien störte. Herrgott, es waren noch nicht einmal Heimlichtuereien. Robert war einfach hier reingeplatzt. Stalkte der sie? Aber sie schweifte ab. Worauf sie hinaus wollte: Sie hasste es, wenn sich jemand an ihrer Ordnung vergriff. Nur aus diesem Grund stieß sie die Schublade zu, die Jason momentan durchwühlte. Nicht, weil sie nervös war. Himmel, ihr Puls flatterte, als würde er gleich Burnout bekommen, und Jason hörte es. Er starrte sie durchdringend an. Helen konnte seinen Blick nicht deuten, aber wenn der Kerl mal nicht grinste, dann war er entweder sauer oder überlegte, ob er sich Sorgen um sie machen musste.

»Willst du mir etwas sagen?«, fragte Jason.

Helen hob die Augenbraue. »Ich will dir sagen, dass du nicht in meinen Akten wühlen sollst! Mal wieder!«

Jason trat zurück und zuckte die Schultern. »Dann such du mir doch die Akte von Martin Sanchez heraus.«

Na endlich!

»Du hättest sie in *diesem* Aktenschrank ohnehin nicht gefunden.«

Nein, das konnte sie sich nicht verkneifen. Denn die Akte lagerte einen Schrank weiter. Helen wandte sich diesem zu, zog die Schublade auf und wollte sich auf die Aktenbeschriftungen konzentrieren, als sie im Augenwinkel eine Bewegung wahrnahm, die ihr überhaupt nicht gefiel. Jason marschierte geradewegs auf die geschlossene Küchentür zu!

»Halt«, rief Helen aus, viel zu laut und ja, leider viel zu schrill.

Jason fuhr herum und starrte sie verblüfft an. »Was hast du?«

»Was willst du in der Küche?«

»Einen Kaffee holen?«

»Seit wann trinkst du Kaffee?«, bohrte Helen.

»Seit meine Tochter von einem Irren entführt wurde und ich ohne die Augen nicht mehr aufhalten kann.«

Helen legte den Kopf schief. »Ich dachte, Vampire kommen ohne Schlaf aus.«

»Eigentlich schon, aber theoretisch ist Sex für ein erfüllendes Leben auch nicht erforderlich und trotzdem behaupten alle, einschließlich mir, nicht ohne leben zu können.«

»Ich hol dir den Kaffee«, sagte Helen.

Sie zog die Akte aus der Schublade. Im Vorbeigehen drückte sie Jason die Mappe in die Hand. Allerdings hatte sie die Rechnung ohne diesen verflixten Vampir gemacht. Er blieb nicht etwa brav im Raum stehen. Er folgte ihr.

Vor der Küchentür drehte sie sich zu ihm herum. »Willst du dich nicht setzen?«

»Seit wann bist du höflich?«, spottete Jason.

Seitdem sie ziemlich stümperhaft versuchte, die Anwesenheit eines Mannes zu vertuschen, der hier nicht das Geringste verloren hatte. Jason war ein Vampir. Er konnte nicht nur ihren Herzschlag hören, sondern auch Roberts. Bisher dachte er wohl nur, dass es sich um einen seiner menschlichen Mitarbeiter handelte, aber Helen stellte sich viel zu auffällig an. Jason warf ihr einen schiefen Blick zu, umrundete sie und drückte die Klinke herunter. Das Holz knirschte, aber es gab nicht unter Jasons Druck nach.

»Wen hast du da eingesperrt?«, fragte Jason.

Mist. »Den Klempner!«

»Den Klempner?«, wiederholte Jason verblüfft.

»Weißt du, wie schwer es ist, einen Klempner zu finden? Entweder gibt es zu wenig oder zu viele faule. Auf den hier hab ich ewig gewartet. Und ich werde ihn erst rauslassen, wenn er fertig ist«, quasselte Helen.

Zu Helens Entsetzen knirschte die Verriegelung, als Jason sich gegen die Tür stemmte. Verflucht, er glaubte ihr nicht? Jason glaubte ihr sonst alles!

Er zerbrach das Schloss, trat in die Küche, und Helen stellte sich auf die Zehenspitzen, versuchte über seine Schulter in den Raum zu spähen. Aber Jasons Rücken verdeckte alles. Erst als Jason weiter in den Raum ging, sah sie, dass der leer war. Leer?

»Ein Klempner, der keine Arbeitskleidung tragen möchte?«, fragte Jason und trat zur Seite.

Verdammt, Robert war es nicht gelungen, abzuhauen. Nein, dieser steckte mit dem Kopf voran im Unterschrank der Spüle. Ein metallisches, hohles Klopfen drang aus dem Schrank.

»Was repariert er eigentlich?«, fragte Jason.

»Das Abflussrohr der Spüle«, gab Helen zurück.

Robert kletterte aus dem Schrank und rappelte sich auf. »Es ist durchgerostet. Wie alt ist das Ding schon?«

»Zwei Monate«, sagte Jason trocken.

Helen biss sich nervös auf den Daumen. Ihre Lüge funktionierte nicht. Fuck, sie hatte völlig vergessen, dass die Küche praktisch neu war, nachdem Jason seinen Frust über einen Streit mit Amélie daran ausgelassen hatte. Selbst Robert entgleisten für einen Moment sämtliche Gesichtszüge, und sein Blick ging fragend zu Helen. Aber der fiel nichts Besseres ein! Sie hatte sonst immer für alles eine Ausrede, aber nur der Blick in Roberts

Augen blies ihr Gehirn leer. Ganz toll.

Irritiert stellte sie fest, dass Jasons Grinsen immer breiter wurde. Welchen bestialischen Mordplan brütete sein krankes Gehirn gerade für Robert aus?

»Jetzt verstehe ich«, behauptete Jason. Ach ja? Wie schön für ihn. Sie verstand es ja selbst nicht. »Er ist hier, um ein *Rohr zu verlegen*.«

»Äh …«, meinte Helen. Bitte was?

»Helen, du musst deine Callboys nicht vor mir verstecken. Du kannst in diesem Büro tun und lassen, was du willst, aber vielleicht ist es schlauer, das nächste Mal einfach die Bürotür abzuschließen und ein ›Nicht stören‹-Schild draußen dranzuhängen?«

Äh …

»Wie bitte?«, fragte Robert sichtlich pikiert.

»Dass männliche Huren in Ihrem Alter überhaupt noch gebucht werden … Lief wohl einiges schief, was?«

Jason grinste und zog aus seiner Sakkotasche einen Joint, den er sich genüsslich ansteckte. Robert sog scharf die Luft ein. Schwer zu sagen, was Robert mehr empörte – die Drogen, der wahnsinnig dezente Hinweis auf sein Alter oder die Tatsache, dass Jason ihn für eine männliche Hure hielt. Aber bevor Robert das aussprechen konnte, was ihm offenbar auf der Zunge lag, packte ihn Helen am Arm und dirigierte ihn aus der Küche. »Er wollte sowieso gerade gehen.«

»Wirklich schade, du hast doch so nach einer zweiten Runde gebettelt«, erwiderte Robert sarkastisch, leistete aber auch keinen Widerstand.

»Du hättest dir ruhig noch Zeit lassen können«, sagte Jason erstaunt.

»Nein, er war nicht gut«, sagte Helen und warf Robert die Tür vor der Nase zu. Erst jetzt drehte sie sich zu Jason um. »Außerdem war es eine ausgezeichnete Gelegenheit, die Zeche zu prellen. Das nächste Mal besteht er auf Vorkasse.«

Hervorragend. Diese Nummer war ein kompletter Reinfall! Ja, er hatte Jason Harris kennengelernt. Jetzt wusste er endlich, wie dieser verfluchte Bastard aussah. Etwa 1,85 m groß, dunkelblonde Haare, britischer Akzent, ein Muttermal am linken Ohr, auffälliges Grinsen. Das war immerhin eine wenigstens halbwegs brauchbare Personenbeschreibung. Allerdings hielt ihn Harris jetzt für einen Prostituierten. Das brachte Robert in diesem Fall nicht im Geringsten weiter! Das einzige, was Robert herausgefunden hatte, war, dass der eiskalte Berufsverbrecher für seine Machenschaften viel zu jung wirkte. Harris sah aus, als wäre er gerade mal knapp über dreißig. Wenn überhaupt. Robert hatte einen Mann in Helens Alter erwartet oder noch älter. Jedenfalls alt genug, um die Erfahrung zu rechtfertigen, mit der er seine Geschäfte führte, der Polizei auf der Nase herumtanzte und seit Jahren den größten Anteil am kriminellen Markt sicherte. Zu allem Überfluss kiffte der auch noch. Drogenkonsum war zwar strafbar, aber ihn deswegen festzunehmen, wäre wie einem Bären mit einer Nadel in den Hintern zu pieken. Am Ende war der Bär sauer und man selbst einen Kopf kürzer.

Aber hier herumzustehen brachte Robert auch nicht weiter. Ihm entging die Chance, mit Harris zu reden, und er wollte die Kellertür und die Brandschutztür zum Treppenhaus nicht umsonst aufgebrochen haben Aber wieder hineingehen? Was sollte er Harris sagen? Dass er alles über den Opernsänger wusste? Da konnte er sich gleich in der Seine ertränken und Harris die Mühe ersparen. Es hatte schon zu viele übermütige junge Polizisten gegeben, die geglaubt hatten, mit einer netten Erpressung einen guten Deal machen zu können.

Aber es gab noch etwas völlig anderes, was seinen Blutdruck in die Höhe trieb. Helens Behauptung, er wäre nicht gut, und verflucht noch eins, wäre er tatsächlich ein Callboy, hätte er nicht nur vergessen, die Kohle im Vorfeld zu kassieren, sie hätte ihn auch noch ohne Bezahlung rausgeworfen! Außerdem, was hieß das? Nicht *gut*? Sie wollte Spielchen? Die konnte er gleichermaßen spielen, und wahrscheinlich musste man mit einer Frau wie Helen auch genauso umgehen. Oh ja ... Sie würde sich wundern, wie gut er das konnte.

Robert riss die Tür auf. Er hatte gerade den Fuß über die Schwelle gesetzt, als Harris und Helen gleichzeitig zu ihm herumfuhren. Jason hob die Braue, während Helen die Augen zusammenkniff. Ihre mordlüsternen Blicke konnte sie stecken lassen! Der Einzige, der ihn umbringen würde, war Harris. Doch als Robert sein Jackett auszog und es neben Helens Schreibtisch pfefferte, begann der nur zu grinsen.

»Eine prüde Frau braucht immer, um etwas in die Gänge zu kommen, und bei fehlerhaften Leistungen muss sowieso nachgebessert werden«, behauptete Robert.

Er richtete seinen Blick ungerührt auf Helen und knöpfte sein Hemd auf. Immerhin – es war ihm gelungen, Helen sprachlos zu machen.

Harris klopfte ihm auf die Schulter. »Nur nicht nachlassen, mein Freund. Und geben Sie sich Mühe. Wäre doch schade, wenn ich dann den Rest von Ihnen zusammenkehren und auf die Mülldeponie bringen müsste.«

Robert hatte nicht einmal seine Hose vollständig geöffnet, als die Tür hinter ihm zuging. Allerdings hielt das Robert nicht davon ab, seine Hose herunterzuziehen.

Helen hatte doch schließlich kein Problem mit Nacktheit.

»Was zum Henker soll das werden?«, fauchte Helen.

»Du warst doch mit meiner Leistung als Hure nicht zufrieden.«

»Als Klempner bist du ebenfalls mies«, giftete Helen.

»Ein Klempner ohne Werkzeug ist selten gut«, spottete Robert.

»Aber für einen Callboy habe ich die vollständige Ausstattung immer dabei.«

Helen verdrehte die Augen, bevor in ebenjene ein gefährliches Funkeln trat. Sie ging auf ihn zu, und zu seiner Schande musste Robert gestehen, dass er fast zurückgewichen wäre. Sie hatte es drauf und trat ihm in die Eier, die nur noch von einer Boxershort verdeckt wurden. Aber sie hob nicht den Fuß, nur die Hand. Sie zog den Bund seiner Unterhose zurück und spähte hinein.

»Ziemlich knausrig bei der Anschaffung gewesen, was?«

Schlagfertigkeit war immer das, was einem Tage später einfiel, aber Robert würde sein letztes Hemd darauf verwetten, dass es auf diese Unverschämtheit sowieso keine angemessene Reaktion gab. Es sei denn, man versohlte ihr den Hintern, aber das war in der heutigen Zeit nicht mehr gern gesehen. Zu Recht. Die Tatsache, dass einem die Worte ausgingen, rechtfertigte keine Gewalt. Auch wenn das Verlangen, Helen zu erwürgen, übermächtig wurde.

»Zieh dich an und verschwinde«, befahl Helen.

»Nein.«

Er könnte schwören, dass Helen ihn auch nur zu gern aus dem Büro prügeln würde. Jedenfalls ballte sie schon mal die Fäuste.

»Du willst hier also fast nackt in diesem Büro rumstehen.«

Robert verschränkte die Arme vor der Brust. »Bis du Feierabend hast, nach Hause gehst und ich mich in Ruhe hier umsehen kann, ohne dass mir eine keifende Frau etwas über den Schädel zieht.«

»Das wäre ziemlich dumm.«

»Oh, dann passt es ja hervorragend, denn ich habe mich seit unserer Begegnung nicht gerade mit überragender Intelligenz ausgezeichnet, findest du nicht?« Er jedenfalls schon. Seit gestern schien ihn nicht nur das Glück, sondern auch der gesunde Menschenverstand verlassen zu haben. Und er könnte schwören, es lag an dieser Frau!

»Da kann ich schwer widersprechen«, seufzte Helen. »Also gut, dann bleib stehen und hol dir eine Lungenentzündung. Ich trinke jetzt einen Kaffee, willst du auch einen?«

»Ja.«

Robert wusste nicht, ob er sich zu seinem momentanen Sieg beglückwünschen sollte. Was gewann er damit? Nur, dass er hierbleiben und ihr beim Arbeiten zusehen durfte. Wenn sie clever war, sorgte sie dafür, dass niemand mehr an diesem Nachmittag ins Büro schneite. Überhaupt … was sollte er nun tun? Stundenlang im Raum stehen? Es war schon ein wenig kalt. Aber wieder anziehen? Dann wäre er nur der Trottel, der dumm im Büro herumstand. Nackt schien er sie zumindest ein wenig irre zu machen. Oder vielmehr sie aufzuregen. Also ließ Robert seine Klamotten im Raum verstreut liegen und setzte sich auf den leeren Bürostuhl. Er stupste die Maus an, aber der Bildschirm blieb dunkel. Keine Überraschung, aber schade, er hätte einen gestohlenen Blick auf ihre Geheimnisse gut gebrauchen können. Ein kleines Erfolgserlebnis.

Als Helen zurückkam, warf sie ihm einen schiefen Blick zu, aber sie sagte nichts. Sie stellte die Tasse vor ihm ab und setzte sich auf den anderen Stuhl. Allerdings aktivierte sie nicht ihren Computer, sondern starrte ihn an. Robert prostete ihr spöttisch zu und verschränkte die Beine übereinander, bevor er die Tasse an die Lippen setzte. Der Dampf warmen Kaffees stieg ihm in die Nase. Herrlich. Robert nahm einen Schluck. Die Flüssigkeit war nicht so heiß, dass er sich den Mund verbrühte, aber er war bitter, unnatürlich bitter. In diesem Moment merkte Robert, dass er einen Fehler begangen hatte. Einen verdammt großen Fehler. Der bittere Geschmack füllte seinen Mund, ließ seine Zunge pelzig werden, und plötzlich begann der Raum sich um die eigene Achse zu drehen. Robert stellte die Kaffeetasse auf dem Tisch ab und sah, wie die dunkle Flüssigkeit auf das Holz schwappte. Das Schwarz verwischte, wandelte sich in Schlieren. Sie wurden immer größer, nahmen schließlich sein gesamtes Sichtfeld ein. Seine Glieder wurden schwer wie Beton. Er spürte noch, wie sein Kopf nach vorn sackte, rechnete mit dem Aufprall auf dem Schreibtisch, aber er kam nicht. Stattdessen schien die Welt endgültig zu kippen, und er sank in völlige Gefühllosigkeit.

Kapitel 11

Die schwersten Callboys sind die besten

Der Kaffee verteilte sich über dem Tisch, und Robert sackte in sich zusammen. Helen hatte es vielleicht nicht übers Herz gebracht, ihn zu teasern, aber Betäubungsmittel funktionierte selbst mit den größten Hemmungen.

Nur ... wie schaffte sie ihn jetzt hier raus? Robert rutschte auf dem Stuhl immer weiter nach unten, drohte auf den Boden zu fallen. Helen sprang auf, sprintete zu ihm und hielt ihn fest. Verflucht, war er schwer! Helen stemmte sich gegen den Bewusstlosen und angelte mit einer Hand nach dem Hebel unter der Sitzfläche des Drehstuhls, der die Lehne lockerte. Ha, endlich. Die Lehne kippte nach hinten, genauso wie Robert.

Wenn er schlief, war die Furche zwischen seinen Augenbrauen kaum noch sichtbar. Dafür sah sie von dem Rest viel zu viel, selbst die Schrammen des gestrigen Abends entstellten ihn nicht. Er hatte wirklich breite Schultern. Und muskulöse Arme und einen erfreulich flachen Bauch. Kein Sixpack. Wer brauchte das schon? Darauf schlief es sich wie auf einer Betonplatte. Aber man sah, dass er Sport trieb. Sein Gewicht rührte also nicht vom Fett her, sondern von der Muskelmasse. Das half ihr natürlich ungemein. Sie würde sich den Rücken verrenken, wenn sie ihn aus dem Büro schleppte. Aber was war die Alternative? Jason rufen? Dann konnte sie Robert auch selbst die Kehle durchschneiden. Aber der Blutverlust würde sein Gewicht auch nicht wesentlich reduzieren. Stattdessen würde das schlechte Gewissen dann Helen umbringen. Natürlich war es nur das schlechte Gewissen, was denn auch sonst? Sie war mit den gleichen moralischen Vorstellungen aufgewachsen wie jeder normale Mensch. Sie mochte mit keinem Vampir tauschen, obwohl sie für einen Mafioso arbeitete. Das hieß schließlich nicht, dass sie völlig unnötige Morde unterstützte. Und Roberts Tod wäre unnötig und bedauerlich. Er würde ihr das Herz zerreißen. Allein der Gedanke schnürte ihr ja schon die Kehle zu.

Das hielt doch keiner im Kopf aus. Sie brauchte nachher unbedingt etwas zu trinken.

Ob sie ihn wieder anziehen sollte? Nein. Das dauerte zu lange. Außerdem wollte sie wenigstens etwas zu gaffen haben, wenn sie das Dornröschen nach Hause brachte.

In diesem Moment öffnete sich schon wieder die verfluchte Tür, und Helen zuckte zusammen. Aber es war nicht Jason, der es sich zur Aufgabe gemacht hatte, sie in den Wahnsinn zu treiben. Es war Linett, die vorsichtig hereinspähte. »Kann ich meine Mittagspause beenden? Ich muss wenigstens ein bisschen arbeiten, sonst schmeißt mich sogar Jason irgendwann raus.«

»Komm rein«, seufzte Helen.

Linett schloss die Tür hinter sich, stellte den Buggy ab, nur war Rafael diesmal munter. Mit großen Augen sah er sich um.

Seine Mutter hingegen stellte sich neben Robert. »Ich will dir ja keine Vorschriften für dein Liebesleben machen, aber betäubte Männer sind meistens unpraktisch. Ich mein, sie reden dann kein dummes Zeug, aber am Ende müht man sich nur vergeblich mit einem großen Fleischklumpen ab. Und wenn sie aufwachen, stellen sie immer dumme Fragen wie ›Was soll das?‹, ›Warum bin ich gefesselt?‹ und die ultimative Frage ›Bist du völlig des Wahnsinns?‹.«

»Ich wollte eigentlich nicht dabei sein, wenn er aufwacht«, murmelte Helen. Dann brüllte er ihr diese drei Fragen garantiert in wüstem Zorn, und ihre Antworten trieben seinen Blutdruck hoch, bis er ins Krankenhaus musste. Es war zu seinem eigenen Besten, wenn sie bei seinem Erwachen weit weg war.

»Warum sieht er eigentlich aus, als hätte ihn jemand zehn Meilen über den Asphalt geschleift?«

»Er hat mir bei Damrau geholfen«, gab Helen zu. »Er musste einiges einstecken.«

»Uhhhh«, machte Linett. »Helen Shepherd hat ihren Helden gefunden.«

Helen starrte Linett verständnislos an. Helden? Sie brauchte keinen Retter! Wer rettete sie denn vor *ihm*?

»Aber er ist süß«, flüsterte Linett.

Zum Henker, warum flüsterte sie? Der wachte nicht so schnell wieder auf! Außerdem süß? Das war ein dehnbarer Begriff. Wenn er den Mund hielt und schlief, war er tatsächlich attraktiv. Gut, das war er auch in der Senkrechten und mit offenen Augen. Nur ruinierte seine Aufmüpfigkeit alles.

»Sperr ihn in deinen Keller«, kicherte Linett.

Helen verdrehte die Augen. »Hast du noch mehr solcher Ideen?«

»Du willst ihn doch nicht hier behalten?«, fragte Linett besorgt. »Ich hätte zwar nichts dagegen, wenn du ihn nackt unter deinem Schreibtisch versteckst, aber ich glaube, wenn Jeremy ihn sieht, überlebt er nicht lange.«

»Vor allem nicht, wenn du ihm mit den Blicken die Unterhose ausziehst«, ätzte Helen.

Himmel noch eins, es war nur Linett, und doch konnte sich Helen des Stachels der Eifersucht nicht erwehren.

»Keine Sorge, du kannst ihn für dich allein haben«, stichelte Linett. »Nur wo?«

»In seiner Wohnung.«

»Hat er da nicht Heimvorteil?«

»Ich kann ihn ja schlecht in die Seine werfen«, fauchte Helen.

Linett legte den Kopf schief. »Ja, Wasserleichen werden irgendwann unansehnlich.«

Helen drückte die Finger gegen ihre Schläfen. Linett war schon viel zu lange mit Jason und ihr zusammen. Die dummen Sprüche schauten sie sich gegenseitig ab und trieben damit die Konkurrenz in den Wahnsinn. Aber es war unfair, dass Linett an Helen trainierte!

»Hilfst du mir, ihn nach Hause zu schaffen?«, fragte Helen.

Linett nickte, und Glück für sie, sie verkniff sich das dumme Grinsen.

Helen verließ das Büro und parkte ihren Wagen so nah wie möglich an der Hintertür des Gebäudes. Jetzt mussten sie ihn nur noch eine Etage nach unten schaffen. Mist, sie hätte ihm nicht die volle Dröhnung verpassen sollen. Das hatte man davon, wenn man auf Nummer sicher ging und die Hände beim Dosieren zitterten.

Wieder im Büro schoben sie ihn auf den quietschenden Rollen des Bürostuhls zur Tür. Gemeinsam packten sie Robert unter den Schultern. Bravo, sie schafften es immerhin, dass er vom Stuhl rutschte. Helen legte beide Arme fest um ihn, Linett nahm seine Beine. Gut, sein Hintern schleifte über den Boden, weil er zu schwer war. Aber er konnte ja bei seiner Berufsgenossenschaft Beschwerde einlegen. Helens Rücken, ihre Arme und ihre Schultern schmerzten, als sie mit ihm die Treppe hinunter stolperten. Dass Helen ausgerechnet jetzt feststellte, dass er verflucht gut roch, half auch nicht gerade. Mit den neuen blauen Flecken musste er sich arrangieren. Sie eckten immer mal an. Auch seine blöden Artikel musste er die nächsten Tage wohl im Stehen verfassen. Die Unterhose schützte nicht sonderlich gut, als sein Hintern über den Asphalt schleifte. Für einen ganz kurzen Moment hatte Helen den Anflug eines schlechten Gewissens, aber der war zum Glück schnell wieder vorbei.

»Kannst du ihm vielleicht das Ding wieder hochziehen?«, keuchte Linett. »Ich kann schon seine Schamhaare sehen.«

Ups. Der Stoff war immer weiter nach unten gerutscht. Sie legten Robert ab, Helen packte den Bund des Slips und zog ihn wieder hoch.

»Nicht so fest. Du quetschst ihm doch alles«, kommentierte Linett.

Zum Teufel mit dieser Göre! Erneut packten sie zu, trugen oder schleiften ihn die letzten Meter bis zum Wagen. Helen wusste selbst nicht wie, aber sie hievten ihn auf den Beifahrersitz, schnallten ihn an und schlossen die Wagentür. Geschafft, er war drin und sie völlig fertig.

Noch einmal gingen sie nach oben. Linett holte ihren Sprössling und Helen Roberts Kleidung.

Helen setzte sich hinter das Lenkrad ihres Wagens, und Linett schob sich mit Rafael auf die Rückbank. Ihr Herz hämmerte, sie zitterte, aber zum Autofahren reichte es. Seine Adresse kannte sie ja. Allerdings versetzte er ihr den Herzschlag ihres Lebens, als er sich plötzlich auf dem Beifahrersitz regte. Oh, er zuckte nicht nur kurz. Er schrak hoch, krallte sich in das Armaturenbrett und starrte sie mit glasigem Blick an. Im nächsten Moment sackte er wieder in sich zusammen. Unweigerlich stieß sie hart die Luft aus den Lungenflügeln. Im Auto eine Moralpredigt – das hätte ihr gerade noch gefehlt. Leider tat ihr Robert nicht den Gefallen, wieder aus seinem Dämmer zu erwachen, als sie vor seinem Wohnhaus parkten. Mist. Es blieb ihnen nichts anderes übrig, als ihn aus dem Wagen zu zerren und dann die Treppe hoch. Wenigstens hatte der Himmel mit ihnen ein Einsehen. Ein alter Nachbar öffnete gerade die Haustür, als sie mit Robert davorstanden, und starrte sie verblüfft an. Es verschlug ihm die Sprache, und mit einem gemurmelten ›je suis désolé‹ schoben sie sich an ihm vorbei. Bis der die Polizei gerufen hatte, waren sie hoffentlich wieder weg. Sie ächzten die Treppen hinauf, und auf jeder Etage wurde die Pause, die sie einlegen mussten, länger.

»Vielleicht sollten wir doch mal zum Sport gehen«, stöhnte Linett. »Oder viel besser: Wir lassen uns auch endlich zum Vampir wandeln. Oder bestellen das nächste Mal einfach den Elefanten-Transportdienst!«

Helen besaß leider zu wenig Luft in den Lungen und ihre Seite schmerzte zu stark, um Linett die Beleidigungen zu verbieten. Sie packte Robert wieder unter den Schultern, und zusammen schleppten sie ihn die letzten Stufen hinauf.

Ihr Endgegner war Roberts Wohnungstür. Helen fummelte nach dem richtigen Schlüssel und musste gleichzeitig Robert halten. Sobald sie sich von der Rückenzerrung erholt hatte, würde sie einen Kurs Krafttraining belegen!

Sie schleiften ihn ins Schlafzimmer und ließen ihn aufs Bett sinken. Helen setzte sich neben ihn und presste die Hände in die Seiten. Nie wieder. Das nächste Mal rief sie wirklich Jason an. Mit einer geladenen Pistole an der Schläfe würde nicht mal Jason wagen, Robert zu beißen. Kopfschüsse waren für Vampire furchtbar unangenehm.

»Ich warte unten im Wagen«, verkündete Linett. »Ich will Rafael nicht länger allein lassen.«

Helen nickte und rieb sich über die schmerzenden Rippen. An Tagen wie diesen wollte sie nicht wissen, wie man sich mit Rheuma und Arthritis fühlte. Aber viel Zeit zum Erholen blieb ihr nicht. Robert konnte jeden Moment aufwachen. Jetzt konnte sie gern jeder für ein Miststück halten, es war Helen egal. Sie zog ein paar Handschellen heraus, rutschte an das Kopfende des

Bettes und fesselte seine Hände an die schmale Strebe zwischen den beiden Bettpfosten. Irgendwie musste sich eine Frau einen Mann vom Leib halten! Es war nur zu seiner eigenen Sicherheit. Und zur Schonung ihres Nervenkostüms und ihres Rückens.

Helen ließ sich neben ihn auf den Rücken sinken. Das Bett quietschte leise. Nur eine Minute ausruhen, dann würde sie verschwinden.

Entweder gab sie dann heute Abend der Polizei einen Tipp oder kam selbst vorbei. Ein paar Stunden ans Bett gefesselt zu sein, machte ihm vielleicht klar, mit wem er sich besser nicht anlegte!

Helen seufzte, Teufel noch eins, sein Bett war herrlich bequem und ihre Knochen zu müde. Schlief sie für einen Moment sogar ein? Sie wusste es nicht. Erst Roberts Stöhnen ließ sie wieder die Augen aufschlagen.

»Helen?«

Ups. Mist, sie wollte doch schon längst weg sein. Vielleicht wenn sie sich nicht bewegte …

»Helen!«

Hätte ja klappen können. Die Handschellen klirrten, als Robert sich bewegte.

»Verflucht, Helen!«

Ebenjene unterdrückte ein Stöhnen, als sie sich aufsetzte, und verzog spöttisch die Lippen. »Ich muss mich korrigieren. Wenn du dabei schläfst, bist du tatsächlich ganz passabel.«

Robert war noch immer ein wenig benebelt, sie sah es an seinem unsteten Blick. Aber er war klar genug, um ihre Beleidigung zu hören. »Mach mich sofort los!«

»Du glaubst doch nicht, dass ich Dornröschen nach Hause bringe und ans Bett fessle, um es beim Erwachen gleich wieder loszumachen?«

»Ich weiß überhaupt nicht, was in deinem verqueren Gehirn vor sich geht. Aber zum Teufel, wenn du mich nicht losmachst, zeige ich dich an!«

»Wegen was?«

»Freiheitsberaubung.«

»Dann lautet die Gegenanzeige Stalking und Hausfriedensbruch. Du hast dich geweigert, Jasons Büro zu verlassen.«

»Das rechtfertigt aber nicht …«

»Was?«, unterbrach ihn Helen. »Bizarre Sexspielchen? Denn danach sieht es aus. Soweit ich mich erinnern kann, habe ich dich nicht darum gebeten, deine Klamotten auszuziehen!«

Robert zerrte noch einmal an den Fesseln, aber das Metall schrammte nur seine Haut auf. Er fluchte unterdrückt. »Dann bekommst du nur Männer ins Bett, die du vorher betäubst?«

Helen verdrehte die Augen. »Begeben wir uns jetzt auf das Niveau, ja? Ich hatte dir mehr zugetraut.«

Gut, zuzugeben, was sollte ein Mann in dieser Lage schon groß sagen? Sie wüsste, was Jason tun würde. Dämlich grinsen und sie auffordern, ihm auch noch die Unterhose auszuziehen. Aber Robert war kein Vampir, der sich über die Jahrzehnte kontinuierlich das Hirn weggekifft hatte. Er war ein Mann, dem sie mal wieder die Sprache verschlagen hatte. Wenigstens konnte sie dann jetzt gehen.

Helen wollte sich aus dem Bett hieven, doch bevor ihre Füße den Boden berührten, ächzte das Holz. Es quietschte hinter ihr, und bevor sie sich versah, schob sich ein nacktes Männerbein über sie, drückte sie zurück auf die Matratze und presste sie an Robert. Grundgütiger. War der Mann früher Akrobat gewesen?

»Sacrebleu, ich habe mir den Rücken verrenkt«, stöhnte der Möchtegern-Artist.

Schade, dass seine Schmerzen nicht groß genug waren, dass

der Druck in seinem Bein nachließ. So gut er konnte, wälzte er sich auch noch mit seinem vollen Gewicht auf sie.

»Wenn ich nicht gehen kann, gehst du auch nicht!«, knurrte er an ihrem Ohr.

Was sollte sie dazu sagen? Und was zur Hölle drückte sich da gegen ihren Bauch? Sie spürte die Wärme seines Körpers, die ihre Hitze nur noch verstärkte. Sie könnte um sich schlagen. Sie könnte *ihn* schlagen. Wenn sie nur lang genug zappelte, würde sie schon die richtige Stelle treffen, aber ihr Gehirn ächzte nur noch überfordert ›Öh's‹ am laufenden Band. Sie blieb einfach liegen und spürte seinen Atem an ihrem Hals. Er bewegte ihre Haare, kitzelte sie und jagte ihr einen wohligen Schauer durch den Körper. Oh nein, auf solchen Unfug ließ sie sich kein zweites Mal ein.

»Geh runter von mir«, fauchte Helen.

»Schön, du hast deine Sprache wiedergefunden«, spottete Robert. »Ich dachte schon, du wärst in Ohnmacht gefallen.«

Besser sie sagte ihm nicht, wie kurz sie davor stand. Helen drehte sich mühsam unter seinem Gewicht. Er traute ihr nicht, also gab er keinen Millimeter nach. Sie wälzte sich unter ihm herum, bis ihre Nasenspitze nur noch einen Zentimeter von seiner entfernt war. Er sagte nichts, er sah sie einfach nur an, und allein damit gelang es ihm, dass ihr Herz schneller schlug. Obwohl sie sich selbst dafür verfluchte. Er war keine Gefahr für sie, also gab es auch keinen Grund für eine Adrenalinausschüttung. Und trotzdem zog sich ihr Magen zusammen, raste ihr Herz und ging ihr Atem stoßweise. Sie wollte abhauen und gleichzeitig genau dort bleiben, wo sie war. Zwischen seinen Beinen eingeklemmt, mit den Händen an seiner nackten Brust. Sie bewegte die Finger und strich vorsichtig über die feinen dunklen Härchen, die sich über seinen Brustkorb zogen. Ihre Hand legte sich darauf, als er die Luft einsog und sich ihr damit entgegendrückte. Sie konnte seinen Blick nicht deuten. Er ließ sie nicht aus den Augen, aber es war schwer zu sagen, ob er sie jetzt für vollends durchgeknallt hielt, überlegte, wie er sich am besten von den Handschellen befreite, oder ob seine Gehirnzellen gerade ›We will rock you‹ sangen.

Nun, ob er Interesse hatte, ließ sich leicht herausfinden. Ihre verflixte Neugier würde sie irgendwann umbringen. Nur deswegen rückte sie näher und küsste ihn. Seine Lippen waren weich, der Kuss fest, zärtlich, und er zog nicht beleidigt den Kopf weg, sondern erwiderte ihn. Das streichelte das Ego doch ungemein, außerdem fühlte es sich schön an. Ihre Hand glitt zu seiner Wange, und unweigerlich intensivierte er den Kuss. Ihre Lippen berührten sich weniger vorsichtig, tastend, sondern mutiger. Zu ihrer Schande musste sie gestehen, dass sie den Druck seines Beines kaum noch merkte, so fest presste sie sich an ihn. Aber zur Hölle, sie machte gerade den zweitdümmsten Fehler ihres Lebens, wenn sie jetzt nicht die Notbremse zog. Weil sie anscheinend völlig den Verstand verlor, schob sie die Hand unter den Bund seiner Unterhose. Weich und seidig schmiegte er sich in ihre Hand. Robert stöhnte und drehte sich ein Stück von ihr herunter.

Das war ihre Chance! Helen schob sich weg von ihm, kippte fast über den Rand des Bettes. Sie zog ihre Hand aus seiner Hose, und diesmal gelang es ihm nicht, sie wieder einzufangen. Ihr Brustkorb hob und senkte sich unter ihren heftigen Atemstößen. Robert lag auf der Seite, die Arme gestreckt, und unter dem Stoff seiner Boxershort zeichnete sich deutlich ab, was sie zuvor noch unter ihren Fingern gespürt hatte. Nur Gott allein wusste, wie gern sie diese Situation ausnutzen würde. Aber das würde kein einmaliges Ding werden. Er würde sich erst recht nicht abschütteln lassen, und das Letzte, was sie in ihrem Leben gebrauchen konnte, war ein Mann, der sie irre machte. Das hatte sie schon gehabt – ein völliger Reinfall. Sie wäre närrisch, ihn zu wiederholen. Sie mochte ihr Leben als Single. Es war ruhig, unkompliziert, und sie musste nicht ständig die Befindlichkeiten eines Mannes würdigen.

»Jetzt abzuhauen ist das Erbärmlichste, was du tun kannst«, knurrte Robert.

»Ich werde es überleben. Und du auch«, giftete Helen zurück.

Robert gab keine Antwort, er wuchtete sich auf die andere Seite und drehte ihr den Rücken zu. Pah, dann schmollte er eben. Helen gab Fersengeld. Sie brauchte Abstand. Abstand von diesem Schlafzimmer, dieser Wohnung, dem Chaos der letzten Tage und vor allem von Robert.

Aber den geklauten Schlüssel nahm sie wieder mit.

Man wusste schließlich nie.

Kapitel 12

Nachwuchs ist meistens praktisch

Diese Frau war ohne jede Hemmung, eine verflucht gute Schauspielerin und verlogen bis ins Mark. Und das alles verbarg sie hinter dem harmlosen Aussehen einer Büro-Blondine.

Die Wohnungstür fiel ins Schloss, und Stille legte sich über Roberts Wohnung. Wenn sie nicht mucksmäuschenstill im Flur stand, konnte das nur eines bedeuten: Das verflixte Miststück war tatsächlich gegangen!

Heftig zog er an den Fesseln, aber sie lösten sich nicht. Stattdessen fuhr Schmerz durch sein Handgelenk. Die scharfe Kante schnitt in seine Haut. Bordel de merde! Wenigstens überlagerte der Schmerz ein wenig die Benommenheit. Er fühlte sich schwindlig, sein Nacken tat weh, seine Zunge war pelzig, und zu allem Überfluss schmerzte auch noch sein Hintern. Was zum Henker hatte sie mit ihm angestellt? Irgendwann würde er es dieser Frau heimzahlen. Der Tag würde kommen, an dem er *sie* in Handschellen abführte, und wenn er dem Richter die Pension bezahlen musste, einmal lebenslänglich musste für die Furie drin sein!

Vielleicht sollte Robert dankbar sein, dass er mit seinem momentanen Auftrag nicht regelmäßig auf dem Revier erscheinen musste. Wie sollte er die Striemen an seinen Handgelenken erklären? Oder dass er seine Berichte nur im Stehen schreiben konnte, weil sein Hintern brannte, als hätte man ihn über einen Kohlegrill gezogen? Dass er neuerdings Dominas datete? Selbst die würden ihn besser behandeln. Was dachte sich Helen eigentlich? Sollte er für immer hier festhängen und verdursten? Schickte sie ihren Boss vorbei, damit er das Problem endgültig klärte? Vertraute sie darauf, dass Robert es schaffte, sich selbst zu befreien? Wenn ja, dann überschätzte sie ihn gewaltig. Wie sollte er sich da rauswinden? Er konnte höchstens seinen Arm abbeißen, aber dafür fehlte ihm der Mumm und im Moment auch noch die nötige Verzweiflung. Er hing an seinen Extremitäten.

Im Wohnzimmer klingelte Roberts Handy. Gut zu wissen, dass es sein Telefon mit ihm nach Hause geschafft hatte, nur nützte es ihm leider nichts.

Es war nicht das erste Mal, dass er sich mit der Mafia anlegte. Undercover einschleusen, das Vertrauen gewinnen und sogar Aufträge für die Penner ausführen, damit man sie in Sicherheit wiegen konnte – noch vor zwanzig Jahren war das sein Alltag gewesen. Er war wochenlang nicht zu Hause gewesen, bis er die Beweise gesammelt hatte, die er brauchte, um diese verfluchte Bande dem Haftrichter vorzuführen. Seit fünf Jahren hatte sich sein Aufgabengebiet auf Mordfälle ohne organisiertes Verbrechen als Hintergrund verlagert. Ein Job mit einer angenehmen Prise Nervenkitzel. Es hätte gemütlich werden können, aber nein, als es um den Drogenring und um Harris ging, hatte er es noch mal wissen wollen. Aber Helen verhielt sich vollkommen irrational! Weiber! Da waren ihm die normalen Schwerkriminellen lieber. Dort gab es nur zwei Optionen: Stellst du dich zu dumm, bist du tot. Mach deine Sache gut, und du überlebst. Bei Helen wurde man ständig ausgezogen, bekam offensichtlich den Hintern voll und landete in Handschellen an einem Bettgestell. Machte ihr das eigentlich Spaß? Welche Frau besaß solchen Humor?

Ach, was regte er sich auf? Es half ihm gerade kein bisschen. Sein steigender Blutdruck verstärkte nur den Schwindel, und die Wut verkrampfte seine Schultern. Robert versuchte, sich zu entspannen. Seine Arme schmerzten, und sein Rücken hatte ihm die akrobatische Einlage auch noch nicht verziehen. Im Gegenteil. Stechender Schmerz zog von seinem unteren Rücken, über seinen Hintern bis ins Bein. Er wurde zu alt für einen solchen Mist. Warum legte er sich mit Satans Mutter an?

Erneut klingelte sein Telefon. Helen ließ sich doch sicher nicht so bald wieder hier blicken, oder? Vielleicht Louis? Seine Tochter? Sie hatte sich schon seit Wochen nicht mehr gemeldet.

Zu Roberts Überraschung hörte er die Eingangstür. Kam Helen zurück? Dann konnte sich diese verfluchte Furie schon mal warm anziehen!

»Papa?«

Oh, verflixt, es war seine Tochter.

»Blanche!«, rief Robert aus. Er hörte ihre Schritte näher kommen. »Komm nicht ins Schlafzimmer!«

Blanche kicherte. »Stör ich gerade?«

Darüber war er sich noch nicht einig. Einerseits konnte sie ihn losmachen, andererseits gab es kaum eine ungünstigere Lage, in der man seinen Vater sehen konnte.

»Ist da eine Frau bei dir drin?«, rief Blanche durch die Tür.

»Nein«, erwiderte Robert gequält.

»Du hattest doch keinen Unfall beim Masturbieren, oder?«

Robert stöhnte. »Woher kennst du überhaupt dieses Wort?«

»Ich bin siebzehn!«

»Du dürftest überhaupt noch nicht wissen, was das ist«, rief Robert zurück.

Sie war sein kleines Mädchen. Mit Sex hatte sie gefälligst nichts am Hut!

»Also kann ich reinkommen?«, fragte Blanche.

»Es nützt ja doch nichts«, seufzte Robert.

Blanche schob die Tür auf und steckte den Kopf durch den Spalt. Sie sperrte verblüfft den Mund auf, stieß die Tür vollends auf und gab ein undefinierbares Geräusch von sich. Eine Mischung aus Kieken, Lachen und Jodeln. »Wow, was ist *dir* denn passiert?«

»Die Frage ist, *wer* mir passiert ist!«, knurrte Robert. »Mach mich los.«

»Das ist schräg«, grinste Blanche.

»Hol den Schlüssel. Er steckt in meiner Uniform.«

Auch wenn Robert in seinem Leben schon einiges vergeigt hatte – seine Tochter war ihm gut gelungen. Sie ging zu seinem Kleiderschrank, suchte in Roberts Polizeiuniform den Universalschlüssel für die Handschellen und kicherte nicht allzu laut.

Als Robert sich schließlich wieder voll bekleidet neben sie auf die Couch setzte, stupste sie ihn gegen den Arm. »Du hattest einen beschissenen Tag, oder?«

»Frag lieber nicht«, seufzte Robert.

»Hattest du wenigstens Sex?«, fragte sie neugierig.

Robert schüttelte den Kopf.

»Das ist mies«, stellte seine Tochter fest. Wie recht sie hatte. »Hast du sie über das Internet kennengelernt? Da laufen viele verrückte Weiber rum.«

»Sie ist nicht verrückt. Sie weiß genau, wie sie einem Mann in die Eier tritt«, seufzte Robert, stand auf und holte aus der Küche eine Flasche Whiskey. Eigentlich war es für Alkohol zu früh. Aber eigentlich gab es solche Weiber wie Helen auch nicht. Zumindest nicht in einer normalen Welt. Wenigstens wusste er jetzt, warum sein Hintern brannte. Die Haut war abgeschürft! Wusste der Geier, wie sie das geschafft hatte. Wenigstens keine Peitschenhiebe. Mittlerweile traute er diesem Frauenzimmer alles zu.

»Krieg ich auch einen?«, fragte Blanche.

Robert warf ihr einen schiefen Blick zu, und Blanche hob die Schultern. »Hé, ich hab dich losgebunden! Da ist doch eine Belohnung drin, oder?«

»Meinetwegen«, seufzte Robert. Einer brachte sie nicht um,

und besser, sie trank unter seiner Kontrolle als aus reiner Neugier in einem Park. Er schenkte ihnen beiden einen Fingerbreit der goldenen Flüssigkeit ein und reichte ihr das Glas.

Blanche roch daran. »Riecht merkwürdig.«

»Ist auch nichts für junge Mädchen«, erwiderte Robert. »Was machst du überhaupt hier?«

»Darf ich meinen alten *papa* nicht besuchen?«, lächelte Blanche.

Seine Tochter besaß ein süßes Lächeln, aber es fiel Robert gerade sehr schwer, es zu erwidern. Blanche war ein typischer Teenager. Sie meldete sich, wenn sie etwas brauchte. Sie fand ihren eigenen Weg und wenn nicht, dann bettelte sie entweder um Hilfe oder um Geld.

Blanche senkte den Blick und starrte in ihr Glas. »Ich bin bei Mama ausgezogen! Sie hat sich unmöglich verhalten!«

»Was hat sie denn gemacht?«

Das unmögliche Verhalten kannte er aus seiner Ehe, aber bisher hatte Lorraine Blanche damit verschont. Schließlich war es ihr ein Fest, dass ihre Tochter sie mehr liebte als den Vater, der viel zu selten Zeit für sie hatte. Selbst jetzt dürfte er nicht mit Blanche hier sitzen, sondern müsste seine wertvolle Lebenszeit damit verplempern, einer renitenten Blondine nachzuspionieren.

»Ich habe mich verliebt«, gestand Blanche.

»Und?«

»Meine Wahl gefällt ihr nicht.«

»Er ist doch kein Drogenjunkie?«, fragte Robert besorgt.

Blanche schüttelte den Kopf. »Sie will mir einreden, dass ich nicht wüsste, was ich tue. Aber ich habe meine große Liebe gefunden.«

»Du bist zu jung dafür«, erwiderte Robert. »Du hast noch mindestens zwei große Lieben deines Lebens vor dir.«

Blanche schürzte die Lippen. »Mein Alter ist nicht das Problem.«

»Was ist es dann?«

»Ich bin lesbisch.«

Robert hatte das Glas an seine Lippen gesetzt, als er es sich prompt gegen die Zähne schlug. »Was?«

»Hast du damit auch ein Problem?«, fragte Blanche angriffslustig.

Robert hob abwehrend die Hand. »Das kommt ziemlich überraschend.«

»Weil es nicht normal ist?«, fauchte Blanche. »Weil ich die Klischees nicht erfülle?«

»Nein, weil du bis vor einem Jahr abwechselnd in irgendwelche Sänger verknallt warst.«

Blanche presste die Lippen aufeinander und senkte erneut den Blick. »Ich fand die süß, aber es gab nie einen echten Jungen, den ich toll fand. Und dann kam ... na ja, dann kam Mary. Sie ist total hübsch. Sie ist Chinesin. Ihre Eltern wurden hierher versetzt, und manchmal kann sie französische Worte nicht richtig aussprechen. Mary wird immer rot, wenn man sie damit aufzieht.«

Nicht nur Mary wurde rot, auch seine Tochter. Ihre Augen leuchteten, und sie schwenkte das Glas so begeistert beim Reden, dass die Flüssigkeit darin mehr als einmal dem Rand bedrohlich nahe kam.

»Manchmal sieht es aus, als tanzen Glühwürmchen in ihrem schwarzen Haar. Oder goldene Funken. Ich möchte zu gern wissen, wie sie das macht. Sie sagt ja, sie hätte Shampoo mit Glitzer, und es liegt am Licht. Das war auch unser erstes Gespräch. Als ich sagte, gleich springt ihr ein Einhorn aus dem Zopf, hat sie gelacht«, sinnierte Blanche, und ihre Lippen verzogen sich zu einem Grinsen. »Wenn sie da ist, krieg ich das Lächeln kaum weg.«

»Dann bist du eindeutig verliebt«, seufzte Robert.

»Stört es dich?«, fragte Blanche und sah ihn unsicher an.

»Ich glaube nicht.« Vielleicht sollte es ihn stören, ein wenig zumindest. Aber warum? Wenn dieses Mädchen keine notorische Schulschwänzerin war, seine Tochter in schlechte Gesellschaft brachte oder Drogen vertickte, dann war ihr einziges ›Vergehen‹, dass sie Blanche glücklich machte. Und dafür verurteilte Robert niemanden.

»Echt nicht?«, fragte Blanche. »Dich stört es nicht, dass deine Tochter eine Lesbe ist?«

»Das entbindet dich nicht von der Pflicht, in der Schule gut zu sein, zu studieren und irgendwann zu heiraten und Kinder zu bekommen«, gab Robert zurück. »Und dass du mich versorgen musst, wenn ich eines Tages die Seife in den Kühlschrank und die Butter neben das Waschbecken lege.«

Blanche grinste, jauchzte und legte ihm die Arme um den Hals. »Heiraten und Kinder bekommen will ich wirklich.«

Ja, das wollten die meisten. Bevor sie wussten, wie beschissen die Scheidung war. Und wenn man dachte, man hatte die schlimmste Frau aller Zeiten endlich los, stolperte man über eine, die das locker toppte.

»Willst du mir erzählen, was das für eine Frau war, die dich da festgebunden hat?«

Robert legte den Kopf auf die Lehne. »Nein. Und bete, dass du sie nie kennenlernst.«

Denn das hieße, dass er es endgültig vergeigt oder den Verstand verloren hatte.

Kapitel 13

Personenschutz vom Umtausch ausgeschlossen

Als Helen wieder in den Wagen stieg, saß Linett mit Rafael auf dem Rücksitz.

»Willst du mir sagen, wer er ist und warum er dich erst knutscht und dann nackt im Bürostuhl pennt?«, fragte sie.

»Nein, will ich nicht«, gab Helen zurück und startete den Wagen.

»Sagst du es mir trotzdem?«

»Nein!«

»Ich habe dir immerhin geholfen«, empörte sich Linett.

Helen schnaubte und fuhr auf die Straße. »Dafür danke ich dir auch sehr. Wenn ich es jemandem erzähle, bist du meine erste Wahl.«

Das schien Linett zu besänftigen. Sie verrenkte sich nicht mehr den Hals, um Helen bitterböse Blicke durch den Rückspiegel zuwerfen zu können. Auch im Büro fragte sie nicht mehr. Und Helen dankte den Göttern, dass sie nicht das geringste Wort herausbrachte, als Jason Stunden später erneut im Büro erschien und fragte, ob es etwas Neues gäbe.

»Nein«, behauptete Helen.

»Hast du noch mal Lust, deinen Schreibtisch gegen ein wenig Action einzutauschen?«

Jason hielt Helen die Akte entgegen, die er vorher mitgenommen hatte. Helen stand neugierig auf und nahm sie entgegen. Schon auf Seite eins grinste ihr ein Südamerikaner entgegen. In den dunklen Haaren schienen Unmengen Pomade zu stecken. Der sonst so exotische, goldene Hautton, der südländische

Männer eigentlich unwiderstehlich machte, konnte man bei diesem Kerl nur als glänzendes Rattengrau bezeichnen. Auch die Augen erinnerten an ein Nagetier. Klein, schwarz und weit aufgerissen, als würde er in einen Scheinwerfer starren. Der dicke Schnurrbart machte alles nur noch schlimmer. Je länger Helen das Bild betrachtete, umso mehr wandelte sich das Gesicht in das einer ängstlichen Ratte.

»Wer ist das?«, fragte sie.

»Martin Sanchez«, sagte Jason. »Er hat Begleitschutz angefordert. Im Hotel wartet Jeremy auf ihn. Der passt dort auf eine Frau auf, die sich gerade von ihrem schießwütigen Ehemann getrennt hat. Also kann er Sanchez nicht vom Flughafen abholen.«

»Dann holst du ihn?«, fragte Helen. Dann wäre Jason wieder ein paar Stunden beschäftigt, in denen er nicht über Robert nachdenken konnte!

»Nein. *Du* holst ihn ab«, sagte Jason. »Sanchez ist eine einfache Nummer und nicht sonderlich helle. Er behauptet, er hätte einen Tipp bekommen, dass man seine Vertragsunterzeichnung über die Lieferung von Sojabohnen verhindern wolle.«

»Sojabohnen?«, echote Helen.

»Ja, Sojabohnen«, brummte Jason. »Ich hoffe, die sind wenigstens mit Koks vollgestopft, sonst lachen mich irgendwann die Kleinkriminellen auf der Straße aus.« Er fuhr sich durch die Haare und kratzte seine Stirn. »Wie dem auch sei … Im Flugzeug will Sanchez keinen Schutz. Er sagte, lediglich in Paris drohe ihm Gefahr. Aber nur bis zur Unterzeichnung. Ist das Papier von allen Beteiligten unterschrieben, würde auch sein Tod nichts mehr an der Umsetzung ändern.«

»Er weiß schon, dass man einen Vertrag verbrennen kann?«, fragte Helen. »Oder widerrufen.«

Jason verdrehte die Augen. »Frag mich nicht. Es ist mir egal.

Der Kerl zahlt reichlich. Also werden wir ihn abholen, lebend zum Vertrag und wieder zurück zu seinem Flugzeug bringen. Wenn der Vogel dann abstürzt und samt Sanchez und dem Vertrag in Flammen aufgeht, ist das nicht mehr mein Bier. Ich schüttle demjenigen, der dafür sorgt, auch noch persönlich die Hand.«

»Falsch«, lächelte Helen. »Du charterst am Ende sogar noch einen Privatflug, gibst dem Piloten einen Tipp, damit der rechtzeitig aussteigt, und dann macht es irgendwo über dem Ozean Bumm.«

»Dafür ist mir der Jet zu schade«, gab Jason zurück. »Außerdem kommen solche Idioten regelmäßig mit Aufträgen um die Ecke und finanzieren mir meinen Urlaub.« Er rieb sich den Nacken. »Den ich schon wieder dringend nötig habe. Ich sehne mich nach Schottland zurück.«

»Du hast danach eine Woche gebraucht, um dich von dem Sexmarathon zu erholen«, tönte Linett dazwischen. »*Du* wolltest sieben Tage lang keinen Sex. Und danach musste Amélie dir auch erst mit Scheidung drohen, damit du deine ehelichen Pflichten erfüllst.«

»Warum habe ich dich noch nicht gefeuert?«, ätzte Jason zurück.

»Ich bin eine Freundin deiner Frau? Deine Pfannenschwingerin? Die geheimste aller Geheimwaffen?«

»Weil keiner hinter der hübschen Fassade einen so hinterhältigen Besen vermutet«, knurrte Jason. »Das trifft auch auf einige andere Frauen in meinem Leben zu. Warum schare ich solche Weiber um mich?«

»Wenn wir sie Sanchez abholen lassen, wird der bei dir noch Personenschutz vor *ihr* anfordern«, stichelte Helen, und Jasons Mundwinkel zuckten. »Wann soll ich ihn abholen?«

»Er landet siebzehn Uhr«, erwiderte Jason und zog seine Pistole hervor. »Auch wenn ich Sanchez für einen überdrehten Hysteriker halte, nimmst du die trotzdem mit.«

Er drückte Helen die Waffe in die Hand. Sie fühlte sich ungewohnt schwer an. Helen trug seit Jahren keine Schusswaffe mehr bei sich. Die Polizei hatte sie bei jeder sich bietenden Gelegenheit kontrolliert, um ihr etwas anzuhängen. Sie war schon mehr als einmal in einer dieser lausigen Zellen zu Gast gewesen, nur weil es diese Idioten angeblich nicht hinbekamen, ihren Waffenschein zu überprüfen. Zugegeben, er war gefälscht, aber alles, was Jason fälschte, hielt jeder verfluchten Überprüfung stand.

Irgendwann hatte Helen gelernt, sich auf andere Art und Weise zu verteidigen. Meistens war ihre große Klappe maßgeblich daran beteiligt. Manchmal auch der Elektroschocker oder das Messer in ihrer Tasche. Es war klein genug, um dafür keinen Waffenschein zu brauchen. Aber war es auch ausreichend, um einem Journalisten genügend Respekt und Vernunft einzuflößen? Sie musste unbedingt mit Robert reden. Er hing schließlich noch an seinem Bett, und irgendwann musste auch der störrischste Mann mal auf Toilette.

Die Pistole steckte sie in ihre Handtasche, ging zwei Straßen weiter zu einer von Jasons Garagen und suchte sich dort einen Wagen aus. Im Gegensatz zu den meisten seiner Karren trug dieser hier kein Markenzeichen. Der Vampir hatte sie selbst gebaut. Mit Extras, deren genaue Funktion nur Jason kannte. Hoffentlich flog sie am Ende nicht zum Flughafen.

Sie setzte sich hinter das Lenkrad, steckte den Schlüssel in die Zündung, und das Display leuchtete auf.

»Willkommen an Bord eines Harris Eigenbaus. Bei Rauchentwicklung rufen Sie bitte nicht die Feuerwehr, stellen den Wagen so weit entfernt wie möglich von Häusern ab und halten mindestens zwanzig Meter Sicherheitsabstand. Diese Autos recyclen sich durch Explosionen selbst. Zumindest versuchen sie es«, tönte es durch das Wageninnere. Vielleicht sollte sie doch lieber den Smart nehmen.

»Hier brennt nichts«, informierte Helen den Wagen. »Können wir jetzt zum Flughafen fahren? Zum Charles-de-Gaulle, um genau zu sein.«

»*Ich* halte Sie nicht davon ab«, gab das Auto beleidigt zurück.

Jason sollte aufhören, diese verdammten Dinger selbst zu programmieren! Wenigstens hielt der freche Wagen die Klappe, als Helen losfuhr. Nun ja, bis sie vom Weg zum Flughafen abwich, um zu Robert zu fahren.

»Zum Charles-de-Gaulle Airport müssen Sie rechts abbiegen«, behauptete die elektronische Stimme, und auf dem Display zeigte ihr das Navigationssystem den richtigen Weg an.

»Ich mache einen Umweg«, presste Helen heraus.

»Wohin?«

»Das geht dich einen feuchten Kehricht an«, rief Helen aus.

»Ich erfahre es sowieso.«

Merde. Das verfluchte GPS. Aber das wertete Jason doch bestimmt nicht in Echtzeit aus, oder?

Sie parkte vor Roberts Wohnhaus, ließ den Wagen stehen, ohne ihn abzuschließen. Nur ein verdammter Narr würde dieses Auto klauen. Mit dem geklauten Schlüssel öffnete sie Roberts Wohnungstür, tappte in sein Schlafzimmer, aber es war leer. Auf dem Kopfkissen lag noch die Handschelle. Jemand hatte ihn befreit.

Verdammt. Wie sollte sie jemandem auch nur ein Fitzelchen Angst einjagen, wenn dieser nicht zu Hause war? Hatte er sich den Arm abgenagt und war dann zur Polizei gerannt? Hoffentlich nicht. Das könnte sie Jason niemals so erklären, dass Robert es überlebte.

Helen drehte sich in seinem Schlafzimmer, unschlüssig, was sie jetzt tun sollte. In einer Stunde musste sie Sanchez abholen. Sollte sie hier auf Robert warten? Wenigstens zehn Minuten? In dieser Zeit könnte sie sich noch ein wenig umsehen. Seinen Nachtschrank hatte sie ja schon ausgiebig untersucht, also wandte sie sich seinem Kleiderschrank zu. Versteckte er Pornohefte, aus denen auch eine Frau in Helens Alter noch etwas lernen konnte? Sie zog die Tür auf und musterte den Inhalt. Die Hemden hingen unordentlich und zerknittert an den Bügeln. Die hatten seit Jahren kein Bügeleisen mehr gesehen. Sie schob gerade einen dunkelgrauen Anzug zur Seite, als ihr Blick an etwas hängen blieb, das sie zögern ließ. Auf dem hintersten Bügel hing eine Uniform im typischen Dunkelblau der französischen Polizei. Und wem das noch nicht reichte, für den hatten die Hersteller gut sichtbar ›Police‹ auf den Rücken gestickt. Kreuzdonnerwetter! Warum besaß Robert die Uniform eines Polizisten? Er war doch Journalist! Oder nicht?

»Hé, was machen Sie da?«, tönte es hinter ihr.

Helen zog die Hand aus dem Kleiderschrank zurück und wirbelte herum. In der Tür stand ein Teenager, ein Mädchen mit braunen Haaren und den gleichen dunklen Augen wie Robert.

»Bist du Blanche?«, fragte Helen.

Das Mädchen verschränkte die Arme vor der Brust, und den Trotz hatte sie sich mit Sicherheit von ihrem Vater abgeschaut! »Ja. Und wer sind *Sie*?«

»Helen. Ich kenne deinen Vater. Ich bin eine Freundin …«

Oder so ähnlich, aber die Feinheiten konnte sie kaum Roberts Tochter erklären.

»Eine Freundin«, wiederholte diese. »Die gleiche Freundin, die ihn ans Bett gefesselt zurückgelassen hat?«

Himmel hilf, hoffentlich wurde sie nicht rot! Helen warf einen kurzen Blick in den Spiegel an der Innenseite der Kleiderschranktür. Nein, sie lief nicht rot an. Sehr gut, Lügen konnte sie also noch.

Helen hob die Augenbrauen. »Ans Bett gefesselt?«

»Mit Handschellen.« Blanche deutete auf die Handschellen auf den Kissen.

»Ich habe ihn nicht mit Handschellen ans Bett gefesselt.«

»Sie lügen.«

»Nein«, gab Helen zurück. »Ich verbitte mir diese Unterstellungen. Ich kenne deinen Vater von der Arbeit.«

»Warum hat er noch nie von einer Helen erzählt?«, fragte Blanche lauernd.

Helen zuckte die Schultern. »Vielleicht mag er mich nicht.«

»Warum sind Sie dann hier?«

»Du bist wahrlich die Tochter eines Polizisten«, gab Helen zurück. »Die Kunst der Kreuzverhöre beherrschst du schon mal.«

Blanche widersprach nicht, und das ließ den Knoten in Helens Bauch noch größer werden. Wenn Robert ein Journalist war, dann sollte seine Tochter sie doch korrigieren, oder? Verflucht, dieser Bastard hatte sie doppelt belogen! Erst belog er sie, er wäre Vertreter, und dann belog er sie auch noch, er wäre Journalist. Gute Güte, war er am Ende auch kein Polizist, sondern vom Geheimdienst für Außerirdische? Herrgott, ihr Kopf schwirrte. Aber sie hatte nicht die Zeit, noch länger mit seiner Tochter zu diskutieren. Sie musste Sanchez abholen und sich dann einen verdammt guten Plan ausdenken.

»Bitte sag ihm, dass ich hier war«, bat Helen und ging an Blanche vorbei.

Das Mädchen wich zurück, ließ sie durch und trottete ihr bis zur Wohnungstür nach. Kaum war diese ins Schloss gefallen, hörte Helen, wie sie den Schlüssel zweimal im Schloss drehte.

Helen rieb sich über das Gesicht. Merde, das alles entglitt ihr zunehmend. Sie hatte vor einem Polizisten einen Kleinverbrecher bedroht, und mit Sicherheit wusste Robert schon, dass dieser tot war. Verflixt!

Helen rannte die Treppe hinunter und zu ihrem Wagen. Sie setzte sich hinter das Lenkrad und klammerte sich daran fest. Dieser verdammte Mistkerl! Er war ein Polizist?

Sie drückte den Knopf neben dem Radio, aber statt Musik erklang ein elektronisches Sirren.

»Bitte schließen Sie den Kofferra-«

»Dann mach ihn gefälligst wieder zu und schalt das Radio ein!«, fauchte Helen das Auto an.

Ja, es konnte nichts dafür, aber zum Henker, es zerrte an ihrem Nervenkostüm. An dem gleichen, auf dem ein Polizist schon Mambo tanzte. Das konnte doch nicht wahr sein!

Die elektronische Stimme brummte etwas, das sie nicht verstand. Hé, beleidigte der sie auf Klingonisch? Immerhin schloss er die Heckklappe wieder und schaltete das Radio ein. Der Wagen wählte einen Sender, der Klassik spielte, und die Klänge eines Stückes von Pierre Boulez beruhigten ein wenig ihre Nerven. Sie atmete tief durch. Okay, sie konnte jetzt ohnehin nichts ändern. Erst holte sie Sanchez ab, dann sah sie weiter.

Helen startete den Wagen und reihte sich in den Verkehr der Pariser Straßen ein, folgte der Schnellstraße und kam auf die Minute genau am Flughafen an.

Die ganze Zeit hingen ihre Gedanken bei Robert. Bei diesem verlogenen, selbstmörderischen Vollidioten! Ach, was hieß selbstmörderisch. Er hatte ihr bisher hervorragend den trotteligen Journalisten vorgespielt. Aber jetzt war Schluss. Sobald sie Sanchez abgeholt hatte, würde sie noch einmal zu Robert fahren.

Und wenn der verfluchte Kerl seinen Plan nicht von selbst aufgab, dann würde sie für seine Suspendierung sorgen. Wäre schließlich nicht das erste Mal!

Helen parkte direkt vor dem Ankunftsterminal, setzte eine blaue Rundumleuchte auf das Dach ihres Wagens (Standardausstattung in Jasons Fuhrpark) und drängte sich im Windschatten eines älteren Pärchens durch den Eingang.

Die Absätze der Besucher klackerten auf den Fliesen, ihre Stimmen hallten unter der hohen Kuppel. Hier war es mindestens fünfzehn Grad kälter als draußen. Die Klimaanlagen liefen auf Hochtouren und Helen fröstelte.

Vor einer Anzeigetafel über einer Handvoll Bänke blieb Helen stehen. Der Flug aus Rio de Janeiro hatte zehn Minuten Verspätung.

Auch gut. In der Zeit konnte sie sich noch ein Croissant holen. Ungeniert krümelte sie den Boden voll, als sie sich neben die anderen Wartenden an das Absperrband stellte. Einige ihrer Mitwartenden hielten laminierte Blätter in den Händen, auf denen die Namen von Hotels und Reiseveranstaltern, aber auch von Personen standen, auf die sie warteten. Dass das noch datenschutzkonform war. Ein Abmahnanwalt würde sich hier eine goldene Nase verdienen. Vielleicht war das ein netter Zeitvertreib für Jasons Lieblingsanwalt? Er bediente ohnehin von Strafrecht bis zu Vertragsrecht jedes Gebiet, durch das Jason hüpfte wie durch Fettnäpfchen. Für seine fünfunddreißig Jahre besaß Tobie Rochette bereits erstaunlich viele graue Haare. Da hatte sich Robert wesentlich besser gehalten. Stopp. Einen solchen Unsinn fing sie gar nicht erst wieder an. Die Zeiten, in denen Männer ihre Gedanken beherrschten, waren vorbei. Endgültig. Wenn man sich von Männern fernhielt, sparte man sehr viel Zeit, die man nutzen konnte, sich ein gutes Allgemeinwissen anzueignen und Intelligenz zu entwickeln. Es sei denn, man dachte darüber nach, wie man die launischen Kerle umbrachte oder eben sicher ins Hotel verfrachtete. Das wiederum trainierte die kriminelle Ader.

Der erste Reisende strebte aus dem Ausgang des Gates. Er war hochgewachsen, trug einen grauen Hut und besaß für einen Brasilianer viel zu helle Haut, zu blaue Augen und zu blonde Haare. Das war nicht Sanchez. Nach dem grauen Hut rollten drei Frauen mit pinken, spitzen Fingernägeln ihre Koffer an ihnen entlang, und dahinter tauchte ein Mann auf, dessen Nase sogar noch über die breite Krempe seines schwarzen Hutes hinausragte. Gute Güte, sagte man nicht, an der Nase könnte man die Größe gewisser Körperteile abschätzen? Unweigerlich warf Helen einen Blick auf seine Füße. Die waren genauso großgewachsen wie das Ding in seinem Gesicht. Was seine Füße zu groß waren, war seine allgemeine Erscheinung zu dürr. Zu allem Überfluss wippte er auch noch beim Gehen, und so erinnerte sie sein Gang an Goofy. Helen schob sich an den anderen Wartenden vorbei und erreichte zeitgleich mit Sanchez das Ende des Absperrbandes. Sanchez stoppte, als sie sich ihm in den Weg stellte.

»Guten Tag, Monsieur Sanchez«, begann Helen, aber Sanchez trat einen Schritt zur Seite, um sie zu umrunden. Schnell trat sie einen Schritt vor ihn und stellte sich ihm erneut in den Weg. »Ich hier, um Sie zu Ihrem Hotel zu begleiten.«

Ein weiteres Mal wich ihr Sanchez aus, aber Helen tat es ihm einfach nach. Mit begriffsstutzigen Männern hatte sie Erfahrung, und dieser schien nicht gerade der oberen Mittelschicht in Sachen Intelligenz anzugehören.

»Jason Harris schickt mich. Sie haben doch bei ihm das Taxi bestellt«, erinnerte ihn Helen. Nur für den Fall, dass der Ärmste bereits mit seinen sicher erst vierzig Jahren schon unter Demenz litt.

»Sie lügen!«, zischte Sanchez.

Gut, damit hatte sie nicht unbedingt gerechnet. Irritiert blinzelte sie zu Sanchez hinauf. Sie war selbst recht groß, aber der Brasilianer überragte sie noch einmal um einen halben Kopf. Er hatte den Hut so tief in die Stirn gezogen, dass die Krempe praktisch auf seinen Wimpern saß und sie im Schatten des Hutes nur wenig von seinen Augen erkennen konnte.

»Ich lüge nicht«, widersprach Helen. »Sie haben doch Jason Harris angerufen, oder nicht?«

»Natürlich habe ich ihn angerufen«, schnarrte Sanchez. »Um Begleitschutz zum Hotel anzufordern.«

Helen stemmte die Hand in die Hüfte und deutete auf sich selbst. »Der steht gerade vor ihnen.«

»Dann storniere ich den Auftrag mit sofortiger Wirkung.«

Äh, wie bitte? Sie gab es nur ungern zu, aber dieser Kerl verschlug ihr tatsächlich die Sprache. Er schob sich an ihr vorbei und marschierte mit langen Schritten auf den Ausgang zu. Hey, Moment mal! Was hatte er für ein verdammtes Problem? War der Champagner in der First Class zu warm gewesen? Oh, sie hatte den Alkohol in seinem Atem gerochen. Aber es war ihr verflixt noch mal egal, ob er betrunken, unzurechnungsfähig oder untervögelt war. Sie hatte einen Auftrag, und wenn er ihr den versemmelte, würde sie dafür sorgen, dass er nie wieder etwas trinken konnte.

Sie wetzte ihm hinterher. Rennende Frauen waren in diesem Gebäude nicht sonderlich ungewöhnlich, aber Sanchez schien genau zu wissen, dass sie die Sprinterin war und ihm auf den Fersen. Ohne sich auch nur einmal umzuwenden, beschleunigte er seine Schritte. Aber selbst mit Holzklötzen an den Füßen wäre sie immer noch schneller als er! Sie holte ihn an der Drehtür ein, stolperte mit ihm in die warme Luft hinaus, packte ihn an seinem Sakko und zerrte ihn zu sich herum. »Was zum Teufel ist Ihr Problem?«

Zu ihrer Schande kippte Helens Stimme. Sie sollte weniger Boxtraining betreiben und mehr Joggen. Ihr Atem ging schnell, und sie stemmte die Faust in ihre schmerzende Seite. Wie sagten die Trainer immer? Regelmäßig atmen, ein und aus. Ein und aus.

Sanchez kräuselte verächtlich die Lippen. »Mein Problem ist, dass Sie eine Frau sind«, zischte er. »Ich forderte Begleitschutz an. Keine Sekretärin oder gar eine Nutte.«

Erneut wollte er sich an ihr vorbeistehlen, aber sie packte ihn an der Krawatte. »Sie nennen mich eine Sekretärin?«

»Tippse. Vorzimmer-Barista!«

Sanchez versuchte, sich von ihr loszureißen. Doch er erreichte lediglich, dass sich die Schlinge der Krawatte um seinen Hals enger zog. Wer auch immer diese Dinger erfunden hatte, man sollte ihm gratulieren. Selten war es so leicht, einen Mann an die Leine zu nehmen wie mit einem Schlips.

»Hören Sie auf, mich zu würgen!«, röchelte Sanchez.

Mit jedem Wort blies er ihr seinen fauligen Atem ins Gesicht. Er stank nicht nur nach Alkohol, sondern auch nach Knoblauch. Widerlich. Kein Wunder, dass Jason ihn nicht selbst abgeholt hatte. Der Geruch von Knoblauch brachte so manch sensiblen Vampir zum Kotzen.

»Sie können den Auftrag nicht stornieren«, fauchte Helen. »Sie haben einen Abholservice bestellt. Er ist hier. *Ich* bin hier. Ich werde Sie zu Ihrem Hotel bringen. Ob es Ihnen passt oder nicht. Das Einzige, was Sie sich aussuchen können, ist, ob ich Sie vorher bewusstlos schlagen muss.«

»Und *dafür* bezahle ich?«, murrte der Brasilianer.

Die Versuchung, die Zähne zu blecken, war verdammt groß.

Zu schade, dass sie kein Vampir war. Wie gern würde sie ihre Eckzähne in den dürren Hals dieses Volltrottels jagen und zusehen, wie er mit Gewimmer und erbärmlichen Zucken das Leben aushauchte. Hach, verdammt, vielleicht sollte sie Jasons Angebot, sie zum Vampir zu wandeln, doch annehmen.

Sanchez röchelte lauter und fiel auf die Knie. Er packte Helens Hand, die immer noch seine Krawatte umklammert hielt. Seine Handfläche war schweißbedeckt, und Helen schüttelte es. Aber sie lockerte endlich ihren Griff, ließ Sanchez' Krawatte los, und er rutschte auf Knien zurück, drückte die Hände auf den Boden und stemmte sich auf die Beine.

»Sie … Sie …«, keuchte er. »Miststück.«

»Wirklich?«, spottete Helen. »Kommen Sie, geben Sie sich Mühe. In Ihrer Landessprache gibt es kreativere Bezeichnungen.« Sie packte Sanchez, drehte ihm den Arm auf den Rücken und versetzte ihm einen Schubs in Richtung ihres Wagens. »Sie haben auch die gesamte Fahrt über Zeit, mich zu beschimpfen.«

»Te voy a dar …«

Helen öffnete die Tür ihres Autos und stieß Sanchez mit dem Kopf voran hinein. Sie wollte gerade die Wagentür hinter ihm zuwerfen, als sich eine Hand hineinkrallte und Helen ins Straucheln brachte. Mist, verfluchter, die feinen braunen Härchen, die sich über die Männerhand verteilten und unter der Uhr zerdrückt wurden, kamen ihr bekannt vor. Selbst die Uhr kannte sie. Er trug immer noch die gleiche. Sie hörte ihr eigenes Blut in den Ohren rauschen. Ihr Herz hämmerte so fest gegen ihre Brust, als würde es am liebsten selbst ans Steuer des Wagens springen und davonpreschen. Doch der Rest von Helen befand sich in vollständiger Lähmung. Was hatte dieser Mistkerl hier zu suchen?

»Willst du mich nicht ansehen?«

Der weiche, schwarze Bass, einlullend, sanft und doch gefährlich, jagte ihr einen schieren Stromstoß durch den Körper. Nur brachte der leider keine Bewegung in ihre schockerstarrten Glieder. Nein, sie wollte ihn nicht ansehen! Sie wollte ihn nicht hören, nicht in seiner Nähe sein. Sie wollte ihm höchstens eine Kugel reinknallen!

Noch immer ruhte seine Hand auf der Wagentür. Wenn sie die jetzt zuhaute, klemmte sie vielleicht seine Finger ein … Aber da fühlte sie schon eine weitere Hand auf ihrer Schulter. Ein unnachgiebiger Druck, der sie von der Tür zurückzog und herumdrehte.

Helen hielt die Luft an. Er sah immer noch aus wie damals. Wimpern so dicht und dunkel wie der handlange Bart. Dagegen hoben sich seine schulterlangen Haare wie eine Löwenmähne ab. Nathanaël Baillieu. So hatte er sich zumindest damals genannt. Oh, wie sehr hatte sie diesen Mann geliebt. Die blödeste Idee, die sie jemals gehabt hatte. Da traf sie selbst unter dem Einfluss von Jasons Kraut noch bessere Entscheidungen, aber damals war ihr Gehirn offensichtlich im Urlaub gewesen. Wie auch jetzt. Anstatt ihr brauchbare Ideen zu liefern, starrte es Nathanaël genauso dümmlich an, wie der Rest von ihr.

»Hast du mich vermisst?« Nathanaël legte den Finger unter Helens Kinn. »Haben dir die Blumen gefallen?«

Nein, nein, nein, hatten sie nicht! »Vielleicht.« Sobald sie hier weg kam, würde sie ihr Sprachzentrum austauschen!

Nathanaël grinste breit. Ehe sich Helen versah, zog er sie in die Arme. »Ich habe dich auch vermisst, ma chérie. Liebe meines Lebens.«

Ah ja … »Die Liebe deines Lebens kriegt keine Luft mehr«, stöhnte Helen. Und der Liebe seines Lebens klauten sie auch gerade den Klienten unter dem Hintern weg! Nathanaëls Kumpan zerrte Sanchez aus dem Wagen.

»Was ist hier los?«, keuchte dieser. Er stolperte zurück und steckte einen Finger zwischen seinen Hals und seine Krawatte, um den Stoff zu lockern.

»Mit Sicherheit der Grund, warum Sie Jason Harris beauftragt haben«, keuchte Helen. »Lass mich los«, zischte sie, aber dieser verfluchte Mistkerl lockerte nicht im Geringsten seinen Griff. Helen zog ihr Knie an, riss es nach oben und merde, tat das weh. Sie krachte in seinen Schritt, aber da war nichts Weiches, sondern hartes Metall.

»Tiefenschutz. Ich kenne dich, ma chérie.«

Nathanaël lachte laut und ließ sie so plötzlich los, wie er sie an sich gezogen hatte. Helen taumelte gegen den Wagen. Sanchez spähte über die Schulter von Nathanaëls Kumpan hinweg zu ihr, die Augenbrauen misstrauisch zusammengezogen.

Nathanaël klopfte Sanchez auf die Schulter. »Bitte entschuldigen Sie den kleinen Zwischenfall. Die Konkurrenz versucht es doch immer wieder. Aber mit Stümperei kommt man nicht weit.«

Helen konnte es Sanchez nicht verübeln, dass er die beiden ratlos anstarrte. Ihr ging es nicht anders. Konkurrenz? Nathanaël war niemals Konkurrenz für Jason gewesen. Er war ein kleiner, niederträchtiger Wichser, aber er war niemals Jason auch nur annähernd gefährlich geworden.

»Wer sind Sie?«, stieß Sanchez heraus.

Nathanaël breitete die Arme aus. »Der Personenschutz von Jason Harris.«

Bitte was? Das wüsste sie! Helen schnaubte. »Jason könnte niemals so bekifft sein, zwei überspannte Glühlampen wie euch einzustellen!«

»Wollen wir wetten?«

»Wetten ist eine schlechte Angewohnheit. Hat euch das nicht eure Mutter beigebracht?«, fauchte Helen.

Ihr Blick richtete sich auf Sanchez, der bei jedem Wort näher an Helen heranrückte. Der Kerl mochte misogyn und ein wenig unterbelichtet sein, aber er war nicht dumm genug, um nicht einzusehen, dass Helen die gesündere Wahl für ihn war. Sie steckte ihm den Autoschlüssel zu. »Sehen Sie zu, dass Sie hier wegkommen. Um die zwei Idioten kümmere ich mich.«

Sanchez hechtete um das Auto herum, mit Nathanaëls Kumpan auf den Fersen. Helen sprang vor, packte Nathanaëls Komplizen am Sakko und krallte sich fest. Sie riss ihn zurück, rammte ihm das Knie in den Bauch. Ha! Da half auch kein Tiefschutz!

Nathanaël hingegen packte Sanchez an der Kehle. Der Brasilianer fuchtelte wild mit den Armen. Helen zerrte die Pistole aus ihrer Handtasche, entsicherte sie und richtete sie auf Nathanaël.

Dieser drehte sich zu ihr um. »Schieß doch auf mich, mein heißgeliebtes Schätzchen. Schieß auf den Mann deiner Träume. Du verwelkte Rose unerfüllter Liebe.«

Wow, sie musste damals wirklich richtig high gewesen sein, sich auf diesen Bastard einzulassen. War der schon immer so übertrieben pathetisch gewesen? Seine Einladung wollte sie nicht ablehnen und drückte ab. Die Zuschauer, die das Treiben beobachteten, schrien entsetzt. Leider konnte man das von Nathanaël nicht behaupten! Er sprang zur Seite, und ausgerechnet Sanchez brüllte vor Schmerz auf. Helen stöhnte. Nein, doch nicht so. Nathanaëls Gelächter stellte ihre Härchen auf. Er könnte schon längst mit Sanchez über alle Berge sein. Er war ein Vampir. Er brauchte sich Sanchez nur schnappen und mit der Geschwindigkeit eines übermotivierten Zuges davonrasen. Sie könnte nichts dagegen tun. Aber Nathanaël wollte Sanchez nicht. Jedenfalls nicht so einfach. Der Kerl wollte sie demütigen!

Helen zielte erneut und drückte diesmal zweimal ab. Die erste Kugel schoss an Nathanaël vorbei und schlug in die Reifen eines Autos ein.

Die Zuschauer rannten davon, ins Innere des Terminals und pressten sich von innen gegen die Glasscheiben. Sie wollten nichts verpassen und offenbar glaubten sie, das Glas könnte Schüsse aushalten.

Die zweite Kugel streifte Nathanaël an der Schulter.

Er lockerte seinen Griff, ließ Sanchez fallen, und jetzt begannen die goldenen Augen des Vampirs scharlachrot zu glühen. Er hatte es noch nie vertragen, wenn Helen gewann. Nicht mal, wenn es nur pures Glück war. Mit einem Satz landete Nathanaël auf dem Dach des Wagens und warf sich auf Helen. Er riss sie zu Boden und scharfer Schmerz schoss durch ihren Rücken.

»Ihr seid aber auch anhänglich«, fauchte Helen und zielte mit der Faust auf seine Nase.

Er zog den Kopf zurück und packte ihre Hand. »Und du bist unartig.«

»Ich kann nicht so viel essen, wie ich kotzen will. Warum zum Teufel habe ich damals nicht abgedrückt?«

»Weil du deine Gefühle nicht vergessen konntest.«

Wie lange war es jetzt her? Dreizehn Jahre? Fünfzehn? Und doch erschütterte sie die Kälte und die Gefühllosigkeit in seiner Stimme.

Nathanaël beugte sich über sie. Sie presste den Kopf fest auf den Asphalt, in dem Bemühen, ihm auszuweichen. Doch seine Lippen kamen immer näher. Er presste sie fest auf ihre, drückte Helen mit seinem gesamten Gewicht auf den Boden und zwang sie, seine Nähe zu ertragen. Das war kein Kuss, das war nichts. Und ihr wurde schlecht, als er an ihrer Unterlippe knabberte. Oh, wenn er ihr jetzt noch die Zunge in den Mund steckte, würde er keine mehr haben! Vielleicht ahnte er es, denn er wandte den Kopf und ließ von ihr ab. Sie wollte ihm die nächste Beleidigung entgegenschleudern, als seine Lippen ihren Hals berührten.

Himmel noch eins, sie prügelten sich hier in aller Öffentlichkeit und es interessierte niemanden?

»Wenn du das machst, kastrier ich dich!«, drohte Helen.

Ein kurzer Stich jagte durch ihren Hals bis in ihre Wange und wandelte sich in unangenehmen Druck. Dieser Dreckskerl biss sie! Früher hatte sie darunter gestöhnt, unter der Lust, die er damit in ihr schürte. Doch jetzt fühlte sie nichts anderes als Abscheu und … Angst! Warum half ihr keiner? Verzweifelt stemmte sie sich gegen Nathanaëls Gewicht. Vergeblich. Er lachte nur über ihr Winden. Plötzlich ging ein Ruck durch ihn. Er schwankte und kippte zur Seite. Einfach so. Sie würde gern behaupten, dass sie ihn ausgeknockt hatte, aber das wäre eine blanke Lüge. Sie hatte nichts getan.

Über ihr tauchte das Gesicht eines weiteren Mannes auf. Eines, das sie genauso wenig sehen wollte, wie das von Nathanaël. Robert. Er hielt eine Metallstange in der Hand, ließ sie fallen und beugte sich über sie. »Bist du okay?«

»Ja.« Helen griff nach seiner Hand und ließ sich nach oben ziehen.

Sie wich seinem forschenden Blick aus, starrte lieber zu Nathanaëls Komplizen, der mit einer Schürfwunde auf der Stirn auf dem Boden lag. Der war bestimmt kein Vampir, aber dass unmenschliche Kraft nicht unbedingt etwas nützte, bewies Nathanaël. Aus der Wunde am Hinterkopf sickerte Blut; leider heilten verblödete Vampirschädel viel zu schnell, also sollten sie unbedingt in den nächsten Minuten viel Abstand zwischen den Kerl und Sanchez bringen!

Sanchez saß im Wagen, aber warum zur Hölle war er nicht losgefahren?

»Los, komm schon. Ich glaube, von denen gibt es noch mehr.« Ehe sich Helen versah, packte Robert sie am Arm und zerrte sie zur Fahrerseite ihres Wagens. Nur scheiterten sie an der verfluchten Tür. »Machen Sie auf«, rief Helen und hämmerte gegen die Scheibe.

»Erst wenn Sie mir sagen, wer Sie sind«, brüllte Sanchez zurück.

»Helen Shepherd, ich arbeite für Jason Harris, wie oft denn noch?«, fauchte Helen.

»Ich werde ihn erst anrufen.«

Helen schlug frustriert auf das Dach des Wagens, als Sanchez tatsächlich ein Telefon herauskramte. »Dafür haben wir keine Zeit.«

Kapitel 14

Alte Liebe überfährt sich gut

Zeit hatten sie wahrlich keine. Dafür hatte Robert sehr viele Möglichkeiten. Er könnte abhauen und Helen dem Ärger überlassen, den sie sich offensichtlich mehr oder weniger selbst eingebrockt hatte. Sie könnten auch einfach gemeinsam abhauen und diesen Volltrottel in Helens Wagen hocken lassen. Oder Robert könnte Verstärkung anfordern und Helen samt den Bewusstlosen verhaften lassen. Diese Möglichkeit gefiel Robert am besten, allerdings konnte er dann seinen Plan endgültig begraben. Und genau deswegen hatte er jedem herbeieilenden Sicherheitsbeamten gesagt, er solle sich unauffällig wieder verdrücken. Als die Schüsse gefallen waren, waren sie freiwillig auf den Hacken wieder umgedreht.

Helens Missgeschick war die beste Gelegenheit, ihr Vertrauen zu gewinnen.

Ungeduldig trommelte Helen mit den Fingern auf dem Wagendach, wippte auf den Zehen und spähte immer wieder nervös zu den bewusstlosen Männern.

»Können wir ihn nicht hierlassen?«, murrte Robert betont ungeduldig.

»Nein«, schnappte Helen. »Dann hock ich die nächsten fünf Jahre wieder nur im Büro.«

»Was ist daran so schlimm?«

»Es ist langweilig!« Helen trat gegen die Wagentür, hinter der sich der Südamerikaner verschanzte.

»Gut, können wir dann einen anderen Wagen nehmen?«

»Ich habe keinen«, fauchte Helen. »Wie bist du überhaupt hierhergekommen?«

»In deinem Wagen. Im Kofferraum.«

Es war ein hübscher Anblick. Helen starrte ihn mit offenem Mund an.

Robert grinste süffisant und beugte sich nach vorn. »Du hast mich abgeholt«, hauchte er ihr ins Ohr. »Warum warst du bei mir? Wolltest du zu Ende bringen, was du angefangen hast?«

Helen erstarrte, wich, steif wie ein Stock, vor ihm zurück und drehte sich zum Wagen um. »Lassen Sie uns gefälligst rein, Sanchez! Wir bringen Sie zum Hotel.«

Helens Gebrüll schien dem armen Kerl nicht gerade Vertrauen einzuflößen. Er wurde blasser, gestikulierte wild und sprach in das Telefon. Verdammt, der sollte sich beeilen. Die meisten Schaulustigen sammelten sich immer noch hinter den Glasscheiben, die das Flughafengebäude vom Parkplatz trennten. Ein paar drängelten sich an der Drehtür, in den Händen Handys, Tablets und Kameras. Einer winkte ihnen zu, verflixt, das war doch Marcus!

»Das wird wieder eine Spitzenstory«, brüllte er zu ihnen herüber.

Helen runzelte die Stirn. »Wer ist das?«

»Mein Kollege«, erwiderte Robert.

Aber verflucht, hinter den Schaulustigen tauchte ein Polizeiwagen mit zwei seiner *richtigen* Kollegen auf! Robert drehte ihnen den Rücken zu und sah Helen in die Augen. »Du hast nicht zufällig Handschellen mit, bevor die beiden wieder aufwachen? Oder hast du deinen gesamten Vorrat an mich verschwendet?«

Helen war so berechenbar wie ein Teekessel, den man nicht rechtzeitig vom Herd holte. Sie wurde rot, fing zwar nicht an, aus den Ohren zu rauchen, aber ihr Gesichtsausdruck verfinsterte sich. »Wenn du nicht nackt durch mein Büro getanzt wärst, wäre das nicht nötig gewesen!«

»Ich habe nicht getanzt«, erwiderte Robert. Hinter seinem

Rücken machte er abwinkende Gesten. »Ich stand beziehungsweise saß nur da.«

»Du wolltest nicht abhauen!«, zischte Helen.

»Du willst mir keine Story geben.«

»Scheiß auf die Story«, rief Helen aus. »Du verlogener Bastard.
Du inkompetenter Po-«

Weiter kam sie nicht. Sie zögerte, riss die Augen auf und stieß
ein warnendes Geräusch aus. Doch zu spät. Robert fühlte sich gepackt und zur Seite geschleudert. Direkt gegen Helens Wagen.
Grundgütiger. Selbst ein Elektroauto bestand aus verdammt har-
tem Metall. Ein bärtiges Gesicht und lange Haare tauchten über
ihm auf. Der Typ sah aus wie eine Billigversion von Jesus! Aber
er war um einiges stärker. Teufel noch eins, warum war der so
stark?

Robert sah seine Kollegen auf sich zu rennen. Er hörte, wie
Helen Sanchez anbrüllte, nach hinten oder auf den Beifahrersitz
zu rutschen. Im Ernst? *Jetzt* öffnete dieser Vollpfosten den Wagen?
Während dieser Birkenstockkerl Robert mit dem Kopf voran gegen die Seitenscheibe schlug? Benommen rutschte Robert zu Boden und hielt sich den schmerzenden Kopf. Der Wagen startete.
Er wusste nicht wie, aber er bekam den Türgriff zu fassen,
schaffte es auf die Beine, riss die Tür auf und während der Wagen
schon anfuhr, warf sich Robert auf die Rückbank.

»Mach die Tür zu«, fauchte Helen.

Wie denn? Verflucht. Er hing mit dem Kopf voran im Fußraum
hinter Helen! Doch zu seiner Überraschung bekam er einen
Schlag gegen seine Füße, und die Tür rastete ein. Mühsam zog
sich Robert auf die Rückbank und legte den Gurt an, bevor ihn
Helen vielleicht in der nächsten Kurve aus dem Wagen schleuderte. »Wie hast du das gemacht?«

»Keine Ahnung. Das Ding hat eine Sprachsteuerung«, sagte

Helen. Auf dem Beifahrersitz saß Sanchez. Obwohl, was hieß hier sitzen? Sein Kopf hing zur Seite, und als Helen über den Bordstein vom Parkplatz fuhr, hüpfte er hoch und wankte auf dem Sitz. Er war bewusstlos.

»Was zum …«, setzte Robert an.

»Denk doch mit«, motzte Helen. »Betäubungsmittel.« Sie hob die Hand und tatsächlich … zwischen ihren Fingern ragte eine kleine Spritze hervor. »Glaubst du, ich riskiere, dass der mich noch mal aus meinem eigenen Auto aussperrt?«

»Pardon, dieser Wagen gehört Jason Harris«, tönte eine elektronische Stimme.

»Halt die Klappe«, schimpfte Helen.

Sie musste nicht einmal die Stimme erhöhen, so leise fuhr der Wagen. Er schnurrte die Straße entlang, im besten vermeintlichen Sinne des Energieverbrauchs. Seit wann entführte man Menschen im Elektroauto? Das waren doch die Guten! Die Umweltschützer. Zumindest behauptete man das. Wer wusste schon, welche Werte die Hersteller diesmal manipuliert hatten.

»Setzen wir ihn jetzt nackt mit Handschellen auf seine Couch?«, stichelte Robert.

»Wenn du Bedarf hast, können wir das gern tun. Ich lass euch beide dann auch allein«, giftete Helen. »Der wird nie wieder Jason beauftragen.«

»Hat er wenigstens Vorkasse verlangt?«, fragte Robert.

»Jason arbeitet nur gegen Vorkasse. Wer will schon von einem wie ihm gepfändet werden?«

Robert stemmte sich in einer Kurve mit den Füßen fest in den Boden, um nicht kurzerhand von der Rückbank in den Fußraum zu rutschen. »Schickt er dich dann vor?«

Welche größere Strafe gab es, als wenn Helen zur Stippvisite vorbei kam und ihren gesamten Irrsinn an einem auslebte?

Richtig, keine! Gegen sie verblassten selbst die härtesten Kerle eines Inkassobüros!

Helen bremste mitten auf der Straße so abrupt, dass er gegen ihren Sitz geschleudert wurde.

»Steig aus«, fauchte Helen.

»Ich denke nicht daran!«, rief Robert aus. »Aber du kannst mich ja wieder betäuben. Das machst du doch immer, wenn du einer Auseinandersetzung aus dem Weg gehen willst.«

»Pech für dich. Mein Betäubungsmittel ist alle.«

Helen knirschte so stark mit den Zähnen, dass sogar Robert es hören konnte. Sie schaltete in den Drive-Modus. Der Wagen sprang nach vorn. Sie trat noch einmal auf das Pedal, und sie preschten viel zu schnell auf die Kreuzung zu.

»Du hast mir immer noch nicht gesagt, was du in meiner Wohnung wolltest«, rief Robert nach vorn.

»Dir zum hundertsten Mal klarmachen, dass du mich und Jason in Ruhe lassen sollst.«

»Störe ich euer trautes Glück?«

In Helens Augen flackerte die pure Mordlust auf, als sie in den Rückspiegel sah. »Höchstens seines. Er hat seit Jahren Flitterwochen.«

Robert konnte nicht anders – er musste grinsen. Gerade die ersten Jahre waren wirklich wie Flitterwochen. Je nachdem, wie lange man das Gefühl beibehalten konnte oder einen der Alltag zurückholte. »Das wird sich früh genug geben.«

»Oh ja, ich vergaß«, säuselte Helen. »Geschieden.«

»Wenigstens habe ich es einmal vor den Altar geschafft.«

Helen verdrehte die Augen, aber sie gab auch keine patzige Antwort.

»Wer waren die Männer eigentlich?«, fragte Robert.

»Niemand.«

»Du wirst also immer von unbekannten Kriminellen vor versammelter Mannschaft zu Boden geworfen und abgeknutscht?«

Helen umklammerte das Lenkrad so fest, dass ihre Knöchel weiß hervortraten. »Ich hätte ihn damals umbringen können, aber ich habe es nicht getan.«

»Wieso nicht?«

»Weil ich noch nie jemanden getötet habe.«

Sie hatte noch nie jemanden getötet? Robert wusste, dass es Unsinn war, aber dieses Geständnis erleichterte ihn. Es war schon schwer genug, zu akzeptieren, was sie tolerierte ohne auch nur mit der Wimper zu zucken. Aber verflucht, es fühlte sich gut an, dass sie vor Mord zurückschreckte.

»Warum lässt du es nicht *ihn* machen?«, fragte Robert.

Helen warf ihm durch den Rückspiegel einen schiefen Blick zu. »Wen?«

»Deinen Boss …«

Helen sah zwar stur auf die Straße, aber er konnte an der Seite ihres Gesichtes wunderbar erkennen, wie sich ihr Ausdruck verhärtete. Ihre Lippen wurden schmaler. Sie presste sie so fest zusammen, dass das Blut aus ihnen wich.

»Ich weiß nicht, wie du darauf kommst«, erklärte sie eisig. »Jason Harris ist ein angesehener Geschäftsmann, der sein Geld mit Hotels und Personenschutz verdient. Zugegeben, es ist auf den ersten Blick eine seltsame Kombination, aber sie ergibt Sinn. Denn seine Hotels könnten auch den Präsidenten beschützen, wenn es sein müsste.«

Oh, das hatte sie hervorragend aufgesagt. Zu schade, dass er ihr kein Wort davon glaubte. Nicht einmal den gutgläubigsten Richter könnte sie damit überzeugen!

»Was machen wir mit ihm?« Robert deutete auf den Bewusstlosen auf dem Beifahrersitz.

»Ins Hotel schaffen«, gab Helen zurück. »Dann kann er sich ausschlafen und den Etagenkellner vollnölen.«

»Personenschutz würde ich bei euch schon mal nicht buchen«, stichelte Robert. »Du musst zugeben, dass du den schlechtesten Kundenservice noch übertroffen hast.«

»Gehörst du auch zu denen, die nie kapieren, dass es so aus dem Wald schallt, wie man hineinruft?«, spottete Helen. »Ärgere mich, und ich mach dir das Leben zur Hölle.«

»Falls du dich erinnerst, war ich derjenige, der ohne erfindlichen Grund nackt auf den Stufen der Oper landete.«

»Beim russischen Präsidenten hätten sie dich für den miesen Auftritt erschossen«, giftete Helen.

»Der amerikanische Präsident hätte dich nicht mal reingelassen. Du hast zu viele Falten.«

»Sagte das Knautschgesicht vom Dienst.«

Bevor Robert dieses wahnsinnig sinnvolle Gespräch noch mehr an Niveau verlieren lassen konnte, nahm er im Rückspiegel etwas wahr, das ihm nicht im Geringsten gefiel. Ein schwarzer SUV schob sich im Verkehr an sie heran und quetschte sich in die schmale Lücke zwischen ihrem Wagen und dem Kombi hinter ihnen.

»Mist«, murmelte Helen. »Die ganzen Jahre lässt der sich nicht blicken, und jetzt wird der anhänglich. Hat seine Blondine ihn nicht mehr ordentlich geknallt?«

Robert zog die Augenbrauen hoch. »Geknallt?«

»Gevögelt!«

»Er hat eine Blondine gegen eine andere getauscht?«

»Er hat das alte gegen das neue Modell getauscht«, knurrte Helen.

»Oder das keifende gegen das pflegeleichte?« Nein, das konnte er sich nicht verkneifen.

»Nur weil ich bis jetzt keinen abgeknallt habe, heißt das nicht, dass ich nicht heute noch mit meinen Prinzipien brechen kann«, fauchte Helen.

Sie trat auf die Bremse. Der Wagen hinter ihr aber nicht. Es krachte fürchterlich, als die Stoßstangen aufeinanderprallten. Helen krallte sich in das Lenkrad, stützte sich daran ab und trat noch fester auf die Bremse. Doch der Wagen konnte nicht gegenhalten. Sie wurden vorangeschoben, begleitet von einem ohrenbetäubenden Quietschen. Von einem, das einem Menschen Übelkeit verursachte.

Helen beugte sich zu ihm, griff in das Handschuhfach, und Robert traute seinen Augen kaum, als sie ihm die Pistole und zwei Magazine reichte. »Schieß damit auf seine Reifen, wenn ich wieder Gas gebe!«

»Was?«

»Du sollst dich aus dem Fenster hängen und auf seine Reifen schießen!«

»Sehe ich so aus?«

»Willst *du* lieber fahren? Ich bin sicher, sie lassen uns ungestört anhalten und die Plätze tauschen«, fauchte Helen.

»Ich werde nicht mitten im Berufsverkehr auf jemanden schießen.«

»Wie schade, dass die nicht so moralisch überzeugend sind«, fauchte Helen.

Und wahrlich, sie behielt leider recht. Das Knallen von Schüssen klang gedämpft durch die Karosserie, Glassplitter flogen durch den Innenraum. Helen rutschte in ihrem Sitz nach unten, genauso wie Robert.

»Mist, Mist«, fluchte Helen. Sie bretterte über eine rote Ampel, verriss das Lenkrad und rauschte um die Kurve. Robert stemmte sich gegen den Druck, der ihn vom Sitz rutschen lassen wollte, und der unnachgiebige Gurt schnitt in seine Schulter.

Erneut schepperte es, und diesmal stöhnte Sanchez. Robert wagte einen Blick zwischen den Sitzen hindurch. Sanchez blinzelte, sein Blick war unstet und verhangen. Und zu Roberts Entsetzen setzte er sich in dem Moment auf, als eine weitere Kugel durch den Wagen pfiff und in die Windschutzscheibe einschlug. Sanchez zuckte nicht einmal zusammen, er sah sich nur irritiert um.

»Runter«, brüllte Robert, aber Sanchez schwankte nur bei jedem Schlenker des Wagens hin und her.

Fluchend löste Robert seinen Gurt und klemmte sich zwischen die Sitze. Er packte Sanchez am Kragen und drückte ihn nach unten. Womöglich gerade rechtzeitig. Diese Kugel gab der Windschutzscheibe den Rest. Unzählige Sprünge zogen sich über das Glas, verzerrten ihre Sicht. Helen fluchte lautstark und verriss das Lenkrad. Robert wurde gegen Sanchez' Sitz geschleudert, und in diesem Moment wurde ihm bewusst, dass er die Pistole immer noch in der Hand hielt.

Eine weitere Kugel, ein Schlagloch und das krachende Aufsetzen auf der Straße gaben der Vorder- und der Rückscheibe den Rest. Das Glas brach scheppernd heraus. Vorsichtig spähte Robert über die Rückbank nach hinten. Ihre Verfolger klebten ihnen noch immer an der Stoßstange, egal, wie schnell Helen um die Kurven raste. Himmel, kein Mensch konnte doch so gut fahren, dass sie Helens Manöver vorhersahen. Der Beifahrer stemmte sich mit beiden Beinen gegen das Armaturenbrett. Robert sah die Spitzen seiner Schuhe, die darüber hinausragten. Mit beiden Händen umklammerte der die Pistole und zielte schon wieder auf sie.

»Helen, nach rechts«, rief Robert aus.

»Du bist lustig«, keuchte Helen. »Da sind parkende Autos.«

Wie bekamen die Verbrecher das im Film hin, alles im Blick zu haben? Robert konnte sich nur auf den Kerl mit der Knarre konzentrieren und darauf, Sanchez immer wieder zuzubrüllen, sich zu ducken.

Helen schlenkerte zur Seite, und diesmal prallte die Kugel an der Karosserie ab. Die parkenden Autos an den Bordsteinen verschwanden, die Straße wurde breiter, und der Wagen hinter ihnen heulte auf. Der getunte Motor dröhnte. Zentimeter für Zentimeter schob er sich auf der Spur neben ihnen heran. Diesmal richteten sich die Schüsse nicht auf den Wagen, auch nicht auf die Reifen, sondern auf den Motor. Mist, verfluchter.

Robert bewegte sich mit dem Oberkörper über das zersplitterte Glas auf der Hutablage, beugte sich aus dem Wagen und zielte auf die Reifen. Der Rückstoß stauchte sein Handgelenk, dafür machte ihm der Querschläger mehr Sorgen. Was, wenn den jemand abbekam, und zum Teufel, hatte er seine Kollegen so gut abgewimmelt? Wo waren die Streifenwagen, wenn man sie brauchte?

Robert drückte erneut ab. Er wusste nicht, was er traf und ob überhaupt. Er wusste nur, dass er offenbar gefährlich genug war, da nun ein Mann auf der Rückbank des SUV sein Fenster herunterließ und eine ebenso große Pistole heraushielt. Oh nein, nein. Im Gegensatz zu ihm konnte der sich sehr gut auf zwei Dinge gleichzeitig konzentrieren. In diesem Fall auf das Schlingern der Fahrzeuge *und* das Schießen. Aber in seinem Wahn hatte Robert tatsächlich noch einen günstigen Platz gewählt. Das Metall des Wagens schützte ihn größtenteils vor den Schüssen. Größtenteils … Es war ein dämliches Wort. Viel zu positiv, viel zu überschätzt. Als wieder ein Schuss erklang, lernte Robert etwas Entscheidendes – er hasste dieses Wort. Mit Inbrunst. Er konnte jetzt aus der Seitenscheibe schießen, denn sie war zersplittert.

Eine Kugel hatte sie zerstört, und diese Kugel musste auch ihn getroffen haben. Robert spürte ein brennendes Gefühl an seinem Hintern, *in* seinem Hintern. Also genau genommen in seiner Backe. Und je länger er darüber nachdachte, umso brennender, hinterhältiger und intensiver wurde der Schmerz.

»Bitte sag mir, dass mich eine Mücke gestochen hat«, stöhnte Robert.

»Dich hat eine Mücke gestochen«, erwiderte Helen, aber sie klang beunruhigt.

Verdammt, das war keine Mücke gewesen, sondern diese verfluchte Kugel.

»Runter«, rief Helen.

Als ob er eine Wahl hätte. Eine Kurve brachte Roberts zitternde Knie aus dem Konzept und aus dem Gleichgewicht. Er rutschte ab und krachte in den Fußraum.

Sanchez stöhnte schon wieder. »Der schlimmste Tag in meinem Leben.«

Ach ja? Robert wurde das Gefühl nicht los, dass *sein* schlimmster Tag im Leben gestern Abend angefangen hatte und nicht so schnell enden wollte!

Mühsam richtete er sich auf, denn wenn die neben ihnen fuhren, könnten sie auf Helen schießen! Robert steckte das zweite Magazin in die Pistole. Diesmal konnte er den Arm durch die Seitenscheibe strecken, aber er schoss schlecht. Oder vielmehr zielte er schlecht. Trotzdem verschaffte es Helen einen Vorteil. Hoffte er zumindest. Sie bog ab, in eine schmale Gasse, dann wieder und wieder, und nach einigen Abzweigen tauchte der SUV nicht mehr hinter ihnen auf.

»Haben wir sie abgehängt?«, stöhnte Robert. Verflixt und zugenäht, tat das weh.

»Für den Moment. Aber die bleiben nicht lange weg. Wie

geht's dir?«

»Ich werde die nächsten Tage nur noch auf dem Bauch liegen«, jammerte Robert.

»Was für ein Pech. Dann kann ich es ja gar nicht mit Blowjobs wiedergutmachen.«

Helens Worte waren zwar spöttisch, aber ihre Stimme klang abwesend. Sie raste an einem Häuserblock vorbei. Robert erspähte im Augenwinkel einen roten Baldachin. Himmel, hatten sie endlich das Hotel erreicht? Und wenn ja, war das gut oder schlecht? Würden die Kerle verschwinden, wenn sie endlich Zeugen bekamen? Vielleicht sogar Hilfe von dem Hotelpersonal?

Helen trat auf die Bremse, und der Wagen blieb mit einem Ruck stehen. »Nimm Sanchez, Los, schnell, raus!«

Das ließ sich Robert nicht zweimal sagen. Er stieß die Tür auf, wankte nach draußen. Sein Bein knickte weg, und er musste sich an den Wagen lehnen. Grundgütiger. Stechender Schmerz fuhr durch sein Bein und raubte ihm schier den Atem. Seine Hand zitterte, als er die Tür zum Beifahrersitz öffnete und Sanchez nach draußen zerrte. Für einen Moment hielt er sich an ihm fest, zwei schwankende Männer, die sich gegenseitig stützten. Sie torkelten zum Eingang. Ein Mann, der selbst Robert noch um einen Kopf überragte, rannte ihnen entgegen, packte Sanchez und stieß ihn ins Gebäudeinnere. Robert blieb taumelnd stehen. War der Auftrag ausgeführt? Konnten sie jetzt verschwinden? Zumindest deutete er es so, weil Helen immer noch nicht ausgestiegen war. Stattdessen betätigte sie immer wieder die Zündung des verbeulten Wagens. Sie schlug mit der Hand auf das Lenkrad, und er hörte ihr Fluchen durch die zerstörten Scheiben. Eilig drehte er sich wieder um und humpelte zurück zum Auto. Robert zog an dem Hebel der Tür, aber sie ging nicht auf! Er sprang gerade rechtzeitig zurück, als Helen die Reifen durchdrehen ließ und quietschend losraste. Verflucht noch eins. Sie ließ ihn wieder mal stehen! Fuck. Und seinen Hintern konnte er abschreiben!

Robert stolperte und ausgerechnet der Hüne, der schon Sanchez eingesackt hatte, bewahrte ihn mit einem beherzten Griff vor dem Flug auf den Boden.

»Kommen Sie. Wir versorgen Sie. Am besten rufen wir einen Krankenwagen.«

Merde, das fehlte ihm noch. »Nein«, wehrte er ab. »Ich muss meine Tochter anrufen.«

Sie musste ihn abholen. Seinetwegen konnte sie ihn auch ins Krankenhaus fahren. Aber bei ihr konnte er sich wenigstens sicher sein, dass sie darauf achtete, dass man ihm nicht eine tödliche Dosis Schmerzmittel verabreichte. Natürlich nur aus Versehen.

Mit zitternden Händen zerrte er das Handy aus seiner Jackentasche und wählte Blanches Nummer. Sie hatte kaum abgenommen, da krähte er schon. »Kannst du mich vom Double Vision Hôtel abholen? Und bring mir einen Schwimmring mit. Ich brauch was Schonendes für meinen Hintern.«

Er ging vor Erleichterung beinahe in die Knie, als sie ihm versprach, ihn in zehn Minuten abzuholen. Robert steckte das Handy weg und atmete aus. Sein Hintern pochte so stark, dass er es noch in seinem Gehirn spüren konnte. Die Umgebung bewegte sich. Er könnte schwören, dass er ging, vielleicht schoss deswegen der Schmerz in Wogen durch seinen Körper. Der Eingang kam immer näher, aber der rote Baldachin kippte, schwang zur Seite, und plötzlich wurde es um Robert schwarz.

Kapitel 15

Operation geglückt, Patient verhaftet

Helen drückte die Knie gegen das Lenkrad, um den Wagen in der Spur zu halten, und durchwühlte mit zitternden Fingern ihre Handtasche. Wo war das verflixte Telefon?

Himmel, Robert musste sie hassen. Aber so war er wenigstens aus der Schusslinie. Entschuldigen konnte sie sich später. Auch wenn ihn niemand gebeten hatte, sie zu verfolgen, ihr zu helfen, sich anschießen zu lassen und ständig im Weg zu stehen! Und sie vor dem sich anbiedernden Nathanaël zu retten.

Endlich ertasteten ihre Finger das Telefon, und sie riss schnell das Lenkrad herum. Nur knapp entging ein Fahrradfahrer dem Zusammenstoß mit ihr. Konnte der nicht aufpassen?

Sie lenkte den Wagen auf eine weniger befahrene Seitenstraße und drückte auf dem Smartphone die Zahlenkombination 666. Das Telefon war von Jason programmiert worden, was sollte man da erwarten? Helen warf das Telefon in das Ablagefach der Mittelkonsole und lauschte dem gleichmäßigen Tuten der Freisprecheinrichtung.

»Ich zahle keine Lösegelder, ich verlange sie nur«, dröhnte Jasons vergnügte Stimme durch das Wageninnere.

»Schön, dann kannst du bald Nathanaël Baillieus Geld entgegennehmen, wenn er dich anfleht, mich wieder zu dir zurückschicken zu dürfen«, fauchte Helen.

Für das vergnügte Glucksen könnte sie ihm den Hals umdrehen, aber das ging am Telefon leider nicht! Oh, er sollte ihr die nächsten zwei Wochen lieber aus dem Weg gehen!

»Spielt der Wagen deswegen auf dem GPS Pacman?«

»Nathanaël ist plötzlich am Flughafen aufgetaucht! Ich weiß nicht, was er will. Er hätte Sanchez haben können.«

»Wo ist er jetzt?«, fragte Jason.

»Hinter mir! Wäre nicht gerade Berufsverkehr, würde er auf den Wagen verzichten und mich auf die altmodische Vampirart einholen!«

»Er muss dich wirklich vermisst haben«, spottete Jason.

Helen knurrte. Ja, das hatte sie sich von *ihm* abgeschaut! »Vielleicht ist er sauer, dass ich Sanchez doch noch mit in meinen Wagen nehmen konnte. «

»Du meinst, ihn so zu misshandeln, dass er momentan das Hotelpersonal zusammenkreischt?«, ergänzte Jason.

»In den Wagen nehmen«, hob Helen die Stimme. Herrgott, für Details hatte sie keine Zeit! »Kannst du mir helfen, ihn loszuwerden? Mir sagen, wo ich langfahren soll?«

»Könnte ich, aber das wäre weniger lustig!«

»Jason«, rief Helen aus.

Himmel noch eins, der Kerl brachte sie noch um. Also Jason, mit seinem dämlichen Grinsen. Wenigstens wusste er nichts von Robert. Das fehlte ihr noch. Blieb nur zu hoffen, dass der Mann nicht so dumm war, sich dem Hotelpersonal vorzustellen. Und wenn doch, dann konnte Helen Jason inzwischen eine harmlose Story einreden.

»Siehst du den Knopf neben dem Navi?«, fragte Jason.

»Ja?«

»Drück ihn.«

Helen drückte den Schalter und es geschah … nichts! »Jason?«

»Ja?«

»Er blinkt und klackert nur!«

»Was für ein Zeichen ist auf dem Schalter?«

»Ein rotes Kreuz!«

»Oh, dann ist es der für die Warnblinkanlage.«

Helen stöhnte auf. Verflucht sei dieser Mann. Wenn sie Nathanaël in die Hände fiel, würde sie ihn anstiften, Jason eins überzubraten. Männer waren auch nur vergnügungssüchtig. Aber wenn Helen ehrlich war, wollte sie es nicht darauf ankommen lassen. Sie konnte sich tausend andere Dinge vorstellen, als sich mit dem Kerl auseinandersetzen zu müssen. Da ließ sie sich lieber von Robert stalken. Der machte sie zwar auch nervös, aber nur, wenn er nackt war. Gut, auch sonst. Aber dann überwog die Mordlust. Und die Lust, ihn zu küssen. Und sich selbst ordentlich eine reinzuhauen, denn sie hatte für solchen Blödsinn ja wohl keine Zeit. Gestern nicht, heute nicht und jetzt erst recht nicht.

»Jason«, rief sie aus und verriss erneut das Lenkrad.

Zum Glück besaß der Wagen eine Servolenkung, sonst könnte sie nach dieser Trainingseinheit selbst einen Sumoringer stemmen.

»Gibt es irgendwo einen kleinen Knopf, kaum größer als ein Centstück? In Schwarz?«

»Wo soll der sein?«

Himmel, sie konnte doch jetzt nicht anhalten und dieses verdammte Ding suchen! Halt, was war das? Neben dem Radio war einer!

»Ich glaub, ich sehe ihn«, rief Helen.

»Sieh zu, dass du anhältst. Sie sollen hinter dir halten, und dann drückst du den Knopf.«

»Ich soll anhalten?«

War der bescheuert? Sie hielt bestimmt nicht an!

»Helen«, erklang Jasons sanfte Stimme. »Vertrau mir.«

»Das war noch nie eine gute Idee.«

»Wann habe ich dich das letzte Mal enttäuscht?«

»Vorgestern!«

»Gut und davor?«

»Zwei Stunden vorher!«

»Du bist ganz schön wehleidig«, gab Jason beleidigt zurück.

»Na gut«, stöhnte Helen. »Aber wehe, du holst mich nicht raus, wenn das schiefgeht.«

»Als ob dich jemand länger als eine Stunde behalten würde.«

Herzlichen Dank auch. Es war immer nett, wenn man an die eigene Unsympathie erinnert wurde. Aber auch wenn sie gern das Gegenteil behauptete, Jason hatte sie noch nie hängenlassen. Er hatte sie noch nie hereingelegt. Im Gegensatz zu den tausenden anderen Menschen, die mit ihm zu tun hatten.

Also bog sie in eine enge Gasse ein, die es nicht zuließ, sie zu überholen. Tatsächlich war sie so eng, dass die Seitenspiegel bei Helens anfänglichen Schlangenlinien an den Mauern entlangschabten. Jason würde sich mindestens die Haare raufen und sich dann noch tagelang über ihren Fahrstil lustig machen, aber was sollte sie tun? Wenigstens konnte niemand die Tür aufreißen und sie rauszerren. Sie trat auf die Bremse, nicht abrupt, sie ließ den Wagen nur langsamer werden. So gemächlich, dass der SUV hinter ihr nicht hinten reinfuhr, sondern im gleichen Tempo abbremste, weil er ja noch weniger Platz hatte. Die beiden Autos kamen zum Stehen, genauso wie Helens Herz. Vielleicht war der Bürojob doch nicht so schlecht. Da hatte sie es wenigstens gemütlich. Sie könnte Robert bei jedem Besuch Betäubungsmittel in den Kaffee rühren und ihn begaffen, bis er wieder aufwachte. Das wäre jedenfalls besser, als zusammenzucken zu müssen, als es auf dem Wagendach fürchterlich krachte und im nächsten Moment Nathanaël auf ihrer Motorhaube kniete. Gott, wie gern würde sie ihm die krumme Nase aus dem Gesicht schießen. Aber die Pistole hatte immer noch Robert. Sie drückte vier-, fünf-, sechsmal diesen verdammten Knopf! Verflucht noch eins!

»Wie schön«, hauchte Nathanaël. »Ich habe dich vermisst.«

»Ha, hab ich es dir nicht gesagt?«, tönte Jasons blecherne Stimme dazwischen.

»Hallo, Jason«, schnurrte Nathanaël.

»Hallo, Wichser«, kam es von Helens Chef zurück.

»Ich hoffe, es stört dich nicht, wenn ich mir deine Sekretärin ...«

»Nennst du mich ernsthaft eine Sekretärin?«, zischte Helen.

Nathanaël sah sie versonnen an, nur Jason klang, als hätte er Spaß. »Ja, er hat dich Sekretärin genannt.« Und er sparte nicht im Geringsten an Häme in seiner Stimme.

»Was hast du gegen das Wort?«, fragte Nathanaël. »Du bist eine sehr schöne Sekretärin. Und auch tüchtig.«

Toll ...

»Du warst immer sehr motiviert ...«, schnurrte Nathanaël. Hatte sie schon erwähnt, dass sie ihn umbringen wollte? »Ich vermisse dich, ma chérie, vor allem die *Gespräche* mit dir.«

»Helen, ich bin enttäuscht von dir«, seufzte Jason am Telefon.

»Hör auf, daran Spaß zu haben!«, fauchte Helen. »Mach was!«

»Hast du den Knopf gedrückt?«

»Natürlich! Bestimmt zehn Mal.« Sie warf einen Blick in den Spiegel. Heiliger Kuhmist. Die Kofferraumklappe surrte nach oben, wieder hinunter, jedes Mal, wenn sie den verfluchten Knopf drückte.

Nathanaël legte den Kopf in den Nacken und lachte. Sein Adamsapfel hüpfte.

»Jason«, zischte Helen.

Der fluchte etwas Unverständliches durch das Wageninnere. »Du solltest nur einmal drücken!«

»Ich drück dir gleich was!«

»Schon gut«, lachte Jason.

Plötzlich ruckte der Wagen nach hinten! Nathanaël verlor den Halt. Er kippte von der Motorhaube, und ehe sich Helen von der Überraschung erholen konnte, beschleunigte der Wagen und holperte über Nathanaël hinweg. Jason hatte ihn überfahren!

»Oh Gott, das fühlt sich gut an«, jubelte sie.

»Du bekommst doch jetzt keinen Orgasmus?«, fragte Jason besorgt.

Ohne dass Helen auch nur einen Finger krümmte, bremste der Wagen. Helen sah, wie die Schaltung automatisch den Rückwärtsgang einstellte, und wieder rumpelte der Wagen über den stöhnenden Nathanaël hinweg. Während dessen Kompagnon mit herunterhängender Kinnlade das Geschehen verfolgte, hielt Jason den Wagen erneut an, raste mit quietschenden Reifen nach vorn und fuhr noch mal drüber.

»Bitte noch eine Runde«, bettelte Helen, und Jason tat ihr den Gefallen.

»Noch mal!«

»Aber nur noch einmal, bevor der wirklich sauer wird«, gab Jason zurück, und Helen genoss das Holpern, das Stöhnen und das Gefluche inbrünstig.

Diesmal stoppte der Wagen nicht. Er raste an den Häusern entlang, riss ein Fahrrad und eine Mülltonne um und flutschte aus der Gasse auf die Hauptstraße, direkt vorbei an einem Polizeiwagen. Dem Fahrer fiel das Croissant aus der Hand, aber zum Henker, Jasons Kennzeichen zurückzuverfolgen brachte nur dem Falschen einen Strafzettel ein. Der Manuel Rentard, auf den der Wagen lief, tat ihr jetzt schon leid.

»Ich glaube, du kannst jetzt wieder allein fahren«, lachte Jason. »Stell die Karre irgendwo ab und nimm dir aus einer Garage eine neue.«

»Danke, Jason«, seufzte Helen. Himmel, was gäbe sie dafür,

heute Abend mit einem Glas Wein auf der Couch sitzen zu können. Aber erst sollte sie wohl zu Robert und sich seinen Hintern ansehen. Die Aussicht war besser als die auf den Wein. Aber nur fast.

»Papa!«

Blanches Stimme ließ Robert hochschrecken. War er eingeschlafen? Anscheinend. Hinter seinen Lidern war es dunkel, sie waren schwer, und vor allem waren sie geschlossen. Er musste sich dreimal gut zureden, um sie zu öffnen. Blanches Gesicht thronte verschwommen über ihm, und da war auch eine Hand. Ihre Hand?

»Oh Gott, Papa! Was ist passiert?«

Das wüsste er auch gern. Wo war er eigentlich? Robert drehte den Kopf. Hinter Blanche stand ein bulliger Mann, der angezogen war wie ein Hotel-Rezeptionist. Durch die Tür konnte Robert einen Blick auf die Rückseite der Theke erhaschen. Der Kerl *war* ein Rezeptionist! Und Robert lag in einem Hinterzimmer auf einer Ruheliege, auf der sich die Mitarbeiter im Nachtdienst mal aufs Ohr hauen konnten. Wie zum Teufel war er hierhergekommen? Er erinnerte sich an Helen, an ein Auto und an … Scharfer Schmerz fuhr durch seinen Hintern, in seinen Rücken hinein und verdunkelte sein Blickfeld. »Merde«, stöhnte Robert.

»Monsieur, Sie sollten sich nur vorsichtig bewegen. Sollen wir nicht doch lieber einen Krankenwagen rufen?«

Die tiefe, ruhige Stimme des Rezeptionisten kam ihm bekannt vor. Sie gehörte dem Mann, der Sanchez weggetragen hatte. Sanchez!

»Wo ist Helen?«

Der Hüne zuckte die Schultern. »Sie ist ohne Sie weg. Auch

kein Wunder bei der Schusswunde. Sie hätte Sie höchstens ins nächste Krankenhaus fahren können.«

»Hätte ich nichts dagegen gehabt«, ächzte Robert.

»Ich fahr dich ins Krankenhaus«, rief Blanche dazwischen.

»Nein, doch nicht. Ein Krankenwagen. Die können dich gleich versorgen.«

»Du fährst«, beschloss Robert. Es reichte, wenn er das Loch in seinem Hintern einem Arzt erklären musste. Da wollte er die Story nicht schon den Sanitätern erklären müssen, während der Fahrer jedes verdammte Schlagloch mitnahm.

Der Hüne griff Robert unter die Arme und zog ihn vorsichtig von der Liege. Halleluja! Das würde er Helen im Leben nicht verzeihen! Sie würde es ihm büßen! Er würde Marcus Artikel über sie schreiben lassen, in dem die Alienkönigin nicht im Geringsten gut wegkam. Anschließend schrieb Robert den ausführlichsten Bericht seines Lebens. Zwanzig Jahre waren da für Helen locker drin, allein bei den Geschehnissen der letzten zwei Tage!

Roberts freundlicher Gehilfe schlurfte mit ihm zum Hinterausgang. Dort stand Blanches Wagen an der gleichen Stelle, an der ihn Helen stehen gelassen hatte. Dieses verfluchte Weibsstück. Wenn er die in die Finger bekam … musste er aufpassen, dass er nicht die nächste Kugel abbekam. Diese Frau war doch die Pest in Person.

Blanche öffnete die Tür zum Beifahrersitz. »Die gleiche Helen, die heute in deiner Wohnung war?«

Robert gab keine Antwort. Er konnte sich nur aufs Laufen konzentrieren. Mit der Hilfe des Hotelbediensteten schob er sich ächzend auf den Sitz.

»Blute mir ja nicht den Sitz voll!«, rief Blanche.

»Es ist mein Wagen!«, ächzte Robert. »Hat dich jemand erwischt, weil du ohne Begleitperson gefahren bist?«

»Wenn mich jemand anhält, sag ich denen, dass ich deine Tochter bin, und dann drehen die sich lang genug um, damit ich verschwinden kann. Das hat sogar mal geklappt, als ich etwas zu viel getr-«

»Was?«

»Ups, nichts. Vergiss es!«

Er wünschte, er könnte es. Die Wunde berührte das Polster, und er stöhnte. Blanche umrundete den Wagen und setzte sich hinter das Lenkrad.

»Du hast mir immer noch nicht gesagt, ob wir von der gleichen Helen reden«, bohrte Blanche.

Robert drehte sich auf die Seite, um die Wunde zu entlasten.

»Ist Helen die, die dich mit Handschellen nackt aufs Bett gesetzt hat?«

»Kannst du nicht einfach fahren?«, stöhnte Robert.

»Sie ist kein guter Umgang für dich, Papa!«

Wem sagte sie das? Aber leider war Helen mehr als eine Schulschwänzerin, die man einfach so ignorieren konnte. Vielleicht suchte er sich einfach eine andere heiße Spur. Eine, die weniger schmerzhaft in seinem Hintern steckte.

»Was wird Mama dazu sagen?«, zeterte Blanche.

»Macht dir das eigentlich Spaß?«

Blanche grinste. »Ein wenig schon.«

Aber dann verschwand das Lächeln aus ihrem Gesicht, und sie strich ihm vorsichtig über den Arm. »Vielleicht warte ich damit, bis du Schmerzmittel hast.«

»Ich danke dir sehr«, seufzte Robert.

»Mama hat übrigens nicht mal gemerkt, dass ich weg bin«, murmelte Blanche. »Sie hat jetzt einen neuen Freund. Mal wieder.«

»Es sei ihr gegönnt«, seufzte Robert. »Dann lässt sie dich in

Ruhe.«

Wenn Lorraine abgelenkt war, hatte sie weniger Zeit, an anderen herumzunörgeln. Vor allem an Blanche. Seine Tochter war nämlich hervorragend gelungen. Sie verkniff sich tatsächlich jeglichen weiteren Spott, fuhr ihn zum Krankenhaus und half ihm, in die Notaufnahme zu schlurfen.

»Das kann drei bis vier Stunden dauern«, erklärte die Empfangsschwester für Roberts Geschmack einen Ticken zu hämisch. »Wenn Sie die Kugel im Bauch hätten, könnten wir Sie als echten Notfall vorziehen.«

»Jetzt hören Sie mir mal zu«, fauchte Blanche. »Er ist Polizist. Er rackert sich jeden Tag buchstäblich den Arsch ab, um Ihnen eine sichere Stadt zu bieten.«

»Dann brauchen wir also nicht die Polizei rufen, um die Schussverletzung zu dokumentieren?«, fragte die Krankenschwester gelangweilt.

»Er hat ja nun genügend Zeit, den Bericht selbst zu schreiben und Ihnen die Arbeit abzunehmen«, blaffte Blanche.

Robert stützte sich nur noch schwerer auf sie, sodass sie ächzend in die Knie ging. »Lass gut sein.«

Hockte er sich eben vier Stunden auf einer Arschbacke hierher. War immer noch besser, als mit Helen zusammen zu sein.

Blanche half ihm auf einen Besucherstuhl. »Erzählst du mir jetzt von ihr?«

Mit dem Klemmbrett in der Hand fehlte ihr nur noch die Polizeiuniform, und sie könnte als Kreuzverhörmeisterin durchgehen.

»Ich will nicht«, ächzte Robert.

»Sie war heute in deiner Wohnung und hat in deinem Kleiderschrank gewühlt«, platzte Blanche heraus. »Sie sagte, Sie wäre eine Freundin von dir und würde dich von der Arbeit kennen.«

Robert erstarrte. »Sie war an meinem Kleiderschrank?«

Blanche verzog das Gesicht und steckte sich einen Finger ins Ohr. »Sagte ich doch. Aber sie ist auch ohne Zicken wieder gegangen.«

Was hatte sie nur in seinem Kleiderschrank gesucht? Hatte sie seine Uniform gesehen? Aber wie kam sie darauf, nach der zu suchen? Nein, sie hatte etwas anderes gemacht. Sie hatte doch keinen Sprengsatz versteckt, oder? Ein kleines Gasleck löste auch so manches Problem. Verflucht noch eins.

Während seine Tochter den Fragebogen ausfüllte, rief er seinen Boss an.

»Louis, kannst du bitte jemanden in meine Wohnung schicken und sie überprüfen lassen? Auf Sprengstoff und solche Scherze?«, bat er, kaum, dass dieser abgehoben hatte.

Für einen Moment herrschte am anderen Ende der Leitung Stille. »Ja, natürlich. Wir kümmern uns darum. Wo bist du?«

»Im Krankenhaus.«

»Was ist passiert?«

»Ich habe eine Kugel im Hintern.«

Louis hüstelte. Schon klar, er versuchte, sich das Lachen zu verkneifen. »Wird das nicht langsam eine Nummer zu groß?«

»Die Nummer ist nicht zu groß, sondern die Mutter des Satans«, knurrte Robert. »Ich krieg sie dran. Irgendwie.«

»Pass auf dich auf. Ich melde mich, sobald das Sprengstoffkommando deine Wohnung überprüft hat.«

Robert gab Blanche das Telefon zurück. Diese legte den Kopf schief. »Ich könnte dir helfen, wenn ich mehr über diese Helen weiß …«

Robert rutschte den Stuhl hinunter und legte den Kopf auf die Lehne. »Erzähl mir doch lieber von deiner Freundin«, seufzte er. »Wann lerne ich sie kennen?«

»Kommt drauf an, ob sie sich dann über deine Verletzung lustig machen soll, sonst warten wir lieber, bis du wieder richtig sitzen kannst«, kicherte Blanche.

Fast schaffte es Robert, in Blanches Lachen einzustimmen. Allerdings nur fast, denn der Schmerz stach schon wieder durch seinen Hintern.

Die Schwester rief seinen Namen und deutete den Gang hinunter. Das waren aber noch keine vier Stunden!

»Los, komm.« Blanche half Robert beim Aufstehen und stützte ihn, bis sie das Behandlungszimmer erreichten.

Auf der Liege lag ein frisches Blatt Papier. Jemand, den Robert nur im Augenwinkel sehen konnte, hielt ihnen die Tür auf.

»Ziehen Sie Ihre Hose aus.«

Grundgütiger. Das kam Robert nur zu gut bekannt vor. Aber dem Himmel sei Dank – es war nicht Helen, die das sagte. Nein, diese weibliche Stimme klang anders – zwar ein wenig gestresst, aber wesentlich freundlicher. Die Ärztin lächelte ihn an und deutet auf die Liege.

»Also ich glaube, bei Helen hattest du die Hose schneller aus«, erklärte Blanche lieblich.

»Wann hast du dich zur Saat Satans entwickelt?«, murrte Robert und griff nach seinem Gürtel.

Aber Blanche hatte recht. Wenn Helen hier wäre, hätte Robert wesentlich weniger Mühe, sich das verdammte Ding auszuziehen und auf die Liege zu legen.

Die Ärztin drückte ihn auf den Bauch und desinfizierte die Wunde. Heilige Mutter Gottes!

»Es tut mir leid, dass wir nicht mit Ihnen in den OP können, die sind alle voll. Aber bevor Sie noch eine Blutvergiftung bekommen …« Und mit diesen Worten rammte ihm die nächste Braut Satans eine Spritze in den Hintern.

»Gott, verflucht!« Robert stützte die Stirn auf seiner Faust ab. »Sie sind nicht besser als Helen.«

»Hat sie Ihnen die Kugel verpasst?«

»Nein!« Also nicht direkt. Genau genommen konnte sie nicht mal etwas dafür. Helen hatte ihn schließlich nicht darum gebeten, sie zu verfolgen und mitzufahren. Sie hatte ihn gar nicht erst mitnehmen wollen. Und er konnte dieser Ärztin kaum mehr erzählen, als er in seinen Bericht schrieb.

»Kann ich heute mit meiner Freundin ins Kino?«, fragte Blanche.

»Mach, was du willst«, stöhnte Robert. »Lass deinen Vater einfach allein zu Hause sterben.«

»Sie werden nicht sterben«, versprach die Ärztin. »Es sei denn, es erwischt Sie noch eine Männergrippe.«

Robert wusste nicht, warum Blanche und die Ärztin in diebischem Zusammenhalt so vergnügt lachten.

»Kommen hier oft Männer mit einer Kugel im Hintern an?«, fragte Blanche neugierig.

»Oh, es kommt vor. Meistens, wenn sich die Trottel versehentlich auf ihre Knarren gesetzt haben und die ihnen anschließend von der Polizei abgenommen werden. Das Ganze versüßen die Beamten mit einer hübschen Strafe wegen nicht ordnungsgemäßer Waffenaufbewahrung. Die meisten haben keinen Waffenschrank.«

»Ich habe mich auf keine Waffe gesetzt«, knurrte Robert. »Ich bin selbst Polizist, und ich bewahre meine Dienstwaffe vorbildlicher als jeder verdammte Polizeipräsident auf!«

»Wie ist es dann passiert?«

»Er wollte eine Frau beeindrucken«, stichelte Blanche.

»Ich hoffe, sie wusste es zu schätzen«, lachte die Ärztin.

»Ich glaube nicht«, murrte Robert.

Helen wüsste nicht einmal den Eiffelturm in ihrem Garten zu schätzen.

»Führerschein und Ausweispapiere, bitte.«

Mist, verfluchter. Von wegen, dass sich niemand für das Kennzeichen interessierte. Für die zerschossene Karre schon eher. Und leider war der Wagen mittlerweile nicht mehr in der Lage, noch eine Verfolgungsjagd zu überstehen. Also stand Helen nun am Straßenrand und reichte dem Beamten mit einem Verdrehen der Augen die Dokumente.

»Was ist mit Ihrem Wagen passiert, Madame?«

»Es ist der Wagen meiner Nichte. Sie fährt furchtbar. Ich weiß nicht, wie sie die Führerscheinprüfung bestanden hat. Aber ich musste ihn mir ausleihen, sonst müsste ich ins Krankenhaus laufen«, log Helen.

»Sie sind also krank oder verletzt?«

»Nein, ich will jemanden besuchen«, gab Helen zurück.

Robert, um genau zu sein, aber den wähnte sie eher in seiner Wohnung. Und sie musste unbedingt mit Jason über ihn reden! Je eher, umso besser. Sie hatte keine Zeit für Moralpredigten eines Streifenpolizisten. Dieser steckte einen Daumen in seinen Gürtel.

»Ihr Wagen ist nicht fahrtüchtig.«

»Und meine Füße nicht gehtüchtig. Ich lasse den Wagen am Krankenhaus stehen, versprochen«, flehte Helen. »Es geht um meinen Vater. Irgendein Idiot hat ihn mit dem Wagen überfahren, mehrfach. Die Ärzte haben gesagt, ich soll so schnell wie möglich kommen. Es ist möglich, dass ich mich von ihm verabschieden muss.«

Helen legte sichtlich verzweifelt die Hand auf die Brust und betonte damit ihren Ausschnitt. Wenn die Tränennummer nicht zog, dann vielleicht die Flirterei. Der Polizist starrte auf ihren Busen, abwesend, sogar ein wenig verstrahlt. Doch dann ruckte sein Kopf nach oben, er blinzelte und drückte sich den Finger gegen die Schläfe.

»Sie können so nicht fahren«, beharrte er.

»Aber ich muss«, rief Helen aus. »Ich schwöre, ich lasse den Wagen dann stehen. Sie verstehen das sicher, Monsieur *Gardien* ...« Sie legte eine Hand auf seinen Arm.

Der Beamte starrte ihren Finger an, als wären sie Tentakeln. Was hatte der Kerl nur? War sie dermaßen abstoßend? Sie wusste, dass sie sich gut gehalten hatte! Er trat von einem Bein aufs andere, spähte zu seinem Begleiter, der schon wieder im Wagen saß, und schüttelte ein weiteres Mal den Kopf. Allerdings sah es nicht nach Ablehnung, sondern nach Verwirrung aus.

»Wir fahren Sie«, seufzte der Polizist. »Wir haben gerade Feierabend. Eine gute Tat wird unser Karmakonto wieder ein wenig aus den Miesen holen. Wir wollen ja nicht, dass Sie Ihren Großvater ... Pardon ... Vater nicht mehr sehen können.«

Verdutzt hob Helen den Blick, gut, damit hatte sie jetzt nicht gerechnet. »Ach ja?«

»Ihr Wagen ist ein öffentliches Risiko, außerdem habe ich jetzt in diesem Moment Dienstschluss.«

Oh, na dann ließ sie sich nicht zweimal bitten. Hoffentlich bekam sie den Kerl am Krankenhaus wieder los. Aber bis dahin hatte sie gut dreißig Minuten, sich etwas zu überlegen. Helen holte ihre Handtasche aus dem Wagen. Der Beamte hielt ihr die Tür zur Rücksitzbank des Polizei-Autos auf. Hm, sie hasste es, hinten in einem Polizeiauto mitzufahren. Aus denen konnte man nicht einfach wieder aussteigen und die Flucht ergreifen. Aber was blieb ihr auch übrig? Wegrennen? Wahnsinnig unverdächtig.

Das dämliche Grinsen des Officier ließ sie misstrauisch werden? Vielleicht machte sie sich auch nur verrückt, und der Idiot konnte nicht flirten. Also erwiderte sie sein Lächeln im Rückspiegel.

»Sie haben übrigens noch meinen Ausweis und meine Fahrzeugpapiere«, sagte sie so freundlich wie möglich.

»Die bekommen Sie auf dem Revier zurück.«

»Ok ...« Halt, Moment! »Auf dem Revier?«

»Genau dort, Madame Shepherd. Ich finde es ausgezeichnet, dass wir uns über den Weg gelaufen sind und Sie ohne große Mätzchen bei uns mitfahren.«

Hmpf, er sollte mal nicht so breit grinsen. Das konnte Jason auch, und wer einmal dessen Eckzähne gesehen hatte, grinste dann nur noch dank der Totenstarre!

»Mit welcher Begründung nehmen Sie mich mit?«, zischte Helen.

»Gefährdung der öffentlichen Sicherheit. Verursachung eines Unfalls. Und ein paar andere Dinge, wir finden schon was«, erklärte der Polizist und startete den Wagen. Er warf ihr ein schiefes Grinsen durch den Rückspiegel zu. »Wir haben immerhin achtundvierzig Stunden Zeit.«

Wie schön, aber sie nicht! Verfluchter Mist. Wenn die Polizei sie jetzt festhielt, konnte sie nicht mit Jason reden. Hoffentlich hatte niemand Jason von dem Kerl mit der Kugel im Hintern erzählt!

Helen sah schweigend aus dem Fenster, während die Häuser an ihnen vorbeizogen. Ihre Laune war nicht einmal so schlecht gewesen, als sie feststellte, dass Robert sie gleich zweimal mit seinem Beruf belogen hatte. Ein Polizist, der sich als Journalist tarnte, der sich wiederum als Vertreter irgendwelcher Firmen ausgab. Das hielt doch keiner im Kopf aus! Genau genommen war ihre Laune in diesem Moment sogar noch schlechter gewesen. Jetzt war sie nicht enttäuscht, sondern einfach nur genervt. Was dachte dieser Zebrastreifenturner, was das wurde?

»Was denkt ihr, was euch das bringt?«, fragte sie vom Rücksitz aus grantig. »Anschließend seid ihr euren Job los und wenn ich dafür den Präsidenten anrufen muss!«

»Mach mal halblang. Wir wollen nur ein bisschen reden.«

Helen verdrehte die Augen. Sie wusste genau, was das hieß. Dämliche Fragen, die sie noch dämlicher beantwortete, und dann überlegten die Beamten lautstark, ob es unter Notwehr zählte, wenn sie Helen übers Knie legten. Darauf hatte sie keine Lust. Sie wollte zu Robert und sehen, wie es ihm ging!

Leider waren die Männer, am Revier angelangt, zu clever, um ihr nicht die Tür aufzuhalten und dabei zuzusehen, wie sie an ihnen vorbei zur Bushaltestelle flitzte und einstieg. Nein, der packte sie vorher am Arm.

»Sagen Sie bloß, Sie mögen mich nicht«, spottete der Beamte.

»Ich wüsste mit Ihren Handschellen einiges anzustellen«, gab Helen zurück. Nur leider nichts zum Vergnügen dieses Mannes. Auch wenn dessen Grinsen genau auf solche Vorstellungen schließen ließ. Wie schade, dass sie ihm keinen Blick voller Verachtung schenken konnte.

Sie führten sie in den Betonklotz, der das Polizeirevier darstellen sollte.

»Luxusbehausung«, spottete Helen.

Die Schreibtische sahen aus, als hätten sie einen Bombenanschlag gerade so überstanden. Unter den Füßen lagen mitunter alte Akten, um das Kippeln auszugleichen.

Helen musste ihre Handtasche auf einen Scanner legen und zusehen, wie sie samt Inhalt eingezogen und nummeriert wurde. Na toll – adieu Handy.

»Sie müssen nur noch zur … äh … Detailkontrolle.« Oh, sie

würde ihm dieses Grinsen noch aus dem Gesicht wischen.

Helen verschränkte die Arme vor der Brust und starrte ihn kalt an. »Wenn Sie das tun, werden Sie von mir nichts erfahren. Kein Wort, und wenn es nur die Antwort auf die Frage ist, was ich mit den Handschellen machen würde.«

»Wir werden Sie schon zum Reden bringen.«

»Sie haben nur achtundvierzig Stunden. In denen kann ich durchaus still sein, wenn ich es will.«

»Es ist gegen die Vorschriften.«

»Pah«, schnaubte Helen. »Alles hier ist gegen die Vorschriften. Aber gut, wenn Sie die nächsten zwei Tage damit zubringen wollen, von mir angeschwiegen zu werden …«

Helen drehte sich um, doch in ihrem Rücken klang ein unterdrücktes ›verflucht noch eins‹ und erneut wurde sie am Arm gepackt.

»Gut, meinetwegen. Aber dafür will ich auch was hören.«

Pah, sie konnte sehr gut singen. Wenn sie sich Mühe gab, unter der Dusche und wenn niemand verlangte, dass sie die Noten traf. Würde sie ihm das sagen? Niemals.

»Hé, Robert«, begrüßte ihn Louis, kaum, dass dieser aus dem Behandlungszimmer humpelte. »Wie geht's dir?«

»Wie soll es mir gehen? Ich hatte eine Kugel im Hintern, und das Schmerzmittel wirkt noch nicht!«

»Er ist übellaunig, weil Helen ihn nicht mag«, steuerte Blanche bei.

»Was habe ich dir eigentlich getan?«, fauchte Robert.

Seine Tochter zog den Kopf ein, sah zu Boden und murmelte: »Sorry.« Ihm tat es im gleichen Moment genauso leid.

»Deine Wohnung ist sauber. Es fehlt nichts, es ist nichts Ungewöhnliches dazu gekommen. Sie ist uns nicht um die Ohren geflogen«, berichtete Louis.

»Ich frage mich, was sie in meinem Schrank gesucht hat«, murmelte Robert. Seine Socken durchwühlt? Warum kam sie dafür zurück? Sie hatte doch schon genügend Zeit zum Durchwühlen gehabt.

»Soll ich dich nach Hause fahren?«, bot Louis an.

Blanche sprang dazwischen. »Ich fahre ihn, und ich bleibe auch bei ihm.«

»Du hast eine tolle Tochter«, lobte Louis und tätschelte Blanche den Kopf, als wäre sie immer noch fünf Jahre alt. Sie verzog das Gesicht, aber sie ließ es über sich ergehen.

Roberts Mundwinkel froren ein, als er seinen Blick der automatischen Schiebetür zuwandte, welche die Notaufnahme von der Straße trennte.

Teufel noch eins. Das war Helens Chef. Was machte der ausgerechnet hier? Hatte er von seinen Leuten gehört, dass Robert mit Helen und Sanchez unterwegs gewesen war?

Eine Krankenschwester ging auf Harris zu. »Monsieur, Madame Docteur hat jetzt Zeit für Sie.«

Himmel, Robert fiel das Herz in die Hose vor Erleichterung. Er verkniff sich das Stöhnen, als er sich viel zu schnell erhob und hinter einer Säule verbarg.

»Was machst du da?«, fragte Blanche irritiert.

»Nichts«, presste Robert hervor.

Als er um die Säule lugte, sah er, wie Harris ihm den Rücken zuwandte und sich an den Empfangstresen lehnte.

»Lasst uns verschwinden«, murmelte Robert.

Jeremy wartete am Wagen auf Jason. »Hast du ihn gefunden?«

»Oh ja«, knurrte Jason und riss die Tür seines Smarts auf. »Er sprach mit einem Polizisten. Kein Wunder, dass sie Helen ausgerechnet heute hops genommen haben.« Jason zog einen Joint aus seiner Sakkotasche und zündete ihn an. »Warum nimmt jemand die Hintertür, wenn der Weg vorne raus wesentlich kürzer ist?«

»Erledigen wir ihn gleich?«, knurrte Jeremy.

»Nein. Das mache ich heute Abend. Wenn er friedlich und sicher zu Hause sitzt. Dann, wenn er Schmerzmittel nehmen muss, um die Nacht zu ertragen. Bin ich nicht nett, wenn ich ihn von seinen Schmerzen erlöse?«, fragte Jason lakonisch.

»Ich frage mich, was er ihnen erzählt hat«, murmelte Jeremy und setzte sich auf den Beifahrersitz. »Die Schmierfinken tippen doch eigentlich lieber erst ihre dämlichen Artikel und laufen dann zur Polizei. Damit sie auch wirklich der Erste mit Story sind.«

»Vielleicht hängt er an seinem Leben.« Jason zuckte die Schultern. »Er wird ihnen einiges erzählt haben, wenn die sich partout weigern, Helen laufen zu lassen.«

»Aber Beweise haben sie nicht«, knurrte Jeremy.

»Nur einen Zeugen, und den werden sie bald verlieren.«

Jeremy grinste. »Ich finde es unverantwortlich, dass sie ihm nicht gleich noch Zeugenschutz gegeben haben. Sonst sind die Brüder doch immer schnell dabei, Steuergelder zu verschwenden.«

Jason zuckte die Schultern. »Vielleicht weil er als Stripper eine Schande für ihre Uniform ist.«

So oder so würde dieser Kerl bald nur noch für Radieschen strippen können.

Kapitel 16

Vampire wollen doch nur reden

»Am Mittwoch, gegen siebzehn Uhr dreißig, ereignete sich am Flughafen Charles de Gaulle eine Prügelei sowie Schießerei auf öffentlicher Straße. Beteiligt waren zwei noch unbekannte Männer, Einzelheiten auf Seite zwei. Die Schwiegermutter des Satans, die offenbar in einer Schaffenskrise steckt und nicht mehr hinter dem Schreibtisch hocken will, leistet sich auf offener Straße Schießereien mit irgendwelchen Idioten. Helen Shepherd flüchtete in einem Fahrzeug unbekannter Marke und dem Kennzeichen VZ-651-VZ. Die Schießerei setzte sich während der Fahrt fort. Helen fuhr fantastisch, die restliche Bande leider auch. Die Verfolgungsjagd führte zur Verletzung eines Polizeibeamten, der zu bescheuert war, rechtzeitig die Beine in die Hand zu nehmen, damit diese Vollpfosten und dieses vermaledeite Weibsstück sich gegenseitig abschießen ...«

»Papa, das kannst du unmöglich in einen Polizeibericht schreiben«, rief Blanche aus. Sie balancierte seinen Laptop auf den Knien und starrte ihn über den Rand des Bildschirms hinweg entsetzt an.

Robert drehte sich auf der Couch mühsam in ihre Richtung. »Warum nicht?«

»Das ist völlig unsachlich. Es ist beleidigend, verleumdend und ...«

»Wahr!«

»Du kannst das doch nicht als Bericht abgeben«, protestierte Blanche.

»Es wäre nicht das erste Mal.«

Verflucht, sein Rücken schmerzte. Er wusste nicht mehr, wie er sitzen sollte. Auf das Einschussloch hatte die Ärztin eine dicke

Kompresse geklebt. Die Fäden ziepten, aber er weigerte sich beharrlich, noch mehr Schmerzmittel zu nehmen. Er brauchte einen klaren Kopf.

»Wollen wir es nicht morgen schreiben?«, schlug Blanche vor. »Wenn du bessere Laune hast?«

»Ich glaube nicht, dass sich meine Wortwahl bessern wird«, knurrte Robert.

Zu seinem Leidwesen hatte Blanche recht. Es tat verdammt gut, sich den Bericht von der Seele zu fluchen. Aber in dieser Form konnte er ihn niemals Louis geben. Der würde ihn zum Psychologen schicken und einen anderen auf den Fall ansetzen.

Robert seufzte und nahm einen Schluck Wasser. Whiskey hatte ihm Blanche verboten, nachdem er die ersten Tabletten genommen hatte. Robert würde gern behaupten, sie war so herrisch wie ihre Mutter, aber den Missbrauch von Alkohol zu verurteilen hatte sie unleugbar von ihm. Warum hatte er seine Tochter so gut erzogen?

»Gib mir ein paar Minuten, dann überlege ich mir etwas anderes«, seufzte Robert.

Es war schwer, mit einem pochenden Hintern und unter dem Einfluss von Schmerzmitteln zu schreiben. Nun, eigentlich lag es nicht an den Schmerzen oder an den Tabletten. Es lag an Helen. Und an seiner Wut. Zorn war noch nie ein guter Berater gewesen. Er sorgte für Unbesonnenheit, und die konnte er sich nicht leisten. Eigene Meinungen hatten in Berichten nichts zu suchen. Egal, ob Helen fantastisch gefahren war oder nicht. Oder fantastisch aussah. Ach, zum Teufel.

»Papa«, sprach ihn Blanche an, und Robert hob widerwillig den Kopf. »Bist du in diese Helen verliebt?«

»Was?«

»Sie macht dich ziemlich fertig«, erwiderte Blanche. »Du hast dir für sie in den Hintern schießen lassen.«

»Noch mal, das war keine Absicht.« Zumindest nicht seine! Er hatte schließlich nicht bewusst seinen Hintern in die Schusslinie gehängt, mit der Aufforderung, ordentlich draufzuballern.

Blanche fuhr sich durch die Haare, drehte sie zu einem Zopf und hängte sich diesen über die Schulter.

»Das ist keine Antwort auf meine Frage, alter Mann.« Auf seinen entgeisterten Blick zuckte sie die Schultern. »Du sagst doch immer *junge Lady*.«

»Und deswegen bin ich ein alter Mann?«, empörte sich Robert.

»Wie alt ist sie? Sie sieht nicht mehr jung aus.« Blanche verengte die Augen. »Wenigstens ist sie keine dieser minderjährigen blonden Schnepfen. Ich will keine Stiefmutter, die nur ein paar Jahre älter ist als ich. Es reicht, wenn ich jedes Mal so einen Fast-Stiefvater bekomme.«

»Das wird nie passieren«, seufzte Robert. »Junges Blut ist mir zu anstrengend.«

Selbst die alten Drachen waren ihm zu stressig. Deswegen war er nach der Scheidung von Lorraine bis auf kurze Unterbrechungen Dauersingle gewesen. Seine Arbeit lenkte ihn hervorragend ab, ließ ihm kaum freie Zeit, die er nicht auch noch mit keifenden Weibern verbringen musste. Nur hatte sein Plan neuerdings einen Haken, der Helen Shepherd hieß!

»Also liebst du sie?«

»Nein!«

Gott bewahre ihn davor, sich in Helen zu verlieben. Im Moment wollte er diesen verdammten Bericht fertig schreiben und ins Bett gehen. Und von etwas anderem als Helen träumen. Diese Frau war die Pest. Sie zog nur Ärger an. Der juckende Anzug war mit Sicherheit eine Warnung des Schicksals gewesen, aber Robert zu dumm, diese zu deuten oder gar die richtige Schlussfolgerung zu ziehen.

Das Läuten seiner Türklingel riss Robert aus seinen Gedanken, und er warf einen Blick auf die Uhr. Zum Henker, wer störte um zehn Uhr abends noch?

»Ich geh schon«, sagte Blanche und sprang auf.

»Nein«, sagte Robert scharf. »Ich gehe.«

Vielleicht wurde er paranoid, aber sein Bauchgefühl trog ihn nie. Jetzt klumpten sich seine inneren Organe zusammen. Durch den dumpfen Nebel der medikamentösen Empfindungslosigkeit spürte er das Flattern der Nervosität, den ansteigenden Herzschlag und das Adrenalin. Wenn es nur Helen war, würde er das Klingeln ignorieren. Aber was, wenn ihr Boss beschlossen hatte, ihn hier zu besuchen?

Mit einem leisen Ächzen stand Robert auf, Blanche folgte ihm auf Socken, und sie schlichen so leise wie möglich zur Tür. Sie umgingen die knarrende Diele mit einem großen Schritt, der Robert ein leises Keuchen entlockte. Mit einem Loch im Hintern schlich es sich wesentlich schlechter.

Robert spähte durch den Spion. Das Licht im Treppenhaus ging an, und sein ohnehin schon gestresstes Herz schlug unwillkürlich schneller. Das mit rotblonden Stoppeln bedeckte Kinn kannte er und auch die zugehörige Nase!

Erneut wurde die Klingel gedrückt. Robert reagierte nicht. Doch als die Tür gefährlich zu knirschen begann, packte Robert seine Tochter am Arm und zog sie ins Bad. Dort verriegelte er die Tür und schob die Kommode davor. In der Zwischenzeit hatte Blanche das Fenster geöffnet, kletterte über die Toilette auf das Fensterbrett und schob sich auf die Feuerleiter. Gebückt drehte sie sich um und hielt ihm die Hand hin. Das Krachen im Flur machte Robert Beine. Er hievte sich aus dem Fenster und stolperte hinter Blanche die Metalltreppe hinunter. Nur einmal hielt er inne, um nach oben zu sehen. Über ihnen reckte ein Mann den Kopf aus Roberts Badezimmerfenster.

»Weiter«, keuchte Robert.

Entsetzt sah er zu, wie sich der Mann ebenfalls auf die Feuerleiter schwang, dann über das Geländer und damit ein Stockwerk einfach übersprang. Bei dem Tempo kamen sie niemals rechtzeitig unten auf der Straße an, geschweige denn, dass sie verschwinden könnten.

»Hier rein«, rief Robert und packte seine Tochter am Arm. Sie krachten durch das Fenster eines weiteren Badezimmers, landeten zwischen Scherben auf dem Boden und rappelten sich mühsam wieder auf. Sie duckten sich unter den Armen eines Nackten hindurch, und Blanche riss die Badezimmertür auf. Eine Frau rannte ihnen entgegen und kreischte entsetzt, doch sie stolperten an ihr vorbei zur Wohnungstür, zogen sie auf und wetzten die Treppen hinunter. Kurz darauf hörten sie den empörten Schrei der gleichen Frau, die sie beinahe umgerannt hatten, und die wütenden Worte eines Mannes. Sie hasteten weiter, Robert stolperte die Treppen hinunter, gestützt von seiner Tochter. Im nächsten Moment hörten sie das Krachen aufprallender Schritte nach einem Sprung.

In der ersten Etage angelangt, öffnete sich gerade eine Wohnungstür. Blanche warf sich dagegen, und Robert humpelte hinter ihr her. Es tat ihm leid um den alten Mann, den Blanche im Eifer des Gefechts zu Boden gestoßen hatte, aber zum Teufel, sie mussten hier rein. Blanche schlug geistesgegenwärtig die Tür wieder zu und drehte den Schlüssel.

»Er darf hier nicht rein«, rief sie dem alten Mann zu.

Wieder rannten sie ins Badezimmer, wieder landeten sie auf der Feuertreppe, aber sie kamen nicht weit, denn die letzten Meter zum Boden fehlten! Die Treppe klemmte und ließ sich nicht ausfahren.

»Wir hängen uns beide dran, vielleicht klappt es dann«, keuchte Blanche.

»Sonst kletterst du an mir runter und springst dann.«

Blanche strich sich fahrig durch die wirren Haare. »Ist das nicht nur ein Filmmythos?«

»Solange es funktioniert?«

Blanche war schlank, schmal, sportlich und jung. Er war nur schlank, und von Akrobatik hatte er nur mal was im Fernsehen gesehen. Sicher, er trainierte Selbstverteidigung, aber das war es auch schon. Kurz gesagt: Seine Tochter schaffte es schneller, sich an die letzte Sprosse der Leiter zu hängen. Robert brauchte wesentlich länger.

Ein Knurren von oben ließ ihn aufsehen, verdammt, schon wieder der Kerl! Dieser schwang sich aus dem Fenster, Robert stieß sich ab, klammerte sich fest, und kaum wurde die Treppe mit seinem gesamten Gewicht belastet, schaukelte Blanche, rüttelte daran, und siehe da, mit einem Ruck löste sich die Sperre. Sie rasten nach unten.

»Loslassen«, kommandierte Blanche.

Der Aufprall seiner Füße jagte einen Strom aus purem Schmerz durch seinen Körper. Er sackte auf die Knie, sah nur Schwärze, aber er spürte Blanches Hände, die ihn weiterzogen.

Ein Stoß ließ ihn endlich wieder klarer sehen. Er war gegen einen Rocker geprallt, der ihn strafend anstarrte, aber auch einfach zur Seite trat. Robert wurde von Blanche durch die Gruppe gezogen, hinein ins Geflecht der Straßen.

Blanche rannte, Robert wankte eilig hinter ihr her, bis ihm die Lungenflügel stachen. Wann immer sie ihre Schritte verlangsamten, brauchte es nur eine winzige Sekunde, bis Helens Boss um die Ecke bog. Es war fast, als machte er sich einen Spaß daraus.

War er nur noch wenige Meter von ihnen entfernt, drosselte er sein Tempo und begann zu schlendern. In einer langen Gasse zog er etwas aus seiner Jackentasche. Er hob die Hände zum Gesicht, und in der Dunkelheit flammte ein kleines Leuchten auf. Die Glut einer Zigarette.

»Rauchen ist ungesund«, brüllte Blanche. Ihre Stimme überschlug sich.

Robert zog seine Tochter weiter. Sie bogen erneut um eine Ecke, und jetzt war es zur Abwechslung Blanche, die gepeinigt stöhnte. »Eine Sackgasse.«

Verflucht, sie hatte recht! Sie waren in einem Hinterhof gelandet. Zwei Wohnhäuser umgaben sie, die dritte Seite schnitt eine zwei Meter hohe Mauer ab. In einigen Fenstern brannte Licht, doch selbst wenn es ihnen gelang, die Aufmerksamkeit der Anwohner auf sich zu lenken, würde die Polizei niemals rechtzeitig eintreffen. Robert warf sich gegen die Hintertür eines der Wohnhäuser, aber sie war verschlossen. Blanche mühte sich vergeblich an der anderen Tür ab.

»Fuck«, fluchte er inbrünstig. »Blanche!« Er deutete auf die Mauer. »Kletter drüber.«

»Nicht ohne dich.«

Robert packte Blanche an den Schultern. »Du kletterst da rauf und gehst zu deinem Auto. Und ich sorge dafür, dass dir niemand folgt.«

»Aber …«

»Fahr. Zu. Deiner. Mutter.«

Er hätte niemals gedacht, dass er das einmal freiwillig sagen würde. Aber dort war sie zehnmal besser aufgehoben als bei ihm. Blanche zögerte, dann stieg sie auf seine Hände, ließ sich von ihm nach oben heben und wuchtete sich über die Mauer.

Gerade wollte er sich zu Harris umdrehen, als er am Kragen

gepackt und gegen die Mülltonne geschleudert wurde. Dunkler Schmerz schoss durch seinen Kopf, vernebelte ihm die Sicht und egal, wie sehr er dagegen ankämpfte, er sackte auf den Boden.

»Warum will nie einer mit mir sprechen?«

Die Stimme war dunkel und sanft. Sie klang harmlos, und doch kroch ausgerechnet jetzt die Angst in Roberts Bauch, schnürte seinen Magen zusammen und verursachte ihm Übelkeit.

»Wie süß hätte deine Tochter wohl geschmeckt? Ich schätze Blutgruppe A.«

Was redete der da? Oder hörte Robert schlecht? Das Rauschen in seinen Ohren übertönte fast vollständig Harris' Worte. Er stöhnte, als er am Kragen gepackt und nach oben gezogen wurde.

»Du bist keine männliche Hure. Was bist du dann? Das Internet sagt ein Journalist. Aber stimmt das? Bist du wirklich nur auf der Suche nach einer Story?«

Robert brauchte jegliche Konzentration, in Harris' Griff nicht einfach in sich zusammenzusacken.

»Ich frage mich, was du an dir hast, dass sie mich für dich belügt.«

Bevor Robert auch nur darüber nachdenken konnte, etwas zu erwidern oder die allseits beliebte Frage ›Hä?‹ zu stellen, wurde er erneut zur Seite geschleudert. Diesmal machte er die Bekanntschaft mit einer Wand, und dieses Mal umfing ihn die Dunkelheit vollends. Der Schmerz ließ nach, die Welt kippte, und er verlor einmal mehr das Bewusstsein.

Kapitel 17

Entführungsopfer sind eher Leihgaben

Warum konnte Robert nicht einfach bewusstlos bleiben? Oder wenn er schon aufwachen musste, warum dann nicht an einem Strand auf Hawaii? Wieso konnte ihm nicht eine hübsche junge Frau einen Cocktail reichen? Seinetwegen auch mit Schirmchen. Aber bitte ohne Strohhalm. Schließlich sollte später kein Wal daran ersticken. Apropos ersticken. Bei jedem Atemzug, den Robert machte, fuhr ihm stechender Schmerz durch die Schultern, durch den Kopf und zum Schluss auch noch durch seinen Hintern. Merde, die Schmerzmittel ließen nach.

Wo war er überhaupt? Robert versuchte, die Lider zu heben, aber es war zu anstrengend. Gut, dann eben anders. Er lag auf dem Boden, keinesfalls auf einer Matratze, dafür war es zu unbequem. Erde war es auch nicht. Man hatte ihn also nicht in einen Wald verschleppt, um ihn dort zu verscharren. War er vielleicht noch in der Gasse? Nein, dazu stank es nicht genug. Es roch eher nach Holz, nach Technik, und im Hintergrund surrte etwas. Wie ein alter Computer. War er in einem Büro? Womöglich sogar Helens Büro? Und das Holz, das er roch, war der Parkettboden, mit chemischen Lösungen behandelt.

Robert stützte die Hand auf und drehte sich vom Bauch auf die Seite. Mist, verfluchter. Unweigerlich riss er die Augen auf, und ja, er war in Helens Büro. Aber auf ihrem Stuhl saß nicht die renitente Blondine, in Roberts Blickfeld rückten die Sohlen zweier Männerschuhe. Sie gehörten zu recht langen Beinen und die wiederum zu einem Mann. Und dieser Mann war niemand geringeres als Jason Harris. Teufel noch eins, warum? Warum war es nicht ein simpler Einbrecher gewesen, vor dem sie geflohen waren?

Die Schuhe bewegten sich, vorsichtig setzte sich Robert auf. Sein gesamter Körper schmerzte, aber vielleicht sollte er froh darüber sein. Tote konnten keine Schmerzen mehr haben.

Das Klicken eines Feuerzeugs zerstörte die Stille, und wieder glühte das Ende einer Zigarette auf. Oder nein, das war keine Zigarette. Der herbe, leicht süßliche Geruch von Gras zog durch den Raum. Es war ein Joint.

»Ich kann Journalisten nicht leiden. Sie sind renitent, verlogen und würden ihre Mutter für eine gute Story verkaufen. Außerdem haben Sie meine Kellertür demoliert.«

»Als ob Sie Ihre Mutter nicht verkaufen würden«, murmelte Robert, aber Harris schien sich ohnehin nicht dafür zu interessieren.

»Meine Frau ist Journalistin«, gab der einfach lauter zurück.

»Ich weiß«, erwiderte Robert. »Amélie Denaux.«

Jason verzog die Lippen zu einem unfreundlichen Grinsen. »Nur ist in diesem Land Bigamie verboten. *Sie* kann ich also nicht heiraten, um einen Grund zu haben, Sie nicht umzubringen.«

»Warum haben Sie überhaupt gewartet, bis ich aufwache?«, wandte Robert ein.

Harris hätte es wesentlich einfacher haben können. Es war schließlich nicht gerade die leichteste Übung, einen Bewusstlosen ungesehen ins Auto und dann in dieses Büro zu schaffen. Aber vielleicht war das ja ein Bürosport. Wer es am schnellsten schaffte, durfte sich die nächste Kaffeemaschine aussuchen.

»Helen hat mich noch nie angelogen«, knurrte Jason. »Und ich will wissen, wieso jetzt.«

Verwirrt schüttelte Robert den Kopf. »Warum fragen Sie sie nicht selbst?«

»Ja, genau. *Helen fragen*«, erwiderte Jason sarkastisch.

»Sie sind Ihr Chef. Ihnen wird sie doch wohl antworten.«

Was immer Robert auch ritt, bei dem schiefen Blick von Harris bekam er sogar Mitleid. Der Mann hier musste mit Helen zusammenarbeiten, aber das hatte der sich doch ausgesucht! Helen erpresste ihn sicher nicht, hier sein zu dürfen!

Robert stützte die Arme auf die Knie und lehnte die Stirn in seine Hände. Sein Hintern schmerzte, aber sich nun aufzurappeln erschien ihm nicht nur furchtbar anstrengend, sondern auch unmöglich. Er würde lediglich wie ein Fisch auf dem Trocknen vor Harris herumzappeln.

»Ich will wissen, wer Sie sind«, schnaubte Harris.

»Wie Sie schon sagten, ich bin Journalist«, entgegnete Robert. Er rieb sich über die Stirn und sah zum Schreibtisch. Aber da saß Harris nicht mehr. Nur noch sein Joint qualmte in einem Aschenbecher. Was? Robert wurde am Kragen nach oben gezerrt und starrte direkt in Harris' Gesicht. Wie zum Henker war der so schnell vom Schreibtisch weggekommen? Und warum zum Teufel hatte der Kerl rote Augen? Der unnatürliche Schimmer jagte Robert mehr Angst ein als der Griff an seinem Hemd. Das war nicht normal. Dieser Mann war nicht normal. Oder gab es neuerdings Kontaktlinsen, die man an- und wieder ausschalten konnte?

»Mich zu belügen bekommt den Wenigsten«, knurrte Harris. Die Tiefe dieses kehligen Lautes zog Robert den Magen zusammen. Er klang wie ein angepisster Tiger.

Harris fuhr fort: »Man findet zwar Ihren Namen unter Artikeln, aber bei keiner Gala, über die Sie angeblich geschrieben haben, standen Sie auf der Gästeliste.«

›Merde‹, stöhnte Robert innerlich. Da war jemand verflucht gründlich gewesen.

Harris schleuderte ihn herum, direkt gegen den Aktenschrank.

Au, verdammt, tat das weh. Robert rappelte sich auf, stützte sich an dem Schrank ab und rang nach Luft. Er stieß sich an dem verdammten Ding ab, stürzte sich auf Harris, aber der wich mit Leichtigkeit zur Seite aus und packte Roberts Arm. Bevor sich Robert versah, krachte er ausgehebelt mit dem Rücken und seinem Hintern auf den Boden. Kreuzdonnerwetter. Robert sah Sterne, mehr noch, es wurde für einen Moment schwarz.

»Warum immer mein Hintern?«, stöhnte er.

Robert wälzte sich herum, auf die Knie und zog sich am Schreibtisch nach oben. Er bekam Büroklammern zu fassen, einen Bleistift und einen Brieföffner. Gegen den Schreibtisch gelehnt, verbarg er ihn hinter seinem Rücken.

»Ich weiß nicht, was Sie von mir wollen«, keuchte er und brachte Harris damit dazu, ihn erneut am Kragen zu packen. Nur diesmal setzte Robert drohend den Brieföffner an Harris' Taille.

»Lassen Sie mich los«, verlangte Robert. Doch da packte Harris mit der freien Hand sein Handgelenk. Egal, wie viel Kraft Robert in diesen Arm legte, es gelang ihm nicht, ihn auf der Höhe von Harris' Taille zu halten. Während Robert spürte, wie sich sein Gesicht vor Anstrengung verzog, zuckte Harris nicht einmal mit der Wimper. Immer höher bog er Roberts Arm, bis die Spitze des Brieföffners auf Roberts Kehle lag. Elender Mist. Bei Harris' Kraft würde sogar ein stumpfer Brieföffner seiner Kehle schlecht bekommen.

»Ich stelle die Frage nur noch einmal«, knurrte Harris. »Wer sind Sie?«

Robert schluckte und spürte den Druck des Metalls. »Robert Moreau«, presste er heraus. »Commissaire de Police.«

Wie lange hockten sie jetzt schon hier? Die Stühle in dem Verhörraum waren nicht sonderlich bequem, ihr Hintern vor gut zwei Stunden eingeschlafen.

Officier Leloup starrte Helen so durchdringend an, als würde er ein Geständnis in ihrem Röntgenbild finden wollen. »Sie wollen mir wirklich erzählen, dass Sie für Harris nur Anrufe entgegennehmen und Termine vereinbaren?«

»Das versteht man allgemein unter dem Begriff Sekretärin«, giftete Helen. »Wenn ich einen guten Tag habe, koche ich auch noch Kaffee.«

»Und was machen Sie den Rest der Zeit?«

»Nägel lackieren.« Helen hielt dem Kerl ihre Finger unter die Nase.

Umständlich zog er aus einer Hemdtasche eine Lesebrille, setzte sie sich auf und zog den Kopf zurück. »Ihre Nägel sind nicht lackiert.«

»Ich hatte gerade den alten Nagellack entfernt, als der Anruf kam, ich solle meinen Vater im Krankenhaus besuchen«, behauptete Helen.

»Ihr Vater ist tot, Madame Shepherd!«

»Tut mir ja leid für Sie, wenn sie nur einen haben. Aber ich bin in einer Hippie-Kommune aufgewachsen. Da hatte man an jedem Finger einen Vater.«

»Das überrascht mich nicht«, murmelte Leloup. »Welche Farbe wollten Sie denn als Nächstes drauf machen?«

»Pfirsich.«

Wenn der Kerl glaubte, sie veräppeln zu können, war er schief gewickelt. Es fiel ihr schwer, nicht ungeduldig mit den Fingern auf dem Tisch zu trommeln. Ihre Gedanken verirrten sich immer wieder zu Robert. Zum Henker.

»Kann ich telefonieren?«, fragte sie.

Leloup musterte sie über den Rand seiner Lesebrille hinweg.

»Wen wollen Sie anrufen? Ihren todkranken Vater?«

»Fällt das nicht unter den Datenschutz?«

»Sie können später anrufen.«

Mist. »Ich will *jetzt* anrufen«, beharrte Helen.

»Das Telefon ist momentan besetzt.«

»Wieso? Ist das Telefon auf dem Klo? Habt ihr nur eins? Könnt ihr euch keine zwei Telefone leisten?«, fauchte Helen.

Leloup lehnte sich auf seinem Stuhl zurück. »Gut, Sie wollen nicht über Ihren Boss reden. Dann reden wir über etwas anderes.«

Ach ja? Misstrauisch kniff Helen die Augen zusammen.

»Über Nathanaël Baillieu.«

»Ich fand das Thema Fingernägel gerade spannend genug!«

Leloup beugte sich nach vorn. »Wir wissen, dass Sie ein Verhält-«

»Sprechen Sie es aus ...«, drohte Helen. »... und ich reiße Ihnen die Haut in Fetzen vom Leib. Über diesen Kerl rede ich nicht!«

»Nicht mal, wenn Sie ihn ins Gefängnis bringen könnten?«

Helen schnaubte. Nathanaël war ein Vampir. Die brachte man nur ins Gefängnis, wenn man es ohnehin abreißen lassen wollte. Wenn diese verfluchten Spitzzähne anständig waren, warteten sie, bis man die Zellentür abgeschlossen hatte, bevor sie die aus dem Rahmen krachen ließen und türmten.

»Ich kenne jemanden, der Ihnen Nathanaël in kleinstmöglichen Einzelteilen liefert, sobald er die Gelegenheit dazu bekommt«, sagte Helen.

»Wen?«

»Jason Harris.«

»Sehr glaubwürdig.« Leloup nahm seine Brille ab, drehte sie in den Fingern, während er Helen unbeirrt anstarrte, mit einem Funken Häme in den Augen. »Vielleicht sollte ich Sie doch noch mal zur Leibesvisitation schicken.«

Toll. Da sagte man schon mal die Wahrheit und wurde nicht ernst genommen! »Machen Sie die doch einfach selbst.«

»Was?«

Diesmal hielt sich Helen nicht zurück. Sie trommelte mit den Fingern auf dem Tisch.

»Sie sind doch clever. Eine Frau wie ich kann ihren Boss nicht einfach so verraten. Das wäre unprofessionell. Aber ich bin schon mal einem Mann erlegen und habe etwas ausgeplaudert. Er hat mir beim ersten Mal verziehen, beim zweiten Mal tut er das bestimmt genauso.«

»Sie wollen, dass …«

»Ja, natürlich«, gab Helen ungeduldig zurück. »Warum bin ich wohl in Ihren Wagen gestiegen? Glauben Sie, es ist lustig, ständig von Verbrechern umgeben zu sein? Es dauert ewig, bis die ihre ganzen Knarren im Zimmer drapiert haben, und das geht dann von der Zeit des Vorspiels ab.«

Wenn Leloup tatsächlich so dämlich war, darauf hereinzufallen, war es nur fair, dass Vampire wie Jason die Stadt beherrschten. Wer rekrutierte die bloß, und warum stellten sie keine Cleveren ein? Es war nicht zum Aushalten. Sie erwiderte sein Lächeln mit jedem Charme, den sie aufbringen konnte. Sie dachte dabei sogar an Robert, denn erstaunlicherweise brachte das ihre Mundwinkel dazu, sich bereitwilliger nach oben zu schieben. Was tat man nicht alles für diesen Mann. Wehe, er machte ihr dann eine Szene wegen der blöden Kugel in seinem Hintern!

Leloup rutschte auf seinem Stuhl hin und her, warf einen nervösen Blick zu der Wand und stand schließlich auf. Sie gratulierte sich selbst zu ihrer Idee. In diesem Raum konnte er es nicht mit ihr tun. Spiegelglas und Mikrofone. So schnell könnte Leloup nicht pfeifen, wie er gefeuert wäre, wenn das herauskam. Helen erhob sich ebenfalls, ging dicht und mit einem Blick, von dem sie hoffte, dass er lasziv war und nicht nur ein Schielen, an dem Kerl vorbei. Der sog tief die Luft ein, schloss die Tür auf und ging ihr voraus. Sie heftete sich an seine Fersen, tastete sorgsam nach dem Mini-Teaser im linken Körbchen ihres BHs. Er warf ihr einen Blick zu, aber sie zwinkerte nur und zog den Stoff ihres Shirts herunter, sodass der freie Blick auf ihr Dekolleté großzügiger wurde. Er grinste verstohlen. Vollpfosten. Wie lange hatte der keine Frau mehr gehabt? Das konnte er ihr unmöglich abkaufen. Vielleicht dachte er auch, sie redete wirklich, wenn es keine Mikros gab. Aber wohin er sie auch immer führte, sie hatte nicht vor, es überhaupt herauszufinden. Sie folgte ihm, bis sie fast den großen Raum mit den Schreibtischen erreicht hatten. Dann streckte sie die Hand vor und presste ihm den Mini-Teaser in die Seite. Er stöhnte auf, erzitterte und sackte zusammen.

»Hé, Sie. Er ist einfach umgekippt!«, rief Helen und machte sich schleunigst aus dem Weg, als ein paar seiner Kollegen auf den zuckenden Leloup zustürzten. Mit einem Teaser rechnete wohl niemand, unkreative Bande. Aber Helen sollte es recht sein. Sie schob sich an den Beamten vorbei, steuerte den Ausgang an, und als das erste ›Moment‹ erklang, rannte sie bereits auf die Tür zu. Der Beamte am Empfang versuchte, sich ihr in den Weg zu stellen, doch sie rammte ihm so fest ihr Knie in die Kronjuwelen, dass nicht nur er sondern auch ihr Knie jaulte. Sie stieß ihn zur Seite, prallte gegen die Tür, und im nächsten Moment war sie auch schon auf dem Bürgersteig.

So schnell sie konnte, rannte Helen über die Straße und wollte gerade im Gewühl der Menschen verschwinden, als sie eine bekannte Stimme innehalten ließ.

»Das Arschloch hat meinen Vater entführt. Ich will mitkommen«, brüllte Roberts Tochter über die Straße. Sie hing am Arm eines Polizeibeamten, der beruhigend auf sie einredete und seinen Kollegen winkte. Diese setzten sich in ihre Streifenwagen, parkten mit knirschenden Reifen aus, und das Blaulicht blendete Helen für einen Moment.

»Ich werde nicht hier warten«, rief Blanche aus. Aber der Beamte brachte es fertig, sich von ihr zu lösen, hastete selbst zu einem Wagen, während ein anderer, ein jüngerer Kollege, sich Blanche annahm. Er versuchte, Blanche in das Polizeigebäude zu führen, aber sie wehrte sich. »Ich will auch nach ihm suchen!«

Helen eilte über die Straße, packte Blanche an der Hand. »Komm, ich kann dir helfen.«

Der junge Beamte riss die Augen auf und wollte sich auf Helen stürzen, doch sie wich ihm aus, legte ihm die Hand um den Hals und ließ ihn mit seinem eigenen Schwung zu Boden krachen.

Blanche starrte sie fassungslos an.

»Willst du deinem Vater nun helfen, oder nicht?«, fragte Helen ungeduldig.

Roberts Tochter nickte eilig und ergriff Helens Hand. Zusammen rannten sie den Gehweg entlang und tauchten in das Gewühl der Menschenmassen ein. Sie erreichten ein Einkaufszentrum, und erst, als sie die Drehtüren passiert hatten, wechselten sie in ein normales Tempo. Helens Puls raste, ihre Knie zitterten, und am liebsten hätte sie sich hingesetzt. Aber das ging nicht. Es war noch zu früh. Mit langen Schritten viel beschäftigter Frauen durchquerten sie das Einkaufszentrum, das wegen des Nachtshoppings proppenvoll war, und schoben sich durch die Massen in der Einkaufsstraße.

»Wenn ihm etwas zugestoßen ist, werde ich einen Schießkurs belegen und Sie danach über den Haufen knallen«, drohte Blanche.

»Dafür brauchst du keinen Schießkurs.« Helen rang nach Atem und stemmte sich eine Hand in die Seite. »Was ist passiert?«

»Das müssen Sie doch wissen«, keifte die Kleine.

»Wenn ich es wüsste, wäre ich bei deinem Vater und nicht hier.«

Blanche fuhr sich mit zitternden Fingern über die Stirn.

»Ein Mann ist aufgetaucht. Er ist eingebrochen, wir sind über die Feuertreppe, durchs ganze Haus und dann auf die Straße. Aber da war eine Sackgasse! Ich hab oben auf der Mauer gehockt. Er hat ihn herumgewirbelt wie ein Jojo. Das ist doch nicht normal! Ich hab mich nicht getraut, ihn anzugreifen. Ich wollte wirklich, aber ich hatte Angst. Ich hatte so eine Scheißangst.«

Blanche schluchzte. Als Helen sie an sich zog, versteifte sie sich, aber sie wehrte sich nicht dagegen.

»Es war besser, dass du dich nicht mit ihm angelegt hast«, sagte Helen leise.

»Er fragte, was ich für eine Blutgruppe hätte. Ob sie A wäre. Ich hätte bestimmt gut geschmeckt. Der Typ ist krank …«

Nur ein hungriger Vampir, aber das verkniff sie sich. »Was ist dann passiert?«

»Er hat ihn mitgenommen«, schluchzte Blanche. »Er hat ihn weggetragen, als würde Papa nur ein Kilo wiegen.«

Helen atmete auf. Er hatte Robert nicht sofort getötet. Das hieß, er wollte mit ihm reden. Nur überlebten die Wenigsten ein solches Gespräch. Vor allem nicht unbeschadet. Verflucht, sie musste Jason anrufen. Nur wie? Sie hatte kein Handy, kein Geld.

»Hast du dein Handy mit?«, fragte Helen.

»Nein«, hauchte Blanche.

»Wir brauchen Geld«, seufzte Helen. »Du hast nicht zufällig welches dabei?«

Blanche schüttelte den Kopf. Verflixt, am Ende hing das Leben eines Mannes wieder nur am schnöden Mammon!

Harris starrte Robert durchdringend an. War es gut, dass Harris kein Wort mehr sagte? Oder schlecht? Die Spitze des Brieföffners drückte immer noch gegen Roberts Kehle.

Harris blinzelte. »Ein simpler Polizist?«

Robert wusste nicht, was es war, aber etwas an Harris' Tonfall ärgerte ihn. Er war kein Geheimagent, er war auch keiner von Harris' Konkurrenten, aber Polizisten konnten diesem Mistkerl das Leben verflucht schwer machen! Allerdings behielt er das vorerst für sich.

Harris senkte den Brieföffner, lockerte seinen Griff und trat zurück. Robert sackte gegen den Schreibtisch und war froh, als er darauf zu sitzen kam. Sollte sein Hintern doch wehtun, Hauptsache, er musste nicht mehr stehen.

Der Joint glomm immer noch in dem Aschenbecher, bis Harris ihn wieder an sich nahm, daran sog und einen Rauchkringel ausstieß.

»Drogen sind …«, setzte Robert an. Ach, war doch egal.

»Welche Abteilung?«, fragte Harris.

»Mord«, erwiderte Robert. »Zurzeit auch Drogendezernat.«

»Was wollen Sie dann von Helen?« Erneut nahm Harris einen Zug und setzte sich wieder auf Helens Stuhl. »Versuchen Sie nicht, mir weiszumachen, Helens unendlicher Liebreiz hätte Sie so betört, dass Sie zwar nur an ihr interessiert sind, aber nicht an mehr. Oder mir.«

»Sie überschätzen *Ihren* Liebreiz«, schnaubte Robert.

Die Spitze des Joints glomm rot auf. Der Geruch zog mittlerweile durch das gesamte Büro. Es stank wie in einer Haschischhöhle. Was rauchte der nur für starkes Zeug? Ein Wunder, dass er noch nicht lallte. Bei Robert verursachte das Zeug ja jetzt schon Halluzinationen, nur durch Harris' Atem. Wie sollte er sich sonst die roten Augen erklären?

Ein länglicher Gegenstand schnellte an Robert vorbei. Er zuckte zur Seite und spürte, wie dieser seine Wange streifte. Das Geräusch, als etwas hart hinter ihm aufschlug, ließ Robert herumfahren. In der Wand hinter ihm steckte der Brieföffner.

»Ich kann die Informationen auch samt Ihren Gedärmen aus Ihnen herausholen«, sagte Harris sanft. »Ihr habt Helen schon so oft in der Mangel gehabt. Ihr wisst, dass sie nichts sagt, was mir schaden könnte. Ihr habt sie doch gerade wieder in Gewahrsam. Warum also die Mühe einer verdeckten Ermittlung und einer Kugel im Hintern?«

»Die war nicht geplant«, blaffte Robert. Wie oft denn noch?

Robert krallte sich an die Kante des Schreibtisches, legte den Kopf in den Nacken und zog die Schulter runter. Es knackte, aber die Nackenverspannung war nicht der einzige Grund für die Schmerzen hinter seiner Stirn.

»Also schön«, seufzte er. »Die Zahl der Drogentoten hat sich in den letzten neun Monaten versechsfacht. Kein Mensch kann sich erklären, warum. Angeblich ist eine neue Droge im Umlauf, aber keiner weiß so richtig, was das für Zeug ist, wie es hergestellt wird und wie es wirkt. Alle, die es genommen haben, sind anscheinend tot. Wir wissen von niemandem, der das Zeug überlebt hat.«

Harris sagte nichts, aber da er nicht den nächsten spitzen Gegenstand nach ihm warf, war Robert wohl auf der richtigen Spur.

»Wir wissen nicht, wo es herkommt. Wir wissen nur, wer es nach Paris bringt und verteilt. Das wissen wir auch nur, weil ich es aufgenommen hatte, als Helen die Informationen aus Marcel

Damrau rausholte. Er hat das Netz organisiert und geleitet. Diese Aufnahme ging noch am gleichen Abend mit einem anonymen Brief auf einem USB-Stick bei uns ein.«

»Der war von mir«, sagte Harris plötzlich.

Robert erstarrte. »Wie bitte?«

»Ich wusste nicht, dass ihr die Aufnahme schon hattet.« Harris blies erneut Rauch aus. »Meine Assistentin zieht es ja vor, mich dumm sterben zu lassen.«

»Aber …«, stotterte Robert. »Wieso?« Warum half Harris der Polizei?

»Weil ich weiß, wer für die neue Droge verantwortlich ist«, gab Harris zurück. »Und ich den Penner nicht leiden kann.«

»Nathanaël Baillieu?«, fragte Robert.

Harris schwang auf dem Stuhl herum. Er legte die Arme auf dem Schreibtisch ab und fixierte Robert, mit einem breiten Grinsen.

»Der Commissaire ist doch nicht so unbegabt, wie er sich gibt.«

Robert öffnete gerade den Mund, um diesem verfluchten Kerl eine gewaschene Erwiderung entgegenzuschleudern, da hob Harris wieder nur die Stimme und sprach weiter.

»Ich weiß allerdings ebenso wenig, was das Zeug bewirkt. Oder warum es so ungewöhnlich tödlich ist. Um das herauszufinden, graben Sie bei Helen jedenfalls an der falschen Stelle. Sie hat damit nichts zu tun. Genauso wenig wie ich.«

»Sie hatte mit dem Mann mal ein Verhältnis«, stieß Robert aus.

»Einen Fehler, den sie innig bereut.« Harris zuckte die Schultern, doch Robert runzelte die Stirn.

»Haben *Sie* Helen es bereuen lassen?«, knurrte Robert. Allein der Gedanke, dieser Bastard könnte seine Finger an Helen gelegt haben, schürte in Robert die blanke Mordlust.

»Kein Mensch mit Verstand vergreift sich an Helen, höchstens mit schnellwirkendem Giftgas.«

Hmpf. Aber Robert beließ es dabei. »Niemand kommt an Nathanaël Baillieu heran.«

»Doch.« Harris drückte seinen Joint in einem Aschenbecher aus. »Ich. Und sobald ich weiß, was dieser Kleinstadttarzan vorhat, werde ich seine Leiche der Polizei vor die Tür legen.« Harris erhob sich. »Baillieu will Helen, und solange er sie nicht bekommt, wird er sich von ihr ablenken lassen.«

Schritt für Schritt kam er immer näher, aber er hielt keinen weiteren Brieföffner in der Hand. Robert rutschte trotzdem von dem Schreibtisch und wich zurück. Vergeblich. Wieder einmal fühlte er sich am Kragen gepackt.

»Helens Aufträge außerhalb dieses Büros sollen Nathanaël Baillieu auf Trab halten, bis er unvorsichtig wird«, knurrte Harris. »Das Problem ist nur, dass Helen auch abgelenkt ist. Von Ihnen. Und ich weiß noch nicht, ob mir das gefällt.«

»Wir müssen jemandem die Brieftasche klauen, und dann brauche ich eine Telefonzelle«, sagte Helen.

»Was?«, rief Blanche aus. »Eine Brieftasche klauen?«

»Hast du eine bessere Idee?«

»Das Telefon im Revier benutzen?«

»Die Angestellten dort mögen mich nicht besonders«, gab Helen zu bedenken.

Blanche verschränkte die Arme vor der Brust und legte den Kopf schief. »Ich kann mir überhaupt nicht erklären, wieso.«

»Du hast zu viel von deinem Vater geerbt«, fauchte Helen, drehte sich um und knickte prompt mit ihrem Schuh weg. Blöder Mist. Warum hatte sie heute früh High Heels angezogen? Ach ja, weil man die Absätze wunderbar in fremde Füße bohren konnte. Verflucht noch eins.

Sie nahm Blanche am Arm und zog sie die Läden entlang. Vor einem Uhrenladen stand einer dieser Anzugträger. Er drehte ihr den Rücken zu, und sie warf einen Blick auf seinen Hintern. Nein, da beulte keine Geldbörse seine Hosentasche aus. Er trug sie also in der Innentasche des Sakkos – ausgezeichnet.

Helen warf einen Blick in ein Schaufenster, und allein die Spiegelung reichte aus, um festzustellen, dass sie besser keinen Flirt versuchte. Sie wirkte gehetzt, fühlte sich durchgeschwitzt, und ihre Haare waren völlig zerzaust. Und sie humpelte mehr, als dass sie schritt. Selbst im Stehen wirkte sie krumm. Also lieber der ›unerwartete‹ Zusammenstoß. Helen wartete, bis der Kerl sein Telefonat beendete, sich umdrehte und den Ausgang ansteuerte. Sie stolperte ihm in den Weg, krallte sich an seiner Krawatte fest, und er schnappte nach Luft.

»Je suis désolé«, murmelte Helen, zog noch ein wenig kräftiger an dem Schlips und taumelte zurück. Mit gesenktem Blick lief sie an ihm vorbei, seine Brieftasche unter ihrem Arm verborgen. Blanche folgte ihr und riss die Augen auf, als Helen draußen die Ledertasche öffnete. Gemeinsam rannten sie zu einer Telefonzelle. Helen wählte Jasons Nummer, und bevor der Vampir auch nur ein Wort sagen konnte, brüllte sie ins Telefon: »Gnade dir Gott, wenn du ihn auch nur angehustet hast!«

Der Flug gegen die Bürotür war kurz und endete schmerzvoll. Was lief bei diesem Kerl nur verkehrt? Was stimmte nicht mit ihm? Die Tür hatte eine Delle mehr und Robert eine Beule zu viel. Der Schmerz raubte ihm den Atem, und er sehnte sich nach einer kompletten Packung Schmerztabletten. Er tastete nach der Türklinke, aber sie war verschlossen. Benommen sah Robert zu, wie Harris sein klingelndes Telefon ans Ohr hielt und zwei Sekunden später mit einem ›heiliger Kuhmist‹ wieder fallen ließ.

Jetzt hörte Robert eine Stimme aus dem Lautsprecher dröhnen, doch die Worte verstand er nicht, geschweige denn, dass er zuordnen könnte, von wem diese stammten. Aber Harris verzog das Gesicht.

»Ich habe keine Ahnung, wo er ist, ich habe ihn nicht gesehen. Ich denke, dein Stripper war scheiße.«

Harris' Stimme klang lauernd und Robert hob den Kopf. War er gemeint? War das Helen? Rechnete Robert nun damit, dass Harris Helen die gleiche Frage stellte wie ihm, wurde er eines Besseren belehrt. Harris' Laune schien sich immer mehr dem Gefrierpunkt anzunähern. Er knurrte nur noch, verdrehte genervt die Augen, aber er behauptete steif und fest, Robert nicht gesehen zu haben.

Als Harris auflegte, konnte Robert das Zittern nicht mehr unterdrücken. Einerseits wegen der körperlichen Anstrengung, der Schmerzen, aber auch wegen der Angst. Wenn Harris behauptete, ihn nicht gesehen zu haben, dann nur, um die Schultern zucken zu können, wenn Robert niemals mehr auftauchte.

Robert schob sich an der Tür nach oben, versuchte, den Schmerz in seinem Körper zu ignorieren. Vielleicht rettete ihm ja ein Sprung durch das geschlossene Fenster den Hals.

Harris steckte das Telefon ein. Der Brieföffner steckte immer noch in der Wand, aber den brauchte Harris auch nicht. Der sortierte seelenruhig Patronen in seine Pistole. So unauffällig wie möglich schob sich Robert die Wand entlang, zum Fenster.

»Wenn Sie sich selbst umbringen wollen, machen Sie nur weiter«, spottete Harris, ohne ihn auch nur anzusehen.

Mist. Zum direkten Angriff war Robert zu langsam und Harris

zu weit weg. Werfen könnte er nur die Schreibtischlampe.

Harris lud die Waffe durch, aber er behielt sie in der Hand, während er auf Robert zu trat.

»Sie können froh sein, dass Sie sich nur an Helen heranmachen. Meinen Schwiegersohn in spe habe ich fast umgebracht.«

»Welcher Vater hat das nicht auch schon versucht?«, gab Robert zurück. Nur bei seiner Tochter blieb ihm das erspart. Oder änderten sich solche Dinge nicht einmal, wenn die Tochter lesbisch war?

Harris schnaubte amüsiert, und endlich, dem Himmel sei Dank, steckte er die Pistole weg. Doch die Erleichterung hielt nur solange an, bis er Robert nach draußen zerrte und ihn gegen die Wagentür stieß. War es gut, dass er ihn nicht in den Kofferraum verfrachtete?

Kapitel 18

Pitschenass in Paris

Harris fuhr ihn nicht zu einem netten, ausgehobenen Grab mitten in der Prärie, sondern zu Roberts Wohnung. Er stoppte vor dem Wohnhaus, ließ den Motor ersterben und wandte sich Robert zu.

»Sie werden kein Wort über unseren netten Zusammenstoß gegenüber Helen verlieren. Haben wir uns verstanden?«

Robert nickte. Die zwei sollten seinetwegen tun und lassen, was sie wollten. Wenn die beiden sich gegenseitig belogen, war das, verdammt noch mal, nicht Roberts Problem!

Mühsam stieg Robert aus dem Wagen.

»Und sehen Sie zu, dass Helen nicht wieder von Ihren Kollegen einkassiert wird!«, rief ihm Harris noch hinterher.

Toll. Dachte er, Robert könne zaubern? Wenn es eine Handhabe gegen Helen gab, dann würde er die genauso nutzen wie seine Kollegen. Immerhin wusste er jetzt, dass er bei Baillieu auf der richtigen Spur war. Sofern ihn Harris nicht belogen hatte. Verflixt noch eins. Er musste nachdenken, und vor allem musste er wieder Schmerzmittel nehmen. Jeder Knochen in seinem Leib schmerzte, so konnte er nicht denken!

Robert schwankte auf sein Haus zu und quälte sich bis in den vierten Stock. Seine Wohnungstür war demoliert, das Schloss zerbrochen, und die verfluchte Tür ließ sich nicht mehr schließen. Dann eben nicht!

Die Tür zum Badezimmer wies eine armlange Delle auf, Holzsplitter lagen auf dem Boden, und als Robert hinter die Tür lugte, sah er dort seine ramponierte Kommode. Die obere Platte war zersplittert, genau wie die halbe Seite. Wie hatte Harris das nur hinbekommen? Woher nahm er diese Kraft?

Roberts Hand zuckte zu seinem Hals. Er hatte schon viele

starke Menschen erlebt, aber die sahen auch danach aus! Oberarme, die faktisch nur aus Muskeln bestanden, endeten dann im Stiernacken. Aber Harris besaß weder das eine noch das andere. Sein Körper war völlig normal gebaut, nicht sonderlich muskulös, aber auch ohne ein Gramm zu viel. Kurzum: Er sah nicht aus, als könne er einen ausgewachsenen Mann mit einer Hand durch den Raum schleudern! Merde, vielleicht trainierte ja Harris im gleichen Studio wie es Damrau getan hatte.

»Robert!« Louis' Stimme ließ Robert herumschnellen.

Sein Chef stand hinter ihm im Flur, die Hand auf die Waffe an seinem Gürtel gelegt. Für einen Moment fühlte sich Robert von dieser Vorsichtsmaßnahme bedroht, allerdings nur einen kleinen Moment. Denn hinter Louis tauchte nicht nur Helen auf, auch Blanches Stimme erscholl: »Papa!«

Louis' Gesicht entspannte sich, er lächelte verkniffen und trat zur Seite, um Roberts Tochter Platz zu machen. Diese schoss an Louis vorbei und bremste abrupt vor Robert. »Ist dir was passiert?«

»Nicht mehr als sonst«, knurrte Robert.

»Und wer sind Sie?«, fragte Louis, an Helen gewandt.

»Helen Shepherd.«

»Helen Shepherd …«

»Sie hat meinem Vater alles eingebrockt«, rief Blanche aus.

»Dafür ist er selbst verantwortlich«, protestierte Helen. »Hätte er gleich gesagt, dass er ein verfluchter Polizist ist, hätte ich …«

»Ruhe«, donnerte Louis und zog Handschellen hervor. »Helen Shepherd, Sie sind mal wieder verhaftet wegen Gefährdung der öffentlichen Sicherheit, Überschreitung der Geschwindigkeit, Verursachung von Verkehrsunfällen, Sachbeschädigung. Außerdem wegen tätlichen Angriffs auf mehrere Polizeibeamte, Körperverletzung, mutmaßliche Beteiligung an einer Entführung.«

»Louis«, entfuhr es Robert. »Du kannst doch nicht …«

»Oh, und ob ich kann«, fauchte Louis. »Es war von Anfang an eine blöde Idee. Wir machen diesem dummen Spiel ein Ende. Jetzt.«

Helen wich zurück, bis ins Wohnzimmer, einmal um die Couch, mit Louis auf den Fersen.

»Entführung wiegt besonders schwer«, erklärte Louis süffisant. »Ich freue mich schon darauf, Sie mehrere Jahre im Gefängnis verrotten zu sehen.«

Innerlich stöhnte Robert. Ob Harris das geahnt hatte? Was würde er tun, wenn Louis Helen ein weiteres Mal mit auf das Revier nahm?

»Wen soll sie entführt haben?«, fragte Robert.

Sein Boss hielt inne und starrte ihn an, als hätte Robert nicht mehr alle Tassen im Schrank. »Dich!«

»Ich wurde nicht entführt«, widersprach Robert. Jedenfalls nicht von Helen.

»Dann wegen des geschrotteten Autos«, fauchte Louis.

Robert legte die Finger auf die Stirn und massierte sich die schmerzenden Punkte. »Dafür kann sie nichts, ein anderes Auto hat ihres zusammengefahren. Ich war dabei.«

»Angriff auf Polizeibeamten.«

»*Mich* hat sie nicht angegriffen, und gibt's für die anderen Angriffe Zeugen?«

Er sah Louis' Kiefer mahlen, schließlich schnappte dieser nach Luft. »Sie hat Geld geklaut.«

»Wie viel?«, seufzte Robert.

»Einhundertzwanzig Euro.«

Robert zog aus seiner zerfledderten Hose zwei Geldscheine und wankte zu dem Schrank im Flur. Dort holte er aus einer Schublade auch noch mal ein Geldbündel heraus und drückte es seinem Boss in die Hand. »Das ist das doppelte, sollte doch für eine Entschädigung reichen.«

»Papa«, stieß Blanche ungläubig aus.

Alle drei trugen den gleichen dämlichen Gesichtsausdruck. Helen zog die Augenbrauen hoch, Blanche starrte ihn mit offenem Mund an, und Louis schien genauso fassungslos.

Roberts Boss schüttelte den Kopf. »Dann nehme ich sie wegen einer Aussage zum ›Unfall‹ mit.«

»Hast du eine gerichtliche Vorladung? Oder einen Haftbefehl? Du kannst sie nicht einfach mitnehmen«, fauchte Robert. Könnte er schon, wenn Robert jede Anschuldigung bestätigte, aber zum Henker, er wollte Harris nicht noch einmal in seiner Wohnung stehen haben. Er würde sie freikaufen. Es hatte keinen Zweck. Noch nicht, vielleicht irgendwann. Auch wenn es ihm so viel mehr widerstrebte.

»Louis, könntest du bitte gehen?«, schnarrte Robert. »Ich hatte einen beschissenen Tag. Mir wurde in den Hintern geschossen, und bei Gott, wenn es Helen gewesen wäre, würde ich sie dir noch ins Auto tragen!«

Louis starrte finster Helen an.

»Ich verstehe nicht, was das soll, Robert. Ich komme in einer Stunde wieder, mit einem Haftbefehl, und gnade dir Gott, wenn sie dann nicht mehr hier ist.«

Brüsk wandte er sich ab und schritt in den Flur. Die Wohnungstür dramatisch ins Schloss zu werfen, scheiterte daran, dass sie sofort wieder aufsprang.

Robert drehte sich zu Helen um, die sich auf der Lehne seiner Couch abstützte und ihn prüfend betrachtete.

»Geht es dir gut?«, fragte sie vorsichtig.

»Sehe ich so aus, als ob es mir gut geht?«, donnerte Robert. Diesmal machte auch Blanche einen Schritt zurück. »Raus aus meiner Wohnung!«

»Wenn der Kerl zurückkommt und ich bin nicht da, wird er sauer«, wandte Helen ein.

»Dann warte draußen«, blaffte Robert.

»Das ist unhöflich«, kritisierte Helen. »Lass mich wenigstens deine Wunden ansehen!«

»Vielen Dank, lieber erkranke ich an Lepra. Und jetzt raus.«

»Gut, warte ich eben draußen«, fauchte Helen.

Sie könnte ihm damit kein größeres Geschenk machen! Sie starrte ihn für einen Moment dickköpfig an, bevor sie sich auf dem Absatz herumdrehte und zur Tür marschierte. Dort warf sie noch einen finsteren Blick zurück, aber der Teufel müsste ihn schon zwingen, damit er sie aufhielt! Nein, er hielt sie nicht auf. Genau genommen war die Distanz immer noch nicht groß genug!

Robert stiefelte ihr hinterher und blieb im Türrahmen stehen. »Das ist immer noch zu nah an meiner Wohnung!«, knurrte er. »In meinem Antrag auf eine Unterlassungserklärung werde ich wesentlich mehr Abstand einfordern!«

Helen verdrehte die Augen und ihm den Rücken zu. Mit laut klappernden Absätzen marschierte sie die Treppe hinunter, um dann auf der Etage unter ihm stehen zu bleiben.

»Immer noch nicht weit genug«, rief Robert.

Helens Gemurmel klang wie ›Fick dich‹, aber genau verstehen konnte er es nicht. Allerdings erklangen erneut ihre Absätze, und wieder ging sie eine Treppe nach unten.

»Ich kann dich immer noch atmen hören«, bellte Robert.

Diesmal knallte die Haustür. Hervorragend. Damit war er einverstanden. Er kehrte in die Wohnung zurück und stieß auf Blanche, die ihn nicht nur mit offenem Mund anstarrte, sondern auch eine Flasche Secco in der Hand hielt.

»Dafür bist du …«, setzte Robert an und winkte dann ab. »Ach, macht doch, was ihr wollt.«

»Es ist alkoholfreier.«

Vielleicht wollte ihn Blanche damit beruhigen, aber das verstörte ihn noch mehr. Welche Jugendliche trank freiwillig alkoholfrei?

Draußen erklang ein leises Prasseln, und die ersten Regentropfen perlten an den Fensterscheiben ab.

Blanche stellte sich mit der Flasche an das Fenster und spähte nach draußen. »Sie steht unten auf der Straße.«

»Selbst schuld«, knurrte Robert. Er wäre an ihrer Stelle schon längst abgehauen.

»Ob sie glaubt, dass Louis dich suspendiert, wenn sie nicht hier ist?«

Robert zuckte die Schultern. Es gab keinerlei Handhabe, ihn vom Dienst auszuschließen. Warum denn? Weil er keine Kriminelle in der Schublade aufbewahrt hatte, bis die Unfähigkeit der Beamten wenigstens für einen Haftbefehl reichte? Jeder Untersuchungsrichter würde sich krumm und schief lachen. Außerdem war er aufgrund der Schmerzmittel sowieso nicht zurechnungsfähig.

»Sie hat keinen Schirm«, kommentierte Blanche.

Was juckte ihn das?

»Sie sieht schon ziemlich nass aus.«

Ach zum Teufel!

Robert drehte sich um, ging zur Tür hinaus und hangelte sich die Treppen hinab. Aus dem feinen Landregen war ein Guss vom Feinsten geworden. Robert stellte sich in den Eingang und lehnte sich nur so weit wie möglich hinaus. Wasser tropfte auf seinen Kopf. Er hätte ihr einfach einen Regenschirm mitbringen können, aber verflucht, auf so gute Ideen kam er ja nicht. Sein Gehirn produzierte nur die dämlichen.

Helen hielt die Arme vor der Brust verschränkt, und ihr Haar hing nass herunter. Wie ihre gesamte Bekleidung im Übrigen. Ihre Schultern hatte sie hochgezogen, doch trotz der verkrampften Haltung und der Dunkelheit erkannte Robert ihr leichtes Zittern.

»Komm gefälligst wieder rein!« Gut, freundlich klang das nicht. Aber er erlaubte ihr immerhin, wieder einzutreten.

Helen drehte den Kopf und hob hochmütig das Kinn. »Ich denke nicht daran.«

»Du bekommst eine Lungenentzündung.«

»Das kann *dir* völlig egal sein.«

»Glaubst du, ich würde mich so über dich aufregen, wenn du oder deine Lungenentzündung mir egal wären?«

Ups, das kam schneller über seine Lippen als geplant, und vor allem hatte er doch ganz andere Worte für sie im Kopf gehabt. Aber wer auch immer diesen Blödsinn über seine Lippen geschickt hatte, er hatte recht. Und das Argument zog wohl bei Helen. Sie sah zwar unentschlossen aus, aber immerhin bewegte sie sich in seine Richtung.

»Ich kann auch hier draußen die Stunde abwarten, die diese Idioten brauchen, um nichts gegen mich in der Hand zu haben.«

»Warum wartest du überhaupt?«

»Glaubst du, ich würde mich wie eine Irre aufführen, wenn du mir egal wärst?«, fauchte Helen.

Welche Logik steckte bitte hinter diesem Schwachsinn? Sie machten sich gegenseitig das Leben schwer, weil sie einander nicht egal waren. Spitzenaussage. Der Stoff, aus dem Liebesromane gemacht waren. Pah.

»Komm jetzt rein«, knurrte Robert. Es war ja nicht zum Aushalten.

Er würde verdammt viel Alkohol brauchen, um das wieder

auf die Reihe zu bekommen!

Er stapfte die Treppen vor ihr hinauf, und Blanche wartete mit einem Handtuch im Flur. Helen hob erstaunt die Augenbrauen. »Oh, danke.«

»Wehe, du bist wieder gemein zu ihm«, hörte Robert seine Tochter zischen, als er schon längst die Küche ansteuerte. »Warum lässt du ihn nicht einfach in Ruhe?«

Robert schenkte sich ein Glas Gin ein. Gin desinfizierte bekanntlich, aber leider war die Küche nicht weit genug vom Wohnzimmer entfernt, um Blanches Frage nicht zu hören. Wollte er Helens Antwort wirklich hören? Verdammt, warum war die Wohnung nicht größer?

Er hörte sogar Helens Seufzen. »Ich weiß nicht, was er dir erzählt hat, aber ich arbeite in einer Branche, die nicht gerade aus netten Menschen besteht. In der letzten Zeit herrscht wieder einmal Aufruhr, sie sind alle nervös, und es wird erst gebissen, dann gefragt. Wer die Spielregeln nicht kennt, sollte sich fernhalten. Und dein Vater kennt sie nicht. Jeder andere wäre spätestens nach der Nummer mit den Handschellen nie wieder bei mir aufgetaucht. Aber dieser Sturkopf lässt sich nicht abschütteln.«

Mit jedem Wort wurde Helen lauter, sodass er nicht einmal an der Tür stehen musste, um sie zu verstehen.

Er starrte noch immer die Tür an, als seine Tochter sie aufstieß. »Sie hat mich gerade wegen des alkoholfreien Seccos ausgelacht.«

Robert ging an seiner Tochter vorbei, zurück ins Wohnzimmer. Hätte er es nur gelassen. Helen stand, mal wieder völlig nackt, vor seinem Sofa und rubbelte das Handtuch über ihre Haut.

»Helen«, entfuhr es ihm. Sie hob den Kopf und zum ersten Mal sah er sie rot werden.

Sie zog das Handtuch um ihren Körper. »Meine Sachen sind

nass.«

Ja, das sah er. Sie tropften von der Lehne seines Sessels auf den Boden. Seufzend hob er sie auf und trug sie ins Bad. Halleluja, plötzlich hielt er ihr Höschen in der Hand.

»Kann ich dir helfen?«, fragte Blanche unvermittelt neben ihm zuckersüß.

»Willst du das nicht aufhängen?«

»Hast du keine Angst, dass ich sie dir ausspanne?«, grinste Blanche, nahm ihm Helens Bluse aus der Hand und hängte sie über eine Strebe der Wandheizung. »Wenn man sie näher betrachtet, ist sie gar keine alte, untervögelte Hutschachtel, sondern echt hübsch.«

»Alt ist sie wirklich nicht« Es war das einzig Sinnvolle, das Robert dazu einfiel.

»Vielen Dank«, rief Helen aus dem Wohnzimmer.

Robert seufzte, gab Blanche die restlichen Klamotten und wanderte ins Schlafzimmer. Dort holte er ein Hemd und ein Shirt. Sollte sie selbst entscheiden, was sie anzog.

»Ich würde Ihnen ja Sachen von mir geben, aber die sind Ihnen zu eng«, erklärte Blanche gerade liebreizend Helen.

»Flirtest du immer so?«, fragte Robert. Dann war es ein Wunder, dass sie überhaupt eine Freundin gefunden hatte.

»Wenn *das* Flirten ist, hat sie es eindeutig von ihrem Vater«, schüttelte Helen den Kopf und zog Robert das Hemd aus den Fingern. Sie streifte es sich über, schloss die Knöpfe und ließ das Handtuch darunter hervorrutschen. Gute Güte.

»Ich gehe jetzt ins Bett«, verkündete Robert grantig. »Wenn dich Louis in Handschellen abführt, seht zu, dass ihr die Tür zubekommt!«

Robert ging ins Bad, putzte sich die Zähne und verfluchte seinen Hintern. Als er auf dem Weg ins Schlafzimmer an der Couch vorbeikam, hatte es sich Helen darauf bequem gemacht und den Fernseher angeschaltet. Ihm war es egal. Einen besseren Wachhund bei einer offenen Tür als Helen gab es nicht.

Blanche folgte Robert ins Schlafzimmer. Da das Sofa besetzt war, blieb ihr nichts anderes übrig, als sich mit ihrem alten Vater um die Kissen zu streiten.

»Du hast doch schon eins«, protestierte Blanche.

Robert murrte. »Ich brauche es für meinen Hintern.«

»Leg dich doch einfach auf die Seite!«

Hoffentlich wurde seine Tochter niemals Krankenschwester.

Kapitel 19

Undank ist der Väter Lohn

Trotz seiner zerschlagenen Glieder, dem pochenden Hintern oder vielleicht gerade deswegen schlief Robert wie ein Stein. Und er fühlte sich tatsächlich wie ein Stein, als er aufwachte. Für einen wundervollen Moment fühlte er sich furchtbar schwer, aber auch ohne jeglichen Schmerz. Nichts tat ihm weh. Seine Schultern waren ein wenig verkrampft, aber damit konnte er leben.

Allerdings hielt der Zustand nur ein paar herrliche Augenblicke an. Als Erstes pochte das überflüssige Loch in seiner Kehrseite, dann meldeten ihm Arme, Beine und sein Rücken, dass sie auch noch da waren und ihm die Tortur durch Harris am gestrigen Abend noch verdammt übel nahmen!

Robert stöhnte leise. Merde.

Ächzend verlagerte er ein wenig sein Gewicht, wälzte sich auf den Rücken und drückte auf seine Wunde. Zischend zog er die Luft ein. Wem gehörte eigentlich die Hand, die auf seinem Arm lag. Blanche? Seit wann war sie so anschmiegsam? Er wälzte sich auf die andere Seite und stutzte. Die Hand gehörte Helen! Blanche lag zwischen ihnen eingezwängt. Helen umarmte das Kopfkissen, wobei ihre Hand über Blanche lag und Roberts Arm berührte.

Was zum Teufel machte sie in seinem Bett? Wenn Blanche nicht dazwischen läge, würde er Helen kurzerhand hinausstoßen. Das wäre eine angemessene Strafe, nachdem er wegen ihr nicht in seiner Lieblingsposition auf dem Rücken schlafen konnte.

Seine Hand fand von selbst zu ihrem Arm und gab ihr einen Schubs. Natürlich nur einen kleinen. Okay, vielleicht war er nicht ganz so klein, zumal auch noch ein Schmerz über seine Hüfte schoss.

Helen kippte zur Seite, und ihr kleiner Aufschrei wurde von einem Rumpeln übertönt, als sie auf dem Boden auftraf. Blanche zuckte hoch. Robert stemmte sich wesentlich mühseliger hoch und wagte einen Blick über den Bettrand.

Helen lag auf dem Rücken, das Hemd war hochgerutscht und entblößte ihre Beine (und Gott sei Dank – ihren Slip) und sie setzte sich ächzend auf. »Womit, zum Henker, hab ich das jetzt verdient?«

»Dieses Bett ist nun mal nicht für drei erwachsene Leute gedacht. Das kommt davon, wenn man am Rand liegt«, spottete Robert.

»Wenn ich in *meinem* Bett am Rand liege, schubst mich niemand«, murrte Helen.

»Was denn? Du hast nicht mal einen Hund, der dich schubsen kann?«, lachte Robert.

Helen warf ihm über die Matratze einen garstigen Blick zu.

»Das heißt also, du bist Single?«, hakte Blanche ungeniert nach.

»Ja«, murrte Helen.

»Wie lange schon?«

»Dazu müsste ich rechnen, aber ich glaube, ich habe mir mein Rechenzentrum angestoßen«, knurrte Helen und rappelte sich auf. Sie zog das Hemd nach unten und stolzierte hinaus. Ob ihr bewusst war, dass er trotzdem ein Stück ihrer nackten Kehrseite sehen konnte?

»Papa.« Blanche boxte ihn gegen den Arm.

»Was ist?«

»Du starrst ihr auf den Po. Ist das nicht schon sexuelle Belästigung?«

Robert zuckte die Schultern. »Wem wird man glauben? Mir oder der Frau, die ständig von der Polizei eingesackt wird?«

Was konnte er dafür, dass Helen attraktiv war und sich außerdem auch noch ständig nackt präsentierte? Wie würden andere Männer das verstehen? Die hätten sie nach jeder ihrer Missetaten nur noch mit Nichtachtung bestraft. Kein Wunder, dass diese Frau Single war. Und er hatte sich anfangs wirklich noch gefragt, woran es lag.

»Was machen wir heute?«, fragte Blanche.

»Dich nach Hause fahren.«

»Papa!«

»Hör zu, Blanche«, beharrte Robert. »Du kannst gerade nicht bleiben. Erst muss ich wissen, wohin das alles führt. Aber wenn es vorbei ist, kannst du bei mir wohnen. Ich verspreche es dir.«

»Wenn du dann noch eine Wohnung hast!« Blanche wurde schrill, schlug die Decke beiseite und stürmte ins Badezimmer.

»Stell dich nicht so an. Wir können ruhig zusammen das Bad benutzen. Du bist nicht mein Beuteschema«, hörte er Blanche Helen anfauchen.

Robert quälte sich aus dem Bett, suchte Klamotten aus seinem Schrank und verflucht noch eins, wer zum Henker hatte Hosen erfunden? Konnte man sich nicht einfach was um den Bauch wickeln, das bis zum Boden reichte? Nein, stattdessen musste man sich in zwei Hosenbeine quälen! Mit einem angeschossenen Hintern! Es war doch zum Kotzen.

»Was machen wir heute?« Nein, das war nicht Blanche, die plötzlich eine Amnesie an den Tag legte und ihre Frage wiederholte. Das war Helen.

Robert schloss seinen Gürtel. »*Wir* machen heute nichts. *Ich* werde meine Tochter zu ihrer Mutter fahren.«

»Okay, ich komme mit.«

Robert traute seinen Ohren nicht. »Bitte was?«

Helen wippte ungeduldig auf den Fußspitzen. »Ich sagte, ich komme mit.«

»Akustisch habe ich es verstanden«, fauchte Robert. »Du wirst nicht mitkommen.«

»Warum nicht?«

Robert zerrte ein Hemd aus dem Schrank und schob sich den zerknitterten Stoff über die Schultern. »Warum solltest du?«

»Warum sollte ich nicht?«

»Weil du die Brut der Hölle bist und ich es vorziehe, dich nicht in meiner Nähe zu haben«, donnerte Robert.

Helen verschränkte die Arme vor der Brust. »Wer hat denn mit dem Stalken angefangen?«

Robert fuhr sich durch die Haare. »Ja, es war ein Fehler. Ja, ich werde mich von dir fernhalten. Reicht das? Gehst du jetzt?«

Sekundenlang starrte ihn Helen durchdringend an. Nur der Teufel wusste, was in ihrem Kopf vor sich ging. »Nein, ich gehe nicht. Du hast mich gestalkt, dann ist es nur fair, wenn ich dich stalken kann.«

Ähm, was?

Helen trat näher und sah ihm fest in die Augen. »Was ist gestern Abend passiert, als du dich von Blanche getrennt hast?«, bohrte sie.

»Nichts.« Meine Güte, konnten Helen und Harris das nicht unter sich ausmachen?

»Wer war dieses Nichts?«, fauchte Helen.

»Niemand.«

»Wie kann man nur so stur sein«, brüllte Helen. So laut, dass sich Blanche erschrocken im Bad das Knie an den Überresten der Kommode rammte. Humpelnd und unterdrückt fluchend kam sie ins Schlafzimmer und bedachte ihren alten Vater mit einem ›Das verzeih ich dir nie‹-Blick.

»Zieh dich an«, befahl Robert. Er konnte froh sein, dass Blicke nicht töten konnten, sonst würde sich seine Tochter in Sekundenschnelle zur Halbwaise machen. Sie schnappte sich ihre Klamotten und flüchtete ins Wohnzimmer.

»Das gleiche gilt auch für dich«, schnaubte Robert, aber diesmal in Helens Richtung. Helen trug immer noch sein Hemd, und es bedeckte nicht einmal ansatzweise ihre endlosen Beine. Er wollte sich an ihr vorbeischieben, da packte sie seinen Hosenbund.

»Sag mir, was passiert ist«, verlangte sie.

»Ich werde überhaupt nichts«, gab Robert bockig zurück.

»Dann bleibe ich bei dir, um sicherzustellen, dass dieser Niemand sich nicht noch einmal an dir vergreift«, erklärte Helen. Das hatte ihm gerade noch gefehlt.

»Ist es nicht ziemlich logisch, wer es war?«, blaffte Robert.

»Also *ich* habe mehrere Möglichkeiten …«, wandte Helen ein, doch Robert hörte nicht auf sie. Jetzt wusste er, warum Harris einfach weiterredete, wenn ihm etwas nicht passte.

»Wenn du und Harris Probleme miteinander habt, klärt sie direkt. Schlagt euch die Köpfe ein, bringt euch um. Ich schicke euch auch einen Forensiker!«

»Also war es Jason?«, fragte Helen. Noch immer krallte sie sich in seinen Hosenbund.

»Das habe ich nicht gesagt.«

Robert griff nach ihren Händen, aber er müsste ihr schon die Finger brechen. »Blanche, pack deine Sachen. Wir gehen«, brüllte er.

Mit einem Ruck riss er sich los. Na ja, er versuchte es. Helen taumelte ihm hinterher.

»Wo willst du schlafen?«, rief Helen. »Wer auch immer es war, er kann zurückkommen.«

»Mittlerweile wäre ich fast froh darum!«

Robert knöpfte sein Hemd zu, während er zur Tür ging. Helen

hing wie ein Bleigewicht an seiner Hose.

»Lass mich los!«

Helen funkelte ihn störrisch an. »Steck mich doch in den Knast.«

»Vielleicht gefällst du mir an meinem Bett ja besser.«

Ha, verdutzt lockerte Helen ihren Griff. Eine Sekunde, die er gnadenlos ausnutzte. Er entwand sich ihr, marschierte in den Flur und griff sich die Autoschlüssel.

»Blanche«, rief Robert.

»Ich bin fertig«, rief sie aus der Küche. Mit einem Croissant in der einen Hand und dem Rucksack in der anderen, kam sie ihnen entgegengelaufen.

»Gut.« Robert packte seine Tochter an der Hand und marschierte zur Eingangstür. Zu gern würde er Helen die Tür vor der Nase zuschlagen. Aber erstens ging die immer wieder auf, zweitens würde Helen dann hier auf ihn warten. Dieses penetrante Weib würde nicht weichen, wenn sie es sich in den Kopf gesetzt hatte, ihn zu stalken. Außerdem griff sie schon wieder nach seiner Hose.

Robert drehte sich unvermittelt zu ihr um. »Darf ich dir dann eigentlich in den Hintern schießen, wenn du mich schon stalken willst?«

Helen erstarrte, legte den Kopf schief und hob den Finger. »Also genau genommen war es nicht ich, die auf dich geschossen hat …«

Aber sein garstiger Blick brachte sie zum Verstummen. »Gut, aber nur wenn du dann auch ein Pflaster draufklebst.«

»Papa«, flüsterte Blanche. »Du wirst doch nicht …«

»Lass mir wenigstens für eine Sekunde die Vorstellung.«

Natürlich würde er das nicht tun. Er war nicht Helen. Außerdem hätte sie es drauf, ihn wegen Körperverletzung anzuzeigen, und das würde Louis als willkommene Ausrede nehmen, sie beide in den Knast zu stecken.

Also wartete er, bis sich Helen angezogen hatte und mit ihnen die Wohnung verließ. Mit jeder Treppenstufe nach unten jaulten die einzelnen Fasern in seinem Körper im Chor. Seine Laune sank.

»Nimm die Finger von meinem Wagen«, knurrte Robert, als Helen die Hand nach dem Türgriff ausstreckte. Sie drehte sich herum und lehnte sich gegen das Auto.

»Du bist nicht fahrtüchtig. Du kannst doch nicht mal richtig sitzen, geschweige denn Gas und Bremse treten. Und ich wette, Blanche wird nicht freiwillig zu ihrer Mutter zurückfahren.«

Blanche verschränkte die Arme vor der Brust. »Da hat sie recht.«

»Der Teufel soll dich holen«, knurrte Robert.

Was gab es Schlimmeres als Helen? Oder seine Ex-Frau? Oder wenn beide aufeinandertrafen. Das konnte für ihn nicht gut ausgehen. Lorraine ließ nie ein gutes Haar an ihm, und Helen würde mit Freuden in den Sermon einstimmen. Und weil es noch früh am Tag war, konnte sich Robert noch nicht einmal betrinken. Aber Helen hatte dummerweise auch noch recht! Allein die Vorstellung, auf Gas, Bremse und Kupplung treten zu müssen, jagte den Schmerz durch seinen Körper.

Helen hielt ihm die Tür zum Beifahrersitz auf, und widerwillig zwängte er sich hinein. Er landete auf dem Sitz und stöhnte. Blanche schwang sich auf die Rückbank, Helen hinter das Lenkrad. Sie nahm ihm den Wagenschlüssel aus der Hand und steckte ihn in das Zündschloss. »Beschreibst du mir den Weg?«

»Einmal in Richtung Hölle und kurz vorher links abbiegen«, tönte Blanche von hinten. Sie verschränkte die Arme vor der Brust und schob die Unterlippe vor. Sein kleines, schmollendes Mädchen, das er jetzt zurück in den Vorgarten des Hades schaffen musste. Das tat sogar noch mehr weh, als Dresche von einem Mafioso zu beziehen. Aber sie war in seiner Wohnung nicht sicher.

»Fahr los«, seufzte Robert und stützte sich auf seinem Sitz ab, damit nur die unbeschossene Seite seines Hinterns belastet wurde. Er beschrieb ihr den Weg, und seiner Meinung nach erreichten sie das Haus seiner Ex-Frau viel zu schnell. Innerlich stöhnte Robert auf. In der Auffahrt parkte ihr Wagen. Verdammt, sie war auch noch zu Hause.

»Ich will nicht zurück«, maulte Blanche.

»Nur für ein paar Tage«, gab Robert zurück.

»Lass Helen doch bei meiner Mutter!«

Nur der Himmel wusste, wie gern Robert das täte. Er seufzte. »Besser deine Mutter als noch ein Einbrecher.«

»Der Einbrecher wäre mir lieber«, murmelte Blanche. »Diesmal bin ich vorbereitet.«

Wenn sie auch nur annähernd das gleiche Pech hatte wie er in den letzten Tagen, dann war sie nicht einmal auf den Kerl vorbereitet, wenn er sich drei Stunden vorher ankündigte und sich einen Arm auf den Rücken band. Sie würden in einem Actionfilm keine zwei Minuten überleben. Nur Helen, die würde am Ende sogar noch die Guten in den Selbstmord treiben. Gerade saß Blanche erstaunlich still auf der Rückbank, sah zum Fenster hinaus und betrachtete das Haus, das einst das Liebesnest von Lorraine und ihm gewesen war. Liebesnest … Pah! Die Liebe war noch vor dem Nesthäkchen ausgeflogen.

Als Robert und Blanche ausstiegen, folgte ihnen Helen. Robert stellte sich ihr in den Weg. »Du kannst im Wagen warten.«

»Dann wäre ich eine schlechte Stalkerin«, gab Helen zurück.

»Stalker halten doch Abstand, um nicht bemerkt zu werden.«

»Ach, jetzt auf einmal kannst du dich an die Regeln für

Stalking erinnern.«

Helen lächelte, aber sie ließ sich auch nicht abschütteln. Sie folgte ihnen ungeniert zur Eingangstür und sah zu, wie Blanche umständlich den Schlüssel herausholte und ins Schloss steckte. Doch bevor diese die Tür aufschließen konnte, wurde sie bereits aufgerissen.

»Herrgott, Blanche, du zerkratzt noch das Schloss. Was ist so schwierig daran, den Schlüssel einfach ins Schloss zu stecken anstatt nur herumzustochern?«

»Liebreizend«, murmelte Helen hinter ihm.

Leider Gottes musste Robert ihr recht geben. Seine Ex-Frau war der Liebreiz in Person, wenn sie es wollte. Jetzt gerade wollte sie nicht.

»Was machst *du* denn hier?«

»Das Kind zurückbringen, für das du alleiniges Sorgerecht rausgeschlagen hast«, gab Robert zurück.

»Wieso? Warum bist du eigentlich nicht in der Schule?«, keifte Lorraine.

»Hast du überhaupt gemerkt, dass ich weg war?«, rief Blanche aus.

»Du warst weg?«

»Ich hasse dich«, brüllte Blanche und wirbelte zu Robert herum. »Ich will keine paar Tage warten. Wenn bis übermorgen nichts passiert ist, zieh ich zu Mary!«

Sie quetschte sich an ihrer Mutter vorbei ins Haus und stampfte dabei so heftig auf, dass ihre Absätze vermutlich Dellen im Parkett hinterließen.

»Liebling, denk an den Holzboden«, rief Lorraine, und Robert verdrehte die Augen.

»Was hast du ihr nun wieder für einen Floh ins Ohr gesetzt?«, fauchte Lorraine, und Robert hob die Augenbrauen.

»Ich?«

»Ja, du! Wieso will sie ausziehen?«

»Weil sie sich von ihrer Mutter unverstanden fühlt. Und nicht wahrgenommen«, erklärte Robert so ruhig wie möglich.

Lorraine schnaubte. »Völliger Unfug. Nur weil ich nicht auf ihre provozierenden Mätzchen eingehe.«

»Sie provoziert nicht.«

»Doch«, schnappte Lorraine. »Sie weiß ganz genau, wie schlecht ich auf dich zu sprechen bin. Und wie knapp ich mir das Sorgerecht für sie erkämpfen konnte. Sie will nur zu dir ziehen, weil sie mich ärgern will.«

Robert knurrte. »Sie will zu mir ziehen, weil ihre Mutter ihre lesbische Beziehung für eine Provokation hält!«

»Ha«, entfuhr es Lorraine. »Lesbisch! Dass ist nicht lache. Meine Tochter ist nicht lesbisch!«

»Scheinbar ist sie da anderer Meinung«, erklang Helens trockene Stimme. »Auch wenn es recht beleidigend ist, dass ich nicht ihr Beuteschema bin. Gut, ich bin ein paar Jahre zu alt, aber …«

»Wer ist das?« Lorraines Tonfall klang eher nach ›*Was* ist das?‹.

»Das ist Helen«, seufzte Robert. Jetzt konnte es losgehen.

»Ist Helen etwa die lesbische Freundin von Blanche?«, spottete Lorraine.

»Ihre Freundin heißt Mary!«, murrte Robert im gleichen Moment, in dem auch Helen sich einmischte: »Wie ich schon sagte, gehöre ich nicht in Blanches Beuteschema …«

»*Sie* habe ich nicht gefragt. Robert, verschwinde mit dieser Frau. Ich will sie hier nie wieder sehen«, rief Lorraine aus und übertönte damit Helens Worte. Sie drehte sich auf der Ferse um und schlug ihnen die Tür vor der Nase zu.

»Es grenzt an psychische Misshandlung, Blanche hierzulassen«, murmelte Helen.

»Hast du eine bessere Idee?«, fauchte Robert. Er gab es auf, die verdammte Tür anzustarren, sondern drehte sich um und humpelte zu seinem Wagen.

Er hätte beinahe vor Wut in die Armatur gebissen, als sich Helen hinter das Lenkrad setzte und fragte: »Und was machen wir jetzt?«

»Hast du nichts Besseres zu tun?«

Helen legte den Kopf schief, kaute für einen Moment auf der Unterlippe und schüttelte schließlich den Kopf. »Nein, heute ist mein freier Tag.«

Wie schön für sie. Offenbar hatte sie wirklich keine anderen Hobbys, aber was beschwerte er sich? Er hatte es schließlich vorgemacht. Robert ließ sie den Wagen starten und lotste sie ein weiteres Mal durch die Pariser Straßen.

Kapitel 20

Handschellen stehen Polizisten besser

Dieser Mistkerl ließ sich von Helen direkt zum Polizeirevier chauffieren! Wenn sie nicht wüsste, dass er ein Polizist war, nähme sie es persönlich. Allerdings konnte sie eine gewisse Beunruhigung nicht unterdrücken. Er buchtete sie doch jetzt nicht ein? Nicht, dass Jason sie nicht herausholen würde, aber wenn Jason ihn wirklich gestern Nacht in der Mangel gehabt hatte, machte er sich bei dem Vampir damit nicht beliebter.

»Komm schon, steig aus«, riss sie Roberts Stimme aus den Gedanken. Oh, er humpelte sogar um den Wagen herum und hielt ihr die Tür auf. Allerdings konnte er sie damit nicht recht überzeugen auszusteigen.

»Es liegt kein Haftbefehl für dich vor«, spottete Robert. »Glaub mir, das ärgert niemanden mehr als mich.«

Mistkerl. Helen schob sich aus dem Wagen. »Für einen Stalker bist du ganz schön verkrampft und nachtragend.«

Sie folgte ihm die Stufen zum Eingang hinauf. Im Gegensatz zu gestern schien die Sonne durch die schmutzigen Fensterscheiben, was das Revier aber auch nicht attraktiver machte.

Helen zuckte zurück, als sich Leloup an seinem Schreibtisch herumdrehte und direkt in ihre Richtung sah. Er erstarrte, griff zu seiner Dienstwaffe und den Handschellen. Unwillkürlich suchte Helen hinter Roberts Rücken Zuflucht. Sein Aftershave stieg ihr in die Nase, und sie holte tief Luft. Er roch herrlich. Das fand auch ihr Bauch, der begeistert kribbelte. Verflucht, sie musste sich konzentrieren. Leloup hatte noch eine Rechnung mit ihr offen, und an seiner Stelle würde sie diese hier und jetzt begleichen. Vorsichtig spähte sie über Roberts Schulter.

»Moreau«, bellte Leloup und schob seine breite Brust durch die schmalen Gänge zwischen den Schreibtischen.

Robert fuhr herum, stieß seinen Hintern an einem Tisch und fluchte unterdrückt. »Was?«

»Ich bin sehr erfreut«, verkündete Leloup und packte Helen am Arm. »Danke, dass du sie mir frei Haus lieferst!«

»Ich liefere sie nicht«, widersprach Robert und packte Helen am anderen Arm. »Oder hat Louis inzwischen einen Haftbefehl?«

»Von einem Haftbefehl weiß ich nichts«, knurrte Leloup. »Wenn du sie nicht verhaftet hast, warum ist sie dann hier?«

»Das geht dich herzlich wenig an«, gab Robert zurück und zog Helen mit sich.

Leloups Griff löste sich nur widerwillig von Helens Arm und das auch nur, weil sie ihm diesen mit einem Ruck entriss.

»Warum sieht dich das gesamte Revier so missgünstig an?«, flüsterte Robert. Er hatte recht. Faktisch jeder sah sie an, als würde er ihr persönlich das Fell über die Ohren ziehen wollen.

»Vielleicht wollen sie auch eine Kugel im Hintern?«, mutmaßte Helen und erntete einen schiefen Blick von Robert.

Sie folgte ihm zu einer breiten Glasfront. In einem der abgeteilten Räume hockte Roberts Boss.

»Du wartest hier!«, sagte Robert scharf.

Wenn sie das gewusst hätte, hätte sie sogar freiwillig im Wagen gewartet. In einem Raum voller Polizisten zu stehen, die gerade vermutlich nur deshalb so innig auf ihre Tastaturen einhämmerten, weil sie etwas suchten, das sie ihr ankreiden konnten. Oder weil sie schnell noch einen Haftbefehl auf ihren Namen photoshopten.

Eine solche Nummer passte besser zu Jason. Der hing gern

seinen nackten Hintern vor die Nasen seiner Feinde und freute sich, wenn sie danebenschossen.

»Was macht sie hier?«, fragte Louis gereizt und setzte die Brille, die er vorher beim Lesen auf seine Stirn geschoben hatte, wieder auf seine Nase.

Robert ließ sich ächzend auf einem der Stühle vor dem Schreibtisch nieder. »Sie macht sich Sorgen.« Zumindest unterstellte er es ihr. Die andere Möglichkeit war, dass sie einfach nichts Besseres zu tun hatte und ihn heute endgültig in den Wahnsinn treiben wollte.

»Sorgen?« Louis schnaubte. »Darum, dass wir zu viel herausfinden?«

»Ich glaube, mehr um mich.«

Robert konnte Louis den skeptischen Blick nicht verübeln. Aber wenn sie vergaßen, dass seine Unterhaltungen mit Helen zu neunundneunzig Prozent aus Zankereien bestanden, dann blieb die Sorge. Um ihn. Sie hatte oft genug versucht, ihn loszuwerden, und jetzt blieb sie da. Sie stand dort draußen, an die Glaswand gelehnt, die Arme vor der Brust verschränkt und mit zusammengekniffenen Augen. Wie ein Waschbär, der plötzlich vor zehn Füchsen saß, aber trotzdem nicht von seiner Mülltonne abrücken wollte.

»Hör zu, Louis«, bat Robert.

Sichtlich widerwillig löste Louis den Blick von Helen und wandte sich Robert zu. Dieser fuhr fort: »Harris hat bestätigt, dass Nathanaël Baillieu für die Verbreitung der tödlichen Drogen verantwortlich ist.«

Louis kniff die Augen zusammen. »An seiner Stelle würde ich auch meinen Konkurrenten beschuldigen.«

»Er hat uns die Aufnahme von Damrau geschickt.«, hielt Robert dagegen.

Louis schwieg. Die Hände gegeneinander gelehnt, stützte er sein Kinn darauf, schob es auf den Fingerspitzen hin und her. »Was hat er noch gesagt?«

»Dass er uns Baillieu persönlich vor der Tür ablegt, sobald er genug weiß.«

Louis stutzte. »Er ist hinter ihm her?«

»Anscheinend.«

Robert hob die Schultern. Letztendlich war es das Beste, was passieren konnte. Kriminelle hatten keinerlei Hemmungen, sich gegenseitig das Fell über die Ohren zu ziehen. Im besten Fall brauchten sie nur noch für den Verlierer einen Platz auf dem Friedhof mieten und könnten sich darauf konzentrieren, dem Gewinner etwas anzuhängen und ihn einzubuchten.

Louis' Augen verengten sich. Robert konnte ums Verrecken nicht einschätzen, was im Kopf seines Vorgesetzten vor sich ging. Begeisterung sah jedenfalls anders aus. Er musste ja nicht Beifall klatschen, aber hey, sie waren immerhin nicht mehr allein hinter Baillieu hinterher.

»Sie bleibt hier«, brummte Louis.

»Du machst Harris sauer, wenn du sie festhältst«, wandte Robert ein. »Warte damit, bis wir eine Baustelle eingebuchtet haben, bevor du die nächste aufreißt.«

Louis schlug mit der Faust auf den Tisch. »Willst du mir etwa sagen, ich soll Kriminelle frei herumlaufen lassen?«

»Du hast nichts gegen Harris in der Hand. Du hast damit auch nichts gegen *sie* in der Hand«, gab Robert zurück.

»Bist du jetzt auf seiner Gehaltsliste?«, fragte Louis kalt.

Bitte was? Nur weil er Louis an die Grundregeln der Polizeiarbeit erinnerte – kein begründeter Verdacht, keine Verhaftung?

Das war genau das, was ihm Louis immer predigte! Doch bevor Robert etwas Sinnvolles dazu einfiel, hörten sie Helens Geschrei.

»Nimm die Finger von mir, oder du wirst niemals wieder in der Lage sein, auch nur irgendetwas anzufassen!«, fauchte sie.

Sie stieß gegen die Glasscheibe, wich Leloup aus, der sie am Arm packen wollte, und trat nach ihm. Sie verfehlte haarscharf sein Knie.

»Wir haben etwas gegen sie in der Hand«, schnurrte Louis hinter Robert. »Widerstand gegen eine Festnahme.«

Ziemlich dürftig, allerdings auch nicht mehr lange. Helen packte einen Kollegen, der sich auf sie werfen wollte, am Arm und riss diesen herum, bis er aufschrie. Aber nur bis ihn Helen mit voller Wucht gegen die Glasscheibe stieß, mit dem Gesicht voran. Beim Hinunterrutschen hinterließ sein Gesicht eine schmierige Spur auf der Scheibe.

Robert sprang auf, stürmte aus dem Büro und zerrte einen weiteren Kollegen von Helen herunter. Merde, sein Hintern! Der Schmerz gab seiner Wut Zunder. »Was soll der Quatsch?«, brüllte er über den Lärm hinweg. »Ist das hier das Verhalten von Polizisten?«

»Ist es das, was *du* uns zeigst?«, knurrte Louis. »Du bist genauso festgenommen!«

»Was?«, platzte aus ihm heraus.

»Robert Moreau, Sie sind festgenommen wegen …«

Ja, das ›Wegen‹ interessierte ihn ganz besonders, aber Louis ließ den Satz mit einem dummen Grinsen enden. Dafür fühlte sich Robert von seinen eigenen Kollegen am Arm gepackt.

»Lass mich los«, befahl Robert, aber das Kollegenschwein ließ schon die erste Handschelle um sein Handgelenk zuschnappen und angelte nach seinem anderen Arm. Robert wich ihm aus. Das konnte er getrost vergessen! Sein Bedarf an den Dingern war gedeckt. Das Gefühl, damit an sein eigenes Bett angekettet aufzuwachen, war noch zu frisch. Auch wenn das unter Umständen noch erregend sein könnte, wenn eine gewisse Blondine mitspielte. Roberts Kollege war allerdings nicht sein Beuteschema. Robert reichte es. Die sollten richtige Kriminelle jagen und ihm nicht einen Nebenjob bei Jason Harris andichten!

Robert riss seinen Arm zu sich, brachte seinen Kollegen zum Straucheln und stellte ihm ein Bein. Auch in Helen kam Bewegung, und zum ersten Mal war Robert froh, dass sie nicht zimperlich mit ihren Gegnern umging. Sie warf sich mit vollem Schwung gegen einen Beamten, der Robert gerade eins mit seinem Schlagstock überziehen wollte. Helen krachte mit dem Kerl zu Boden, dass die Kaffeetassen über die Schreibtische hüpften.

Das wären Schlagzeilen für Marcus. ›Schlägerei auf dem Polizeirevier. Mangels Bösewichte verprügelten sich die Beamten gegenseitig. Mittendrin der Ex-Entführte. Haben die Außerirdischen etwas damit zu tun?‹

Aber die anderen Polizisten stürzten sich nicht auf Robert und Helen. Sie standen mit hängenden Kinnladen daneben und betrachteten verwirrt das Gerangel.

»Macht dem Schauspiel ein Ende«, knurrte Louis, und Robert sah, wie er auf Leloups Dienstwaffe deutete.

»Fuck«, hauchte Helen. Das konnte sie wohl laut sagen!

»Er wird doch wohl nicht vor Zeugen …«, raunte Robert Helen zu. Die drückte sich noch enger an seinen Rücken und an seinen Hintern. Robert zischte vor Schmerz.

»Der scheißt auf Zeugen«, murmelte Helen. »Finger weg!«

Wen sie anblaffte, konnte er nicht sehen, aber er hatte mit drei seiner Kollegen schon genügend am Hals. Leloup trat er in den Bauch, packte dessen Arm, bis die Mündung seiner Waffe zur Decke zielte. Der Knall ließ seine Ohren klingeln. Robert duckte sich unter einem Schlag Leloups weg, fühlte sich von jemandem gepackt, warf sich zu Boden und schleuderte seinen Angreifer auf Leloup. Dem nächsten trat er die Beine weg, rappelte sich auf und hielt nach Helen Ausschau. Sie warf gerade einer Polizistin einen Tacker an den Kopf. Sie traf ihre Gegnerin genau an der Stirn, und Robert musste über die Fallende hinwegspringen, um zu Helen zu gelangen.

»Mit dir möchte ich wirklich kein Büro teilen«, keuchte er und zerrte Helen mit sich.

»Gegen Linett bin ich harmlos«, rief Helen. »Ich wünschte, sie wäre hier. Die hätte einen Heidenspaß!«

Ach ja? Für seinen Geschmack hatte sie komische Freunde, aber verflucht, sogar *er* wäre froh, wenn sie hier wäre. Sie könnte ihnen den Rücken decken. Sie rannten durch die Kaffeeküche, geradewegs in den Lagerraum. Helen warf die Tür zu und Robert sich dagegen, bis Helen den Schlüssel herumgedreht hatte.

»Durchs Fenster?«, rief Helen.

»Siehst du einen anderen Ausgang?«, knurrte Robert.

»Hey, ich bin nicht freiwillig hierhergekommen«, fauchte Helen.

»Bist du wohl! Du hast mich gestalkt, als gäbe es kein Morgen mehr!«

»Leider hast du recht«, gab Helen zu. »Aber wenn wir uns nicht beeilen, gibt es wirklich kein Morgen mehr.«

Robert schnappte sich einen der Generalschlüssel, die neben dem Vorrat Handfesseln lagen, und löste die Schelle von seinem Handgelenk. Sie fiel zu Boden, Helen kickte sie unter ein Regal, und sie rannten zum Fenster. Helen zerrte an der Verriegelung. »Es klemmt.«

»Zurück.«

Robert schlug mehrfach gegen die Verriegelung. Die Fensterflügel sprangen auf, Robert half Helen auf das Fensterbrett und schob sich fluchend hinterher.

»Das nächste Mal lass ich mich einfach krankschreiben«, keuchte er. Warum war er auch so ein Idiot und ging mit einem durchlöcherten Hintern freiwillig zur Arbeit? Das gehörte doch nur bestraft!

Helen packte ihn an den Schultern und zog ihn von dem Sims, direkt in den Hinterhof.

Sie rannte los, Robert humpelte und verfluchte einmal mehr Helen.

»Ich habe deinen Boss nicht auf der Gehaltsliste«, fauchte Helen.

»Wer dann? Dein Lover?«

Helen blieb abrupt vor dem breiten Tor stehen, das sie von der Straße trennte. »Er ist nicht mein Lover!«

»Ex-Lover!«

Helen spähte an ihm vorbei, dann zum Tor. »Gut, mit der Bezeichnung kann ich leben.«

Sie hievte sich auf die Mauer. Warum war sie in diesem Alter noch dermaßen gelenkig? Mit Mühe stemmte sich Robert über die Mauer, hörte im Hintergrund das Gebrüll seiner Kollegen. Wenigstens waren sie anständig genug, um nicht auf ihn zu schießen.

Er rutschte auf der anderen Seite hinunter, und da kamen ihnen bereits zwei Beamte entgegengerannt.

Helen stieß einen Mopedfahrer, der gerade seinen Helm aufsetzte, von der Maschine. Sie ignorierte seinen erschrockenen, etwas gedämpften Aufschrei, hechtete auf das Moped und wartete, bis sich Robert auf den Sitz hinter sie schob. Die Maschine knatterte unter ihnen, brauchte einen Moment und flutschte dann in den Gegenverkehr. Oh Himmel, hätte er sich nur lieber festnehmen lassen. Sie nahm einem LKW die Vorfahrt, und Robert drehte sich mit zusammengebissenen Zähnen auf dem Sitz um. Niemand hing an ihrem Hinterrad.

»Fahr irgendwo rein und halt an«, rief er Helen über die Schulter zu. Sie bog neben einem Supermarkt ein. Das Moped polterte über den Bordstein, und Roberts Hintern stöhnte mit ihm gepeinigt im Chor. Hinter Mülltonnen, Papierkartons und Beuteln voller Plastikverpackungen stoppte Helen diesen schlecht gepolsterten Schrotthaufen.

Helen lehnte sich an ihn. »Nenn ihn nie wieder meinen Lover«, keuchte sie.

»Hast du keine anderen Probleme?«

»Seltsamerweise nicht«, sagte Helen. Sie stieg vom Moped und griff sich an die Stirn. »Ich fühle mich komisch.«

Robert schwang sich ebenfalls von dem Moped und ließ es achtlos zur Seite kippen. »Was ist los? Ist dir schwindelig?«

Sie rieb über eine Stelle an ihrem Arm. Inmitten eines roten Flecks war ein Einstich zu sehen. Jemand hatte ihr eine Spritze verabreicht. Wann? Und warum? Helen sah nicht blass aus, im Gegenteil, ihre Wangen waren gerötet, und ihr Atem ging schwer. Plötzlich schwankte sie, und Robert legte den Arm um sie, bevor sie doch noch den Asphalt mit dem Gesicht voran begrüßen würde. Ein wohliges Gefühl durchströmte ihn, das ihm so gar nicht gefiel. Diese Frau war die reinste Plage, da bekam kein normaler Mann Schmetterlingsfeeling, sondern einen selbsterhaltenden Fluchtinstinkt. Nur leider konnte er sich keinen Millimeter bewegen. Es war, als wären seine Füße festbetoniert. Forschend sah er ihr in die Augen. Ihr Blick war unstet, sprang von seinem Gesicht zu dem Moped und dann wieder auf irgendetwas hinter ihm. Erneut fokussierte sie ihn. »Ich muss dir was sagen«, presste sie hervor. Helen stellte sich auf die Zehenspitzen, die Hände auf seine Schultern gelegt. »Ich liebe dich.«

Ehe er sich versah, stemmte sie sich noch ein wenig höher und küsste ihn.

Kapitel 21

Unverhoffte Leidenschaft

Wenn ihr diese verfluchten Kerle Wahrheitsserum untergejubelt hatten, würde sie die umbringen! Sie konnte kaum fassen, was sie da von sich gab. Sie konnte auch nicht fassen, was sie tat. Und noch weniger kapierte sie, dass Robert die Arme um sie legte, sie fest an sich drückte und den Kuss erwiderte. Hatte er das Zeug auch bekommen oder nahm er einfach nur jede Gelegenheit mit, die sich ergab? Allerdings ... Sie standen hier neben einer Mülltonne voller Bio-Abfälle, der Gestank war unfassbar, der Motor des Mopeds tuckerte immer noch in einem nervtötenden Rhythmus, und doch wollte sie nirgends anders sein. Es war ihr auch egal, wer ihnen gerade hinterher rannte. Nathanaël oder Roberts Chef – gehörten die zusammen? Es würde sie nicht wundern. Es war ihre Schuld, dass sie Robert festnehmen wollten. Aber sie bereute es nicht, es gab schließlich Schlimmeres als das und wesentlich weniger Schöneres, als ihn zu küssen. Wow, das Zeug haute ja ordentlich rein.

»Frag mich irgendwas, worauf ich dir unmöglich die Wahrheit sagen darf«, bat Helen.

»Hm, lass mich überlegen.« Robert lehnte das Kinn auf ihren Scheitel. »Was ist damals zwischen Nathanaël und Harris vorgefallen?«

Zu ihrer eigenen Überraschung verspürte Helen nicht den unüberwindbaren Drang, ihm die Wahrheit zu sagen. Trotzdem holte sie tief Luft.

»Nathanaël war schon immer auf das schnelle Geld aus. Er arbeitete etwa zwei Jahre lang für Jason, lernte dessen Kunden kennen und machte dann mit ihnen seine eigenen Deals. Zu deutlich besseren Konditionen als Jason. Er warb Mitarbeiter von Jason ab und gründete seine eigene Firma. Schlussendlich stieg er ins Drogengeschäft ein und behauptete, Jason wäre mit an Bord. Das brachte ihm bessere Kunden ein, schließlich hatte Jason einen guten Ruf, der von Nathanaël noch nicht völlig versaut war. Aber Nathanaël verkaufte seinen Kunden gepanschte Drogen. Manche starben, andere waren nur unzufrieden. Anschließend zerschlug Jason seinen Laden. Im wahrsten Sinne des Wortes.«

Robert senkte den Kopf und runzelte die Stirn. »Hat dir Louis Wahrheitsserum verabreicht?«

Helens Lippen teilten sich zu einem Lächeln. »Nein. Ich bin freiwillig geständig.«

»Und was hattest du mit all dem zu tun?«

»Ich war in Nathanaël verliebt«, sagte Helen, und ihr Lächeln erlosch. »Ich glaube, Nathanaël wollte alles, was Jason auch hatte. Seine Kunden, seine Leute, seinen Erfolg. Und ich gehöre ebenso dazu wie alles andere. Außerdem war ich eine gute Informationsquelle. Ich kenne Jasons Kunden, und ich habe Nathanaël vertraut.«

»Du hast ihm alles gesagt, was er wissen wollte?«, fragte Robert.

Helen verzog das Gesicht. »Alles. Ich hätte ihm genauso gut, sämtliche Passwörter zu unseren Datenbanken geben können.«

»Brauchte er nicht. Er hatte ja dich.«

Roberts schiefes Grinsen minderte den Stich in Helens Bauch nicht im Geringsten. Sie hasste Dummheit. Vor allem hasste sie *ihre* Dummheit.

»Er war immer da, wenn ich morgens aufwachte. Eines Tages war er es nicht mehr. Ab jenem lag er im Bett einer wesentlich jüngeren Blondine, die außerdem noch sehr viel Geld besaß.« Ein grimmiges Lächeln zeichnete sich auf Helens Lippen ab. »Jedenfalls bis Jason ihn und den Laden auseinandergenommen hat. Er hat mir die Wahl überlassen, Nathanaël zu töten oder nicht.«

»Und du hast ihn gehen lassen.«

Helen verzog das Gesicht. »Wir machen alle Fehler.«

»Ich bin froh darüber«, seufzte Robert. »Ich küsse keine Mörderinnen. Berufsethos.«

Erneut spürte sie seine Lippen auf ihren und das warme Gefühl, das sie daraufhin durchflutete. Robert zog sie enger an sich, strich ihr über den Rücken und packte ihren Hintern. Gute Güte. Als würde ihr nicht ohnehin schon der Atem fehlen, presste er sie gegen die Mauer. Sie spürte den kalten Stein an ihrem Rücken, ein sinnlicher Kontrast zu der Wärme seines Körpers, seiner Lippen und seiner Hände, die sich langsam unter ihre Bluse schoben.

Wie? Jetzt? Hier? Neben einer Mülltonne? Es war ja nicht so, dass sie für schmutzige Spiele nicht zu haben war – aber vergammelte Kartoffelschalen rochen fast so schlimm wie Pfefferspray.

»Vielleicht sollten wir mit Jason reden«, keuchte sie, als Robert ihre Brüste umfasste.

Sie hätte ihm genauso gut eine Ohrfeige mit einem Schlagring verpassen können. Robert ließ seine Hände sinken und trat zurück.

»Langsam gefällt mir das Verhältnis zwischen dir und Jason nicht mehr«, knurrte er.

»Ich meinte, wegen Louis.«

»Ich bin an einem Vierer nicht interessiert!«

»Herrgott«, rief Helen aus. »Hast du sonst keine Probleme?«

»Es sei denn, es sind drei Frauen«, sinnierte Robert.

War ja klar. Aber dass die dann alle auch die entsprechende Anzahl Schwiegermütter mitbrachten, vergaß er bei seiner Rechnung. Roberts Blick war ein wenig abwesend und auf Helens Brüste geheftet. Sie wusste ja, dass das Blut der Männer gerne nach unten rutschte, aber bei Robert schien es gleich bis in den

Gulli gerauscht zu sein.

»Wir müssen mit Jason über Louis reden«, versuchte es Helen noch einmal. Eine Ohrfeige konnte sie ihm immer noch verpassen. Sie hob schon mal die Hand, aber da löste sich Roberts Blick von ihrem Ausschnitt und wanderte zu ihrem Gesicht. Der abwesende Ausdruck wurde klarer, und er fuhr sich mit den Fingern über die Bartstoppeln.

»Hast du was gesagt?«

»Ich sagte, ich bin lesbisch«, gab Helen zurück. »Übrigens stehe ich auf SM-Spiele. Wenn wir dir eine Perücke aufsetzen und ich dir den Hintern versohle, könnte aus uns was werden.«

Robert starrte sie mit offenem Mund an. Sein Blick zuckte zum Supermarkt. Überlegte er etwa, ob er sie bei einer Flucht in der Gemüseabteilung abschütteln konnte, mit strategisch günstig ausgelegten Bananenschalen als Komplizen? Er legte die Hand in den Nacken. »Gut, dann kann ich dir ja sagen, dass es genau das ist, wovon ich schon immer geträumt habe.«

Helens Herz plumpste nach unten, verhedderte sich im Darm und krallte sich an ihre Blase. Im Ernst? Robert sah sie durchdringend an, ohne jegliche Regung. Obwohl, da, an seinem Mund bewegte sich ein Muskel. Er zuckte und schließlich auch sein gesamter Mundwinkel.

»Du solltest dein Gesicht sehen«, grinste er.

Ja, das sah sie. In einer Pfütze neben der Mülltonne. Selbst ein Lemuraffe auf Koks sah intelligenter aus.

»Wir brauchen einen Wagen«, sagte Robert. »Und meiner steht immer noch vor dem Revier.«

»Sie werden ihn überwachen«, sagte Helen.

Robert legte frustriert den Kopf in den Nacken. »Ich weiß!«

»Komm.« Helen nahm seinen Arm und zog ihn die Straße entlang.

Er folgte ihr, aber er versteifte sich auch unter ihrer Berührung. Warum nur? Gerade küsste er sie noch und dann wollte er nicht berührt werden?

Helen stoppte vor einer Garage. Einer von vielen, die Jason über das Stadtgebiet verteilt hatte und in denen für jeden seiner Mitarbeiter Autos zur Verfügung standen. Helen drückte die Universalfernbedienung an ihrem Schlüssel, und das Tor glitt auf.

»Deswegen könnt ihr also immer so schnell die Autos tauschen«, murmelte Robert.

Er nahm ihr den Schlüssel ab, setzte sich hinter das Lenkrad und ließ den Motor an. Er gab Gas, zischte vor Schmerz und rauschte auf die Straße. Vielleicht hätte sie lieber selbst fahren sollen. Robert knurrte, wann immer er Gas geben musste, rutschte auf seinem Sitz herum und stemmte sich schließlich mit dem Rücken gegen die Lehne. Immerhin belastete er nun nicht mehr seine Wunde, aber er fuhr wie ein Taxifahrer, der eine Hochschwangere mit geplatzter Fruchtblase auf der Rückbank hatte. Wenn er seinen Vordermännern weiter so dicht auffuhr, könnten sie denen bald mühelos den Kofferraum kontrollieren, ohne aussteigen zu müssen. Erstaunlicherweise kamen sie an seiner Wohnung an, ohne einen Verkehrsteilnehmer, eine Straßenlaterne oder den Bordstein gerammt zu haben.

Robert hievte sich die Treppe hinauf, Helen hielt sich einige Stufen hinter ihm. Nicht, weil sie Angst hatte, er könnte sie die Stufen hinabstoßen, sondern weil sein Hintern wirklich … knackig war, trotz des Lochs.

Mit jeder Minute, die sie mit ihm verbrachte, gefiel er ihr besser. Auch wenn er furchtbar unentspannt war. Oder war es genau das? Männer konnte man sehr leicht entspannen. Man musste einfach mal für einen Moment so tun, als wäre man eine schwache Prinzessin, die erobert werden wollte. Vielleicht sollten sie doch eine unverbindliche Nummer …

»Zum Teufel«, fluchte Robert. Helen rannte die letzten Stufen hinauf, um neben ihm in der Wohnungstür stehen zu bleiben. Die offene Tür hatte jemanden zum Stöbern eingeladen. Eine männliche Stimme schallte blechern durch die Wohnung und faselte von Twitterposts des amerikanischen Präsidenten mit dem Informationsgehalt eines mehrfach benutzten Teebeutels. Der Einbrecher schaute sich hier die Nachrichten an?

Sie folgte Robert ins Wohnzimmer. Die Stimme kam tatsächlich aus dem Fernseher. Ein Riss verlief über das flimmernde Bild. Hatten sie versucht, ihn zu klauen, ihn fallen gelassen und dann wieder aufgestellt? Das ergab doch keinen Sinn!

Robert bückte sich, hob eine große Schachtel auf und stellte sie zögerlich zurück in das Bücherregal. Es stand schief an der Wand. Jemand hatte sich die Mühe gemacht, hinter die Schränke zu sehen?

»Ich dachte, Louis wollte den Schlüsseldienst schicken«, fluchte er. »Und die Spurensicherung.«

»Die Spurensicherung?«, fragte Helen verdutzt.

»In letzter Zeit nimmt er es ziemlich genau«, erwiderte Robert.

»Auf jeden Fall wollte der Durchwühlende nebenbei die neuesten News erfahren.«

Hinter einem blau beleuchteten Tresen stand der Moderator der Tagesnachrichten und starrte mit unbewegter Miene in die Kamera. Als er offenbar glaubte, eine bedeutungsschwangere Stimmung aufgebaut zu haben, sagte er: »Auf der Rue de Dunkerque ereignete sich heute ein absonderlicher und tragischer Zwischenfall. Ein Mann mittleren Alters ging unvermittelt in Flammen auf und verstarb noch am Unglücksort. Unter Wissenschaftlern ist das Phänomen als spontane Selbstentzündung bekannt, dessen Ursachen und Auftreten noch immer nicht geklärt werden konnten.«

»Kann es sein, dass Jason dafür verantwortlich ist?«, fragte Robert.

Wie kam er denn darauf? »Jason ist nicht für jeden Tod in Paris verantwortlich!«

Robert brummte etwas Unverständliches, schaltete den Fernseher aus und wandte sich ab.

Helen packte ihn am Arm. »Du kannst nicht hierbleiben. Du kommst mit zu mir und dort sprechen wir mit Jason.«

»Aber …«, protestierte Robert, doch sie achtete nicht darauf. Helen marschierte an ihm vorbei, in sein Schlafzimmer und zog aus dem Kleiderschrank zwei Hemden, zwei Hosen, Unterhosen und Socken.

»Du hast in meinen Unterhosen nichts verloren«, donnerte Robert, aber er griff rechtzeitig zu, als Helen die Sachen in seine Arme fallen ließ.

»Sei froh, wenn dir derjenige, der dir die Unterhosen durchwühlt hat, sie nur hochzieht, wenn er dich findet.«

Warum zum Henker durchwühlte jemand seine Wohnung? Das ergab überhaupt keinen Sinn! Wie der Rest im Übrigen auch. Helen stieß so lange gegen seinen Rücken, bis er sich Schritt für Schritt aus der Wohnung bewegte, auf die Straße und dann in den Wagen. Und er hielt seine Klamotten immer noch im Arm, als er ein Appartement betrat, das dreimal so groß war sie seines und sicher über ein Gästezimmer verfügte. Leider.

Allerdings hätte er Helen eine solche verspielte Einrichtung niemals zugetraut. Für ihn wirkte sie wie eine Frau, die Leder und Edelstahl bevorzugte, Ordnung und Methodik. Stattdessen lag in ihrem Flur ein bunter Teppich, der schon bessere Tage gesehen hatte. Im Wohnzimmer dominierten zwei hellgraue Sofas mit buntbestickten Kissen den Raum. Dahinter zog sich über die komplette Wand ein Bücherregal, das ihn magisch anzog.

Er legte den Kopf schief.

›Weiblich, ledig, untot‹, ›Alltagsgötter‹ und ›Damnati‹. Sie las Fantasy? Robert ging ein Stück weiter, zum nächsten Fach. Nahezu alle Buchrücken waren grün, und schon beim ersten Titel wusste er auch, warum. ›Die eigensinnige Braut des Highlanders‹ Wenn sich diese Braut auch nur halb so starrsinnig gab wie Helen, konnte man mit dem Kerl nur Mitleid haben.

»Was fasziniert dich so an Highlandern?«, fragte Robert unverblümt.

»Dass sie Röcke tragen«, spottete Helen hinter ihm.

Er wandte sich um, und plötzlich stand Helen viel zu nah bei ihm. Näher, als es seine Privatsphäre gestattete und nah genug, um ihren Duft einatmen zu können. Da war es wieder – das seltsame Gefühl des Schwindels, das ihn immer dann erfasste, wenn Helen ihn berührte. Aber das war nicht immer so gewesen. Erst seit der Begegnung mit Louis. Vielleicht hatte der ihm auch etwas gespritzt? In seinen malträtierten Hintern?

Robert überkam der übermächtige Drang, Helen zu küssen. Nein, nicht zu küssen. Er wollte mehr von ihr als nur Küsse. Wenn er an ihren Mund dachte, ihre süßen Lippen, die sich gerade bewegten. Moment, sie sagte etwas.

»Die ziehen sich nicht ständig aus«, fügte Helen hinzu und warf ihm einen bedeutenden Blick zu. »Was im Grunde recht bedauerlich ist. Denke ich. Obwohl, je länger ich darüber nachdenke, bin ich froh, dass es nicht der Highlander ist, der sich ständig auszieht.«

Sie schmiegte sich an ihn und stellte sich auf die Zehenspitzen.

Ehe er sich versah, legte sie die Arme um seinen Hals, und nein, er brauchte keine weitere Aufforderung. Fest zog er sie an sich und küsste sie. Insgeheim rechnete er mit einer Ohrfeige. Es würde ihn bei Helen nicht wundern. Die Frau war so wechselhaft wie eine Sandwüste mit Identitätsproblemen. Aber er bekam nicht ihre flache Hand ins Gesicht oder etwas anderes. Nein, er bekam allein ihre Lippen zu spüren, und es fühlte sich fantastisch an. Ein irritierendes Gefühl. Diese Frau war die Pest, sie war grandios darin, sein Leben völlig über den Haufen zu werfen, und doch küsste er sie in diesem Augenblick mit einer Inbrunst, als gälte es, die Welt aufrechtzuerhalten.

Sie schob ihre Hände unter den Stoff seines Shirts, und unweigerlich erzitterte er erregt. Helen schaffte es, einen Schauer durch seinen Körper zu jagen, der jede Faser seines Seins erreichte. Ihre Lippen lösten sich, glitten über sein Kinn, seinen Hals entlang und Grundgütiger, diese Frau wusste genau, was sie tun musste. Robert packte den Saum seines Shirts und zog es sich über den Kopf. Gut, er zog sich mal wieder aus, aber wenn sie gerade so freigiebig mit Liebesbekundungen war, sollte man das nutzen. Und sie ließ sich wahrlich nicht lumpen. Kaum hatte er sein Shirt beiseite geworfen, setzte sie den Weg ihrer Küsse genau dort fort, wo sie angefangen hatte. Er sah ihr mädchenhaftes Grinsen, als sie ihre Hand in seine Hose schob und sich etwas in ihre Handfläche drückte, das bei einem Highlander wohl frei herumhing … oder stand. Robert fasste sie am Arm und zog ihre Hand aus seiner Hose.

»Du willst doch jetzt keinen auf Gentleman machen«, fragte Helen.

»Hast du Angst, dass ich dir einen Korb gebe?«, spottete Robert, doch bevor Helen auch nur ansatzweise ihre vollen Lippen beleidigt schürzen konnte, hob er sie hoch und setzte sie auf einem halbhohen Bücherregal ab. Er hatte keine Ahnung, wo ihr Schlafzimmer war, und er hatte verflucht noch mal auch keine Lust, es zu suchen!

Halleluja, ihr stach zwar ein Schlüssel in den Hintern, aber drauf geschissen. In diesem Alter war man schon froh, wenn man beim Sex im Bett nicht einpennte. Nicht, dass ihr das schon mal passiert wäre, aber manche behaupteten das!

Roberts Ex-Frau war eine Närrin. Wie konnte man einen Mann wie ihn einfach ziehen lassen? War die bescheuert? Gut, die Frage beantwortete sich von selbst. Sie hatte sie schließlich erlebt.

Während Robert sie ohne jegliches Zögern aus ihren Sachen schälte, genoss sie die sanften Berührungen seiner Hände. Er strich ihre Bluse von den Schultern und zog ihr mit einem Ruck die Hose samt ihrem Höschen herunter. War nur fair, wenn sie es ihm gleichtat, und das, was sie bereits erfühlt hatte, wurde nur von dem übertroffen, was sie jetzt zu sehen bekam. Gierig drückte sie sich an seine Lippen, legte die Arme um Roberts Hals, und sein dunkler Blick versetzte ihr einen Schauer, der sie bereits in höhere Sphären zu tragen drohte. Sie stöhnte auf, als er in sie eindrang. Sie schlang die Beine um seine Hüften, lehnte sich mit einem genüsslichen Seufzen nach hinten, und immer tiefer empfing sie ihn. Sein Stöhnen durchfuhr sie, sie spürte seinen Atem an ihrem Ohr, und mit jedem Stoß entfernte sie sich mehr von der Welt. Es gab nur noch sie und Robert. Das Gefühl, das er in ihr weckte, und der heranrollende Höhepunkt. Hier auf dem Bücherregal, ohne langes Vorspiel. Sie presste sich an ihn, sie wollte ihn schmecken, hören, spüren, und sie warf den Kopf zurück, als sich die dunkle Spannung in ihrem Bauch immer weiter aufbaute, bis sie meinte, völlig den Verstand zu verlieren, und … dieser

Mistkerl hielt plötzlich inne.

»Mach weiter«, fauchte sie.

»Warum so eilig?«

Oh, sie würde ihm dieses Grinsen aus dem Gesicht schütteln.

»Ist doch die perfekte Gelegenheit, mich zu rächen«, raunte er an ihrem Ohr. Himmel noch eins, und wie er das tat. Sie hatte noch keinen Mann mit solcher Selbstbeherrschung erlebt. Sex war herrlich, aber der ging schnell vorbei, dann zwanzig Minuten warten, bis das Spiel wieder von vorn begann. Bisher hatte sie daran nichts auszusetzen gehabt. Bis jetzt … Mit jedem Stoß nahm die Spannung wieder zu, und sie stöhnte frustriert, wenn Robert sie kurz vorm Orgasmus wieder ausbremste. Egal, wie sie ihn reizte, mit Zungenspielen, Küssen oder Streicheln – er zog es durch. Ihr Kopf schwirrte bereits, sie wusste nicht mehr, wo oben oder unten war, sie war sogar bereit zu betteln, da zog Robert wieder das Tempo an. Sie wollte misstrauisch bleiben, sich nicht diesem herrlichen Gefühl hingeben, und doch konnte sie nicht anders. Er trieb sein Spiel mit ihr. Eigentlich sollte sie ihm den Mittelfinger zeigen und weggehen, aber sie wollte nicht gehen. Sie wollte hier bei ihm bleiben. Kein Vibrator dieser Welt kam an diesen Mann heran. Sie stöhnte auf, und als sie schier zu bersten drohte, krallte sie sich in seine Schultern. Sie hörte sein Keuchen, und endlich überrollte sie die Welle der Lust, unnachgiebig und unüberwindbar.

Sie hatte keine Ahnung, wie sie danach ins Schlafzimmer kam. Erst als etwas Kühles ihr Handgelenk berührte, schrak sie zusammen. Eine Handschelle?

»Du bist nicht die Einzige, die so etwas besitzt«, lachte Robert neben ihr.

Wieder strichen seine Hände über ihre Haut, ließen sie erschaudern, und sie seufzte leise. Die Handschelle klirrte an dem

Bettgestell, Robert küsste sich ihren Bauch entlang und hob den Blick. Dieser begierige Blick, in den sie sich verlieben könnte.

Kapitel 22

Einmal schwarzer Kater

Robert erwachte vom hartnäckigen Vibrieren seines Telefons. Verschlafen hob er den Kopf. Wo zum Henker war er? Und wer rief mitten in der Nacht an? Dieses Bett kannte er nicht. Robert schob sich unter der Decke hervor. Ein schmerzhaftes Stechen fuhr durch ihn, und er ächzte leise. Allerdings fühlte er sich um Längen besser als den Tag zuvor. Kühle Luft empfing ihn, und ihm fiel der gestrige Abend wieder ein. Kein Wunder, dass es ihm erheblich besser ging. Glückshormone!

Noch immer surrte sein Telefon, und Robert griff danach. Auf unsicheren Beinen wankte er aus dem Schlafzimmer, zog leise die Tür hinter sich zu und nahm den Anruf an.

»Papa«, schallte es ihm panisch entgegen. »Papa, ich glaube, hier schleicht jemand ums Haus! Und Mama ist nicht da!«

»Blanche«, erwiderte Robert verwirrt. »Wer?«

»Ich weiß nicht.« Blanches Stimme überschlug sich und endete in einem Schluchzen. »Ich habe Angst. Er geht nicht weg, und Mary wollte doch vorbeikommen. Was, wenn sie ihm in die Arme läuft?«

»Ruf die Polizei an, dann ruf Mary an und sag ihr, sie soll weg-bleiben. Ich bin unterwegs.«

»Bitte komm schnell, Papa«, flehte Blanche. Robert konnte sich kaum überwinden, das Gespräch zu beenden. Aber er musste es. Er konnte erst in Helens Wagen weitertelefonieren. Mit einem Loch im Hintern und Blanche an seinem Ohr kam er niemals die verdammten Treppen hinunter. Doch dafür musste er sich erst anziehen, und das ging mit zwei Händen nun mal besser. Robert stolperte durch Helens Flur, stieß auf seine Socken, streifte sie sich über und tappte weiter. Im Flur begegneten ihm sein Hemd und seine Hose. Die Hose streifte er sich über, klemmte sich beinahe etwas Entscheidendes im Reißverschluss ein, und zog sich das Shirt über den Kopf. Seine Schuhe waren ihm herzlich egal, wusste der Geier, wo die lagen. Das Einzige, woran er dachte, war, die Autoschlüssel zu nehmen und die verdammte Wohnungstür leise hinter sich zuzuziehen. Helen musste schließlich nicht genauso wie er aus dem Bett fallen.

Er rannte zu dem Wagen, startete ihn und fädelte sich in den morgendlichen Verkehr ein. Die Sonne war noch nicht aufgegangen, frühe Pendler, Taxifahrer und Lieferanten mit ihren LKWs bevölkerten die Straßen. Er trat auf das Gaspedal, wann immer es sich anbot. Er wählte Blanches Nummer, doch es klingelte nur. Und noch etwas mischte sich in das penetrante Tuten, das Roberts Blutdruck steigen ließ. Die Sirene eines Polizeiwagens. Robert warf einen Blick in den Rückspiegel und stöhnte. Der Wagen war genau hinter ihm und bedeutete ihm anzuhalten. Zum Teufel, er konnte jetzt nicht anhalten. Robert trat erneut auf das Gas, doch das Einzige, was er erreichte, war, zwei Sekunden früher an einer verfluchten roten Ampel zu halten. Lastwagen überquerten die Kreuzung, da kam er niemals durch. Robert schlug mit der Hand auf das Lenkrad und prompt auf die Hupe. Bevor er den Knopf für die Zentralverriegelung drücken konnte, riss Leloup die Tür auf und hielt ihm seine Dienstwaffe vor die Nase. Sein Kollege stand neben dessen Streifenwagen, die Hand ebenfalls an der Waffe.

»Du steigst jetzt langsam aus. Zeig deine Hände«, blaffte Leloup.

»Leloup«, erwiderte Robert gepresst. »Meine Tochter hat mich panisch angerufen. Jemand schleicht um das Haus!«

»Ja, ja.« Leloup packte Robert am Arm und zerrte ihn aus dem Wagen, stieß ihn gegen das Auto und tastete ihn ab.

»Es ist keine Ausrede. Ich muss zu ihr«, knurrte Robert.

»Warum hat sie nicht die Polizei gerufen?«

»Das sollte sie, aber ich habe keinen Schimmer, ob sie es getan hat«, brüllte Robert.

Leloup zögerte, aber zum Henker, ein so großer Arsch war er dann scheinbar doch nicht. Er zog Robert mit sich zum Streifenwagen »Wie ist die Adresse?«

Zögernd nannte Robert die Adresse seiner Ex-Frau, und Leloup gab sie an die Zentrale weiter. Die Arme vor der Brust verschränkt, starrte Robert Leloup an, der mit seinem ›Hm‹ Robert fast einen Herzinfarkt bescherte. Zum Teufel, er hatte keine Zeit für solchen Quatsch. Robert wollte gerade wieder zu seinem Wagen hechten, als ihn Leloups Stimme innehalten ließ.

»Es gab tatsächlich einen Notruf. Fahr uns hinterher.«

Robert mochte seinen Ohren kaum trauen. Der Kerl half ihm tatsächlich? Aber ließ er sich zweimal bitten? Ganz bestimmt nicht! Er hastete nach vorn zu seinem Auto, wartete, bis der Streifenwagen ihn überholte, und erneut setzte die Sirene ein. Sie schoben sich über die Kreuzung, und Robert konnte sein Glück kaum glauben, sie kamen besser durch als zuvor. Immer wieder versuchte Robert, Blanche anzurufen, doch sie ging nicht an ihr Telefon. Seine Hände zitterten, als sie vor dem Haus ankamen. Dort parkte bereits ein anderes Polizeiauto, doch von Kollegen oder gar von Blanche war nichts zu sehen. Stattdessen registrierte Robert die aufgebrochene Eingangstür, als er ausstieg. Mist, verfluchter. Robert sprang aus dem Wagen, rannte an Leloup und seinem Partner vorbei und musste sich beherrschen, vor der demolierten Tür rechtzeitig zu stoppen. Wenn es Spuren gab, durfte er diese nicht vernichten. Mit dem Ellenbogen schob Robert vorsichtig die Tür auf.

»Bleib zurück, wir sehen nach«, schnarrte Leloup hinter ihm, doch Robert ignorierte ihn einfach. Das war sein Haus, und es ging um seine Tochter!

»Wenn jemand da drin ist, möchten wir nicht, dass du zu Schaden kommst«, behauptete Leloup.

Robert warf ihm einen schiefen Blick zu. »Auf einmal.«

»*Wir* buchten dich nur bei der nächstbesten Gelegenheit ein«, erwiderte der Kerl ironisch, und Robert verdrehte die Augen. Hervorragend. Der Vollidiot hatte tatsächlich seine Waffe gezogen. Wen wollte er damit erschießen? Lorraines jugendlichen Liebhaber? Dann würde ihn Robert sogar noch anfeuern. Aber dafür war es in dem Haus viel zu ruhig. Nichts regte sich.

»Nehmt die Hintertür«, blaffte Robert Leloup an. Trotz Leloups Protest schob Robert die Tür weiter auf. Er hörte, wie sich die beiden Polizisten umdrehten und das Haus entlang liefen. Die Vordertür ächzte, als Robert sie endgültig öffnete und sich in den Eingang schob.

Das Bild des verwüsteten Flurs ließ Roberts Magen verkrampfen. Splitter der Tür lagen auf dem Boden, der Spiegel war zerschlagen. Die Garderobe samt Jacken von der Wand gerissen. Auf den unteren Treppenstufen glänzte Blut.

***

Das erste, was Helen wahrnahm, war ein herrliches Glücksgefühl. Sie war wund, und doch könnte sie sich nicht besser fühlen. Sie wälzte sich herum, wollte den Arm um ihn legen, aber ihre Hand hing immer noch in der Schelle fest. Helen öffnete die Augen. Roberts Seite war leer. War er schon aufgestanden? Helen setzte sich auf.

»Robert?«, rief sie, aber nichts rührte sich. »Robert?«

Niemand riss die Tür auf und grinste sie dämlich an. Robert war samt seinen göttlichen Händen verschwunden.

Helen zog an der Handschelle. Er hatte nur einen Arm festgemacht, aber das änderte nichts an Helens Unbeweglichkeit. Sie machte ihre Hand so schmal wie möglich und versuchte sie durch den Metallring zu ziehen. Die Kanten schabten über ihre Haut, und ihr Ballen blieb stecken. Ihr wurde warm, und sie fächelte sich Luft zu. Teufel noch eins, das nützte ihr überhaupt nichts. Durch Wärme schwollen ihre Finger nur noch mehr an!

Gnade dem Mistkerl Gott, wenn er nicht gerade nur Croissants holen war!

»Ich verfluche dich, Robert.« Vor Wut schlug Helen mit der Hand gegen die Wand. »Du Vollidiot.«

Der Einstich an ihrem Arm, von dem sie vermutete, dass er von einer Spritze stammte, begann zu jucken. Sie fuhr mit den Nägeln über die Stelle und verfluchte Robert samt seinen Kollegen einmal mehr. Was hatten die ihr gespritzt? Das Jucken wandelte sich in ein scharfes Brennen, als würde jemand ein Feuerzeug an die Einstichstelle halten. Sie drückte ihre Nägel hinein, und für einen Moment ließ der Schmerz nach. Dafür trat Blut aus der aufgekratzten Haut hervor. Na herrlich. So schloss sich der Kreis. In der Oper hatte sich Robert blutig geschubbert, jetzt tat sie es selbst.

»Der Kerl bringt nichts als Ärger«, stöhnte sie, und erneut juckte die Stelle. »Und Flöhe! Wie ein verdammter Hund, ich hätte ihm gleich ein Zeckenhalsband verpassen sollen!«

Dann könnte sie ihn auch gleich noch anleinen, aber er würde nur wieder verbal um sich geschlagen. Nein, Robert war mit keinem Hund vergleichbar. Hunde waren treu, fürsorglich, und vor allem liebten die ein Frauchen ihr ganzes Leben lang und nicht nur eine verdammte Nacht!

»Dieser Bastard ist der ideale Kater«, fluchte sie. »Wenn man ihn nicht braucht, wird er anhänglich, und kaum will man etwas von ihm, haut er ab. Verdammte Hölle, Robert, wenn du ein Kater wärst, würde ich dich kastrieren lassen!«

Ganz toll. Sie hockte hier und schimpfte auf einen Kerl, der vermutlich gerade aufs Revier fuhr und einen Haftbefehl für sie beantragte. Damit er sie gleich im doppelten Sinne aufs Kreuz legen konnte. Für einen Moment bildete sie sich ein, es hätte draußen geblitzt, aber da waren auch goldene Funken vor ihren Augen. Anscheinend starb ihr Arm langsam ab und das erstreckte sich offenbar auf ihr Gehirn. Ihr sollte es recht sein. Alles war besser, als einzusehen, dass Robert nur die nächste Kerbe in einer langen Reihe Enttäuschungen war.

***

Hatte der Wetterbericht nicht was von Sonnenschein erzählt? Davon war allerdings nichts zu sehen. Immer dunklere Wolken zogen auf, und ein bizarres Bild zeichnete sich am Horizont ab. Die düsteren Wolken verschlangen die letzten hellen Strahlen, bauschten sich zu riesigen Bergen auf. An einem anderen Tag hätte Robert vielleicht dem Naturschauspiel etwas abgewinnen können. Aber jetzt und hier dachte er nur an Blanche.

Leloup und sein Partner kamen durch die Hintertür, und Leloup befahl Robert, die Füße stillzuhalten, während er die obere Etage durchsuchte und sein Kollege die Küche und den Waschraum inspizierte. Seit geschlagenen drei Minuten! Was machte Leloup so lange? Lorraines Unterwäsche durchwühlen? Der obere Stock war nicht groß. Ein Polizist konnte sich schließlich keine verdammte Villa leisten. Leloup war noch nie der Schnellste gewesen, wenn es ums Arbeiten ging, aber jetzt wäre selbst eine Schildkröte schneller als dieser Vollidiot!

Unruhig tigerte er auf und ab, lauschte konzentriert auf Leloups Schritte. Der Himmel öffnete seine Schleusen, es blitzte und donnerte. Toll, sehr passend. Als ob er noch mehr Weltuntergangsstimmung bräuchte. Verflucht, noch eins. Seine Geduld war am Ende. Er würde nicht hier unten warten, bis Leloup seine Klositzung beendet hatte oder was immer der dort oben trieb! Robert wollte die Treppe hinaufstürzen, doch bevor er die erste Stufe erreichte, hallte tosender Donner, der die Luft zum Vibrieren brachte. Robert strauchelte, und sein Sichtfeld verschob sich gewaltig. Schwärze verdunkelte sein Blickfeld, in seinen Ohren summte es wie in einem Bienenstock und ihm schwindelte. Er stolperte zurück, griff nach dem Treppengeländer, aber vergeblich. Er verfehlte es und kippte nach hinten. Erst der stechende Schmerz in seinem Allerwertesten brachte ihn wieder ins Hier und Jetzt. Warum musste er immer auf seine lädierte Seite fallen?

Er rappelte sich auf. Sein Blickfeld war auch nicht mehr auf Höhe der Wandbilder im Flur, er schaute die untere Treppenstufe direkt auf Augenhöhe an. Erstaunt starrte Robert an sich runter. Schwarzes Fell. Wo zum Teufel kam das schwarze Fell her? Er sprang zurück, doch das schwarze Zeug kam hinterher! Warum klebte das an ihm? Prompt fiel er wieder um. Herrgott, er war doch nicht betrunken! Ein Blick auf seine Beine ließ ihn erschrocken nach Leloup brüllen, aber aus seinem Mund kam nur ›Miau‹. Das war doch alles nicht wahr! Seine Beine waren Pfoten. Seine Arme auch! Und er besaß einen verdammten langen, haarigen Schwanz!

Hatte ihm jemand auf den Kopf geschlagen? Hatte es ein Blitz in das Innere des Hauses geschafft und ihn erwischt? Hatte er was Falsches gegessen? Vielleicht entzündete sich ja die Wunde an seinem Hintern und er bekam davon Halluzinationen? Wie wachte er aus diesem Albtraum wieder auf? Sich selbst zu zwicken ging nicht mehr. Er fuhr vergebens über das schwarze Fell. Er stöhnte gepeinigt, aber aus seiner Kehle kam nur ein klägliches Maunzen.

Er versuchte aufzustehen, stellte sich auf seine vier ... äh Pfoten. Vorsichtig setzte er eine voran, dann die nächste. Er humpelte, er taumelte, eigentlich kullerte er mehr zum Ausgang. Aber egal, ob er mit dem Gesicht auf dem Boden landete, sich irgendwo stieß, er wachte nicht auf. Verdammt, er musste aufwachen! Blanche brauchte ihn.

Regen. Er musste in den Regen. Kaltes Wasser hatte noch alles vertrieben. Erst recht einen handfesten Kater.

Robert stolperte die Stufen hinab. Der Regen hatte aufgehört, stattdessen mogelten sich die ersten Sonnenstrahlen wieder durch die Wolken und brachten die Nässe auf der Straße zum Glitzern. Robert tappte zu einer Pfütze und schrak zurück. Das Spiegelbild zeigte einen pechschwarzen Kater, mit aufgerissenen Augen und einem entsetzten Blick, als wäre die Futterschüssel leer. Nur um sicherzugehen, winkte Robert dieser Halluzination. Sie winkte zurück. Robert ließ sich in die Pfütze fallen. Es änderte sich überhaupt nichts. Nur, dass er jetzt ein nasser Kater war. Sacrebleu. Er hatte ein mächtiges Problem. Welche Drogen hatten die ihm untergejubelt? Und vor allem wer? Und wann?

Er hörte Schritte die Treppe herunterkommen, rappelte sich auf und wandte sich Leloup zu. Leloup würde ihn erkennen. Seinetwegen konnte er ihm auch einen Psychologen holen, war Robert völlig egal.

Leloup stockte und drehte sich im Kreis. »Moreau«, brüllte er.

»Ich bin hier!«, blaffte Robert. Nein, er maunzte es. »Miauuuuuu!«

Heilige Scheiße.

Leloup sah nach unten, schüttelte den Kopf und raufte sich die Haare. »Die Mädchen sind weg.«

Die Mädchen? War Mary am Ende doch hier gewesen, und

woher wusste Leloup das? Roberts Gedanken tanzten im Kreis. Er konnte keinen fassen, und wann immer er nach unten sah, starrte ihn aus der Pfütze immer noch das Bild einer Katze an!

Leloups Partner trat ebenfalls aus dem Haus. »Der Kampf muss ordentlich gewesen sein. Sieht aus, als hätte sie sich mit Händen und Füßen gewehrt.«

Was zum Teufel sollte das heißen? Mit Händen und Füßen gewehrt?

»Wo ist Moreau?«, fragte Leloup.

Er war *hier*!

Leloups Partner zuckte die Schultern. »Dieser Scheißkerl ist wohl abgehauen. Ich wette, der hat das nur inszeniert, um sich dünne zu machen.«

Nein, hatte er nicht! Teufel noch eins! Wo war Blanche, und warum zum Henker hielt er sich für eine verfluchte Katze? Kater!

Die beiden Polizisten drehten sich suchend im Kreis, spähten auf die Straße, und Leloup heulte auf, als Robert ihm die Krallen in die Wade schlug. Er war hier, zum Teufel, und sie sollten ihm endlich sagen, was mit Blanche war!

»Feines Kätzchen, lass los«, stammelte Leloup.

Robert war doch kein Hund, er versenkte seine Krallen noch unnachgiebiger, und es war ihm scheißegal, dass er an Leloups Bein hing, während der herumhüpfte. Sein Kollege packte ihn um den Bauch und löste vorsichtig Roberts Krallen. Robert versenkte seine Zähne in der ungebetenen Hand.

»So ein Mistvieh«, stöhnte Leloup und ließ Robert fallen. »Sssssscht!«

Robert fauchte zurück. Inkompetente Witzfiguren. Ging Robert eben selbst nachsehen! Er fegte ins Haus. Seine Ex-Frau liebte Ordnung, aber von dieser war keine Spur mehr zu sehen. Es sah aus, als wäre eine Bombe detoniert. Bilder lagen mit zerbrochenen Scheiben auf dem Boden, die Splitter verteilten sich über den gesamten Flur. Als Robert seine Nase in die Küche steckte, roch er den feinen Duft der gestrigen Quiche. Auf dem Boden lagen Töpfe und Pfannen. Die Dunstabzugshaube war heruntergerissen worden, Schranktüren standen offen. Ein Chaos, das sich auch über die obere Etage zog. Blanches Zimmer hatte es besonders schlimm getroffen. Die Türen ihres Kleiderschrankes hingen in den Angeln. Zerknitterte und zerfetzte Kleidung bedeckte den Boden. Die Scherben des Spiegels verteilten sich auf dem Schminktisch. Ein Föhn lag zerbrochen neben dem Bett. Wer zum Teufel hatte sie angegriffen? Hatten die sich durch das gesamte Zimmer geprügelt? Es musste eine Verfolgungsjagd durch das ganze Haus gewesen sein! Robert streckte die Nase in die Luft, aber entweder gab es hier nichts für einen Kater zu wittern, oder er war der erste Kater mit chronischem Schnupfen – er roch nichts Ungewöhnliches. Blanches Deo, sogar das Parfüm von Lorraine.

Im Flur und auf der Treppe entdeckte er Blutspuren, aber nicht einmal seine neuen Instinkte als Kater konnten ihm sagen, ob es sich um Blanches Blut handelte oder um das vom Angreifer! Herrgott, diese Spur brachte ihm überhaupt nichts. Er steckte in einer Sackgasse. Verdammt, er musste zu Helen. Sie war die Einzige, der er vielleicht klarmachen konnte, wer er war!

Kapitel 23

Am Rande des Wahnsinns sitzt ein Kater

Warum? Warum musste sie diesem Kerl auch vertrauen? Wieso war sie so dumm? Männer waren allesamt gleich, sie unterschieden sich nicht im Geringsten. Sie vögelten und schlichen sich anschließend weg. Sie bedankten sich noch nicht einmal dafür, dass man sie nach dem Sex bei sich pennen ließ und immerhin nicht aus dem Bett trat! Hätte sie es nur getan. Dann würde sie sich vielleicht nur noch halb so mies fühlen.

Ihr Blick fiel auf die zerwühlten Laken. Sie hatte Sex gehabt. Unverbindlichen, sehr schönen Sex, aber es fühlte sich trotzdem scheiße an. Es fühlte sich immer scheiße an, wenn man unerwartet allein aufwachte. Als ob man(n) sich nicht erst am nächsten Mittag auf Nimmerwiedersehen verabschieden konnte! Oder der Frau eine minimale Chance einräumte, ihn selbst abzuschießen. Aber nein, der Bastard suchte sich bestimmt schon die Nächste! Und *dieser* verfluchte Mistkerl hatte seine Möglichkeit zur Rache wahrlich gut genutzt. Jetzt war *sie* ans Bett gefesselt, ohne ein Handy in der Nähe. Sie hatte nicht einmal eine Tochter, die sie retten konnte. Verdammter Mist! Sie würde ihm nicht nur die Eier abhacken. Ach was, sie würde sie im Mixer pürieren. Besser, wenn sich solche Männer nicht vermehrten. Gut, bei Robert war das Kind schon in den Brunnen gefallen, aber die Geste zählte!

Sie hörte Geräusche an ihrer Wohnungstür. Jemand benutzte einen Schlüssel. Helens Puls stieg an. Kam Robert zurück? Vielleicht war er wirklich nur kurz weggewesen? Oh Himmel, er hatte doch nicht seinen Kollegen einen Tipp gegeben? Sie lauschte den näher kommenden Schritten. Verdammt, die könnten von jedem sein. Sie wünschte, sie wäre ein Vampir. Die wussten genau, wann sich ein Floh an sie heranpirschte und ob es ein André oder eine Chantal war.

Helen griff nach einem Kissen. Wenn es Nathanaël war, würde sie ihn damit ersticken, Vampir oder nicht! Ihr Herz schlug ihr bereits bis zum Hals, da stoppten die Schritte vor ihrer Schlafzimmertür. Helen biss sich fest auf die Lippe und umklammerte das Kissen. Bereit zum Sprung, oder wenigstens zum Ausholen.

Die Tür öffnete sich, und sie schleuderte das Kissen. Doch der Eindringling duckte sich nur, lehnte sich in den Türrahmen und grinste. »Also, *die* Geschichte will ich unbedingt hören.«

Wie sollte er jetzt zu Helen kommen? Das war einmal quer durch die Stadt! Aber jede Reise begann mit dem ersten Schritt, und Robert hatte es eilig. Je eher er zu Helen kam, umso eher konnte er Blanche helfen. Er wusste nicht, was seiner Tochter passiert war, sie war hoffentlich noch am Leben. Allein der Gedanke, dass diese verdammten Scheißkerle ihr etwas angetan hatten, verklumpte ihm den Magen. Vielleicht waren es aber auch Haarbüschel. Als er gesehen hatte, dass die Polizisten weggefahren waren, hatte er sich vor Nervosität selbst über das Fell geleckt. Es gab Erfahrungen, die musste man nicht machen und das gehörte dazu!

Robert sprintete über Fußwege, schlängelte sich an Beinen vorbei und jagte Straßen entlang. Immerhin war er als Kater wesentlich schneller unterwegs. Als Mensch bräuchte er, um bis zur nächsten Straßenkreuzung zu rennen, zehn Minuten und zwei Herz-Lungen-Maschinen. Bei freiem Weg! Jetzt schlängelte er sich durch die Menschen und stellte sich brav an einer Fußgängerampel an.

»Mamá, guck mal!« Die schrille Mädchenstimme ließ Robert herumfahren, und bevor er davonflitzen konnte, fühlte er sich um den Bauch gepackt, hochgehoben und gegen eine Wange gedrückt. Gegen die Wange eines kleinen schwarzhaarigen Mädchens. »Darf ich ihn behalten?«

Wow, immerhin kannte das Kind schon mal den Unterschied zwischen Kater und Katze. Hé, sie hatte ihm doch wohl nicht unters Fell geschaut, und warum ließ ihn das Kind nicht mehr los? Er musste zu Helen! So sanft wie möglich, stemmte sich Robert gegen das Mädchen und achtete darauf, seine Krallen nicht auszufahren. Allerdings waren die Krallen ziemlich kompliziert. Je mehr er drückte, umso mehr wollten sie raus. So ein verfluchter Mist.

»Vielleicht gehört sie jemandem«, sagte die Mutter.

Ach, jetzt war er doch eine Sie! Pah, Weiber. Und das Kind erdrückte ihn gleich! Es presste ihn fest an sich. »Er hat kein Halsband.«

»Und wahrscheinlich Flöhe. Lass ihn runter!«

Also bitte! Er und Flöhe? Nicht im Geringsten. Gut, er hatte heute früh keine Gelegenheit gehabt zu duschen, aber er musste schließlich seine Tochter retten! *Seine* Tochter, nicht *dieses* verwöhnte Gör hier!

Robert fauchte, aber das beeindruckte das Mädchen überhaupt nicht.

»Lass ihn runter, er ist aggressiv.«

»Nein.« Das Mädchen drehte sich von seiner Mutter weg. »Er heißt Larry!«

Nur über seine Leiche! Das war doch kein Name.

Robert strampelte, aber er erreichte nur, dass das Mädchen noch fester zupackte und seine Rippen sich anfühlten, als würde er in einer Schraubzwinge stecken. Die Ampel schaltete schon zum zweiten Mal wieder auf Rot. Er musste auf die andere Seite. Robert kratzte vorsichtig über den Arm des Mädchens. Es war nicht tief, nur so viel, dass sie ihn hoffentlich los ließ. Und wie sie das tat. Sie ließ ihn kurzerhand fallen, und zu seiner Überraschung landete er auf den Pfoten. Eine Gesichtslandung hätte ihn herzlich wenig gewundert. Bevor das Mädchen noch einmal zugreifen konnte, schoss Robert über die Straße. Reifen quietschten, plötzlich fand er sich unter einem Wagen wieder, zwischen Reifen! Heiliges Kanonenrohr. Robert rannte mit dem Wagen mit, wagte nicht, darunter hervorzuschießen, denn auf den Spuren neben ihm drehten sich die Reifen unnachgiebig, schnell und ganz sicher nicht von einem Katzenkörper aufzuhalten!

»Mach mich los«, fauchte Helen.

»Oh, nein, nein«, lachte Jason. »So leicht kommst du mir nicht davon.«

Er nahm den Stuhl, auf dem sie sonst ihre getragene Kleidung ablegte und stellte ihn neben das Bett. Dann pflanzte er seinen Hintern darauf, kramte umständlich in seiner Sakkotasche und zündete sich schließlich einen Joint an.

»Hier wird nicht geraucht!«

Jason blies demonstrativ einen Rauchkringel in ihre Richtung. »Nimm ihn mir doch weg.«

Dieser verfluchte Mistkerl hatte sich so hingesetzt, dass sie sich schon den Arm ausrenken müsste, um an ihn heranzukommen.

»Also«, sagte Jason sanft. »Ich bin bereit für dein Geständnis.«

»Ich weiß nicht, wovon du redest«, murrte Helen.

»Ich rede von einem gewissen Reporter.«

»Ich kenne keinen«, gab Helen zurück. Das war noch nicht mal gelogen. »Er ist Polizist.«

Zu ihrer Überraschung begannen Jasons Augen nicht rot zu schimmern, wie immer, wenn er wütend wurde. Im Gegenteil, er grinste so entspannt, als würde ihm gerade eine Nutte einen blasen.

»Du wusstest es. Woher?«, fragte Helen.

»Er hat es mir selbst erzählt«, zuckte Jason die Schultern.

»Was?«

»Natürlich nicht freiwillig. Also doch irgendwie schon freiwillig, nachdem ich nachgeholfen ...«

»Du hast *was*?«, brüllte Helen. »Wann?«

»Vorgestern?«

»Du Mistkerl. Er sah also wirklich wegen dir so aus!«

»Und er hat dich aufs Kreuz gelegt?«, fragte Jason.

Helen presste die Kiefer aufeinander. Verflucht, wie sollte man das hier sonst nennen? Eine Frau gefesselt im Bett zurückzulassen und ohne ein Wort abzuhauen, war keine Liebeserklärung. Leider. Sie hätte nichts dagegen.

»Komm«, sagte Jason leise. »Sag es.« Er hauchte es fast. Sein Grinsen erstarb. In seinen Augen glomm eine Kälte auf, die sie hart schlucken ließ. Das sahen Jasons Feinde als letztes von ihm. Nicht das dämliche Grinsen, mit denen er sie in den Wahnsinn trieb. Nicht die lockeren Sprüche, mit denen er sie verwirrte, selbst wenn man ihm einen Pflock in den Magen rammte. Nein, es war die Kälte und die Berechnung.

»Ich bin wieder auf den Falschen hereingefallen«, presste Helen heraus. Jedes Wort ließ ihr das Herz springen, trieb ihr einen schalen Geschmack in den Mund, und die Müdigkeit in den Kopf. Sie wollte sich nur noch verkriechen.

Jason beugte sich vor. »Ich glaube, ich koche uns erst mal einen Kaffee. Dann fahren wir ins Büro.«

Robert stoppte vor einer Apotheke und betrachte die Zeitanzeige im Schaufenster. Es war acht Uhr früh. War Helen schon auf dem Weg zur Arbeit? Musste sie überhaupt arbeiten? Verflixt, wo sollte er zuerst hin? Er hatte keine Zeit, durch die gesamte Stadt zu laufen, um sie zu finden. Aber er musste sie finden. Sie war die Einzige, die ihm hierauf vielleicht eine Erklärung geben konnte.

Robert jagte die Häuser entlang, tauchte in die Einkaufsstraße Village Royal ein, deren Dach unzählige Regenschirme bildeten. Wahrscheinlich eine dieser Kunstinstallationen. Die Wolken hatten sich verzogen, die Sonne schien durch die Bezüge der Sonnenschirme und warf bunte Punkte auf den Asphalt. Das unbändige Verlangen, eines dieser Lichter zu jagen, überkam ihn. Robert stolperte, als er geradeaus wollte, seine Pfoten aber nach dem tanzenden Lichtpunkt haschten. Strauchelnd blieb er stehen, sprang den Punkt an und wäre gleichzeitig am liebsten gegen eine Mauer gehüpft. Merde, er verlor den Verstand. Mit Mühe konnte er sich von dem Punkt lösen und von seinem Jagdtrieb. Er wusste, dass es sinnlos war, aber er wollte es unbedingt. Dabei musste er doch seine Tochter finden. Da hinten war ein grüner Punkt, der wie ein Frosch aussah. Robert wunderte sich über seine eigene Geschmeidigkeit, als er auf diesen zu sprang und seine Vorderpfoten darauf setzte. Er wanderte, und Robert tanzte hinterher. Ja, er tanzte wirklich. Er sah es in einem Schaufenster. Oder Moment, war das ein fremder Kater, der sein Revier besetzte? Innerlich stöhnte Robert auf. Wenn er so weiter machte, hatte er nur noch zehn Minuten, bis sich der Verstand eines Katers endgültig bei ihm durchsetzte und er alles von einem Tisch herunterschubste, das nicht niet- und nagelfest war! Er musste weiter. Obwohl, da, auf einem der Tische, die zu einem Restaurant gehörten, stand ein Teller mit Fisch.

»Schhht!«, wurde er empfangen, als er auf ebenjenen sprang. Er platzierte seinen Hintern auf der Gabel (»Au!«) und seinen Schwanz im Kaffee. Konnte ihn bitte, bitte jemand einschläfern oder ihm einen Schlag auf den Kopf geben? Der Fisch lockte ihn, und doch war in seinem Hinterkopf der Gedanke an Blanche. Er würde am liebsten schreien, aber er maunzte nur.

Der empörte Blick der Frau wurde mitleidiger, und sie gab ihm ein Fitzelchen Fisch. »Armer Süßer.« Ehe sich Robert versah, hob sie ihn hoch, nahm ihn in die Arme und kraulte ihn.

Halleluja!

»Oh, du bist ja verletzt«, murmelte sie. Ihre Haare streiften sein Gesicht, und Robert riss die Augen auf. Verletzt. Loch im Hintern. Helen. Blanche! Robert schreckte auf, grub seine Krallen in ihren Arm und stieß sich ab. Mit einer Eleganz, um die er sich selbst beneidete, landete er auf dem Boden, schnellte aus der Straße, bog um die Ecke, und endlich sah er das Haus, in dem sich Helens Wohnung befand.

Die Haustür stand ein Stück offen, er drückte sich hindurch, tappte die Stufen nach oben und kratzte an Helens Wohnungstür, dass ihm die Späne um die Ohren flogen. Seine Krallen verhakten sich in dem Holz, als die Tür plötzlich aufging. Er landete mit seinem Gesicht voran in Helens Wohnung und sah sich einem hellen Fellbüschel gegenüber, das ihn empört ankläffte.

Kapitel 24

Katerwäsche

Sie hörte Jason im Flur »Peppi! Aus!« sagen, allerdings klang es weder motiviert noch streng.

»Der Hund ist verzogen«, murrte Helen.

»Ich glaub, dein Kater war spazieren«, tönte Jason.

Die Tür fiel wieder ins Schloss. Sie hörte Fauchen und Bellen, und im nächsten Moment stand Jason wieder in der Schlafzimmertür.

»Ist das eigentlich die beginnende Menopause, dass du dich schon wieder auf so einen Idioten eingelassen hast?«, fragte er.

Helen warf die Kaffeetasse nach ihm, die er ihr vor drei Minuten gebracht hatte. Er wich aus, aber Pech für ihn. Es war noch Kaffee darin. Die Tropfen des dunklen Gebräus trafen sein makelloses Hemd, und die Tasse zerschellte an der Tür. Der restliche Inhalt tropfte auf einen schwarzen Kater, der an Jason vorbei schoss, genau auf Helens Bett zu. Er sprang auf die Matratze und setzte sich mit seinem fetten Hintern direkt auf ihren Bauch.

»Wer zum Teufel bist *du*?«, fragte Helen. Sie kannte dieses Tier nicht!

Genau in diesem Moment klingelte es an der Tür. »Würdest du bitte aufmachen und jeden erschießen, der mich jetzt stören will?«, fragte Helen ihren Boss lieblich.

»Gut.« Jason zuckte die Schultern und stand ein weiteres Mal auf, um zur Tür zu gehen.

»Ich muss mit euch reden«, tönte Ceciles Stimme durch den Flur. Ihre Schritte trippelten eilig Richtung Schlafzimmer. Sie blieb im Türrahmen stehen und musterte Helen, bevor sich ein breites Lächeln auf ihren Lippen abzeichnete. »Mich streift da so eine Ahnung.«

»Dich streift gleich mein Wecker«, drohte Helen.

Jason hatte sie immer noch nicht losgemacht!

Der fremde Kater grub seine Krallen durch die Decke in ihre Haut. »Hör auf damit!« Aber das Tier ließ sich nicht beeindrucken. Peppi sprang neben dem Bett auf und nieder wie ein Flummi auf LSD. Er kläffte, bis Helen die Ohren fiepten. Der Kater sprang an die Bettkante, und bei Peppis nächstem Sprung krallte er ihm einmal quer über die Schnauze. Peppi jaulte auf und flüchtete sich zu seinem Herrchen.

»Das hat er nicht von mir!«, behauptete Jason.

Der Kater fauchte mit gesträubtem Fell und Katzenbuckel Jasons Hund an.

»Peppis neuer Freund scheint auch seine Tage zu haben«, grinste Jason.

»Lass das Vieh wieder raus«, befahl Helen. »Peppi wird eh verlieren.«

Sie wollte den Kater gerade vom Bett scheuchen, da schlug er die Krallen erneut durch die Decke. Er sprang sie an und spitze Nadeln bohrten sich in ihre Haut, genau genommen in ihre Schulter. Weiches Fell streifte ihre Wange, und sie drehte den Kopf weg. »Runter von mir.« Sofort sprang die Katze wieder auf ihren Bauch, aber nicht, ohne sie ausgiebig und lautstark anzumiauen.

»Vielleicht hat er Hunger?«, mutmaßte Jason.

»Woher willst du wissen, dass es ein Er ist?«, fragte Helen.

Jason grinste, hob die Katze mit einer Hand hoch und zeigte ihr ähm … den Kater. Besagtes Tier schlug aus, und ein roter Riss zog sich über Jasons Nase. Prompt ließ der ihn wieder fallen. Seine Wunde schloss sich so schnell, wie sie gekommen war, und Jason wischte mit einem Taschentuch den letzten Blutstropfen weg.

»Na, mein Süßer, ich glaube, Helen kennt dich sehr genau«, sagte Cecile und hob den Kater ebenfalls hoch. Der fauchte, drückte sich von ihr weg und sprang ein weiteres Mal auf das Bett, um dann über Helens Knöchel zu streifen. Er legte die Pfoten auf ihr Knie und starrte sie aus durchdringenden Katzenaugen an. Irgendwie kam ihr der Blick bekannt vor. Den kannte sie. So starrte sie Robert immer an! Toll, jetzt wurde sie auch noch von notorisch starrenden Katzen verfolgt.

»Geh nach Hause.« Helen schüttelte ihr Bein, aber das verfluchte Tier jagte ihr die Krallen in die Knöchel. »Fuck«, rief Helen aus.

»Ich glaube, er will dir was mitteilen«, kicherte Cecile.

»Dass er nicht sonderlich gut erzogen ist«, rief Helen.

Sie wich vor dem Kater zurück, zog die Beine an, aber das Tier krallte nach ihren nackten Fußsohlen. Nicht mal mehr Peppi wagte sich an das verrückte Vieh heran. »Das ist ja wie mit …«, stöhnte Helen und hielt glücklicherweise im richtigen Moment inne. Schande über sie, wenn sie jetzt von Robert anfing, das würde Jason noch mehr interessieren als ein Kater. Der beugte sich zu der wild gewordenen Zeckenschleuder hinunter, erreichte aber nur, dass der ihm seinen Hintern mit hochgestelltem Schwanz zudrehte.

»Mit wem, Helen?«, fragte Cecile sanft. »Sprich es aus, es weiß sowieso jeder.«

Helen erstarrte. Cecile wusste es? Herrgott, sie hasste Hexen. Cecile war eine Hexe mit der Gabe der Voraussicht, aber normalerweise petzte sie ihre Visionen nicht weiter, sondern trieb damit ihr eigenes Spiel. Ähnlich vergnügungssüchtig wie Jason.

Jason seufzte. »Sie hat recht. Um deinen Satz zu beenden: So wie mit Robert, dem angeblichen Journalisten, dem Polizisten …«

»Warum hast du mir nicht gesagt, dass du es weißt?«, blaffte Helen.

»Ist doch viel lustiger, wenn du mich belügst.« Er fuhr sich über die Flecken auf seinem Hemd. »Hast du mir noch mehr zu sagen?«

Helen kniff die Augen zusammen. »Nein!«

»Ich krieg es ohnehin raus.«

»Mach doch dasselbe mit mir wie mit Robert«, zischte Helen.

»Das trau ich mich nicht. Deine Rache wäre furchtbar. Außerdem neigst du zum Kreischen, wenn du überfordert bist.«

»Ich werde dich …«, setzte Helen an.

Ausgerechnet der Kater fauchte dazwischen. Jetzt schien er sich auf Cecile zu konzentrieren. Er krallte sich in ihre Jeans und robbte ihr Bein entlang nach oben, was Cecile eine Mischung aus Jaulen und Jodeln entlockte. Aber sie schloss ihn in ihre Arme, als er ihren Bauch erreichte, und zupfte seine Krallen aus ihrer Kleidung. »Sieh doch hin, Helen. An wen erinnert er dich?«

»An Robert, zufrieden?«, zischte Helen.

Cecile kicherte. »Das liegt daran, dass er es auch ist. Er scheint sich mit einer Hexe angelegt zu haben. Wer könnte ihn sonst in einen Kater verwandeln?«

Dafür schnurrte ihr Robert (!) tatsächlich um das Kinn. Es war albern, es war völlig bescheuert, und doch wurde Helen eifersüchtig. Wegen einer verdammten Katze, pardon, eines verfluchten Katers, der sich in eine völlig durchgeknallte Hexe verliebte.

»Du spinnst.«

Cecile strich Robert über das Fell, und dieser schnurrte noch lauter. »Ich kann es dir beweisen. Ich brauche nur ein bisschen Weihwasser.«

»Fahren wir in eine Kirche«, schlug Jason vor, griff in seine Hosentasche und klimperte mit den Autoschlüsseln.

»Wehe, du lässt mich hier hängen«, drohte Helen.

Jason grinste und nahm Cecile den Kater aus den Armen. »Vielleicht wäre das gegen seinen Willen?«

»Du hast gerade noch behauptet, er hätte mich reingelegt«, rief Helen aus.

»Vielleicht. Oder eine Hexe merkte, dass er zweigleisig fährt und hat ihn deswegen verwandelt?«

Das Tier fauchte ihn an, versuchte, sich aus Jasons Griff zu winden und presste ihm die Pfoten gegen die Brust. Seine Krallen verhedderten sich im Stoff des ohnehin schon ruinierten Hemdes.

»Hat er dir auch so die Klamotten vom Leib gerissen?«, fragte Jason grinsend.

Der Kater zerrte seine Krallen aus Jasons Hemd und grub sie in dessen Handgelenk. Jason warf das Fellknäuel kurzerhand zu Helen aufs Bett, beugte sich zu ihr und verhakte den Finger unter der Schelle. Mit einem Ruck war der Metallring Geschichte. Manchmal war sie neidisch auf Jasons Fähigkeiten.

Der Kater starrte sie verblüfft an. Das sollte wirklich Robert sein? Das glaubte sie erst, wenn sie es sah. Sie schob ihn von sich herunter, wickelte sich die Bettdecke um und stolperte in ihr Bad.

Zehn Minuten später hatte sie ein Kleid übergestreift, die Zähne geputzt und fühlte sich nicht im Mindesten bereit, dem Wahnsinn zu begegnen, den dieser Tag versprach. Sie hatte Kopfschmerzen und wollte ins Bett. Mit Robert. Aber dem echten, nicht dem Kater. Verflucht noch eins, wann war sie dermaßen weinerlich geworden? Der post-alkoholische Kater hatte ihr in der übertragenen Bedeutung besser gefallen, als wenn er vor ihrer Wohnungstür hockte und sich ungeduldig im Kreis drehte. Vielleicht hatte er aber auch einfach nur einen Knall.

Cecile packte den Kater, der Helen unverwandt anstarrte, und gemeinsam gingen sie, gefolgt von Peppi, zum Wagen. Helen fand auf der Rückbank Platz, und Robert sprang aus Ceciles Arm vom Beifahrersitz nach hinten. Verstohlen putzte er sich, was ihm nach zwei Sekunden auch schon wieder peinlich zu sein schien. Er drehte sich um die eigene Achse, während Jason den Wagen startete, und wurde prompt gegen die Lehne gedrückt, als Jason das Gaspedal fand. Helen nahm ihn hoch, und sie hoffte wirklich, dass Cecile sie nicht nur verkohlte und dieser Kater wirklich Robert war. Sonst könnte sie sich im Leben nicht erklären, warum sie Herzklopfen bekam, als sie ihn an sich drückte. Zu seiner eigenen Sicherheit natürlich. Nicht, weil er ein Mistkerl war und das Katerdasein die gerechte Strafe war, wenn er wirklich heute früh abgehauen war. Das würde aber nicht erklären, warum er sich nun auf ihren Schoß setzte und den Kopf auf ihren Arm legte. Oder warum sie das Fell zu kraulen begann. Die Vibration seines Schnurrens zog tief in sie, heiliger Strohsack.

»Hör auf zu grinsen, Jason«, fauchte sie nach vorn, aber was redete sie. Der machte doch eh, was er wollte. Wenigstens fuhr er zügig. Innerhalb von zehn Minuten erreichten sie eine Kirche. Helen stieg mit Robert auf dem Arm aus. Der Kerl war doch jetzt nicht eingeschlafen? Er hatte die Augen geschlossen und schnurrte immer noch.

»Vielleicht sollte ich mich auch mal verwandeln lassen«, kommentierte Jason und hielt ihnen die Tür auf. Er zögerte, bevor er ihnen ins Innere folgte.

»Kopfschmerzen?«, fragte Helen vorsichtig.

Jason bekreuzigte sich, allerdings ohne Weihwasser. Ihn so zu sehen, war ein absonderlicher Anblick. Der Vampir glaubte nicht an Gott, sonst müsste er sich schon mal an den Gedanken gewöhnen, in der Hölle zu landen. Aber er glaubte an Magie. Magie, die Vampiren ihre Stärken und ihre Schwächen gab. Die Magie des Christentums, nach der Vampire eigentlich unter höllischen

Kopfschmerzen aus einer Kirche kriechen sollten. Ausgerechnet Jasons Tochter hatte herausgefunden, wie man das umging – indem man inbrünstig betete.

Cecile grinste neben ihr, und Jason warf ihr einen garstigen Blick zu.

»Denk ja nicht, dass mich das von einem Mord an einer Hexe abhält.«

Cecile spitzte die Lippen und warf Jason einen Luftkuss zu. »Wenn ich Amélie wäre, würde ich dir beim Heimkommen nicht die Hauspuschen, sondern einen Knebel bringen.«

Jasons Knurren hallte durch den meterhohen Raum. Zwischen zwei Steinsäulen trat ein Révérend hervor. Der Kollar hob sich hell von der schwarzen Kutte ab, und sein Lächeln war sanft. »Guten Tag.«

»Abbé Durand. Wir brauchen Ihr Taufbecken«, verkündete Cecile.

Der Priester hob die Augenbrauen. »Sie möchten sich taufen lassen?«

»Ich bin mir nicht sicher, ob mir das nicht zu sehr die dämonischen Kräfte austreibt«, kicherte Cecile. »Dann würde ich ja nicht mehr zu diesem Haufen hier passen.«

»Ich wage zu behaupten, dass an Ihrer Unbelehrbarkeit sogar Gottes Kräfte scheitern.«

»Hé«, protestierte Cecile. »*Ich* habe nicht die gesamte Kirche zerlegt. Das war *er*.« Sie deutete auf Jason.

Der verschränkte die Arme vor der Brust. »Ich habe mich von meinen Sünden freigekauft.«

»Überaus großzügig, wie ich sagen darf«, stimmte der Pfarrer zu.

»Warum hat Gott jetzt auf einmal ein Problem mit mir?«, fragte Cecile.

»Du benutzt deine magischen Kräfte, um dich zu amüsieren«, sprang Jason ein. »Wobei ich nicht mit Steinen werfen sollte. Ich lasse mir auch selte-«

»Was?«, schrillte Cecile.

»Du musst gewusst haben, was mit Robert passiert ist, sonst wärst du nicht bei mir aufgetaucht«, stimmte Helen zu. Der Kater schmiegte seinen Kopf gegen ihre Wange und schnurrte vibrierend.

»Natürlich wusste ich, was passiert«, fauchte Cecile. »Ich bin eine weitsichtige Hexe.«

»Trotzdem behauptest du immer erst hinterher, es gewusst zu haben«, stichelte Jason.

»Ich hätte dir sagen können, dass dein Sexmarathon seinen Tribut fordert«, maulte Cecile. »Hättest du mir geglaubt? Nein. Hättest du etwas geändert? *Nein!*«

»Du informierst dich beim Universum über mein Sexleben?«

Cecile verdrehte die Augen. »Hätte mir auch nur irgendjemand geglaubt, dass Helen plötzlich hexen kann?«

»Ich kann hexen?«, fragte Helen perplex.

»Für kurze Zeit konntest du es«, sagte Cecile.

»Das ist Blödsinn«, gab Jason zurück. »Wieso konnte sie kurz hexen und jetzt wieder nicht?«

Cecile wedelte mit ihrem Finger vor Jasons Nase herum. »Genau das ist das Problem! Ihr stellt sowieso alles in Frage! Aber so passiert es, ihr habt euren Beweis, und du, Jason, ziehst endlich die richtigen Schlüsse, sonst kann das Universum dich nicht mehr leiden!«

»Die richtigen Schlüsse?«, fragte Helen. Welche richtigen Schlüsse? »Ich kann nicht hexen! Wie denn? Dann hätte ich Nathanaël in einen Regenwurm verwandelt!«

»Tja, hättest du dir das nur mal so inbrünstig gewünscht, wie

Robert zu kastrieren«, erwiderte Cecile sarkastisch.

»Dass Frauen immer gleich die Familienplanung beenden wollen, wenn man sie ärgert«, seufzte Abbé Durand.

»Das ist der Penisneid«, stimmte ihm Jason zu und grinste über Ceciles mordlustigen Blick. Aber sein Blick wurde nachdenklicher. »Helen, was ist Ungewöhnliches passiert?«

»Die letzten Tage waren völlig unnormal«, gab sie zu. »Robert, seine Stripeinlage, seine Ermittlung, sein verdammter Chef, der uns festnehmen wollte und der mir anscheinend eine Spritze reingejagt hat.« Nachdenklich strich sie sich über den Arm, dort, wo die Einstichstelle war.

Jason griff nach ihrem Arm, ignorierte Roberts Fauchen und untersuchte die Stelle. »Hm.«

Robert stieß sich von Helen ab, landete auf dem Boden und schoss auf Cecile zu. Die kreischte auf. »Nein. Ich bin doch kein verdammter Baum!«

Sie hechtete hinter den Priester, tanzte um ihn herum, vor Robert auf der Flucht. Der machte einen Satz, krallte sich ein weiteres Mal in ihre Hose und fauchte sie an.

»Schon gut, ich verwandle dich zurück«, stöhnte Cecile ergeben.

Sie pflückte den Kater von ihrem Bein, und Robert versenkte seine Krallen misstrauisch in Ceciles Arm. Aber das hielt die Hexe nicht davon ab, den Gang zum Altar vorzuschreiten und ihn ins Weihwasserbecken fallen zu lassen. Ein empörtes Fauchen kam von dem Kater, bevor er zu explodieren schien. Mit einem Mal saß Robert in dem Weihwasserbecken, verlor den Halt und krachte auf die Fliesen. Nackt. So nackt, wie Gott ihn geschaffen hatte. Gute Güte.

»Ich hasse euch«, stöhnte Robert und setzte sich auf. Er presste die Hand an seinen schon wieder malträtierten Hintern und sah an sich runter. »Der Schlag soll euch auf dem Klo bei der nächsten großen Sitzung treffen.«

»Als wäre nackt sein für dich etwas Neues«, gab Helen patzig zurück.

Robert rappelte sich auf. »Könnten Sie bitte aufhören, mich anzustarren?« Sein bösartiger Blick traf Cecile. »Sie wussten doch sicher, dass das passiert.«

»Dass Sie wieder ein Mensch werden, das ja«, gab Cecile zu.

»Nein, ich meine das.« Robert deutete auf seinen nackten äh … Bauch.

Cecile presste die Hand auf den Mund, aber das lustige Prusten, das nun erscholl, kam nicht von ihr, sondern von Jason. Der Vampir stützte sich an einer Säule ab und lachte herzhaft.

»Freut mich, dass ich zu Ihrer Belustigung diene«, brummte Robert. »Schon wieder.«

»Ich bin froh, dass ich Sie nicht umgebracht habe«, ächzte Jason. »Es wäre mir der Spaß meines Lebens entgangen.«

»Dann können Sie mir auch helfen, meine Tochter zu finden«, donnerte Robert. »Sobald ich etwas zum Anziehen … ach, verflucht noch eins. Am liebsten würde ich den Tag, an dem ich euch traf, aus dem Kalender streichen.«

»Na, na«, machte Abbé Durand und legte die Hand auf Roberts Arm. »Wen Gott liebt, der kann so schlecht nicht sein. Kommen Sie mit. Ich habe etwas für Sie.«

Mit bösen Blicken folgte Robert dem Priester, seine nackten Sohlen klatschten über die Fliesen, und Helen verpasste Cecile einen Schlag gegen den Oberarm. »Hör auf, ihm auf den Hintern zu starren.«

»Du hast wirklich Glück«, hauchte Cecile. »Er ist ein großer Mann, in jeglicher Hinsicht.«

»Was ist mit deiner Tochter?«, fragte Helen und ging Robert

nach. Der zurrte gerade mit einem Gürtel die Hose fest und zog sich eine Priesterkutte über.

»Sie ist weg. Das ganze Haus ist verwüstet. Blanche hat mich vorhin angerufen, dass jemand das Haus beobachtet und sie sich bedroht gefühlt. Zu Recht. Sie muss mit den Einbrechern Stirb Langsam 2 nachgestellt haben. Es ist alles verwüstet, es gab Blutspuren, aber nicht genug für eine ernsthafte Verletzung. Aber der Punkt ist, dass meine einzige Tochter weg ist und ich keine Ahnung habe, wo sie ist!«

Roberts Stimme wurde mit jedem Wort lauter, und über die Wut erhob sich ein anderes Gefühl in seiner Stimme. Verzweiflung, Ratlosigkeit und Sorge.

»Du kannst jeden finden.« Er deutete auf Jason. »Kannst du meine Tochter zurückholen? Ich gebe dir alles, was du willst. Ich halte mich von Helen fern. Ich mische mich nicht mehr bei euch ein. Wenn es sein muss, helfe ich euch sogar. Egal, wie sehr sich meine Moral dabei übergibt.«

»Sehr löblich«, meinte Jason. »Aber der Deal wäre dann vielmehr, dass du dich erst recht um Helen kümmerst.«

»Vielen Dank, dass du mich verkuppelst«, fauchte Helen.

»Mit irgendwas muss er dafür bezahlen«, zuckte Jason die Schultern.

»Also kannst du sie finden?«, hakte Robert nach.

Jason wandte den Kopf, und Cecile fuhr sich durch die Haare. »Schade, dass du jetzt an Helen verkauft wurdest, sonst hätten wir bei *meinem* Preis sehr viel Spaß haben können.«

Robert musterte sie misstrauisch. »Aha.«

Ja, das dachte auch Helen.

»Sie ist eine Hexe«, gab Jason zu.

»Aha.«

»Und ich bin ein Vampir.«

»Aha.«

»Willkommen in unserer verrückten Welt.«

»Ich will es gar nicht so genau wissen«, knurrte Robert und verschränkte die Arme vor der schwarzgewandeten Brust.

»Fahren wir zum Haus deiner Ex«, schlug Harris vor. Hervorragend, wollte er sich noch mehr über Robert lustig machen?

»Dort gibt es nichts zu sehen«, knurrte er. »Ich habe alles durchsucht. Keine Spuren, keine Hinweise. Da findet höchstens die Spurensicherung etwas und das wird dauern.« Und das Letzte, was er jetzt noch gebrauchen könnte, wäre, auf seine hysterische Ex-Frau zu treffen. Die echauffierte sich doch nur über das verwüstete Haus, und die Entführung kaufte sie ihm niemals ab.

»Aber im Haus gibt es ihr Blut und damit kann ich sie orten«, sagte die Frau neben Helen.

Sie war vielleicht so alt wie Helen, aber ein Stück kleiner. Ihre Haare fielen in dunklen Wellen über ihre Schultern. Sie wirkte sympathisch, allerdings hatte ihn das Weibsstück auch in eine Schüssel Wasser geworfen.

Die einzige qualifizierte Antwort, die ihm einfiel, war wieder einmal: »Aha.«

Es war das Wort, das im Moment alles beschrieb, was er dachte. Wenn er nicht gerade extrem verrücktes Zeug träumte, dann war diese Welt vollkommen durchgeknallt. Er war ein Kater gewesen! Er hatte unter Helens Streicheleinheiten geschnurrt. Geschnurrt! Nicht weil er einen Steifen hatte, sondern weil es in seinem Innersten vibriert hatte und das nicht im kitschigen Sinne, sondern im echten. Also soweit das alles echt sein konnte. Und diese Frau dort sollte eine Hexe sein? Und Harris ein Vampir, und der

Priester war sicher ein Werwolf? Das ergab überhaupt keinen Sinn. Vampire konnten nicht in Kirchen gehen! Aber was regte er sich auf?

Die angebliche Hexe trat näher an ihn heran. »Er findet deine Tochter.«

»Das will ich ihm auch geraten haben. Sonst fake ich so lange Beweise, bis er im Knast landet«, knurrte Robert.

»Vampire einzusperren ist ziemlich sinnlos.«

Robert starrte sie ausdruckslos an. »Macht euch das eigentlich Spaß? Mir immer wieder die Hoffnung zu nehmen?«

Cecile schmunzelte verschmitzt, drehte sich um und raunte Helen zu. »Ganz schön wehleidig.«

Er würde dieser Frau den Hals umdrehen! Doch es war ausgerechnet Helen, die seine Hände nahm.

»Hast du jemanden beim Haus gesehen?«

»Nein«, murrte Robert und stutzte. »Doch. Ein Streifenwagen stand vor der Tür, als ich mit Leloup ankam. Aber ich habe keine anderen Kollegen gesehen, auch im Haus nicht.«

Jason trat interessiert näher. »Adam Leloup?«

»Du kennst ihn?«, fragte Robert.

Jason zuckte die Schultern. »Flüchtig. Kleingeistige Penner sind nicht mein bevorzugtes Umfeld.«

»Leloup kann unmöglich daran beteiligt sein«, gab Robert zurück und zögerte im gleichen Moment. Leloup hatte von *den* Mädchen gesprochen, und Robert wurde den Verdacht nicht los, dass er von Mary sprach. Aber woher zum Teufel wusste er überhaupt von Blanches Freundin? Außerdem … »Er ist erst mit mir dort angekommen.«

»Das schon, aber ich bin mir sicher, da war deine Tochter noch im Haus.«

»Was?«, platzte Robert heraus. »Ich war in jedem Zimmer. Sie war nicht dort.«

»Hast du keine seltsame Präsenz gespürt?«, fragte Jason.

Robert hob die Hand. »Wenn ihr jetzt auch noch mit Aliens anfangt, sperr ich euch alle ein, und es ist mir scheißegal, dass mir wahrscheinlich die Befugnis dazu entzogen wurde.«

»Für jemanden in einem Priestergewand flucht er ganz schön unflätig«, kritisierte die Hexe.

Der *echte* Pfarrer hüstelte. »Das kommt nicht so selten vor, wie man meinen mag.«

Cecile drehte sich zu Abbé Durand um. »Sagen Sie nur, Sie können fluchen.«

Der Diener Gottes richtete sein Kollar. »Ich fluche nicht. Ich verneige mich vor dem Herrn und wünsche all meine Probleme zum Teufel.«

»Können Sie auch ihn hier zum Teufel wünschen?« Robert deutete auf Jason. »Und sie?« Jetzt legte er Helen die Hand auf den Rücken.

»Vor fünf Minuten sollte ich noch deine Tochter retten«, wandte Jason pikiert ein.

»Ohne euch wäre sie überhaupt nicht weg!«, brüllte Robert.

»Wer sagt das?«

»Ich!«

Jason verschränkte die Arme vor der Brust. »Damit könntest du sogar recht haben.«

Robert ballte mühsam beherrscht die Fäuste. »Können wir sie jetzt *bitte* suchen gehen?«

»Ich schmore gerade in der Hölle, schon vergessen?«

Er würde Harris das Grinsen aus dem Gesicht schlagen!

»Wenn du *meine* Hilfe annimmst, hättest du nicht solchen Ärger«, flüsterte ihm die Hexe zu.

»Ich gebe dir alles, was du willst«, seufzte Robert frustriert.

Sein Geld, seine Wohnung, sein Leben – wenn sie diesen Müllhaufen, der sich sein Leben schimpfte, haben wollte, trat er ihn freiwillig ab.

Cecile legte ihm die Hand auf den Arm. »Sehr verführerisch, aber Helen knirscht jetzt schon mit den Zähnen.«

»Wenn ihr jetzt fertig seid auszulosen, wem unser unausgeglichener Polizist jetzt gehört, könnten wir zu Leloup fahren«, mischte sich Jason ein. »Ich habe eine dumme Ahnung, wem der zweite Wagen gehörte, und ich möchte aus seinem Mund geröchelt hören, dass ich recht habe.«

Ja, bitte! Und was hieß hier ›auslosen‹? Hier wurde überhaupt nichts ausgelost! Das war so sicher wie das Amen in der Kirche!

Er folgte lieber Harris, denn mit ein wenig Glück brachte ihn dieser zu seiner Tochter. Hoffentlich. Robert wusste keinen anderen Rat. Zu seinen Kollegen gehen? Den Weg konnte er sich sparen. Er hörte sie schon: Sorry, du weißt ja, wie es ist. Sie ist noch keine vierundzwanzig Stunden verschwunden, und ein Erpresserschreiben liegt auch nicht vor. Im besten Falle untersuchten sie die Blutspuren, stellten fest, dass sie von Blanche waren, aber was dann? Sie wüssten auch nicht, wo sie suchen sollten!

Auch dieses Mal setzte sich Robert auf den Rücksitz, aber nicht auf Helens Schoß, sondern auf die andere Seite der Rückbank. Helen sagte kein Wort, und trotz der Sorge um Blanche machte sich in Robert auch Unwohlsein breit. War es gut, wenn Harris ihm Helen aufs Auge drückte, aber diese auf einmal nichts mehr von ihm wissen wollte? Was war das dann gewesen? Ein One-Night-Stand. Gut, wenn sie das so wollte, konnte sie das gern haben. Er hatte andere Sorgen! Robert betrachtete die Umgebung, und er kam nicht umhin, immer wieder zu Helen zu sehen. Sie starrte nach draußen und schien in Gedanken verflucht weit weg zu sein. Warum eigentlich? Er war hier, in diesem verdammten

Auto, nur eine Armlänge von ihr entfernt, und sie schien gedanklich auf Hawaii zu weilen. Nicht, dass er nicht damit umgehen konnte, wenn Frauen nach einer Nacht das Interesse verloren, doch bei Helen traf es ihn etwas unerwartet. Aber konnte er sie fragen, ob das nur ein One-Night-Stand gewesen war? Bestimmt nicht, solange Harris in der Nähe war. Dafür war später noch Zeit.

Er trommelte ungeduldig mit den Fingern auf der Sitzlehne, während sich Jason durch den zähen Verkehr schob. Zum Henker, plötzlich wünschte sich Robert, sie wären alle Katzen, dann wären sie wesentlich schneller. Aber bevor er noch einen Herzinfarkt bekam, erreichten sie das Haus Leloups.

Jason hielt ein wenig abseits. »Hat er Familie?«

»Eine Tochter, die aber nur am Wochenende bei ihm ist. Sonst hat er nur eine Freundin. Aber sie leben noch nicht zusammen«, gab Robert zurück.

»Dann werden sie es auch nie«, spottete Jason und stieß seine Tür auf, bevor er sich umdrehte. »Helen, du siehst dich um. Cecile, du bewachst mit Peppi den Wagen.«

»Ich muss beim Hund bleiben?«, gab Cecile zurück.

»Der Hund muss bei *dir* bleiben!«

Cecile murmelte etwas, das wie ›blöder Mistkerl‹ klang, und Robert gönnte ihm diese Bezeichnung aus vollstem Herzen.

Er stieg ebenfalls aus, und während Jason bereits auf die Eingangstür zumarschierte, spürte Robert Helen hinter sich. »Was ist los mit dir?«

»Nichts«, gab Helen zurück.

»Warum sagst du dann nichts? Es ist nie gut, wenn du nichts sagst.«

»Ich denke nach«, gab Helen zurück. »Und ich mache mir Sorgen um Blanche.«

»Welcher Ahnung jagt Jason gerade nach?«

Helen zuckte die Schultern. »Was in seinem Gehirn vor sich geht, kann man unmöglich bestimmen. Ich würde nicht einmal schwören, dass er überhaupt weiß, was er tut.«

»*Was*?« Das Leben seiner Tochter lag in den Händen eines nichts denkenden Mafioso? Was war das für ein Blödsinn? Jason hatte seine Position ja wohl nicht im Lotto gewonnen. »Er muss doch wissen, was er tut. Er ist verflucht erfolgreich damit.«

Helen seufzte. »Sagen wir so, was er denkt, ist für andere nicht immer logisch. Aber damit ist er immer als Erster am Ziel.«

Na hoffentlich traf das auch auf Blanche zu. Er könnte schreien. Es gab keinen verdammten Anhaltspunkt für ihren Aufenthaltsort, und die einzige Hilfe, die er hatte, lehnte sich gerade entspannt an die Tür und fiel fast ins Haus, als diese aufschwang. Robert wusste nicht, wer der größere Idiot war. Der, der sich gegen eine offene Tür lehnte, oder der, der sie überhaupt offen stehen ließ.

»Warum klingelt er überhaupt, wenn sowieso offen ist?«, knurrte Robert.

»Es war nicht offen«, gab Helen zurück und deutete auf die Zarge. Der Splint steckte immer noch im Gegenstück des Schlosses. Es war einfach weggebrochen!

»Willst du immer noch nichts über Vampire wissen?«

»Nein!« Am Ende stellte er dann fest, dass ihm nicht mal eine Panzertür etwas nützte. Er wollte über Vampire und sonstigen paranormalen Unfug nichts wissen, auch dafür war später noch Zeit. Helen wandte sich ab, ging die Außenwand entlang und verschwand im Garten.

Aus dem Haus drang ein spitzer, ziemlich unmännlicher Schrei, doch als Robert durch den Flur stürzte, sah er Jason, der Leloup am Kragen gepackt hielt und ihn wie eine Puppe immer wieder gegen die Wohnzimmerwand donnerte. Blut lief über

Leloups Kinn.

»Lass ihn runter«, brüllte Robert. »Du bringst ihn um.«

»Er hat sich nur auf die Lippe gebissen«, erwiderte Jason gelassen, doch er ließ los. Leloup sackte auf den Boden und rollte sich stöhnend dort unten herum, bis er auf die Knie kam. »Was soll das werden? Was wollt ihr von mir?«

»Wo habt ihr seine Tochter hingebracht?«

»Ich weiß nicht, was Sie meinen!«

Robert trat vor. »Ich weiß auch nicht, was du meinst. Wie oft denn noch? Sie war schon fort, als wir dort ankamen!«

»Nein, war sie nicht.«

»Aber ich habe nachgesehen!«

»Du hast gesehen, was du sehen solltest. Es war ein Zauber!«

Die Hölle sollte diesen Kerl, sämtliche Vampire und Zauberer holen. Herrgott, dass er überhaupt darüber nachdachte!

Jason packte Leloup am Kragen und zog ihn zu sich hoch, bis sich ihre Nasenspitzen berührten. »Du weißt alles über Vampire, nicht wahr?«

Leloup röchelte nichtssagend. Robert erschloss sich nicht im Mindesten, ob Jason die Wahrheit sagte oder nicht, aber Leloup zu schlagen, würde nichts bringen. Aus einem Polizisten bekam man nicht so schnell etwas heraus.

»Dad.« Robert und Jason fuhren herum. Im Wohnzimmer stand ein Mädchen, nicht älter als zwölf. Leloups Tochter!

»Raus!«, keuchte Leloup. »Verschwinde.«

Doch das Mädchen gaffte nur schockerstarrt von einem zum anderen.

Jason zog Leloups Gesicht noch ein wenig näher an sich heran. »Ihre Tochter?«, fragte er lauernd.

Er sollte sich nur nicht einbilden, sich an einem Kind vergreifen zu können! Robert ging auf das Mädchen zu. »Ich bring dich raus.«

»Einen Teufel wirst du tun«, schnarrte Jason. »Es gibt kaum ein schöneres Druckmittel.«

»Sie ist ein Kind.«

»Je schneller er redet, umso weniger wird ihr passieren.«

»Aber ….«

»Willst du deine Tochter wieder oder nicht? Welche Göre liegt dir mehr am Herzen?«

Was? Zum Henker, das konnte der Kerl nicht von ihm verlangen!

»Lassen Sie sie gehen, und ich sage alles«, hustete Leloup.

»Gut, setz sie draußen auf die Treppe.« Jason drehte sich zu Robert herum, und diesen Moment nutzte Leloup, um aufzuspringen, seine Knarre hervorzuziehen und sie auf Jason zu richten. Der Knall zerriss die Stille, aber Jason sackte nicht tödlich getroffen zusammen. Zwar zierte Blut sein Hemd, aber von ihm kam kein schmerzerfülltes Gewinsel, sondern nur ein tiefes, unmenschliches Knurren. Jason schleuderte Leloup herum, direkt in einen Schrank.

Das Mädchen kreischte auf, wollte auf ihren Vater zustürzen, doch Robert packte sie an der Taille und zerrte sie nach draußen. Sie trat nach ihm, riss sich los und flüchtete die Straße entlang.

Hinter Robert trat Jason aus dem Haus. »Blöder Mist«, knurrte er.

Robert fuhr herum. »Was ist mit ihm?«

Jason befingerte seine blutüberströmte Brust. »Ich war zu grob zu ihm.«

»Was?«, donnerte Robert. Er hatte den einzigen Hinweis auf seine Tochter und verflucht noch eins einen Familienvater umgebracht?

»Er lebt noch und mit Sicherheit lang genug, bis seine Tochter

Hilfe geholt hat.« Jason wandte Robert den Rücken zu. »Gibt es ein Austrittsloch?«

»Zumindest hat dein Sakko ein Loch.« Robert sog tief die Luft ein. »Wieso stehst du überhaupt noch?«

»Soll ich dir mit einer Kugel die Ohren freiblasen?«, knurrte Jason und fuhr herum. »Ich bin ein Vampir. Mich kann man nicht erschießen! Jedenfalls nicht so einfach. Aber ich trau dir nicht. Von mir wirst du nicht erfahren, wie du mich umbringen kannst. Frag Helen, die hat es schon oft genug versucht. Wo ist sie überhaupt?«

Kapitel 25

Zaubern ist unfair

Im Garten fand Helen nichts Außergewöhnliches. Roberts Tochter verbarg sich weder unter den Geranien noch hinter den Stiefmütterchen, und es gab Helen einen Stich ins Herz. Warum entführte man Roberts Tochter? Warum sollte man Robert unter Druck setzen wollen? Damit er ihnen half? Bisher hatte er seinem Chef die Treue gehalten, und es hatte herzlich wenig genutzt. Robert hatte mit Sicherheit schon bessere Leistungen abgeliefert. Außerdem humpelte er immer noch. Selbst wenn Jason ein Mensch wäre, könnte Robert nicht gegen ihn gewinnen. Es ergab hinten und vorne keinen Sinn. Und doch hatte Helen das Gefühl, dass es das doch tat. Aber sie kam nicht dahinter, wieso! Vielleicht fand sie im Schuppen eine Antwort? Vielleicht fand sie sogar Blanche?

Sie hörte das Geschrei, den Schuss und Jasons Fluchen. Für einen Moment hielt sie inne, doch da waren nur noch Jasons und Roberts Stimmen.

Helen spähte durch die Scheiben und versuchte vergebens, etwas zu erkennen. Im Inneren des Schuppens herrschte völlige Dunkelheit. Helen drückte gegen die Tür, aber sie war verschlossen. Gut, dann eben anders. Helen trat zurück, zog das Bein an und trat mit aller Kraft gegen das Holz, so nah an dem Knauf wie möglich. Ihr Fuß krachte gegen das Holz, aber es hielt. Sie musste noch zweimal dagegen treten, bis die Tür endlich aufsprang. Eine dicke Fliege schoss aus der Tür, und Helen zog rechtzeitig den Kopf ein, bevor das Tier gegen ihre Stirn knallen konnte.

Helen schob die Tür auf und drückte den Lichtschalter. Der Raum war vielleicht vier Meter breit und ebenso lang. Es gab unzählige Spinnenweben, einen verrosteten Spaten mit den Resten alter Erde. Er hatte also schon mal niemanden kürzlich vergraben. Mist. Fehlanzeige. Helen trat aus dem Schuppen und überquerte die zertretene Wiese. Sie sah Robert und Jason am Eingang stehen. Sie sah auch Jasons Wagen, in dem Cecile hockte. Doch was sie nicht sah, war der Besitzer der verflixten Hand, die sich gerade über ihren Mund legte! Helen rammte ihren Ellenbogen nach hinten, sie traf auch. Aber die Männerbrust war verflucht hart.

»Ich kenne dich doch, mein Täubchen«, raunte eine Stimme hinter ihr, die ihr einen Schreck durch die Glieder jagte.

Nathanaël!

Er presste sie an sich, die Hand noch immer fest auf ihrem Mund. Sein freier Arm legte sich um ihre Taille.

Jason drehte sich um, stutzte, und er hatte kaum den ersten Schritt in ihre Richtung gemacht, als Helen den Boden unter den Füßen verlor. Ihre Umgebung rauschte in rasender Geschwindigkeit an ihr vorüber.

Nathanaël nahm die Hand von ihrem Mund, um mehr Schwung für seinen mörderisch schnellen Lauf zu haben. Er rannte die Straße entlang, vorbei an Häusern, Vorgärten, einer Schule. Die Kinder im Hof zuckten zusammen und starrten ihnen nach.

»Bist du wahnsinnig?«, rief Helen. »Das steht morgen in der Zeitung.«

»Sollen sie. Sie werden noch sehr viel mehr zu schreiben bekommen.«

Der kalte Tonfall Nathanaëls ließ Helen frösteln. Aber vielleicht war es auch nur der Wind, der ihnen entgegenschlug. Er nahm ihr die restliche Luft, die ihr Nathanaëls fester Griff ließ. Sein Arm presste in ihre Rippen, wie eine Zwinge. Nach vorn konnte sie nicht sehen. Die Autos, denen Nathanaël behände auswich, die Bäume und die Gebäude schürten in Helen Übelkeit. Also verrenkte sie sich den Hals so weit wie möglich nach hinten, und als sie eine vertraute Gestalt sah, machte ihr Herz einen nervösen Sprung.

Jason wich einem Lastwagen aus und jagte in dem gleichen, unerlaubten Tempo über die Straße wie Nathanaël. Dieser wich einem Bagger aus, der sich rückwärts aus einer Baustelle piepte. Helen stöhnte, als ihr die warme, stinkende Luft des Auspuffs entgegen wogte. Sie würde Nathanaël nichts mehr gönnen, als sich bei einem Zusammenstoß mit einem Bagger die Knochen zu zerschmettern, aber bitte nicht, wenn er sie festhielt!

Sie wand sich in Nathanaëls Griff, bis es ihr gelang, sich ein Stück zu drehen und über seine Schulter zu spähen. Wo war Jason? Hinter ihnen? Er hatte sie doch nicht verloren? Verflucht, er sollte seinen Hund in einen Vampir wandeln, der konnte wenigstens ihre Fährte nicht verlieren.

Helen stemmte sich gegen Nathanaëls Griff, doch genauso gut konnte man sich auch aus einem Betonklotz herauswinden.

»Wenn ich dich loslasse …«, knurrte Nathanaël. »… dann auf einer Brücke. Über dem Geländer.«

Das traute sie diesem Mistkerl unbesehen zu! Helen schlang einen Arm um Nathanaëls Hals. Nur zur Sicherheit. Hässliches, bellendes Gelächter war die Antwort. Aber so konnte sie viel besser sehen, was hinter ihnen vor sich ging. Nathanaël bewegte sich nicht in menschenleeres Gebiet, in einen Vorort, auf das freie Feld. Dorthin, wo er seiner Schnelligkeit freien Lauf lassen könnte. Nein, dieser Neandertaler preschte immer weiter auf die Pariser Innenstadt zu. Was zum Henker? Wollte er wirklich, dass morgen alle über Vampire Bescheid wussten? War der völlig bescheuert?

Da! Jason sprang vom Dach eines Hauses auf den Bürgersteig,

wich einer Straßenlaterne aus und kam immer näher.

Helen holte aus und schlug mit der Faust gegen Nathanaëls Schläfe. Der Vampir knurrte und brüllte schließlich nasal, als sie ihm auch noch die Faust auf die Nase schmetterte. Blut schoss hervor. Nathanaël wirbelte herum und ließ Helen los. Helen krümmte sich, in Erwartung eines schmerzhaften Aufpralls. Doch ihr Flug wurde nicht von einer Mauer, sondern von Jasons Armen gebremst.

Nathanaël schleuderte ihnen einen Blumenkübel, so groß wie ein Rollcontainer, entgegen. Jason wirbelte mit Helen herum, schützte sie mit seinem eigenen Körper. Er stöhnte, als der Ton an ihm zerschellte. Er taumelte, Helen verlor das Gleichgewicht, und sie fielen zu Boden. Helen schnappte nach Luft und schmeckte Erde. Sie spürte Jasons Hände, die sie abtasteten. Sie war nicht verletzt, und warum zum Teufel grabschte er ihr in den Ausschnitt? Helen spürte ein kleines Ding über ihre Haut rutschen. Jason steckte es in ihren BH und rappelte sich auf.

Nathanaël riss den Handlauf eines Treppengeländers ab, sprang auf Jason zu und holte aus. Der Vampir duckte sich unter dem Schlag, rammte seine Faust ein weiteres Mal in Nathanaëls blutverschmiertes Gesicht und entwand Nathanaël den Metallstab. Jasons Gegner wankte, wich aus und hob die Hand.

»Wir haben uns schon begrüßt«, spottete Jason. Er holte mit der Metallstange nach Nathanaël aus, doch etwas bremste seinen Schwung. Helen konnte nichts Ungewöhnliches sehen, und doch schlug sich Jason mit der Stange geradewegs selbst ins Gesicht.

»Merde«, stöhnte der Vampir.

Die Stange rutschte ihm aus der Hand. Aber das Ding hatte nicht den Anstand, auf den Boden zu fallen. Sie schwebte in der Höhe von Jasons Schienbeinen, und als Nathanaël mit der Hand winkte, schmetterte er sie gegen Jasons Knie. Jason fluchte inbrünstig und kassierte den nächsten Hieb in den Rücken.

»Damit hast du nicht gerechnet, was?«, höhnte Nathanaël, die Hand immer noch erhoben. »Ich habe unseren letzten Kampf genau studiert. Aus Niederlagen soll man lernen, das waren doch immer deine Worte.«

»Ich habe keine Ahnung, wovon du sprichst.« Jason stützte sich an der Mauer ab, um sich wieder auf die Beine zu ziehen. »Ich verliere nie.«

Nathanaël drehte sich zur Seite, richtete seine Hand auf einen Baum. Die Stange fiel zu Boden, doch bevor Jason danach greifen konnte, begann der Baum zu knirschen. Mit einem lauten Knall barst das Holz in tausend Teile. Splitter blieben in der Luft stehen, drehten sich um die eigene Achse, und auf Nathanaëls Handbewegung hin, kreisten sie Jason ein. Das war mal eine neue Art, einen Vampir zu pfählen. Wieso konnte der verfluchte Kerl überhaupt zaubern? Er war ein Vampir, das war von der Natur nicht vorgesehen!

»Verschwinde, Helen«, knurrte Jason.

Das ließ sie sich bestimmt nicht zweimal sagen. Nathanaël machte Jason fertig, wenn er auch nur eine Sekunde länger Zeit bekam, sich mit ihm zu beschäftigen. Helen wirbelte herum und rannte die Straße hinunter. Ein Wirt kam aus einem der schmalen Eingänge, in der Hand ein Tablett mit Tellern und Kaffeetassen. Sie konnte nicht rechtzeitig bremsen. Mit vollem Tempo krachte sie in ihn hinein. Das Tablett polterte zu Boden, und im nächsten Moment fühlte sich Helen schon wieder umklammert und hochgerissen.

»Nein, mein Täubchen, du entkommst mir nicht«, knurrte Nathanaël.

Mit den beiden Vampiren mitzuhalten, grenzte an reinen Wahnsinn. Nach der ersten Kreuzung mit einem Beinahe-Crash drückte Cecile wild irgendwelche Knöpfe. Die Scheinwerfer schalteten sich ein, die Klimaanlage blies ihnen Schneeflocken entgegen, das Radio spielte unvermittelt ›Red Right Hand‹.

»Das Ding fährt immer Jason hinterher«, rief sie und krallte sich in ihren Gurt, als der Wagen offenbar beschloss, sich nicht von Harris abhängen zu lassen. Der Ruck drückte sie in ihre Sitze, und entsetzt musste Robert zusehen, wie sich das Lenkrad ohne sein Zutun bewegte!

»Ist das dein Hexenwerk?«, keuchte Robert.

»Das nennt man autonomes Fahren!« Cecile stemmte die Füße gegen die Armatur, als der Wagen um eine Kurve schlitterte und mit einem Knall an einem Stromkasten bremste. »Das kann nur eine Erfindung aus der Hölle sein.«

Das war kein autonomes Fahren. Das war blanker Selbstmord. Der Wagen hing eindeutig weder an seinem Leben noch an der Unversehrtheit seiner Felgen, Scheinwerfer, Insassen und Außenspiegel. Letzteren fuhr er sich ab, als er einen Bus streifte.

»Kann man das ausschalten?«, rief Robert.

Cecile riss die Augen auf. »Wenn ja, weiß ich nicht, wie.«

Robert drückte auf dem schwarzen Bildschirm auf der Mittelkonsole herum. Dieser leuchtete auf und zeigte ihm Harris' dämliches Grinsen. Ernsthaft?

Aus dem Nichts sprang plötzlich Jason auf die Straße, blieb mitten auf der Spur stehen und streckte ihnen die Handfläche entgegen. Robert trat auf die Bremse. Die Reifen quietschten, und Robert könnte schwören, dass der Wagen nur einen Millimeter vor Jasons Hand zum Stehen kam. Dieser wankte und sackte vor dem Wagen zusammen. Cecile und Robert befreiten sich von ihren Gurten und stürzten nach draußen.

Jason saß gegen die Stoßstange gelehnt, die Beine ausgestreckt. Sein Gesicht war voller Blut, sein Anzug völlig zerrissen. In seinem Körper steckten unzählige Holzsplitter.

»Wir brauchen unbedingt Linett«, keuchte Jason. »Und eine Pinzette.«

Kapitel 26

Kein Plan ist die beste Strategie

Eine Pinzette hatte Cecile in ihrer Handtasche. Eine Linett hielt sie darin nicht versteckt, obwohl Robert nicht einmal das wundern würde. Bevor sie die Pinzette neben Jason auf den Asphalt legte, packte sie jede Menge Taschentücher, Schlüssel, Quittungen, Tampons ...

»Wozu brauchst du den ganzen Mist?«, kommentierte Jason.

... Kulis, Lippenstift, Kajalstift ...

»Du schminkst dich überhaupt nicht!«

... ein Buch, Desinfektionsmittel, einen zerknitterten Brief, Parfum, Notizzettel, Kopfhörer, Deo, Tablettenpackung, Terminkalender und einen Plüschfrosch heraus.

»Du hast nicht zufällig auch noch eine Horde weiße Wanderer da drin?«, spottete Jason.

Cecile hielt ihm die Pinzette unter die Nase. »Dafür, dass du schwer verletzt bist, redest du ziemlich viel!«

»Das sind nur Splitter«, behauptete Jason.

»Die hätten sich in deinem Herzen sicher wahnsinnig gut gemacht.«

Ceciles Stimme klang zwar biestig, aber dennoch schwang eine gewisse Sorge darin mit. Natürlich! Vampire, Holz, Pfähle.

»Es ist also keine Erfindung der Filmindustrie? Man kann einen Vampir tatsächlich pfählen?«, fragte Robert. »Sogar mit Holzsplittern?«

»Ja.« Jason zog sein Telefon heraus, tippte darauf herum und drückte Robert dann die Pinzette in die Hand. »Zieh mir die Splitter raus. Wenn ich Nathanaël den Arsch aufreiße, will ich dabei nicht wie ein Kaktus aussehen.«

Sie überquerten die Seine auf einer Fußgängerbrücke. Nathanaël verlangsamte sein Tempo, aber er presste Helen noch immer fest an sich. Helen war kalt und warm zugleich. Ihr Puls hämmerte, sie schwitzte, und sie bildete sich ein, dass das Teil in ihrem BH sich in ihre Brust einbrannte. Sie wagte nicht nachzusehen, aber sie ging stark von einem Sender aus. Sich gegen Nathanaëls unmenschlichen Griff zu wehren, gab sie auf, allerdings hielt sie das nicht davon ab, die Fersen in den Asphalt zu stemmen. Er musste sie mitschleifen. Die Passanten musterten sie erstaunt, neugierig und auch irritiert. Aber kein einziger hielt es offenbar für nötig zu fragen, warum Nathanaël eine Frau mit sich zerrte. Wo waren die Helden und Retter, wenn man sie brauchte?

Ihre Beine wurden langsam lahm, da erreichten sie den Vorplatz von Notre-Dame. Die Kathedrale erhob sich wuchtig über dem von Bäumen gesäumten Platz. Die kastenförmigen Türme der Westfassade schimmerten hell im Sonnenlicht. Unzählige Besuchergruppen standen vor dem Bauwerk. Ihre Reiseführer übertönten sich gegenseitig in den verschiedensten Sprachen. Englisch, Italienisch, sie bildete sich ein, sogar Niederländisch zu hören.

Nathanaël zerrte sie am Hauptportal vorbei. Baugerüste umfassten die Seiten der Kathedrale, wanden sich um die Streben herum, und unter eines der Gerüste zog sie Nathanaël. Durch eine Nebentür betraten sie das Kirchenschiff. Auch hier zogen sich Gerüste die Wände hinauf. Die Bänke waren übereinander gestapelt worden, um den Bauarbeitern Platz zu machen. Nur war leider von denen nicht das Geringste zu sehen. Verflucht, da wurde die Kirche einmal restauriert, und die waren schon im Feierabend? Moment … Kirche!

»Wieso heulst du nicht vor Schmerz?«, platzte aus Helen

heraus.

Den Trick, sich mit Gebeten vor dem Zorn des Christengottes zu schützen, hatte Jason niemals weitergegeben. Und sie konnte sich auch nicht vorstellen, dass Jasons Tochter und Gaylord es herumerzählten.

Nathanaël lächelte kalt. »Mir ist es gelungen, die Nachteile der Vampire abzustellen und ihre Vorteile zu erhöhen.«

Er stieß sie tiefer in das Kirchenschiff hinein und schloss die Tür hinter ihnen. Seine Stimme dröhnte durch den hohen Raum.

»Es sind nicht nur Drogen, die ich verteile. Es ist ein Wundermittel. Es verleiht jedem Konsumenten für eine Weile magische Kräfte. Ich habe es in Umlauf gebracht, um es zu testen. Nach der Einnahme konnte man zaubern, aber leider nicht lange. Bei Menschen brachte es den Kreislauf innerhalb kürzester Zeit zum Erliegen und die Organe versagten. Selbst ich kann es nicht so oft einnehmen, wie ich gern würde. Auf Dauer können meine Selbstheilungskräfte nicht mit dem Schaden mithalten, den das Zeug verursacht.«

Helen starrte ihn mit offenem Mund an. »Du hast es verteilt, um es zu testen?«

Nathanaël grinste. »Ja.«

»Was, wenn es funktioniert hätte?«, rief Helen aus.

»Oh, es hat schon funktioniert«, schnurrte Nathanaël. »Vor allem bei dir.«

»Mir sind keine Organe geplatzt!«

»Ich weiß. Ich weiß auch, wieso. Wie oft hast du schon Jasons Blut zu dir genommen?«

»Ein, zwei …«

»Das reicht nicht!«

»… dutzend Mal …«, erwiderte Helen vorsichtig. »Aber daran kann es nicht liegen!«

»Wer sollte den Kerl sonst in einen Kater verwandelt haben? Ich war es nicht. Du warst es«, schnurrte Nathanaël. »Leloup hat dir bei der Auseinandersetzung auf dem Revier die Droge injiziert. Anschließend erzählte er mir, dass dieser Bastard, der neuerdings an deinen Hacken hängt, plötzlich verschwunden ist und lediglich eine Katze herumstromerte. Hätte er doch nur noch zwei Minuten länger gewartet, dann hätte er gesehen, wie ich seine Tochter samt ihrer bezaubernden Freundin aus dem Haus zerre.«

»Du warst noch dort?«

»Natürlich. Ich habe auf ihn gewartet. Ich wollte beide sterben lassen, gemeinsam … Du siehst, ich scheue keine Mühen, um dein Herz zu brechen.«

Helen trat unweigerlich einen Schritt zurück, und in ihrem Hals bildete sich ein dicker Kloß. Nathanaël hatte Robert töten wollen und ihn mit seiner Tochter angelockt?

»Und warum hast du ihn nicht getötet?«

»Ich habe in ihrem Zimmer auf ihn gewartet, verborgen … Du weißt doch, ich liebe Überraschungen, und noch mehr liebe ich den Geschmack von Adrenalin, Angst und Leid im Blut eines Menschen«, schnurrte Nathanaël. »Dass er der Kater war, erfuhr ich erst, als er schon davonlief. Man könnte also sagen, du hast ihm das Leben gerettet. Beeindruckender Zauber, meine liebste, stacheligste Rose.«

»Aber wie …«, stammelte Helen. Das ergab doch keinen Sinn. Ja, sie hatte einen Einstich an ihrem Arm gehabt. Was war danach passiert? Sie hatte mit Robert geschlafen, war am nächsten Morgen allein aufgewacht und hatte Robert verflucht.

»Nur weil ich was von einem Kater gesagt habe, soll ich an Roberts Verwandlung schuld sein?«, fragte sie pikiert.

Nathanaël grinste. »Die Macht der Worte sollte man nie

unterschätzen.«

Teufel noch eins.

»Es war ein unglücklicher Zufall«, gab Nathanaël zu. »Leloup wollte mir deinen neuen Liebling auf dem Silbertablett servieren und lauerte ihm extra auf. Leider misslang es ihm. Genauso wie Allaire auf dem Revier …«

Auf das Stichwort trat Louis Allaire, Roberts Boss, aus dem Schatten einer Säule. Hatten die beiden ja wunderbar einstudiert. Es war das am schlechtesten inszenierte Theaterstück aller Zeiten!

»Du hast ihn gekauft«, stellte Helen fest. »Welch überragende Leistung. Der springt doch für jeden Cent.«

»Es kommt wie immer auf die Anzahl dieser Cents an«, knurrte Louis.

»Du verrätst deine eigenen Leute«, schnaubte Helen.

»Nur einen.« Louis zuckte die Schultern und schob die Brille auf seiner Nase wieder ein Stück nach oben. »Und Robert ist ohnehin auf dem absteigenden Ast. Wir hatten schon lange kein berührendes Begräbnis mehr, das uns alle ein wenig dankbarer macht, wenn wir lebend aus dem Dienst zurückkommen. In meinem Bericht hätte ich ihn zum Helden gemacht. Natürlich hätte er dann vergeblich sein Leben geopfert.«

Der Kerl hatte sie doch nicht mehr alle! »*Du* opferst gleich was«, fauchte Helen. »Verwandle dich in einen Regenwurm!«

Nathanaël schob sich dazwischen. »Deine Magie ist vergangen. Habe ich dir eigentlich schon von den Nachwirkungen erzählt?«

Nathanaëls Grinsen gefiel ihr nicht. Absolut nicht! Er setzte sich auf ein Säulenpodest, schlug die Beine übereinander und fuhr sich durch den langen Bart. »Du hast mir früher oft durch den Bart gestrichen. Voller Liebe und Leidenschaft.«

»Gib mir eine Schere und ich streiche gern noch mal durch«, gab Helen zurück.

Nathanaël ließ sich nicht beirren. Er grinste sie hämisch an. »Der Vorteil und zugleich auch ein Nachteil ist die Tatsache, dass diese Charge der Drogen mit der Magie eines Hexers gemischt ist, der sich auf Liebeszauber spezialisiert hat. Wenn die Droge ihre volle Wirkung entfaltet, fühlt sich jeder, den man berührt, magisch angezogen.«

Dann war die Droge bei ihr kaputt, denn sie fühlte sich von Nathanaël nicht im Geringsten angezogen. Und er sich anscheinend auch nicht von ihr. Aber ach, ihr Rausch war ja anscheinend wieder vergangen. Wen hatte sie berührt, bevor Robert zum Kater geworden war? Oh, verflucht, Robert selbst. Helen presste die Fingerkuppen in den Ballen ihrer anderen Hand. Wollte ihr dieser Bastard wirklich weismachen, Robert wäre nicht *ihr*, sondern diesem verflixten Zauber erlegen?

Nathanaël strich die Haare hinters Ohr und zupfte aus dem Ende einer Strähne einen Holzsplitter heraus. »Es wird bald sehr viel Lust auf den Pariser Straßen geben.«

»Du willst es weiter verteilen?«, fragte Helen entsetzt. »Dann laufen bald lauter zaubernde Drogensüchtige durch die Straßen und veranstalten Orgien!«

»Eine herrliche Vorstellung, nicht wahr?«, lachte Nathanaël. »Die Stadt wird im Chaos versinken. Sie sind allesamt überfordert. Polizisten, Regierung, Ärzte. Herrliche Anarchie. Erst Paris und danach jede Stadt, die ich will.«

»Aber warum?«, rief Helen aus. Das ergab doch keinen Sinn. Seit wann stand Nathanaël auf Chaos und zaubernde Junkies?

»Nun«, schnurrte Nathanaël. »Der erste Punkt auf meinem Plan war, Jason zu vernichten. Aber anscheinend brauche ihn noch. Also werde ich ihm nicht die Gnade des Todes erweisen, sondern ihn gerade so am Leben erhalten, dass er mir sein ungewöhnliches Blut spenden kann. Währenddessen werde ich mir überlegen, ob ich dich vernichte, oder ob ich dich noch eine Weile behalte. Wer jedoch ohne Frage sterben wird, ist dein neuer Liebling.«

»Und wenn du mich gleich vernichtest?«, fragte Helen.

Nathanaël grinste hässlich. »Dann auch …«

Das war doch kacke!

»Jason wird dich retten wollen«, knurrte Nathanaël. »Soll er kommen. Ich weiß, dass er dir einen Sender untergeschoben hat. In der Kirche wird Harris schwach genug sein, um mit ihm spielen zu können. Kleine, böse Spiele. Und wenn ich mit ihm fertig bin, wird er um die letzte Ölung betteln. Es wird mir ein Fest sein, sie ihm zu verwehren.«

Toll. Spitzenplan. Helen biss sich auf die Innenseite ihrer Wange. Jason war schon ohne Kopfschmerzen unterlegen. Wie zum Henker sollte sich das lösen? Das Beste wäre, die gesamte Kathedrale mitsamt diesem Idioten zu sprengen.

»Wo ist Blanche?«, fragte Helen scharf. »Das Mädchen?«

Nathanaël deutete an Helen vorbei und sie wirbelte herum. Neben dem Altar hockten zwei Mädchen. Beide mit zerzausten Haaren, die eine brünett, die andere schwarzhaarig. Während Blanche aussah, als wäre ihr fürchterlich schlecht, blickten die Mandelaugen ihrer Freundin ausdruckslos Nathanaël an.

»Bist du Mary?«, fragte Helen leise und hockte sich neben Blanche auf den Boden.

»Vor allem bin ich angepisst«, sagte das Mädchen scharf und warf Nathanaël einen hasserfüllten Blick zu.

Helen strich Blanche eine wirre Strähne aus dem Gesicht. »Wie geht's euch?«

»Wie soll es einem gehen, wenn man von einem blöden Vampir entführt wird?«, fragte ausgerechnet ihre Freundin. Sie hob beide Hände. An einem Gelenk fesselte eine Handschelle sie mit

Blanche zusammen, am anderen steckte ein Schlauch. Das Ende verschloss ein Stopfen, ein Rest Blut war darin noch enthalten. Blut und tanzende Funken?

»Die ziehen mir die Magie ab, um sie in ihr blödes Zeug zu mischen«, murrte Blanches Freundin. »Genauso wie dem Typen da.« Sie zeigte in das Dunkel der Kathedrale.

Aus der Tür zum Altarraum löste sich eine hagere Gestalt. Sie wäre vielleicht zwei Meter groß, wenn sie nicht gebeugt gehen und das linke Bein nachziehen würde. Der Schemen trat in das spärliche Licht, das durch die Kirchenfester und die Baugerüste fiel. Helen hatte mit einem alten Mann gerechnet, doch er sah aus, als wäre er gerade mal Mitte dreißig. Seine Haut schimmerte gräulich, glänzte, und die Müdigkeit hatte tiefe Schatten unter seine Augen gelegt.

»Ich tat es freiwillig«, erklärte er so hoheitsvoll wie möglich. Er schwitzte, fuhr sich immer wieder über die Stirn, und seine Hände zitterten. »Die Welt hat ein Recht auf Magie. Nicht nur Ausgewählte, weil wir zufällig die richtigen Eltern hatten. Oder, Mademoiselle?« Sein Tonfall wurde schärfer. Sein unsteter Blick fixierte Mary, die ihm den Mittelfinger entgegenstreckte. Verstärkung erhielt sie von Blanche.

»Wenn ich diese blöde Fessel los bin, zünde ich dir jedes Haar am Körper einzeln an«, fauchte Mary. »Natürlich mit Magie!«

»Du bist eine Hexe?«, fragte Helen verblüfft.

»Jip.«

Helen strich Blanche über den Arm. »Hast du das gewusst?«

»Ich weiß es, seitdem dieser Penner es uns erklärt hat«, murrte Blanche. »Würde mich nicht wundern, wenn der sich einfach nur das Gehirn weggekifft hat. Aber Mary sagt, es ist kein dämlicher Witz.«

»Es stimmt ja auch«, protestierte Mary. »Ich wollte es dir sagen.

Aber ich wusste nicht, wie. Du weißt ja auch nichts von Vampiren.«

»Vampire«, stöhnte Blanche und klang ihrem Vater dabei erschreckend ähnlich.

»Mach schneller, sonst bekomme ich Schluckauf«, stöhnte Jason, als ihm Robert einen fingerbreiten Splitter aus der Schulter zog.

»Auf der Seite hab ich alle«, verkündete Cecile.

Robert tastete Jason ab. Er konnte keine weiteren Splitter erfühlen. Allerdings müsste er sich ausziehen, um ihn vollständig untersuchen zu können.

»Da ist noch einer.« Jason tippte auf seinen Oberarm, und Robert schob den Stoff an einem Riss auseinander. Tatsächlich. Dieser hier war nur so groß wie ein Fingernagel, trotzdem knurrte Jason beim Herausziehen.

Ein Wagen stoppte vor ihnen, die Beifahrertür wurde aufgestoßen, und heraus sprang die junge Frau, die Robert schon im Büro gesehen hatte. Aus der Fahrerseite schob sich ein Mann mit bulliger Gestalt und einem Gesichtsausdruck, als hätte er Migräne, Zahnschmerzen und Darmprobleme gleichzeitig.

Kaum erblickte er Jason, fragte er: »Bist du in einen Schredder gefallen?« Er kniff die Augen zusammen. »Du bist doch nicht wieder in eine Horde sexgeiler Weiber geraten?«

Linett kicherte. »Wenn ja, dann würde Amélie bestimmt ihre Skrupel beim Bluttrinken überwinden.«

»Rafael habt ihr aber nicht mitgebracht?«, fragte Jason besorgt.

Linett schüttelte den Kopf. »Amélie passt auf.«

»Gut«, sagte Jason. »Für die Party ist er noch zu jung.«

»Und wir schon wieder zu alt«, brummte Linetts Gefährte.

»Was hast du vor?«, fragte Robert.

Jason zog sein Telefon hervor, starrte auf das Display und steckte es wieder weg. »Sie sind immer noch in Notre-Dame.«

»In einer Kirche?«, fragte Linett verblüfft. »Der Sack weiß, wie man eine Kirche betreten kann, ohne wie ein Baby zu heulen?«

»Offensichtlich«, gab Jason zurück. »Auf jeden Fall wirst du Helen dort rausholen. Und Roberts Tochter.«

»Aber …«, stammelte Linett.

Jason trat zu ihr und klopfte mit dem Finger gegen ihre Tasche. Ein metallischer Laut war die Antwort. »Wusste ich es doch«, grinste Jason. »Der Plan ist simpel. Du gehst rein, haust alle um, und ihr geht wieder raus.«

»Hast du dir jetzt endgültig das Hirn weggekifft?«, schnauzte Linetts Gefährte und packte Jason am Kragen. »Du wirst sie nicht allein dort hineingehen lassen.«

»Wenn du mitgehst, Jeremy …« Jason stemmte sich gegen den Griff seines Freundes und riss sich los. »… wird Nathanaël euch gleich töten wollen. Oder Helen töten. Oder Blanche.«

»Wer ist Blanche?«, knurrte Jeremy.

Jason deutete auf Robert. »Seine Tochter.«

»Hmpf.«

Linett drehte sich zu Robert herum, stutzte, und ihre Lippen verzogen sich zu einem Grinsen, das Robert nicht im Geringsten gefiel. Warum grinste sie so? Selbst ihr Freund schien das zu irritieren.

»Was ist?«, knurrte dieser.

»Nichts.« Linett grinste immer noch und drehte sich auf ihren Füßen hin und her wie ein demoliertes Pendel. »Helen hat mit ihm wirklich Glück. Die Nächte wird sie nicht so schnell vergessen.«

Robert könnte schwören, dass er genauso rot anlief wie Jeremy. Nur war es bei diesem die blanke Wut, die ihm das Blut ins

Gesicht trieb. Robert trat vorsichtshalber zurück, hinter Cecile. Die tätschelte ihm den Arm. »Keine Sorge, ich pass schon auf dich auf.«

Ach ja? Das beruhigte ihn keineswegs! Aus völlig unverständlichen Gründen schienen die hier alle nur an Sex zu denken. Aber Herrgott, er wusste immer noch nicht, ob es Blanche gut ging!

»Könnten wir uns auf das Wesentliche konzentrieren?«

»Eine Zentimeter-Angabe?«, fragte Linett, und ihrem Mann schwoll der Hals noch weiter an. »Stellt euch nicht so an«, spottete Linett. »Spätestens wenn Helen, Amélie und ich das nächste Mal einen trinken gehen, wissen wir, wer die meisten Millimeter Vorsprung hat.«

»Und du hast Angst, sie käme nicht allein gegen Nathanaël an«, grinste Jason.

Er streckte die Hand in Jeremys Richtung aus, und dieser zog eine durchsichtige Plastiktüte aus seiner Jackentasche. Eine kleine Brosche lag darin. Jason nahm sie heraus und hielt sie an Linetts Schulter, dann an ihren Bauch und schließlich an ihre Brust. Jeremy knurrte tief, Jason runzelte die Stirn.

»Du bist kein Broschentyp.«

»Die Buttons waren alle«, gab Jeremy zurück. »Jetzt nimm deine verfluchte Hand von ihrem Busen!«

»Gib her«, rief Linett aus, riss Jason die Brosche aus der Hand und band sich einen Zopf. Sie legte ihn sich über die Schulter und steckte die Brosche am Haargummi und ihrem Shirt fest.

Der äußere Ring des Schmuckstücks bestand aus Silber. Im Inneren öffneten sich Blütenblätter, deren Mitte ein dunkler Stein zierte. Weniger ein Stein als vielmehr eine gut versteckte Kamera. Jason zog sein Telefon heraus, öffnete eine App, und Robert erspähte auf dem Bildschirm sich selbst und Cecile.

»Wer ist denn alles dort?«, fragte Linett vorsichtig.

»Mindestens ein Vampir, der uns alle nicht leiden kann«, gab Jason zurück. »Aber mach dir keine Sorgen. Menschen unterschätzt er gern. Und wer dich unterschätzt, ist sowieso so gut wie tot.«

Kapitel 27

Brenne, Paris, brenne!

»Wo ist Papa?«, flüsterte Blanche.

Das wüsste Helen auch gern. Sie betete inständig, dass Jason ihn nicht einfach in die Schusslinie schubste. Das würde weder Robert noch Jason überleben!

»Ich weiß es nicht«, gestand Helen.

Blanche schmiegte sich an ihre Freundin. »Er holt uns doch hier raus?«

Helen strich ihr über das Haar. »Natürlich.«

»… nicht«, ergänzte Nathanaël hämisch. »Er ist nur ein Mensch. Schwach. Nutzlos. Kein Gegner.«

Blanche wurde erst so blass wie der Hexer, bevor sich ihre Wangen puterrot färbten und die blanke Wut in ihren Augen aufblitzte. »Mach doch seine schwache Tochter los, dann werden wir mal sehen, ob jede Stelle dieses Fleischsacks, den du deinen Körper nennst, so stark ist, wie du behauptest.«

»Ist er nicht.« Helen winkte ab. »Ich spreche aus Erfahrung.«

»Jeder macht Fehler«, murmelte Blanche.

Nathanaël knurrte, packte Helen an den Haaren und zerrte sie auf die Beine.

»Die Extensions sind neu«, fauchte Helen und trat ihm gegen das Schienbein.

Nathanaël hob die Hand zum Schlag, doch bevor er sie traf, ließ ihn das Splittern von Glas herumwirbeln. Helen schleifte er mit und, merde, er skalpierte sie fast.

Durch das zerbrochene Kirchenfester kletterte Linett auf das Baugerüst, in der Hand ihre Bratpfanne (sechsundzwanzig Zentimeter, gehärteter Stahl, Helens Geschenk zu ihrem vierundzwanzigsten Geburtstag). Sie trug das Küchengerät wie einen

Schirm über der Schulter, sprang von dem Gerüst und sah sich demonstrativ unbeteiligt um.

»Gar nicht so einfach, in das Ding reinzukommen. Ich hoffe, die schließen nachher noch auf. Wie soll ich hier sonst ein vernünftiges Catering auf die Beine stellen?«

Louis sprang vor, packte Linett am Hals, und das ›Klong‹, mit dem ihn die Pfanne am Kopf traf, schien ein Startschuss zu sein. Der Startschuss für das komplette Chaos. Draußen krachte es. Das Hauptportal erzitterte unter einem dröhnenden Schlag.

Nathanaëls Griff wurde so fest, dass Helen spürte, wie er die Haarwurzeln aus der Kopfhaut zerrte. Verflucht, tat das weh. Helens Kehle entrang sich ein Stöhnen.

Der spindeldürre Hexer hob die zitternde Hand, die Pfanne rutschte aus Linetts Fingern, und als sie ein weiteres Mal zuschlug, streifte sie nur mit den Fingern die Platzwunde in Louis' Gesicht. Dieser packte ihren Arm, rollte sich mit ihr herum und hielt ihr die Mündung der Waffe an die Stirn. Doch nicht der Knall eines Schusses zerriss die kühle Luft in der Kathedrale, sondern ein weiteres Dröhnen und das Splittern von Holz. Reifenquietschen und das Schaben von Metall auf Metall, als das Auto an einem Gerüst entlangschrammte, erfüllte den Raum.

Nathanaël fluchte. Der Schmerz in Helens Kopf ließ nach. Sie duckte sich, ehe Nathanaël erneut zupacken konnte, doch in dem dunklen Chaos konnte sie nicht sehen. Scheinwerfer blendeten sie, ließen sie die Augen zusammenkneifen, bevor das Licht sich abwandte. Das Licht erfasste den Hexer, der mit weit aufgerissenen Augen jedem Reh auf einer einsamen Bundesstraße Konkurrenz machte. Ungebremst raste der Wagen auf ihn zu.

Die wuchtige Eichentür hatte unter der Gewalt von Jasons

ferngesteuertem Auto nicht die geringste Chance. Es zertrümmerte ohne jede Scham die jahrhundertealte Geschichte. Jason hatte nur so lange auf das Display seines Handys gestarrt, wie nötig war, um herauszufinden, dass Louis und ein unbekannter Kerl von der gleichen Sorte wie Cecile in der Kirche waren. Und Blanche.

Ehe Robert fluchen konnte, fühlte er sich hochgehoben. Allein die Kraft, mit der Jason ihn packte, war unerhört, doch die Geschwindigkeit, die der Vampir nun entwickelte, verursachte Robert Übelkeit. Die Welt rauschte rasend schnell an ihm vorbei. Seine Umgebung wurde dunkler, das Licht diffus, die Luft kälter – das Innere der Kathedrale!

Jason ließ ihn los, und Robert hatte keine Chance, Halt zu finden. Er krachte auf den Boden, stöhnte kurz und rappelte sich dann wieder auf. Linett zappelte in Louis' Griff, Robert hörte Helens Schrei, aber er sah sie nicht. Wo war sie? Wo war Blanche? Robert drehte sich um die eigene Achse, und ihm blieb vor Erleichterung beinahe das Herz stehen. Blanche duckte sich neben den Altar und drückte sich gegen ein Mädchen. Robert stürzte auf sie zu.

»Papa!« Blanche zerrte Mary hinter sich her, warf sich in seine Arme und schluchzte auf. Sie drückte sich so fest an ihn, als würde sie versuchen, in ihn hineinzukriechen. Auf der Suche nach Schutz.

Doch jemand packte ihn von hinten, schleuderte ihn zur Seite, direkt gegen den Altar. Gott, seine Bandscheiben.

Nathanaëls wutverzerrtes Gesicht tauchte über ihm auf. Er drückte Robert auf den Altar und die Hand fest in sein Gesicht. Er kniff Roberts Nase zusammen, und als Robert nach Luft schnappte, war dort nur die verfluchte Hand des Vampirs. Das Blut rauschte in Roberts Ohren. Er wand sich unter dem Griff des

Vampirs, packte dessen Arm, boxte schließlich in den Bauch seines Gegners. Doch genauso gut könnte er auch auf einen Kartoffelsack einschlagen. Roberts Lunge brüllte nach Luft, ihm schwindelte, und er spürte, wie mit jedem fehlenden Atemzug die Schwäche seine Glieder eroberte. Tausende Nadelstiche schienen seinen Körper zu traktieren, seine Bewegungen wurden fahriger, bis die Schwärze vor seinen Augen ihn kaum noch etwas sehen ließ. Doch ausgerechnet scharfer Schmerz an seinem Hals holte ihn aus der drohenden Bewusstlosigkeit zurück. Als hätte jemand zwei scharfe Dolche in ihn gejagt. Ein Brennen, das einem dumpfen Druck wich. Der Kerl hatte sein Gesicht in Roberts Halsbeuge, aber er lockerte seinen Griff auch nicht. Vergeblich schnappte Robert nach Luft.

»Lass ihn los!«, schrie Blanche. Ein dumpfer, metallischer Schlag ließ den Vampir vor Schmerz aufbrüllen. Wasser spritzte in Roberts Gesicht. Dort, wo die Tropfen Nathanaëls Haut trafen, begann die Haut zu eitern. Das Wasser brannte sich regelrecht in ihn rein, legte das blanke Fleisch frei. Er nahm die Hand von Roberts Gesicht. Die Luft strömte in dessen Lunge, sog sie auf und brachte ihn zum Husten. Er rang nach Atem wie ein Ertrinkender.

Nathanaël wirbelte herum, packte Blanche am Hals und schleuderte sie gegen eine Mauer. Mary wurde mitgezogen, doch deren Gewicht bremste den Flug. Blanche schlug gegen die Säule, stöhnte, aber sie rappelte sich sofort wieder auf. Ihre Freundin stampfte mit dem Fuß auf. »Ihr Penner habt mir meine Magie abgezapft!«

Robert wälzte sich von dem Altar, und in diesem Moment schoss Jason über ihn hinweg und stürzte sich auf Nathanaël.

Eine Hand berührte Robert an der Schulter, und als er aufsah, starrte er geradewegs in Helens aufgerissene Augen. Sie blutete aus einer Wunde an ihrer Stirn, die Haut um ihr linkes Auge färbte sich bereits blau, und sie zuckte zusammen, als sich Jason mit Nathanaël im Griff auf den Rücken fallen ließ, die Beine in Nathanaëls Bauch rammte und ihn mit einem Ruck von sich stieß. Die Wucht seines Tritts schleuderte den gegnerischen Vampir in die Höhe, in schwindelerregende Höhe. Genau genommen bis zum Dach. Das dumpfe Rumsen des Aufpralls hallte in der Kathedrale wider. Sein Körper verharrte für einen Moment dort oben, es knirschte, und dann raste er wieder nach unten. Robert packte Helen und zerrte sie zur Seite. Er hasste diesen Kerl, und er wollte nicht von ihm platt gemacht werden. Nathanaël schlug mit dem Gesicht voran auf dem Altar ein und rührte sich nicht mehr. Stattdessen kreischte der Hexer umso lauter. Er flüchtete vor Jasons Auto, das wie ein tollwütiger Hund hupend an seinen Fersen hing, über alles hinwegbretterte und sich nicht um die Blitze scherte, die ihm das kreischende Bündel Mann entgegenschickte. Der Hexer stolperte über eine massiv wirkende Bratpfanne, fiel zu Boden, und das Knirschen seiner Knochen dröhnte sogar in Roberts Ohren, als der Wagen über ihn hinwegfuhr und gegen einen Kasten an der Wand donnerte. Der Hexer stöhnte, und mit einem lauten Knall verwandelte sich das Auto in einen Feuerball. Die Erde unter ihnen bebte, die Wände erzitterten, Säulen barsten.

»Himmel, der Fluch seines Todes«, murmelte Helen.

»Was?«

»Ein Hexer oder eine Hexe verfluchen mit ihrem letzten Zauber ihren Mörder. In diesem Fall … das Auto.«

Das Auto? Merde, Robert wollte lieber nicht darüber nachdenken, das war ihm zu abstrakt. Aber jetzt verstand er auch, warum sich Jason geweigert hatte, sofort selbst in das Gebäude zu laufen und stattdessen seinen Wagen per Fernsteuerung vorgeschickt hatte.

Helens Finger verkrampften sich um Roberts Arm. Splitter regneten auf sie herab, das ganze Gebäude schien zu knacken. Eine Säule kippte, riss Gerüste mit sich und krachte zu Boden.

Robert zog Helen zur Seite, drückte sich mit ihr gegen die kalte Außenmauer des Kirchenschiffes. Das ohrenbetäubende Getöse und der Staub, der durch den Raum wirbelte, machten es schier unmöglich, die anderen zu lokalisieren. Dann plötzlich schien alles den Atem anzuhalten. Flammen knisterten, der Dreck legte sich langsam, und die Kathedrale wackelte nicht mehr wie bei einem Erdbeben. Unter dem brennenden Wagen lugten verkohlte Beine hervor. Wenn der Hexer *das* überlebt hatte, würde ihn Jesus verklagen, so viel stand fest.

»Technik ist etwas Tolles«, murmelte Jason, rappelte sich auf und stieß sich fast den Kopf an der Treppe zur Kanzel, unter der er gelegen hatte. »Bin ich froh, dass zu den Zeiten, als der Fluch erfunden wurde, noch keiner die selbstfahrenden Autos vorhergesehen hat.«

Er betrachtete den Wagen, der mit der Schnauze voran in dem verbeulten Kasten stand und diesen anscheinend ebenfalls in Brand gesetzt hatte.

»Na, hoffentlich gibt's heute kein Gewitter«, spottete Jason. »Das war der Blitzableiter.«

»Papa!«

Robert fuhr herum, und Helen keuchte erschrocken. Würde ihm nicht in diesem Moment das Herz stehen bleiben, ginge es ihm nicht anders. Hinter Blanche stand Louis, den Arm um die Hälse der Mädchen gelegt, und er drückte Blanche die Mündung einer Pistole an den Kopf.

»Keiner rührt sich«, knurrte er. »Ich werde jetzt gehen und nehme die beiden mit.«

Jason verschränkte die Arme vor der Brust. »Lass den Blödsinn. Es bringt dir nichts. Draußen läufst du Jeremy und Cecile in die Arme. Sie halten alle ab, hier reinzukommen, aber sie werden dich auch nicht einfach passieren lassen. Lass die Mädchen in Ruhe, und ich verspreche, ich lasse dir vierundzwanzig Stunden Vorsprung, um Paris für immer den Rücken zu kehren.«

Louis zögerte, und seine Finger krampften sich um den Abzug. Die Angst in den Augen Blanches und ihrer Freundin ließ Robert schier das Herz bersten. Er zuckte nach vorn, aber Helen packte seinen Arm. Sie hatte recht. Jede Bewegung könnte Louis abdrücken lassen. Robert ballte die Fäuste, und zur Abwechslung war er dankbar über Helens Nägel, die sich in seine Haut gruben. Der leichte Schmerz ließ ihn nicht den Verstand verlieren, gab ihm die nötige Beherrschung, nicht dem Drang zu erliegen, auf Louis zuzustürzen und ihn in Stücke zu reißen.

»Sobald mir auch nur einer zu nahe kommt, könnt ihr Blanches Grabstein bestellen!« Louis zog sich mit den beiden bis zur Seitentür zurück, stieß sie auf und kaum, dass sich die Tür wieder geschlossen hatte, sprangen Jason und Robert vor und rannten ihm nach. Sie sahen ihn mit den Mädchen im Aufgang zu den Türmen verschwinden. Verflucht, er suchte nicht das Heil in der Flucht über den Platz hinweg, er nahm die schmale Wendeltreppe nach oben! Jason verschwand zuerst in dem Gang, gefolgt von Robert. Sie keuchten die Stufen nach oben, doch auf der ersten Plattform war nichts von Louis zu sehen.

»Wo sind sie?«, fluchte Robert. Jason packte ihn am Arm und deutete nach oben. Tatsächlich, langes schwarzes und braunes Haar wehte aus einem offenen Aufzug im Baugerüst heraus. Warum zum Henker fuhr Louis mit den Mädchen nach oben und nicht nach unten? Als Robert den Blick nach unten wagte (Teufel noch eins, war das hoch!), sah er dort die vierschrötige Gestalt

Jeremys, zu der sich auch Linett und Helen gesellten. Verdammt, sie trieben Louis geradewegs in die falsche Richtung!

Jason packte Robert um die Taille, und wieder einmal verlor Robert den Boden unter den Füßen. Nur diesmal in einem engen Raum. Jason raste die Treppen hinauf, schleifte in der Enge Robert an der Mauer entlang, bis der Stoff seines Talars riss und die Haut aufschürfte. Aber es war ihm verflucht noch eins egal. Wenn ihm dabei nur nicht so furchtbar schlecht werden würde. Die frische Luft klärte seinen Kopf, aber sie ließ auch den Klumpen in seinem Magen wieder größer werden. Er musste sich an Jason festkrallen, um nicht das Gleichgewicht zu verlieren, als er wieder Halt unter seinen Füßen spürte. Grundgütiger. Sie standen auf dem Dach! Über den Drahtgittern, die für die Touristen den Aufstieg und den Ausblick ungefährlich machten.

Blanche schrie auf. Louis sprang mit den beiden Mädchen auf einen schmalen Vorsprung an der Außenseite des Kirchenschiffs. Nur sein Zupacken verhinderte, dass Mary abrutschte. Das war nicht nur ein Drahtseilakt. Es war ein Tanz auf dem Feuer, mit zwei Mädchen im Arm, und doch zögerte Louis nicht, einen weiteren Sprung zu wagen – diesmal auf den engen gemauerten Weg, der am Dach des Mittelschiffs über die Strebebögen hinweg führte.

Jason starrte auf Louis hinunter, sichtlich unentschlossen. Am Ende des gerade mal mannsbreiten Weges, den Louis die Mädchen entlangzerrte, tauchte Jeremy auf. Er rührte sich nicht, und doch war er eine unmissverständliche Drohung.

»Er soll verschwinden«, fluchte Robert. Nur der Teufel wusste, wie weit Louis ging, wenn er keinen Ausweg mehr sah! Was roch hier eigentlich so komisch? Robert löste widerwillig den Blick von Louis und seiner Tochter, und ihm rutschte das Herz vollends in die Hose. Der Dachstuhl brannte!

»Ups«, murmelte Jason, der in die gleiche Richtung sah. Mit einem Satz schwang sich Jason über den Absatz, hinunter auf die schmale Brüstung, auf der Louis nun auch Jeremy erblickte und zögernd stehen blieb.

Robert folgte Jason wesentlich langsamer. Verflucht, vielleicht sollte er sich zum Vampir wandeln lassen. Dann würde er nicht wie der unbegabteste Artist aller Zeiten an der Fassade hängen, sich an Vorsprünge und Lücken zwischen den Steinen klammern und kaum unten angekommen Gott danken, dass er sich gegen die kühle Mauer lehnen konnte. Ein Schrei gellte, Robert richtete sich auf, und ihm fehlte vor Entsetzen der Atem.

Louis schien die Fesseln der Mädchen gelöst zu haben, denn Mary stürzte mit einem weiteren Schrei eine steinerne Seitenstrebe hinunter. Sie rollte, konnte sich nicht abbremsen und rutschte den Bogen hinunter, auf den Abgrund zu.

Jason und Jeremy sprangen gleichzeitig auf dieselbe Strebe. Jason rutschte Mary hinterher. Jeremy sprang zu dem sich biegenden Ende der Strebe, schaffte es, sich dort kurz festzuhalten und versetzte Mary einen Schubs, der sie wieder weit genug nach oben brachte, damit Jason ihren Arm packen und den Sturz bremsen konnte. Er wirbelte mit ihr herum, packte sie um die Taille und sprang mit ihr nach unten. Teufel noch eins, hoffentlich überlebten Vampire und ihre Schützlinge solche Sprünge.

Lauter werdendes Stimmengewirr, durchmischt von entsetzten Schreien, erhob sich über dem Platz, und der beißende Geruch brennenden Holzes nahm zu. Erst jetzt wurde Robert bewusst, dass sich unzählige Menschen um Notre-Dame versammelt hatten. Um das brennende Wahrzeichen ihrer Stadt. Aber Robert blieb keine Zeit für Trauer. Er stolperte den schmalen Weg entlang, auf Louis zu. Dieser kletterte mit Blanche in das Innere des Dachstuhls. Des brennenden Dachstuhls! Robert zwängte sich durch die erste Öffnung, die er finden konnte. Verflucht, das Ding wurde wirklich nicht umsonst als ›der Wald‹ bezeichnet. Unzählige Holzbalken bildeten eine starke Konstruktion, die allem, nur nicht Feuer standhalten konnte. Er hörte das Knistern der Flammen, die rauchgeschwängerte Luft kratzte in seiner Lunge und ließ ihn um Atem ringen.

Ein Schatten löste sich von einem der Balken. Ein Schlag gegen seine Schläfe ließ Robert Sterne sehen. Oder waren es feurige Funken? Louis beugte sich über ihn, presste ihm die Pistole gegen den Hals und zerrte ihn auf die Beine. Wo war Blanche? Robert drehte den Kopf, die Mündung drückte gegen seinen Kehlkopf. Endlich sah er seine Tochter. Blanche lehnte an einem Balken, umarmte ihn, die Gelenke mit Handschellen gefesselt.

»Entweder wir kommen alle hier raus, oder sie verbrennt!«, keuchte Louis. Seine Stimme überschlug sich vor Panik, Angst und Verzweiflung.

Robert packte ihn an den Schultern, ignorierte die Pistole und sah Louis in die Augen. »Mach sie los, dann kommen wir alle hier raus.«

Blanche wimmerte, als ein Dachbalken nur ein paar Meter hinter ihr in sich zusammenbrach. Die Flammen schossen hoch. Sie fraßen sich durch das Holz, immer näher. Die Hitze wurde unerträglich.

»Mach sie los«, sagte Robert eindringlich.

»Die Vampire«, widersprach Louis. Sein Blick war verhangen, regelrecht abwesend. Und doch stand ein Fünkchen letzte Angst darin, die noch nicht von der Resignation und der Akzeptanz seines Todes verschluckt waren.

»Sie werden dir nichts tun«, log Robert. »Niemand wird dir etwas tun. Du bist mein Freund. Ich werde nicht zulassen, dass sie dir etwas antun.«

Er würde ihm nur höchstpersönlich jeden Knochen im Leib brechen! Aber das sagte er nicht. Robert presste die Lippen zusammen, hielt Louis an den Schultern gepackt und starrte ihn so eindringlich und ehrlich an, wie er konnte. Der Knoten in seinem Hals wurde größer. Er spürte die Verzweiflung durch seine Nervenstränge flackern. Louis hob die freie Hand, und an seinem Finger baumelte ein Handschellenschlüssel.

»Robert!«, schnarrte Jasons Stimme.

Gott, sei Dank, er war zurückgekommen. Robert riss Louis den Schlüssel aus der Hand und warf ihn Jason zu.

»Du belügst mich«, sagte Louis.

Als Antwort schlug Robert gegen seinen Arm mit der Waffe und dann in Louis' Bauch. Sein Chef krümmte sich, stolperte zurück. Ein Schuss knallte. Robert hörte das Stöhnen seines einzigen Kindes. Es schnürte ihm die Kehle zu. Ihre Gestalt schwankte, sank in Jasons Arme. Robert begann zu rennen, doch Jeremy stellte sich ihm in den Weg, packte ihn und zerrte Robert wieder nach draußen.

»Wir müssen hier weg«, hörte er Jeremys Knurren. »Ich will mit dem Ding nicht einstürzen.«

Robert sah noch, wie Jason mit Blanche auf dem Arm auf die Brüstung stieg, bevor er fortgerissen wurde. Nach unten.

Die Sorge um Robert und Blanche schnürte Helen das Herz zusammen, und doch brach es ihr im gleichen Moment. Der Geruch von verbranntem Holz legte sich über den Parvis de Notre-Dame, der Rauch erhob sich über das Dach der alten Dame. Flammen loderten, fraßen sich das hohe Spitzdach empor.

Cecile stand auf dem Vorplatz, die Hände erhoben und der Kathedrale zugewandt. Mit geschlossenen Augen summte sie die französische Nationalhymne. Tränen liefen ihr über die Wangen.

Seit Mary von Jason abgesetzt worden war, zitterte das Mädchen ununterbrochen. Aber sie stand aufrecht neben Cecile, die Hände gleichermaßen erhoben. Sie wiegte sich vor und zurück, flüsterte immer wieder Blanches Namen. Aus Ceciles und ihren bebenden Händen wanden sich dünne goldene Fäden, wehten im Wind und vermischten sich mit den Flammen. Sie woben ein dichtes Netz um die Kathedrale, umgaben sie wie eine Hülle. Das Feuer konnten sie nicht ersticken, aber sie stützten das Gebäude, seitdem ein Feuerwehrmann etwas von Einsturzgefahr gebrüllt hatte.

Helen legte die Arme um sich selbst. Dutzende Löschwagen und noch mehr Feuerwehrmänner standen um das Gebäude, richteten die Schläuche auf die Flammen und fochten einen hoffnungslosen Kampf.

Linett hatte die Hände vor den Mund geschlagen, die Augen wässrig.

Jason, Robert, Jeremy und Blanche waren immer noch dort oben. Auf dem Herzen von Paris, das sich zunehmend in eine Fackel verwandelte und nur Asche übrig lassen würde. Wenn es einen Moment gab, in dem das Entsetzen der Zuschauer greifbar war, dann in diesem. Weinen, entsetzte Rufe, stumme Verzweiflung ergaben eine herzzerreißende Mischung, der sich nicht einmal Helen entziehen konnte. Dabei war sie keine gebürtige Pariserin, sondern Engländerin. Doch das dämpfte nicht die Trauer, die sich dumpf in ihr niederließ, ihr die Tränen in die Augen trieb.

Die Flammen erreichten den hölzernen Spitzturm, und Helen kniff die Augen zusammen, als sie dort eine Bewegung wahrnahm. Himmel, dort kletterte gerade ein Mensch. Ein Mann! Er floh vor den Flammen immer höher, bis hinauf zu der Kugel, über der sich das Holz zu einer Spitze vereinte. Helen hörte das

Schreien der Menschen um sich herum, und sie war nicht einmal sicher, ob sich der gleiche Laut nicht auch aus ihrer Kehle löste. Der Turm knickte in der Mitte weg, wie ein Wackelturm, aus dem man ein Holzstück zu viel gezogen hatte. Die Spitze neigte sich zur Seite. Der Mann klammerte sich noch an die Spitze, verlor den Halt und stürzte in die Flammen, gefolgt von dem Turm.

Herr im Himmel, bitte, lass es nicht Robert gewesen sein!

Ein weiterer Aufschrei ging durch die Menge, und Helen erkannte Jeremy. Ihr blieb beinahe das Herz stehen vor Erleichterung. Jeremy zerrte einen sichtlich verwirrten Robert hinter sich her, der sich immer wieder umwandte und von Jeremy loszureißen suchte.

Helens Herz setzte für einen Moment aus. Wer auch immer dort gerade in die Flammen gestürzt war, es war nicht Robert. Helen stürzte an Cecile vorbei, auf Robert zu. Er bebte, legte den Arm um sie und küsste sie auf die Stirn.

»Blanche«, sagte er leise. »Wo ist Blanche?«

»Jason hatte sie«, sagte Jeremy und zog sie beide weg. Robert sträubte sich, wandte sein Gesicht wieder den Flammen zu, und seine Hand verkrampfte sich um die von Helen.

Doch endlich löste sich aus dem Nebel die Gestalt Jasons. In den Armen hielt er Blanche. Schwarz vor Ruß schritt er auf sie zu, als würde er seine Braut über die Schwelle tragen. Doch die gerunzelte Stirn und die Sorge passten nicht zu einer glücklichen Rettung. Er blieb vor Robert stehen. Blut klebte an Blanches Kinn, ihre Augen waren geschlossen, und sie bewegte sich nicht. Robert streckte die Hand aus, strich ihr über die Wange, fühlte den Puls an ihrem Hals.

»Ihr Puls ist viel zu schwach«, würgte er heraus. Sämtliche Farbe wich aus seinem Gesicht. Er wirbelte herum. »Wir brauchen einen Krankenwagen«, brüllte er der Menge entgegen. Und tatsächlich, es lösten sich schon zwei Sanitäter von der Menschenmenge und rannten auf sie zu.

Helen rückte an Jason heran. »Ist sie …?«

»Nein«, erwiderte Jason. »Noch nicht.«

»Kannst du sie heilen?«

»Ich habe ihr mein Blut gegeben. Es sollte funktionieren«, raunte Jason und drehte sein Handgelenk. Auch an diesem klebte Blut. »Allerdings ist die Kugel noch drin. Ich tippe auf ihre Leber.«

»Das Ding ist eingewachsen?«, fragte Helen fassungslos. Jasons Blut heilte jede Wunde, egal, was drin steckte.

»Was sollte ich machen?«, fauchte Jason. »Sie war schon kurz vor der Schwelle.«

Die Sanitäter schafften eine Liege heran, und Jason legte Blanche vorsichtig darauf ab. Ihre Lider flatterten, und sie schlug die Augen auf, den Blick schmerzverhangen.

»Papa.« Blanche keuchte leise. »Es tut so weh.«

»Es wird alles wieder gut, Blanche«, flüsterte Robert. »Es wird alles gut.«

Eilig schoben die Sanitäter die Liege zum nächsten Krankenwagen, an Mary vorbei. Diese wirbelte entsetzt herum, löste ihre Aufmerksamkeit von der Magie, die sie über Notre-Dame legte. Doch sie konnte sich scheinbar nicht entscheiden, welcher Pflicht sie folgen sollte. Robert und Blanche oder dem Erhalt der Kathedrale.

»Geh nur. Ich bleibe hier«, sagte Cecile. »Ich sorge dafür, dass unsere Dame nicht endgültig einstürzt.«

Mary rannte los, packte Roberts ausgestreckte Hand und zerrte Robert in den Krankenwagen, bevor sich die Türen schon schlossen.

Kapitel 28

Das erste ist das letzte Mal

Mary klammerte sich an Roberts Arm. Sie pressten sich in die äußerste Ecke des Krankenwagens, um den Sanitätern so viel Platz wie möglich zu lassen.

Der Notarzt untersuchte jeden Winkel an Blanches Körper. »Merde. Warum atmet sie kaum noch? Sie hat keine Wunden. Nichts! Hat sie irgendwas verschluckt?«

Die Frage war vielmehr rhetorisch. Der Mann fuhr sich durch die blonden Haare, raufte sie. »Keine Einstichstelle. Also kein Gift. Komm schon, was hast du, Mädchen?«

Sein Helfer setzte Blanche die Atemmaske auf das Gesicht, drückte auf ihren Brustkorb, um das Herz zu animieren. Der Arzt forderte im Krankenhaus bereits MRT, CT, Röntgen, Bluttests, kurzum alles an, was sie zu bieten hatten.

Der Wagen rumpelte durch jedes verfügbare Schlagloch. Seit wann waren die Straßen von Paris dermaßen beschissen? Und konnten sich die Wagen keine ordentliche Federung leisten? So wie Blanche trotz der Gurte auf der Liege hüpfte, brauchte es keine Herzmassage mehr. Die sparten doch nicht etwa auf die Art einen Sanitäter? Seine Gedanken waren absurd, sie waren noch nicht einmal komisch oder gar brauchbar. Aber die Wahrheit war: Sie lenkten ihn ab. Von dem Bedürfnis zu schreien, seine Tochter zu schütteln und sie anzuflehen, gefälligst die Bemühungen der Sanitäter zu würdigen und sie nicht noch mehr in Hektik zu versetzen. In Hektik, die Robert das Herz immer klammer werden ließ.

Mary krallte sich an Robert. Ein unterdrücktes Schluchzen rang sich aus ihrer Kehle. Er fühlte ihren Schmerz. Blanche so liegen zu sehen, blass, hilflos, von Maschinen abhängig und dem Kerl, der ihr Herz massierte, brachte ihn schier um. Es zerriss ihm die Eingeweide, ließ seine Hände krampfen. Sie durfte nicht sterben. Sie würde nicht sterben. Immer wieder hämmerten diese Worte in seinen Gedanken, meißelten sich in sein Gehirn. Und er betete inbrünstig, dass er sich nicht furchtbar irrte.

Der Wagen wurde langsamer, bevor er abrupt stoppte. Die Türen schwangen auf. Robert stolperte mit Mary nach draußen, um den Ärzten und Krankenschwestern Platz zu machen, die vor der Notaufnahme bereits warteten.

Benommen wankte Robert der Liege hinterher, auf der seine Tochter zunehmend eine erschreckende Ähnlichkeit zum Laken entwickelte. Sie wurde mit jeder Sekunde blasser. Warum zum Henker?

Ein Wagen brauste heran, und einen Moment später fühlte Robert eine Hand an seinem Arm. Eine blonde Haarmähne tauchte neben ihm auf. Helen. Jason schob sich an ihnen vorbei, packte einen der Ärzte an der Schulter und unterbrach dessen empörtes Brüllen, indem er leise und eindringlich auf ihn einredete.

»… ein Vampir. Mein Blut heilt alles. Aber die Kugel ist in ihr«, hörte Robert Jason sagen. »Holen Sie die raus! Den Rest erkläre ich Ihnen später.«

Der Arzt starrte ihn fassungslos an. Robert konnte es ihm kaum verübeln. In seiner Tochter steckte eine Kugel?

»OP sechs«, brüllte er plötzlich. Die Liege wurde herumgedreht, in einen anderen Gang geschoben, und alle rannten sie ihr hinterher. Türen aus Edelstahl schlossen sich hinter ihnen, und ein Mann in weißem Kittel trat vor und hob die Hände. »Sie dürfen hier nicht rein. Bitte setzen Sie sich. Es kann eine Weile dauern.«

Eine Weile dauern? Robert verstand es, und doch wollte er

gerade nichts anderes, als bei seiner Tochter sein. Neben ihr stehen und aufpassen, dass keiner auch nur eine falsche Bewegung machte!

Es war Jason, der ihn packte und auf einen Stuhl im Wartebereich zwang. Er beugte sich zu Robert. »Sie hat eine gute Chance.«

»Erklär mir das«, krächzte Robert. Alles war besser, als auf diese verfluchte Tür zu starren, hinter der Blanche verschwunden war.

»Sie hat eine Kugel abbekommen, in den Bauch. Mein Blut heilt Verletzungen, alle Verletzungen. Aber ich hatte nicht die Zeit, ihr die Kugel zu entfernen. Sie ist immer noch in ihren Organen. Deswegen geht es ihr so schlecht. Sie müssen sie rausholen«, sagte Jason eindringlich.

Robert hörte, wie Mary neben ihm scharf die Luft einsog.

»Davon habe ich noch nie etwas gehört«, sagte Robert.

»Denkst du, ich habe gerade Spaß dran, euch Lügen aufzutischen?«, fragte Jason gereizt.

»Genau das denke ich!«

Jason verdrehte die Augen. »Touché, normalerweise ist es auch so, aber in diesem Fall nicht!«

Sacrebleu. Robert legte den Arm um Mary. Er spürte ihr Zittern, und er merkte auch, wie sein eigenes Herz raste. Wie sich der Knoten der Verzweiflung ein wenig löste, um sich den Sonnenstrahlen der Hoffnung hinzugeben. Warum sollte Jason sie belügen? Vor einer Stunde noch hatte er Jason keinen Millimeter weit über den Weg getraut. Jetzt war er bereit, ihm zu glauben, dass die Erde ein Quadrat war, Vampire existierten und dass Jasons Blut Blanche rettete. Er würde ihm alles glauben, solange Blanche lebend aus diesem OP kam.

Robert lehnte den Kopf gegen die Wand und atmete tief ein.

»Also wird sie gesund.«

»Ich müsste mich schwer täuschen, wenn nicht. Gesund wird sie auf die eine oder andere Weise.«

Jasons Worte provozierten ein Störgefühl in Roberts Innerem. Das klang nicht nach: Kugel raus und alles gut. Doch Robert ignorierte es schneller, als er denken konnte. Vielleicht war er ein Narr. Aber er blendete es einfach aus. Er wollte die Hoffnung haben. Er wollte daran glauben, dass Blanche gleich aus diesem OP gerollt wurde und sie nach der Betäubung aufwachte. Zwar müde, aber am Leben. Nur das hielt ihn noch aufrecht, und selbst Mary schien ruhiger zu werden. Sie presste nicht mehr ihre Nägel in seine Hand, sondern zog die Beine an und stützte ihr Kinn darauf. Dafür griff Helen nach Roberts anderer Hand. Er drehte den Kopf und sah ihr müdes Lächeln.

»Geht's dir gut?«, fragte er leise.

Helen nickte und legte den Kopf auf seine Schulter. Robert streckte den Arm aus und zog sie an sich. Er presste die Nase in ihr Haar und sog ihren Duft ein. Es würde alles gut. Es musste alles gut werden.

Er wusste nicht, wie lange sie so dagesessen hatte und in wie vielen Runden Jason den Gang hoch und runter marschiert war, die Hände in den Hosentaschen vergraben. Warum konnte er nicht so selbstsicher wie sonst grinsen? Es würde Robert sogar beruhigen. Stattdessen wuchs bei diesem mit jeder Minute, die verging, die Sorge.

Sein Herz machte einen schmerzhaften Sprung, als die Türen zum OP endlich aufschwangen. Der Arzt, den Jason vorhin gepackt hatte, trat er heraus. Die Schultern gebeugt, sichtlich müde und mit ernstem Gesichtsausdruck. Robert war nicht oft im

Krankenhaus gewesen, aber für diese Körperhaltung brauchte er keine Übersetzung. Solange Ärzte aufrecht standen, gab es noch Hoffnung. Wurden sie still und vielleicht noch wütend, war es vorbei.

»Es tut mir leid …«, setzte der Arzt an. Das Blut begann in Roberts Ohren zu rauschen. Der Arzt bewegte den Mund, doch Robert hörte kein einziges Wort. Sein Hirn war leergefegt, wie der Rest von ihm. Da war nichts. Nur Schock und Dunkelheit. Blanche würde nicht aufwachen, nie wieder. Er bekäme nie wieder das Lachen seiner Tochter zu sehen, ihre Schmolllippe, die angriffslustig zusammengezogenen Augenbrauen. Nie wieder.

Ein verschwommener Fleck tauchte vor Robert auf, wurde größer, und als er geschüttelt wurde, wurde ihm klar, dass es sich um Jason handelte.

»Robert«, sagte dieser eindringlich und Robert blinzelte. Ein Riesenfehler. Es ließ seine Realität klarer werden. Diese verfluchte Realität, in der seine Tochter nicht mehr lebte.

»Du …«, sagte Robert. Dieser Kerl war an allem schuld.

Robert wollte aufspringen, aber Jason drückte ihn zurück in den Sitz.

»Lassen Sie Ihrer Tochter Zeit!«

Zeit? Wofür? Um dem Licht zu folgen, das sie von dieser Welt holte? Weg von ihm? Weg von allen, die sie liebten? Dass nichts als diese beschissene Leere in ihnen zurückließ?

»Sie wird wieder aufwachen«, beteuerte Jason.

»Was?«

»Sie wird wieder aufwachen.«

Es klang wie ein Mantra, das er ihm einreden wollte. Aber warum zur Hölle? Robert verstand es nicht. »Aber …«

Jason ließ Roberts Schultern los und trat ein Stück zurück. »Ja, sie ist tot. Aber sie hat mein Blut getrunken. Sie wird wieder aufwachen.«

»Aber …«

»Sie wird wieder aufwachen!«

»Aber …«

»Halt den Mund und gib ihr eine Stunde!«

Eine Stunde? In einer Stunde sollte bitte was passieren? Diesmal gelang es Robert aufzuspringen. »Du Bastard hast gesagt, dass sie gesund wird!«

»Wird sie ja auch!«

»Sie ist tot«, donnerte Robert.

Jason legte den Kopf in den Nacken. »Okay, gut, du wirst wütend, ich verstehe es. Meinetwegen, verbringen wir die Stunde damit, uns zu prügeln, aber heul hinterher nicht über gebrochene Knochen.«

***

Mit dem erstickten Schrei eines waidwunden Tieres stürzte sich Robert auf Jason. Dieser wich mühelos aus, aber er packte Robert, bevor er ihm ernsthaft schaden konnte. Jason tat nicht einmal so, als nähme er Robert als Gefahr wahr. Einhändig drückte er Robert gegen die Wand. Dieser packte sein Handgelenk, und die unvergleichliche Wut eines trauernden Vaters verlieh ihm Kraft. Robert gelang es, Jasons Arm zu verdrehen, bis dieser vor Schmerz keuchte, dann beförderte er den Vampir mit einem Tritt zu Boden.

»Sei froh, dass ich deine Gefühle verstehe«, knurrte Jason, stürzte nach vorn und packte Roberts Beine. Ein Ruck, und er brachte ihn zu Fall.

Hervorragend. Blanche wandelte sich gerade zum Vampir, und ihr Vater hatte nichts Besseres zu tun, als sich in einem Krankenhaus zu prügeln.

Mary saß einfach nur auf ihrem Stuhl, starrte zwischen Jason und Robert hin und her. Sie sagte kein Wort. Helen war sich nicht einmal sicher, ob sie überhaupt noch in der Realität unterwegs war, oder ob ihr Gehirn sie zum Schutz vor allen Empfindungen und Wahrnehmungen abschirmte.

Erst als der Arzt, dem Jason zuvor ein Bündel Geldscheine in die Hand gedrückt hatte, den Operationssaal verließ, hielten die beiden inne. Aus Roberts Nase tropfte Blut. Jason drückte ihm ein Taschentuch in die Nase und ignorierte Roberts schmerzerfülltes Jaulen, stieß ihn jedoch auf einen Stuhl.

Helen verstand kein Wort von dem, was der Arzt sagte, aber Jason packte ihn am Schlafittchen, redete eindringlich auf ihn ein und steckte ihm weitere Geldscheine in den Ausschnitt des Kittels, als wäre der Arzt eine Burlesque-Tänzerin.

»Bringen Sie das Mädchen in ein Zimmer«, befahl Jason lauter, mit klirrend kaltem Tonfall.

Als der Arzt die Liege aus dem Operationssaal dirigierte, sprang Robert auf. Blanche sah wirklich aus wie tot. Nicht einmal ihr Brustkorb bewegte sich, sie atmete nicht mehr. Sie war dem Tod so nah, genau genommen war sie sogar ziemlich tot, zumindest behaupteten das alle, wenn es um Vampire ging. Seltsamerweise konnte sich nie einer der Vampire daran erinnern, was der Tod bereithielt. Sie erinnerten sich nicht, nur an Bewusstlosigkeit, aber niemals an das, was man eine Nahtoderfahrung nannte. Vielleicht gab es nach dem Tod nichts, was man sehen konnte, und sie erinnerten sich deswegen nicht. Doch was immer es war, Blanche würde es nicht herausfinden. Sie wachte wieder auf. Zumindest betete Helen inständig darum. Robert rappelte sich auf, aber er ging nicht zum nächsten Angriff über. Starr sah er zu, wie Blanche von einem Pfleger an ihm vorbeigerollt wurde.

Helen strich Mary über die Wange und nahm ihre Hand.

»Komm.«

Das Mädchen folgte ihr still. Genauso wie Robert. Sie gingen hinter der Liege her, betraten ein leeres Krankenzimmer. Der Pfleger stellte die Liege ab, und ging mit gesenktem Kopf wieder nach draußen.

Robert keuchte und stützte sich an einer Wand ab. Jason wandte sich von dem Pfleger ab, dem er auf dem Gang ebenfalls Geld zugesteckt hatte. Unter seiner Nase klebte Blut. Vielleicht konnte Robert später darauf stolz sein. Jason prügelte sich selten wenig ernsthaft mit einem Menschen und noch weniger oft ließ er diese einen Treffer auf seine Nase landen. Aber jeder konnte Roberts Wut nachempfinden, seine Verzweiflung und seine Ohnmacht. Er brauchte ein Ventil, und als Ventil war Jason hervorragend geeignet. Der brachte selbst psychisch stabile Seelen in den Wutrausch. Doch mit einem Mal begann Jason zu übertreiben. Er krachte zur Seite, ohne dass ihn Robert auch nur angerührt hatte.

Robert fuhr herum. »Was?« Wen er fragte, sah Helen nicht. Er verdeckte alles, aber nur kurz. Denn im nächsten Moment wurde er an die Wand geschleudert, und Helen schnappte nach Luft. Der Angreifer war ein Mann mit langen Haaren. Hellblaue Augen stachen zwischen völlig deformierten Gesichtszügen hervor. Er sah aus, als wäre sein Gesicht zerschmettert worden. Die Haare angekokelt, die Augen blutunterlaufen.

Nathanaël! Er schloss die Tür hinter sich, und seine schiefen Lippen verzogen sich zu einem hässlichen Grinsen. Er zog ein Messer hervor und trat auf Robert zu. Dieser wich dem Messer aus, aber nur, weil es Nathanaël so wollte. Er spielte. Selbst hier spielte der Kerl noch. Helen sprang auf, schob sich vor Robert, aber Nathanaël stieß sie einfach zu Boden. Helens Kopf knallte gegen das Bettgestell, und ein Stöhnen entrang sich ihrer Kehle.

Mary sprang auf, hob die Hände, doch nichts geschah. Sie

verzog angestrengt das Gesicht, keuchte, aber nichts. Ihre Magie war erschöpft, sie hatte zu viel gegeben. Nathanaël lachte dröhnend und hieb mit dem Messer nach Robert. Wieder wich dieser nur um Haaresbreite aus, stolperte über den bewusstlosen Jason.

Nein, verflucht. Sie würde nicht zulassen, dass dieses Riesenarschloch sich an Robert vergriff. Oder an Blanche. Oder an Jason. Oder an Mary. Er hatte sich an niemandem zu vergreifen. Er hatte es zu oft getan, und sie hatte ihm immer wieder verziehen. Wusste der Geier, warum. Aus den Gründen, die ihnen die Männer immer dann vorhielten, wenn sie ihnen jegliche Vernunft absprachen. In diesen Fällen sogar zu Recht. Frauen waren nicht weniger dusslig als Männer. Sie machten Fehler, nur machten sie diese unterschiedlich. Männer brachen sich auf waghalsigen Konstruktionen den Hals, Frauen das Herz.

Sie wollte sich ein weiteres Mal auf ihn stürzen. Völlig sinnlos, und doch musste sie etwas tun. Aber Marys Berührung hielt sie zurück. Das Mädchen duckte sich unter Blanches Bett und hielt ihr etwas entgegen. Einen fingerbreiten, langen Holzsplitter.

»Hat ihr Vater verloren«, flüsterte sie. »Ich habe ihn stabil gezaubert.«

Und Nathanaël hatte sie für diesen vermeintlich fehlgeschlagenen Zauber ausgelacht.

»Du bist unser aller Rettung«, hauchte Helen.

»Versau es nicht.«

Das könnte schon wieder zu Jason passen. Dieser hielt sich stöhnend den Kopf und sah vorsichtig auf. Robert wich immer wieder Nathanaëls Hieben aus, sprang zurück und wurde doch in eine Ecke gedrängt. Nathanaël grinste hässlich.

»Es ist gleich vorbei«, spottete er. »Es wird auch sehr schmerzhaft.«

Erneut holte er aus, Robert hob schützend die Hände. Jason

sprang auf, doch er war zu weit weg, zu benommen. Aber er lenkte Nathanaël im entscheidenden Moment ab. Helen tauchte unter seinem Arm hindurch, packte den Splitter fest, bis er in ihre Haut stach, und rammte ihn in Nathanaëls Brust, dort, wo sein Herz saß. Es war leichter, jemandem etwas zwischen die Rippen zu stoßen, als sie erwartet hatte. Sie bohrte die Spitze von unten in sein Fleisch, spürte den Widerstand der Rippen, aber wie von selbst glitt sie an den Knochen entlang, und mit einem Ruck stieß sie das Holz noch tiefer hinein. Er versteifte sich, hielt plötzlich in der Bewegung inne, und als sie den Blick hob, sah sie seinen starren Blick. Er sah etwas fassungslos aus, fast schon erstaunt, und bevor auch nur ein Fitzelchen Schmerz in seinen Augen aufblitzte, brach er bereits zusammen.

Erschüttert starrte sie auf den leblosen Körper zu ihren Füßen und ihre blutüberströmten Hände. Er war tot. Sie hatte ihn getötet.

»Helen.« Roberts sanfte Stimme holte sie ein. Sie spürte seine Hände an ihren Schultern und wie er sie nach hinten zog. Sie merkte auch seine Bemühungen, sie wegzudrehen, aber sie ließ es nicht zu. Es gab Anblicke im Leben, denen sollte man jede Sekunde widmen, die man hatte. Sie gingen früh genug vorbei und versanken im Strudel der Erinnerungen, die höchstens nur noch in Träumen auftauchten. Die Zeit mit Nathanaël war erst schön gewesen, dann von Hass geprägt. Diese Lovestory hätte etwas Großes werden können, aber sie war schon vor Jahren vorbei. Lange hatte sie heimlich auf ein Comeback gehofft. Nun hatte sie die letzte Chance auf ein Happy End mit Nathanaël getötet. Sie war schon immer sehr konsequent gewesen. Aber sie bereute es nicht. Als sie sich endlich zu Robert umdrehte und in seine Augen sah, wusste sie, dass ihr etwas viel Größeres bevorstand. Das Glück mit ihm.

»Papa!«

Robert fuhr herum und tatsächlich, es war nicht nur eine Wunschvorstellung, die ihm sein Gehirn einflüsterte. Blanches Augen sahen ihn wach, wenn auch ein wenig verwirrt an.

»Blanche«, seufzte Robert und hockte sich neben ihr Bett. »Wie geht es dir?«

Blanche setzte sich auf und fuhr sich durch die Haare. »Mein Hals brennt wie Feuer, und aus irgendeinem Grund jucken meine Eckzähne.«

»Das ist der Hunger«, kommentierte Jason.

Himmel, er wollte es gar nicht so genau wissen.

»Oh, Hunger hab ich wirklich … irgendwie. Ich weiß nur nicht genau, was passiert ist.« Sie kratzte ein wenig über ihre Kopfhaut. »Ich habe geträumt, ich wäre gestorben.«

Sie drehte den Kopf, als sich Mary neben sie auf das Bett setzte und die Arme um sie schlang. Genauso wie Helen es jetzt bei Robert tat.

»Man hört praktisch die Herzchen fliegen«, spottete Jason und lehnte sich gegen die Wand, den Fuß auf den toten Nathanaël gesetzt. Aber sein Grinsen war nicht voller Hohn, sondern warm.

»Papa, was ist passiert?«, fragte Blanche. »Bin ich tot, und das ist die Zwischenwelt? Sieht die aus wie ein Krankenzimmer?« Sie sah sich im Raum um, unsicher und sichtlich pikiert über die Leiche am Boden.

Robert fuhr sich über das Gesicht. Zum Teufel, wie sollte er ihr das nur erklären? »Bist du auch«, presste er mühsam heraus. Allein das Bild seiner sterbenden Tochter zerriss ihm das Herz. Sie war nicht lebend in diesem Krankenhaus angekommen, und doch saß sie nun wach vor ihm.

»Dann bin ich im Himmel?«, fragte Blanche irritiert. »Aber das hieße ja, du bist auch gestorben.«

Robert rieb die Handflächen gegeneinander. Merde, er wusste wirklich nicht, was er sagen sollte.

»Nein, du bist nicht im Himmel. Ich bin auch nicht tot«, setzte er an und zögerte erneut. »Du bist jetzt ein Vampir. Du hast sein Blut getrunken.« Robert deutete auf Jason, der mit geschlossenen Augen an der Wand lehnte und jetzt hoffentlich nicht im Stehen pennte. »Könntest du mir mal helfen?«, blaffte Robert.

»Na gut«, seufzte der und stieg von Nathanaël herunter. »Blanche, du bist jetzt ein Vampir.«

»Danke schön«, murrte Robert. So weit war er auch schon gekommen!

»Ich bin ein Vampir …«, wiederholte Blanche gedehnt. »… weil ich gestorben bin?«

»Und vorher mein Blut getrunken hast«, setzte Jason hinzu.

Blanche verzog das Gesicht. »Bäh, dann hab ich das doch nicht nur geträumt. Das war widerlich!«

Jason grinste. »Keine Sorge, du wirst es jetzt nur noch halb so widerlich finden.«

»Ich muss weiter Blut trinken?«, rief Blanche aus.

»Ja. Dafür brauchst du dir keine Sorgen mehr um nachhaltige Ernährung zu machen. Höchstens um aufdringliche Ermittler. Alles, was du beißt, versucht irgendein Idiot gegen dich zu verwenden«, spottete Jason und grinste noch breiter. »Deine Tochter wird nun eine notorische Mörderin, das muss für einen Polizisten ziemlich bitter sein.«

»Weil sie allein wegen dir noch lebt, schlage ich dir das Grinsen jetzt nicht aus dem Gesicht«, fauchte Robert.

»Ich lebe noch, aber ich dachte, ich wäre tot«, rief Blanche dazwischen.

»Untot«, korrigierte Jason.

»Kann ich da auch Wände hochklettern und so ganz schnell im Zimmer laufen?«, rief Blanche. Sie wand sich aus Marys Umarmung, sprang aus dem Bett und krachte im nächsten Moment gegen die gegenüberliegende Wand. »Au!«

»Das ist reine Übungssache«, lachte Jason. »Du glaubst nicht, wie oft mir das am Anfang passiert ist.«

»Das erklärt so einiges«, murrte Robert, ging zu seiner Tochter und griff ihr unter die Arme, um sie wieder auf die Beine zu ziehen.

Jason lachte. »Deine Tochter wird eine wunderschöne Vampirin.«

»Hör auf, ihr auf den nackten Hintern zu starren«, donnerte Robert.

Blanche lief knallrot an. Erstaunlich für ein totes Mädchen, dessen Blutkreislauf doch überhaupt nicht mehr funktionieren dürfte. Sie drückte die Flügel ihres Hemdchens im Rücken zusammen und lehnte sich an Robert.

Helen kicherte, ging zu dem schmalen Kleiderschrank und zog einen Bademantel heraus. Robert schnürte seine Tochter persönlich darin ein.

»Du kannst mir das Ding nicht über den Kopf ziehen, es hat keine Kapuze«, protestierte Blanche.

»Er will nur nicht, dass ich mich als dein Vampirmentor anbiete«, grinste Jason.

Blanche erstarrte. »Brauche ich so was?«

»Den brauchen nur die Frauen, mit denen ich Sex haben will. Und das ist im Moment nur meine Frau. Aber die braucht mehr einen Seelsorger als alles andere.«

»Warum?«, fragte Blanche neugierig.

»Sie mag das Bluttrinken und Töten immer noch nicht.«

Blanche zupfte den Bademantel zurecht. »Aber du sagtest

doch ....«

»Ja, der Rausch übernimmt die Kontrolle, aber das hält sie danach nicht vom Jammern ab.«

»Klingt nach einer glücklichen Ehe«, spottete Blanche, und Jason bleckte die Zähne.

Jemand hämmerte gegen die Tür, und Jason ging aufschließen. Herein stolperte der Arzt. »Was war das für ein Lärm?«

»Brauchen Sie auch so lange, wenn jemand den Notfallknopf drückt?«, stellte Jason eine Gegenfrage.

Der verwirrte Blick des Arztes strich über Blanche. Er riss die Augen auf, wurde blass, doch da wanderte seine Aufmerksamkeit schon zu dem Leblosen. Er wollte zu ihm stürzen, doch Jason packte ihn am Kragen. »Ich beneide Sie um die Fähigkeit, Prioritäten zu setzen und sich um Jeden zu kümmern. Aber dem können Sie nicht helfen. Er ist tot. Endgültig. Sie hat ihn umgebracht. Natürlich aus Notwehr.« Mit einem sichtlich stolzen Grinsen zeigte er auf Helen.

Der Arzt riss sich los und pirschte sich an Helen heran. »Wie fühlen Sie sich?«

»Es geht mir hervorragend.«

»Sind Sie sicher? Oder ist das Verdrängung?«

Der Kerl hatte Blanche operiert?

»Ich bin nicht nur Chirurg, sondern beschäftige mich auch mit Psychologie«, sagte dieser nun.

Helen legte den Kopf schief. »Ich bin nicht nur Sekretärin, ich beschäftige mich auch mit Foltermethoden.«

Der Arzt hob die Augenbrauen. »Sie braucht ein Beruhigungsmittel. Sie steht unter Schock ...«

»Das ist kein Schock, das ist ihr Normalzustand«, mischte sich Jason ein und schlug dem Arzt so kräftig auf die Schulter, dass dieser keuchend in die Knie ging.

»Sagt diesen Vollidioten, dass es mir gut geht«, fauchte Helen.

»Sie ist immer so«, sagte Jason an den Oberarzt gewandt.

»Mein Beileid«, murmelte der und reichte Jason eine Karte. »Ein überaus respektabler Aggressionstrainer.«

Helen sog die Luft ein. »Ich bin nicht aggressiv!«

»Stehst du wirklich nicht unter Schock?«, fragte Robert besorgt.

»Nein.«

Robert nahm ihre Hand, und sie schmiegte sich an ihn. »Du hast einen Mann getötet.«

»Wer sagt denn, dass ich nicht auf den Geschmack gekommen bin?«

»Helen …«, setzte Robert an, aber Helen schüttelte den Kopf.

»Es geht mir gut, wirklich.«

»Sehen Sie«, sagte Jason zu dem Arzt. »Sie ist immer so. Und jetzt raus.«

Er öffnete die Tür und warf den Arzt hinaus. Im wahrsten Sinne des Wortes.

Blanche setzte sich zu Mary auf das Bett, schmiegte sich in ihre Arme und stahl sich einen Kuss. Die Mädchen legten die Köpfe zusammen und schlossen die Augen.

»Ich bin so froh, dass es dir gut geht«, murmelte Mary.

»Vielleicht sollten wir die beiden Turteltäubchen allein lassen«, kommentierte Jason. »Lesbensex finde ich jetzt nicht so anregend.«

Was? Blanche schlang die Arme um ihre Freundin und lächelte Robert an. »Ich brauch nur fünfzehn Minuten.«

Wow. Er hätte nie gedacht, dass er solche Worte mal von seiner Tochter hörte und sie ihn dabei auch noch verschmitzt angrinste. Wäre Mary ein Mann würde er ihn aus Blanches Bett zerren. Aber irgendwie hatte er das Gefühl, dass Blanche der Mann in der Konstellation war. Gab es das überhaupt?

»Ich glaube, ich sollte doch mal einen Ratgeber lesen«, stöhnte Robert, ließ sich von Helen an die Hand nehmen und aus dem Zimmer führen.

Im Flur sah sie ihn ernst an. »Es gibt noch etwas, was du wissen musst.«

Och, bitte nicht!

»Nathanaël sagte, dass du mit mir geschlafen hast, lag an der Droge, die mir Leloup verabreicht hat.«

Ihre Augen waren kugelrund, und er las einen Ausdruck in ihnen, den er die ganze Zeit nicht gesehen hatte – Unsicherheit. Sie glaubte ernsthaft, *er* hätte nur mit ihr geschlafen, weil *sie* high gewesen war? Unsinn!

»Wirkt das Zeug immer noch?«, fragte er.

»Nein.«

»Seltsamerweise will ich dich immer noch küssen.« Robert beugte sich vor und raunte in ihr Ohr: »Und vor dir strippen.«

Sie sog scharf die Luft ein und strich über sein Hemd. Er legte die Hand auf ihre Wange und wollte sie gerade küssen, da machte das verfluchte Frauenzimmer wieder den Mund auf!

»Aber ich habe jetzt jemanden getötet«, wandte sie ein. »Das verstößt gegen dein Berufsethos.“

Robert seufzte. »Hast du noch mehr Ausreden?«

»Nein. Oh, warte, doch …«, sagte sie.

Herrgott, was denn jetzt noch?

»Ich will nicht nur Fünfzehn-Minuten-Nummern«, lächelte Helen, strich ihm über die Wange und lehnte sich an seine Brust.

»Ich bin alt, da dauert das immer alles länger«, spottete er leise.

Helen grinste ihn verschmitzt an. »Da bin ich ja froh.«

Erneut beugte er sich zu ihr hinunter, seine Lippen nahe vor ihren. Doch diesmal waren ihr wohl tatsächlich die Argumente ausgegangen. Sie streckte sich ihm entgegen, und im nächsten

Moment schmeckte er ihre Lippen. Ein Kuss, so zart wie ein Schmetterlingsflügel. So ließ er sich das Leben gefallen. Von seinem bestechlichen Boss suspendiert, eine untote Tochter, und doch wollte er die Frau, die ihm das alles anscheinend eingebrockt hatte, nicht missen. Niemals.

Epilog

Robert stand auf der Straße vor Lorraines Haus und wünschte sich einmal mehr, es könnte ihn jemand erschießen.

»Ich freu mich so, dass ich bei dir wohnen darf«, jauchzte Blanche und hängte sich an Roberts Arm. Vielmehr riss sie ihm selbigen beinahe aus!

»Au!«, stöhnte er.

»Sorry«, murmelte Blanche. »Ich hab das mit der Vampirkraft immer noch nicht so richtig raus. Jason hat auch gesagt, ich darf Mary nicht beißen, wenn wir ... also, wenn ...«

»... wir pornomäßigen Lesbensex haben«, kicherte Mary.

»Ich will es gar nicht so genau wissen«, seufzte Robert. Oder anders: Er würde es genauer wissen wollen, wenn ihm das den Zoff mit Lorraine ersparte. Wie sollte er der klarmachen, dass Blanche ab jetzt bei ihm wohnte? Oder vielmehr, dass er mit Blanche bei Helen wohnte. Nur in ihrer Wohnung hatten sie alle genügend Platz.

»Das wird schon«, tröstete ihn Helen. »Du könntest sie festnehmen. Ich meine, du wurdest befördert. Da kann man seine neuen Kompetenzen schon mal ausnutzen.«

Robert verdrehte die Augen. »Hast du noch mehr so geniale Ideen?«

Warum waren die überhaupt alle mitgekommen? Vergnügungssüchtiges Pack. Er wollte allein zu Lorraine gehen, aber erst hatte sich Blanche an seine Fersen geheftet. Die hatte zwangsläufig auch Mary im Gepäck, und Helen ließ sich sowieso keinen Spaß entgehen. Wenn jetzt noch Jason auftauchte, würde er sich die Kugel geben!

»Hi«, sagte eine sanfte Männerstimme hinter ihnen.

Robert fuhr herum. Die Hände in die Hosentaschen vergraben stand dort tatsächlich Jason Harris, samt seinem Hund, der weinerlich fiepte.

Jason verdrehte die Augen. »Er hat schon wieder Durchfall. Kaum geht es ihm zwei Minuten gut, frisst der wie ein Mähdrescher, und das Spiel geht von vorne los.«

»Vielleicht solltest du ihn auf Diät setzen«, schlug Robert vor.

»Das erklärst du ihm aber.«

Als hätte Peppi es gehört, fiepte der Hund noch lauter. Zwischen den hellen Fellsträhnen blitzten zwei dunkle, mitleiderregende Augen hervor, die ihn anbettelten ... Ach verflucht, zum Glück hatte er nie irgendetwas zu essen einstecken. Er würde dem Hund alles überlassen, wenn der nur aufhörte, ihn so anzusehen.

»Was habt ihr vor?«, fragte der Vampir.

»Wir erklären meiner Mutter, dass ich bei Papa und Helen wohne«, sprang Blanche ein.

Jason schnaubte amüsiert. »Das klingt nach Spaß, den ich mir nicht entgehen lasse.«

»Du kommst nicht mit!«

»Pardon, wem hast du deine Beförderung zu verdanken?«

Robert knurrte unterdrückt. »Glaub ja nicht, dass ich die Augen vor deinen Machenschaften verschließe.«

»Och, das musst du nicht.« Jason zuckte die Schultern. »Ich lasse mich sowieso nicht erwischen. Allerdings wäre ich dir sehr verbunden, wenn du in keinem Bericht erwähnst, dass mein Wagen den Brand in der Kirche ausgelöst hat!«

Roberts Kopf ruckte hoch. »Was?«

»Er ist in den Blitzableiter gedonnert. Die Energie ist hochgewandert und musste sich dort entladen. Mit Funken. Die bekanntlich mit trockenem Holz ein gutes Lagerfeuer erschaffen.«

»Du bist schuld am Brand von Notre-Dame?«, brüllte Robert.

»Denk an deinen Blutdruck«, mahnte Jason. »Was glaubst du,

wer dafür gesorgt hat, dass so schnell Spendengelder für den Wiederaufbau zusammenkamen?«

Robert stöhnte. Nein, er würde nicht fragen. Was er nicht wusste, konnte ihm nicht den Schlaf rauben. Sein Arm wackelte, als Blanche unruhig auf den Zehenspitzen auf und ab wippte.

»Mama guckt schon an der Tür.«

Robert drehte sich um und tatsächlich, hinter dem kleinen Buntglasfenster in Lorraines Haustür konnte er eine Bewegung sehen. Verflucht.

»Das Problem lässt sich leicht regeln«, behauptete Jason. »Du brauchst mich nicht direkt beauftragen. Du brauchst nicht mal nicken, nur schweigen.«

»Lass deine Zähne von meiner Mutter«, fauchte Blanche.

»Anfängerin«, erwiderte Jason. »Die moralischen Bedenken treiben wir dir schon noch aus.«

»Halte dich von meiner Tochter fern«, knurrte Robert.

»Willst *du* ihr zeigen, wie man am besten blutleere Leichen entsorgt?«

Robert stöhnte einmal mehr und legte den Kopf in den Nacken. Das durfte doch nicht wahr sein. Er hatte Louis' Job übernommen, und seither las er die Berichte über die Leichenfunde, die seine eigene Tochter fabrizierte. Wasserleichen, Obdachlose, Kleinkriminelle, Junkies … Es war zum Mäusemelken, und doch war ihm das wesentlich lieber, als wenn er nun an Blanches Grab stehen müsste.

Robert schritt mit Blanche am Arm und gefolgt von der schlecht erzogenen Bande den Weg zur Eingangstür entlang und klingelte. Lorraine öffnete sowieso nicht von selbst, und auch jetzt ließ sie sich mindestens drei Minuten Zeit, bevor sie die Tür öffnete. Blanche kaute auf ihren Fingernägeln, Mary fuhr sich durch die Haare, und Helen stand bei Jason.

Lorraine riss die Tür auf. »Was soll der Mob hier draußen?«

»Lorraine«, setzte Robert an.

»Was hast du hier überhaupt zu suchen?«

»Das versuche ich gerade, dir zu erklären …«

»Verschwinde. Ich will dich hier ni-!«

»Blanche zieht zu mir«, brüllte Robert. Herrgott, das hielt doch keiner im Kopf aus. »Zu mir und Helen. Damit sie sich ohne dein Genörgel mit Mary treffen kann.« Und ihrer Mutter nicht erklären musste, warum sie nachts aus dem Haus schlich und Leichen produzierte!

»Niemals«, fauchte Lorraine und packte Blanche am Arm. »Mein Fräulein, du gehst jetzt in dein Zimmer. Ich habe genug von diesem Lesbengerede. Das ist doch nur wieder ein neuer Trend. Als Nächstes willst du dann noch das Geschlecht wechseln!«

»Wow«, sagte Jason hinter ihm. »Wie hast du es mit dem Weib so lange ausgehalten?«

»Sie war nicht immer so.«

»Du meinst, sie hat dich rausgeworfen und dachte, sie findet etwas Besseres. Was sie natürlich nicht hat, und jetzt ist sie verbittert?«, tönte Jason so laut, dass es sogar Lorraine hörte.

»Hör auf«, zischte Robert. »Lorraine, sieh doch hin. Blanche liebt Mary.«

Aufs Stichwort schlang Mary ihren Arm um Blanche und küsste seine Tochter auf die Schläfe. »Ich verspreche feierlich, sie glücklich zu machen«, gelobte Mary und griff nach Lorraines Hand. Die konnte sie nicht mehr rechtzeitig zurückziehen, und plötzlich sah sie Mary so fasziniert in die Augen wie ein Kaninchen, das durch einen Maschendrahtzaun von einem erntereifen Möhrenfeld getrennt wurde.

»Es wird ihr bei mir gut gehen«, sagte Mary eindringlich. »Wir werden auf sie aufpassen. Ihr Vater wird endlich die Verantwortung übernehmen, die Sie so lange bei ihm vermisst haben.«

»Ich muss doch sehr bitten«, protestierte Robert.

»Sie können endlich wieder Ihr Leben genießen, ohne ständig auf Blanche achten zu müssen. Auf ihre Erziehung, ihre Hausaufgaben, genügend Essen …«, fuhr Mary fort.

»Hör auf, ihr einzureden, dass sie eine schlechte Mutter ist«, begehrte Blanche auf. »So schlecht ist sie nicht.«

»Aber sie hat jetzt auch endlich das Recht, ein bisschen Verantwortung abzugeben«, erwiderte Mary in einem seltsamen Singsang.

Wie ferngesteuert nickte Lorraine. »Ja. Ein wenig Ferien täten mir ganz gut. Dann kann Robert auch endlich Verantwortung übernehmen und sich um seine Tochter kümmern.«

Teufel noch eins, es schien zu funktionieren.

»Ich muss mir unbedingt merken, mich von dieser Hexe fernzuhalten«, knurrte Jason. »Noch so eine überleb ich nicht.«

»Wer soll dann Blanche das Entsorgen von Leichen zeigen?«, haute ihm Robert ungeniert seinen eigenen Satz um die Ohren.

»Wir werden bald alle zusammen essen gehen«, behauptete Mary, und Lorraine strahlte sie an.

»Oh, wie schön. Ich freu mich drauf.« Sie trat auf ihre Tochter zu und zog sie in ihre Arme. »Genieß das Abenteuer, Schätzchen. Wir sehen uns bald.«

Damit löste sie sich von Blanche, winkte allen sichtlich verstrahlt zu und ging ins Haus.

Mary ließ die Anspannung mit einem tiefen Ausatmen aus ihrem Körper entweichen. »Das war anstrengend«, verkündete sie.

»Mach das nie wieder«, sagte Robert scharf. »Das ist Manipulation.«

»Soll ich es rückgängig machen?«, fragte Mary unschuldig.

»Nein!«

Als ob sich Robert freiwillig um einen Streit bemühte. Lorraine war glücklich. Blanche war glücklich, und ihre Mutter musste nicht so schnell über ihr neues Wesen Bescheid wissen.

Robert verlagerte das Gewicht und sog scharf die Luft ein. Die Wunde in seinem Hintern schmerzte immer noch. »Ich bereue trotzdem den Tag, an dem ich euch traf.«

Jason zuckte die Schultern. »Das kommt davon, wenn man versucht, mich reinzulegen. Plötzlich hat man eine Frau an seiner Seite, einen Vampir in der Familie, und irgendeiner kann immer zaubern.«

ENDE

Nachwort

Die Geschichten um Jason, Gaylord, Pauline, Jeremy, Linett und die anderen Konsorten wären wohl niemals in dieser Form entstanden, gäbe es da nicht ein paar liebe Freundinnen.

Gefunden über ein Harry-Potter-RPG haben wir irgendwann unser eigenes Ding in Sachen RPG, Vampire, Werwölfe, Hexen und Jäger gedreht. So entstand der Rahmen für die Eigenschaften der Vampire dieses Buch (zum Beispiel: die Abneigung gegen Eisenkraut; die Arten, sich ein untotes Gefolge zu generieren), die ihr in diesem Buch findet.

Es werden sicher noch viele Figuren des Forums ihre großen Abenteuer in Büchern erleben und egal, von welchem dieser Autoren – sie werden euch ebenso süchtig machen wie mich. Sollten euch also bei einer Harper Johnson und Holly McLane die Rahmenbedingungen über die Eigenschaften der Vampire und Hexen bekannt vorkommen, so wisst ihr nun, warum das so ist.

Dazu danke ich allen, die mich bei diesem Buch unterstützt haben. Meine lieben Testleserinnen Elvira und Harper, die mich immer mit ihren Kommentaren aufheitern und in die richtige Richtung lenken, meine Lektorin und mein Ehemann, der sogar Tageszeiten nachrechnet (weil ich es nie hinbekomme).

Der größte Dank gebührt aber euch Lesern. Ich liebe eure Rückmeldungen, kann daraus neue Ideen und auch Hinweise ziehen, was ich besser machen kann.

Ich hoffe sehr, dass euch die Geschichte von Helen und Robert gefallen hat und was sagt ihr, wenn Cecile als Nächstes drankäme? Womöglich mischt sie den Priester auf? Auf die Idee hat mich übrigens eine ganz bestimmte Rezensentin gebracht ☺